AS PROVAÇÕES DE APOLO

RICK RIORDAN

AS PROVAÇÕES DE APOLO

LIVRO TRÊS
O LABIRINTO DE FOGO

Tradução de Regiane Winarski

intrínseca

TÍTULO ORIGINAL
The Burning Maze

PREPARAÇÃO
Rayssa Galvão

REVISÃO
Milena Vargas
Giu Alonso

ADAPTAÇÃO DE CAPA E DIAGRAMAÇÃO
Julio Moreira | Equatorium Design

ARTE DE CAPA
Joann Hill

ILUSTRAÇÃO DE CAPA
© 2018 John Rocco

CIP-BRASIL. CATALOGAÇÃO NA PUBLICAÇÃO
SINDICATO NACIONAL DOS EDITORES DE LIVROS, RJ

R452L

    Riordan, Rick, 1964-
       O labirinto de fogo / Rick Riordan ; tradução Regiane Winarski. - 1. ed. - Rio de
Janeiro : Intrínseca, 2018.
       368 p. ; 23 cm. (As provações de Apolo ; 3)

       Tradução de: The burning maze
       Sequência de: a profecia das sombras
       ISBN 978-85-510-0331-2
       1. Romance infantojuvenil americano. I. Winarski, Regiane. II. Título. III. Série.

18-48244
                            CDD: 028.5
                            CDU: 087.5

[2018]

Para Melpômene, a Musa da tragédia.
Espero que você esteja satisfeita.

Palavras forjadas da memória ardem
Antes da nova lua no Monte do Diabo
Um terrível desafio para o lorde jovem
Até o Tibre se encher de corpos empilhados.

Para o sul o Sol segue caminho,
Por labirintos obscuros e terras fatais arrasadas
Até achar o dono do cavalo branquinho
E arrancar os ditos do falante de palavras cruzadas.

Ao palácio ocidental Lester tem que viajar,
A filha de Deméter encontra raízes antigas.
Só o guia com patas sabe como chegar
Percorrendo o caminho com as botas inimigas.

Ao conhecer os três e ao Tibre vivo chegar,
Só então Apolo começa a dançar.

1

Alguém pode me ajudar?
Eu já fui um deus
Mas querem me matar

NÃO.

Eu me recuso a divulgar essa parte da história. Foi a semana mais infeliz, humilhante e horrível dos meus mais de quatro mil anos de vida. Tragédia. Desastre. Sofrimento. Não vou tocar nesse assunto.

Por que vocês ainda estão aqui? Vão embora!

Ai, acho que não tenho escolha, afinal. Zeus com certeza *espera* que eu conte a história; deve considerar isso parte da minha punição.

Não basta ele ter feito com que eu — euzinho, o divino Apolo — viesse parar na Terra no corpo de um adolescente mortal espinhento, barrigudo e ainda por cima com o nome Lester Papadopoulos. Não basta ele ter me metido numa missão perigosa para libertar os cinco grandes Oráculos antigos de um trio de imperadores romanos maléficos. Também não basta ele ter me feito de escravo de uma semideusa mandona de doze anos — isso porque ele dizia que eu era *o filho favorito*!

Como se não bastasse, Zeus quer que eu registre minha vergonha para a posteridade.

Muito bem. Mas eu avisei. Não tem nada além de sofrimento nestas páginas.

Muito bem, por onde eu começo?

Ah, claro, com Grover e Meg.

* * *

Foram dois dias viajando pelo Labirinto, mergulhando na escuridão, contornando lagos de veneno, passando por shoppings arruinados, só com lojas de artigos de Halloween na promoção e restaurantes chineses questionáveis.

O Labirinto pode ser bem desnorteante. Ele é como uma teia de veias logo abaixo da pele do mundo mortal, conectando porões, esgotos e túneis esquecidos pelo planeta, sem respeitar as regras do tempo e do espaço. Dá para entrar por um bueiro em Roma, andar três metros, abrir uma porta e dar em um treinamento de palhaços em Buffalo, Minnesota. (Não queiram saber. Foi traumático.)

Eu teria preferido evitar esse lugar, mas, para meu azar, a profecia que recebemos em Indiana era bem específica: *Por labirintos obscuros e terras fatais arrasadas*. Que maravilha! E ainda dizia que *só* o guia com patas sabia como chegar.

Só que nosso guia com patas, o sátiro Grover Underwood, parecia não saber o caminho.

— Você está perdido! — gritei, pela quadragésima vez.

— Tô nada!

Grover ia saltitando, usando sua calça jeans larga e camiseta verde tie-dye, sacudindo as patas de bode dentro dos tênis customizados, o cabelo cacheado coberto por um gorro vermelho. Eu não conseguia entender por que ele achava que aquele era um bom disfarce de humano. Os calombos dos chifres continuavam bem visíveis embaixo do gorro, e os sapatos viviam saindo das patas. Eu já estava cansado do trabalho de recuperador de tênis.

O sátiro parou em um ponto em que o corredor se bifurcava. As paredes de pedra rudimentar seguiam pelos dois lados, escuridão adentro. Grover coçou o cavanhaque encaracolado.

— E então? — perguntou Meg.

Grover fez uma careta. Parecia que, como eu, ele também temia provocar a ira de Meg McCaffrey.

Não que a garota *parecesse* assustadora. Ela era baixinha e mais parecia um sinal de trânsito ambulante: vestido verde, legging amarela e tênis vermelhos de cano alto. Estava imunda e esfarrapada, depois de tanto tempo se esgueirando por túneis estreitos, o cabelo curto cheio de teias de aranha. As lentes dos óculos de gatinho estavam tão sujas que eu não sabia como ela enxergava alguma coisa.

Parecia uma criança do jardim de infância que tinha acabado de sobreviver a uma briga pelo balanço do parquinho.

Grover apontou para o túnel da direita.

— Eu tenho ce… Tenho quase certeza de que Palm Springs fica para lá.

— Quase certeza? — repetiu Meg. — Que nem quando entramos naquele banheiro e demos de cara com um ciclope fazendo suas necessidades?

— Aquilo não foi culpa minha! — protestou Grover. — Além do mais, esse caminho tem o cheiro certo. Cheira a… cactos.

Meg farejou o ar.

— Não sinto cheiro nenhum.

— Meg — intervim —, supostamente nosso guia tem que ser esse sátiro. Não temos muita escolha, vamos ter que confiar no caminho que ele escolher.

Grover bufou.

— Valeu pelo voto de confiança. E aqui vai seu lembrete diário: eu *não pedi* para ser arrastado magicamente por metade do país e acordar em uma plantação de tomate em Indianápolis!

Foi bem corajoso da parte dele protestar, mas vi seu olhar fixo nos anéis idênticos nos dedos do meio de Meg, talvez com medo de ela conjurar as espadas douradas e fazer picadinho de cabrito.

Desde que descobriu que Meg era filha de Deméter, a deusa do cultivo, Grover Underwood parecia mais intimidado por ela do que por mim, uma antiga deidade olimpiana. A vida não era nada justa.

Meg esfregou o nariz.

— Tudo bem. Só não achei que a gente fosse passar dois dias andando sem rumo aqui embaixo. A lua nova é daqui a…

— Três dias — completei, interrompendo-a. — Já sabemos.

Talvez eu até estivesse sendo meio grosso, mas não queria ficar me lembrando da outra parte da profecia. Enquanto viajávamos para o sul em busca do próximo oráculo, nosso amigo Leo Valdez, desesperado, voava com seu dragão até o Acampamento Júpiter, o campo de treinamento de semideuses romanos, lá no norte da Califórnia, para avisar a todos do fogo, das mortes e das desgraças que provavelmente chegariam com a lua nova.

Tentei amenizar o tom.

— Vamos acreditar que Leo e os semideuses romanos podem dar conta do que quer que esteja vindo do norte. Temos nossa própria missão para cumprir.

— E também temos nossos próprios incêndios para apagar.

Grover suspirou.

— Como assim? — perguntou Meg.

O sátiro deu uma resposta evasiva, como vinha fazendo havia dois dias:

— Ah, melhor não falar sobre isso… não aqui.

Ele olhou em volta, nervoso, como se achasse que as paredes tivessem ouvidos. O que de fato era uma possibilidade, já que o Labirinto era uma estrutura viva — e, a julgar pelo cheiro que emanava de alguns corredores, no mínimo tinha um intestino.

Grover coçou a barriga.

— Vou tentar encontrar o lugar bem depressa, gente — prometeu. — Mas o Labirinto tem vontade própria. Na última vez que vim aqui, com Percy…

A saudade tomou seu rosto, como sempre acontecia quando ele falava das aventuras com o melhor amigo, Percy Jackson. E eu não podia culpá-lo: Percy era um semideus bem útil, bom de se ter por perto. Só que infelizmente ele não era tão fácil de conjurar numa plantação de tomate como nosso guia sátiro.

Botei a mão no ombro de Grover.

— Nós sabemos que você está fazendo tudo que pode. Vamos em frente. E, já que você está sentindo cheiro de cactos, que tal manter o nariz alerta para algum lugar com café da manhã? Café e cronuts de limão com mel seria ótimo.

Seguimos nosso guia pelo túnel da direita.

A passagem logo ficou mais estreita e baixa, e tivemos que andar encolhidos e em fila. Fiquei no meio, que era o lugar mais seguro. Talvez não tenha sido muito corajoso da minha parte, mas Grover era um Senhor da Natureza, um membro do grupo de sátiros que comandava o Conselho dos Anciãos de Casco Fendido. Então teoricamente ele era cheio dos poderes, apesar de eu ainda não tê-lo visto usar nenhum. E Meg, além de saber manejar as duas espadas de uma vez, fazia coisas incríveis com seus pacotes de sementes, todos com o estoque renovado desde Indianápolis.

Eu, por outro lado, ia ficando mais fraco e indefeso a cada dia. Desde a batalha contra o imperador Cômodo, não conseguia conjurar nem uma fagulha do meu antigo poder divino. Meus dedos tinham perdido a velocidade no dedilhar das cordas do ukulele de combate. Eu só piorava no arco e flecha — até errara um disparo ao atacar o Ciclope na privada (não sei quem ficou mais constrangido naquela situação). E as visões que às vezes me paralisavam aconteciam com cada vez mais frequência e intensidade.

Mas eu não tinha compartilhado essas preocupações com meus amigos. Não por enquanto.

Queria acreditar que isso era apenas um indício de que meus poderes estavam sendo recarregados. Afinal, as provações em Indianápolis quase me destruíram.

Mas havia outra possibilidade. Era janeiro quando eu despenquei de lá do Olimpo e caí em uma caçamba de lixo em Manhattan. E já estávamos em março — ou seja: eu já era humano havia uns dois meses. Talvez, quanto mais tempo eu permanecesse mortal, mais fraco ficaria, e mais difícil seria voltar ao meu estado divino.

Será que tinha sido assim nas últimas duas vezes em que Zeus me exilou na Terra? Eu não conseguia lembrar. E, em poucos dias, também não conseguiria lembrar o gosto da ambrosia, os nomes dos cavalos da carruagem do Sol ou mesmo o rosto da minha irmã gêmea, Ártemis. (Em outros tempos eu diria que não lembrar o rosto da minha irmã era uma bênção, mas a verdade era que eu sentia uma falta danada dela. Só *não ousem* contar que eu disse isso.)

Seguimos pelo corredor, a Flecha de Dodona vibrando como um celular no silencioso na minha aljava, parecendo pedir para ser consultada.

Tentei ignorá-la.

A flecha não ajudara em nada nas últimas vezes em que pedi algum conselho — pior: até me atrapalhou com aqueles modismos shakespearianos, com mais *vós, eis* e *de fato* do que eu conseguia suportar. Nunca gostei dos anos 90. (E quando digo anos 90, estou falando dos anos 1590.) Talvez eu falasse com a flecha quando chegássemos a Palm Springs. Isso *se* chegássemos...

Grover parou em outra bifurcação. Ele farejou o ar à direita, depois à esquerda. Seu nariz tremelicou como o de um coelho farejando comida.

Então de repente gritou "voltem!" e se jogou para trás. O corredor era tão estreito que ele caiu no meu colo, me derrubando em Meg, que caiu sentada, soltando um grunhido assustado. Nem deu tempo de reclamar e dizer que não participo de grupos de massagem porque *não gosto de muvuca*: toda a umidade foi sugada do ar, e senti um cheiro ácido em volta, como piche fresco. Então uma labareda atravessou o corredor logo à frente, uma pulsação de puro calor que acabou tão rápido quanto começou.

Meus ouvidos estalavam; devia ser por causa do sangue fervendo na minha cabeça. Minha boca ficou tão seca que não consegui nem engolir em seco. Não dava para saber se era só eu que estava tremendo incontrolavelmente ou se éramos nós três.

— Quem... O que foi aquilo?

Por que será que meu primeiro instinto foi perguntar *quem*? Algo na explosão me pareceu horrivelmente familiar. E, na fumaça amarga que restou, achei ter sentido um fedor de ódio, frustração e fome.

O gorro vermelho de Grover estava chamuscado, e senti cheiro de pelo de bode queimado.

— Isso quer dizer que estamos perto — anunciou ele, com voz fraca. — Temos que correr.

— Como se eu já não tivesse dito para correr — resmungou Meg. — Agora sai de cima de mim.

Ela me deu uma joelhada na bunda.

Eu me levantei com dificuldade, pelo menos até onde dava no túnel apertado. Depois que o fogo tinha passado, minha pele voltara a ficar grudenta com a umidade. O corredor à frente estava escuro e silencioso, como se minutos antes não tivesse servido de passarela para o fogo do inferno. Mas eu já ficara tanto tempo na carruagem do Sol que sabia avaliar o calor de todo tipo de chama. Se aquele fogo tivesse nos atingido, teríamos sido ionizados até virar plasma.

— Temos que ir para a esquerda — decidiu Grover.

— Hum — retruquei —, mas foi dali que veio o fogo.

— É o caminho mais rápido.

— Que tal irmos para trás? — sugeriu Meg.

— Ah, pessoal, estamos perto — insistiu Grover. — Eu *sinto* isso. Mas sem querer entramos na parte *dele* do Labirinto. Se não formos logo...

Scriii!

O barulho veio de algum lugar atrás da gente. Queria acreditar que era algum som mecânico aleatório do Labirinto, uma porta de metal se movendo em dobradiças enferrujadas ou um brinquedo a pilha da promoção da loja de artigos de Halloween rolando para um poço sem fundo. Mas a cara de Grover revelava algo de que eu já desconfiava: o barulho vinha de alguma criatura viva.

SCRIII! O segundo grito soou mais irritado e muito mais próximo.

Não gostei nada daquela história de estarmos *na parte dele do Labirinto*. Quem era *ele*? Eu não queria entrar num corredor com uma churrasqueira automática instantânea, mas aqueles gritos me encheram de pavor.

— Corram! — disse Meg.

— Corram! — concordou Grover.

Disparamos pelo túnel da esquerda. Pelo menos era um pouco maior, e tivemos um pouco mais de espaço para sacudir os braços enquanto corríamos, apavorados. Viramos à esquerda no cruzamento seguinte, depois à direita. Pulamos um buraco, subimos uma escada e seguimos por outro corredor, mas a criatura que nos perseguia parecia não ter a menor dificuldade em farejar nosso rastro.

SCRIII!, gritava ela, na escuridão.

Eu conhecia aquele som, mas minha memória humana e falha não conseguia identificá-lo. Eu sabia que era alguma criatura alada e antiga, mas nada fofa, como um papagaio ou uma cacatua. Aquela besta vinha de algum lugar dos infernos, e era perigosa, sedenta de sangue e muito mal-humorada.

Acabamos parando em uma câmara circular que parecia o fundo de um poço gigante. Uma rampa estreita subia pela lateral da parede de tijolos rústica. Eu não tinha ideia do que podia haver no alto, mas não vi nenhuma outra saída.

SCRIII!

O grito fez meus tímpanos vibrarem. Um bater de asas ecoou no corredor atrás... ou seriam *vários* pássaros? Será que aquelas coisas viajavam em bando? Eu já encontrara essas criaturas antes. Pelas barbas de Zeus, eu devia *saber* disso!

— E agora? — perguntou Meg. — A gente sobe?

Grover encarou a escuridão acima, boquiaberto.

— Não faz sentido! Não era para isso estar aqui.

— Grover! — chamou Meg. — A gente sobe ou não?

— Sim, vamos subir! — gritou ele. — Subir vai ser ótimo!

— Não — retruquei, a nuca formigando de medo. — Não vai dar tempo. Temos que bloquear o corredor.

Meg franziu a testa.

— Mas…

— Use as plantas mágicas! — gritei. — Anda!

Se existe um ponto a favor de Meg é que, quando se trata de plantas mágicas, ela é a garota certa. Meg enfiou as mãos no bolso do cinto de utilidades, rasgou um pacote de sementes e as jogou no túnel.

Grover pegou a flauta e começou a tocar uma música animada, encorajando o crescimento das plantas. Meg se ajoelhou diante das sementes, muito concentrada. Juntos, o Senhor da Natureza e a filha de Deméter formavam uma superdupla de jardineiros. As sementes viraram mudas de tomateiros; os caules cresceram e se entrelaçaram na boca do túnel, e as folhas se abriram ultrarrápido. Os tomates brotaram e incharam. O túnel estava quase fechado quando uma criatura preta e cheia de penas passou por uma abertura na rede de vegetais.

O pássaro passou voando ao meu lado, as garras arranhando minha bochecha esquerda e errando meu olho por pouco. A criatura deu a volta no poço, soltando um grito triunfal, e pousou três metros acima, na rampa em espiral, nos encarando com seus olhos redondos e dourados como holofotes.

Uma coruja? Não, era duas vezes maior que o maior espécime de Atena. A plumagem era reluzente, preta como obsidiana. O pássaro ergueu uma pata vermelha encouraçada, abriu o bico dourado e lambeu o sangue das garras — o *meu* sangue — com a língua preta e grossa.

Minha visão ficou embaçada, e meus joelhos viraram geleia. Ao fundo, outros barulhos vinham do túnel fechado — guinchos frustrados e asas batendo, conforme mais e mais pássaros demoníacos eram barrados pelos tomateiros.

Meg veio para o meu lado, as espadas reluzindo nas mãos, os olhos fixos no enorme pássaro escuro acima.

— Estrige! — anunciei, resgatando o nome do fundo da minha fraca mente mortal. — Essa coisa é uma estrige.

— E como se mata essa coisa? — perguntou Meg, sempre muito prática.

Toquei em um dos cortes do rosto. Não conseguia sentir a bochecha e os dedos.

— Bem, acho que matar isso aí só vai nos trazer problemas.

As estriges do outro lado da barreira guincharam, se debatendo contra os tomateiros, e Grover gritou:

— Gente, tem mais seis ou sete tentando entrar! Esses tomates não vão aguentar por muito tempo.

— Apolo, me responde de uma vez — mandou Meg. — O que eu preciso saber?

Eu queria responder, queria mesmo. Mas estava difícil articular as palavras. Eu sentia como se tivesse acabado de passar por uma das famosas extrações dentárias de Hefesto e ainda estivesse sob influência daquele néctar do riso que ele usa.

— Quem mata a ave fica sob o efeito de uma maldição — expliquei, por fim.

— E se eu *não* matar a ave? — perguntou Meg.

— Ah, aí ela só vai arrancar suas vísceras, beber seu sangue e comer sua carne. — Abri um sorriso, mesmo com a leve sensação de que não tinha dito nada engraçado. — Ah, e tome cuidado para ela não arranhar você, senão vai ficar paralisada!

Então, para demonstrar, desabei no chão.

Logo acima, a estrige abriu as asas e desceu voando.

2

Eu virei uma mochila
Nas costas de um sátiro
Pior. Manhã. Da minha vida

— **PARE! — GRITOU GROVER.** — A gente veio em paz!

A ave não pareceu dar ouvidos. Ela só não acertou o rosto do sátiro porque Meg interveio, brandindo as espadas. A estrige desviou com uma pirueta por entre as lâminas e pousou, ilesa, um pouco acima na rampa.

SCRIII!, gritou a criatura, eriçando as penas.

— Como assim, "você *precisa* nos matar"? — perguntou Grover.

Meg encarou o sátiro com desprezo.

— Você consegue falar com ela?

— Ué, claro. É um bicho, afinal.

— E por que não traduziu o que ela estava dizendo mais cedo? — perguntou a garota.

— Porque ela só estava gritando *scrii*! Agora ela está dizendo *scrii, preciso matar vocês.*

Tentei mexer as pernas, mas pareciam ter virado sacos de cimento — o que achei meio engraçado. Ainda conseguia mover os braços e restava um pouco de sensação no peito, mas eu não sabia por quanto tempo.

— Que tal perguntar *por que* ela precisa nos matar? — sugeri.

— Scrii! — exclamou Grover.

Eu já estava me cansando dessa língua de estrige. A resposta veio numa série de guinchos e estalos de bico.

Enquanto isso, no corredor, as outras estriges berravam e se jogavam na barreira de plantas. Garras pretas e bicos dourados atacavam, preparando os tomates para o molho do picadinho que queriam fazer com a gente. Pelo que vi, tínhamos no máximo alguns minutos até a barreira ceder e as aves nos matarem. Mas, nossa, como aqueles bicos afiados como lâminas eram bonitinhos!

Grover esfregou as mãos, nervoso.

— A estrige está dizendo que foi enviada para beber nosso sangue, comer nossa carne e arrancar nossas vísceras, mas não necessariamente nessa ordem. Ela até pede desculpas, mas é uma ordem direta do imperador.

— Ai, esses imperadores idiotas — resmungou Meg. — Qual deles?

— Não sei. Ela só falou *Scrii*.

— Então você consegue traduzir *vísceras*, mas não consegue traduzir o nome do imperador? — indagou a garota.

Eu não tinha problema nenhum com isso. Desde Indianápolis eu não parava de pensar na Profecia das Sombras que recebemos na Caverna de Trofônio. Já tínhamos encontrado Nero e Cômodo, e eu tinha um palpite horrível sobre a identidade ainda não revelada do terceiro imperador. E, no momento, quanto menos eu soubesse, melhor. A euforia do veneno da estrige estava começando a passar, e eu estava prestes a ser comido vivo por uma coruja sanguessuga gigante. Não precisava de mais motivos para chorar de desespero.

A estrige partiu para cima de Meg, que desviou e conseguiu acertar a cauda da ave com a espada, jogando a infeliz na parede oposta. Ela bateu de cara nos tijolos e explodiu em uma nuvem de pó e penas monstruosas.

— Meg! Eu falei para você não matar aquele bicho! — protestei. — Você vai ser amaldiçoada!

— Eu não matei. Ela se suicidou se jogando na parede.

— Duvido que as Parcas interpretem dessa forma.

— Então não vamos contar para elas.

— Gente... — chamou Grover, apontando para a barreira de plantas que ia sendo aberta pelo ataque de garras e bicos. — Se não podemos matar as estriges, talvez seja melhor fortalecer esses tomateiros, não?

Ele tocou a flauta. Meg transformou as espadas de volta em anéis e estendeu as mãos para os tomateiros. Os caules engrossaram, e as raízes tentaram se fincar no piso de pedra, mas era uma batalha perdida: eram estriges demais atacando do outro lado, cortando as plantas novas tão rápido quanto os brotos surgiam.

— Não adianta. — Meg cambaleou para trás, o rosto encharcado de suor. — Não tem muito o que fazer sem terra e luz do sol.

— É verdade. — Grover olhou para cima, analisando a rampa em espiral que adentrava a escuridão. — Estamos quase chegando. Só temos que conseguir subir tudo antes de a barreira ceder...

— Então vamos subir — anunciou Meg.

— Oi? Gente? — chamei, sofrido. — Tem um ex-deus paralisado aqui.

Grover olhou para Meg, pensativo.

— Que tal fita adesiva?

— Acho ótimo.

Que os deuses me defendam desses heróis e sua fita adesiva. Por alguma razão, heróis *sempre* têm fita adesiva. Meg tirou um rolo de uma bolsinha do cinto de jardinagem e fez com que eu me sentasse de costas para Grover. Então passou fita ao redor de nós dois, por baixo das axilas, me prendendo ao sátiro como uma mochila.

Com a ajuda de Meg, Grover se pôs de pé, cambaleante, e me levantou. Enquanto ele se ajustava, tive vislumbres aleatórios: paredes, o chão, o rosto de Meg, minhas pernas paralisadas e esticadas.

— Hã, Grover...? Você vai ter força para me carregar até lá em cima?

— Sátiros são ótimos alpinistas — respondeu ele, ofegante.

O sátiro começou a subir a rampa estreita, meus pés paralisados arrastando atrás de nós. Meg vinha logo depois, de vez em quando olhando para a barreira de tomateiros, que se abria cada vez mais depressa.

— Apolo, conta mais sobre as estriges — ordenou ela.

Vasculhei o cérebro em busca de pérolas de conhecimento no meio daquela lama.

— São... São aves de mau presságio. Sempre que elas chegam, coisas ruins acontecem.

— Dã-ã — retrucou Meg. — E o que mais?

— Hã... Elas se alimentam das crianças e dos fracos: bebês, idosos, deuses paralisados... esse tipo de coisa. Elas se reproduzem nas partes mais altas do

Tártaro. Isso é só um palpite, mas tenho quase certeza de que não dariam bons animais de estimação.

— E como nos livramos delas? Se não podemos matar nenhuma, como vamos impedir esse ataque?

— Eu... não sei.

Meg suspirou, frustrada.

— Pergunte à Flecha de Dodona, veja se ela sabe alguma coisa. Vou tentar ganhar algum tempo.

Ela desceu a rampa correndo.

Se havia uma coisa capaz de piorar ainda mais meu dia, era ter que falar com aquela flecha. Mas o cara lá de cima tinha me mandado obedecer, então, quando Meg mandava, eu obedecia. Não tinha jeito. Tateei a aljava até pegar o projétil mágico.

— Olá, Flecha Sábia e Poderosa — cumprimentei. É sempre melhor começar com elogios.

ORA, DEMORASTE TANTO!, entoou a flecha. *TIVE INFINITAS QUINZENAS PERDIDAS EM TENTATIVAS DE FALAR CONTIGO.*

— Falei com você não faz quarenta e oito horas — retruquei.

AH, MAS O TEMPO DE FATO SE ARRASTA PARA OS QUE ESTÃO ALJAVADOS. DEVERIAS TENTAR E VER SE GOSTAS.

— Certo. — Resisti à vontade de quebrar a flecha. — O que você sabe sobre estriges?

É IMPERATIVO QUE EU FALE CONTIGO ACERCA DE... UM MOMENTO: ESTRIGES? POR QUE ME VEM COM PERGUNTAS SOBRE TAIS CRIATURAS?

— Porque elas estão na iminência de... Elas vão a nos matar!

ABOMINÁVEL!, gemeu a flecha. *TU DEVES EVITAR TAIS PERIGOS!*

— Nossa, eu nunca teria pensado nisso. Então, tem alguma informação pertinente sobre estriges ou não, Ó Sábio Projétil?

A flecha tremeu, sem dúvida tentando acessar a Wikipédia. Claro que ela jurava por tudo que era mais sagrado que não usava internet. Devia ser pura coincidência o fato de as respostas serem sempre mais úteis quando a gente estava em algum lugar com wi-fi grátis.

Grover se mostrou um exemplo de coragem, carregando meu corpo mortal lamentável rampa acima. Ele bufou e ofegou, cambaleando perto demais da beirada para o meu gosto. O chão já estava quinze metros abaixo, longe o suficiente para uma bela queda fatal. Vi Meg lá embaixo, andando de um lado para o outro, murmurando sozinha e sacudindo mais pacotes de sementes.

A rampa parecia não ter fim, espiralando ao redor do poço. O que quer que nos esperasse no topo — isso se *houvesse* um topo — estava escondido no breu. Achei muita falta de consideração do Labirinto não providenciar um elevador, ou pelo menos um corrimão decente. Como os heróis com mobilidade reduzida apreciariam aquela armadilha mortal?

A Flecha de Dodona enfim deu seu veredito: *ESTRIGES SÃO PERIGOSAS.*

— Nossa, mais uma vez sua sabedoria traz luz à escuridão.

CALA A TUA BOCA, retrucou a flecha. *HÁ COMO EXTERMINAR AS AVES, EMBORA COMO RESULTADO HAJA APENAS UMA MALDIÇÃO PARA O EXTERMINADOR E O SURGIMENTO DE MAIS ESTRIGES.*

— Sim, sim. E o que mais?

— O que ela está dizendo? — perguntou Grover, ofegante.

Uma das muitas características irritantes daquela flecha era que ela falava apenas na minha mente, então, além de parecer um doido sempre que conversava com ela, eu ainda tinha que ficar repassando suas divagações para meus amigos.

— Ela ainda está procurando no Google — respondi. — Talvez, Ó Flecha, seja bom fazer uma busca com termos mais específicos, tipo "como derrotar estriges".

EU NÃO ME VALHO DESSAS TRAPAÇAS!, esbravejou a flecha. Então ficou em silêncio por um tempo, o suficiente para digitar *como derrotar estriges*.

É POSSÍVEL REPELIR AS AVES COM ENTRANHAS DE PORCO, relatou a flecha. *ACASO TENS ALGUMA?*

— Grover! — gritei, por cima do ombro. — Você por acaso tem alguma entranha de porco aí?

— *O quê?* — Ele se virou, o que não foi muito eficiente se a intenção era me encarar, já que eu estava grudado às suas costas com fita adesiva. Quase ralei o nariz na parede. — Por que eu carregaria entranhas de porco? Eu sou vegetariano!

Meg subiu a rampa correndo para se juntar a nós.

— As aves estão quase passando. Eu tentei plantas diferentes, tentei conjurar o Pêssego…

Ela ficou quieta, desesperada. Meg não conseguia conjurar seu comparsa, o espírito do pêssego, desde que entramos no Labirinto. Ele era útil em lutas, mas bem seletivo em relação a quando e onde aparecia. Eu achava que, assim como os tomateiros, Pêssego não se saía bem no subterrâneo.

— Flecha de Dodona, o que mais!? — gritei, já desesperado. — Deve ter *alguma coisa* além de intestino de porco para manter as estriges longe!

ESPERA! ENCONTREI! disse a flecha. *OUVE! PARECE QUE MEDRO-NHEIRO SERVE.*

— Medro quê?

Era tarde demais.

Logo abaixo, as estriges romperam a barricada de tomates e invadiram o lugar com um estrondo de berros sanguinários.

3

Eu odeio essas estriges
Vou até repetir:
Eu odeio essas estriges

— **ELAS ESTÃO CHEGANDO!** — gritou Meg.

Olha, francamente: quando eu queria que ela me contasse mais sobre alguma coisa importante, ela calava a boca. Aí, quando estávamos em perigo, a garota gastava o fôlego gritando obviedades.

Grover acelerou o passo, numa demonstração de força heroica, enquanto subia a ladeira carregando minha carcaça inerte presa às costas.

Virado para trás, eu tinha uma visão perfeita das estriges saindo das sombras, os olhos amarelos brilhando como moedas de ouro em um lago lamacento. Eram o quê... doze? Talvez mais? Considerando a dificuldade que tivemos quando era uma só, nossas chances contra um bando inteiro não pareciam nada boas, ainda mais enfileirados, três alvos suculentos em uma superfície estreita e escorregadia. Eu duvidava que Meg pudesse ajudar *todos* os pássaros a cometerem suicídio batendo de cara na parede.

— Medronheiro! — gritei. — A flecha disse alguma coisa sobre usar medronheiro contra as estriges.

— Isso é uma planta. — Grover inspirou, ofegante. — Acho que já conheci um medronheiro.

— Flecha, o que é um medronheiro? — perguntei.

NÃO SEI, ORA, NÃO É PORQUE NASCI NUM BOSQUE QUE SOU JARDINEIRA!

Irritado, enfiei a flecha de volta na aljava.

— Apolo, me dê cobertura.

Meg me entregou uma das espadas e remexeu no cinto de jardinagem, observando, nervosa, as estriges que se aproximavam.

Eu não tinha entendido muito bem como Meg esperava que eu desse cobertura para ela. Nunca fui bom com espadas, mesmo quando não estava grudado nas costas de um sátiro, de frente para criaturas que me amaldiçoariam se eu as matasse.

— Grover! Será que conseguimos descobrir que tipo de planta é um medronheiro? — perguntou Meg.

Ela abriu um pacote aleatório e jogou o conteúdo pela rampa, que caiu lá embaixo. As sementes explodiram como pipoca, gerando inhames do tamanho de granadas com caules verdes folhosos. As plantas caíram entre o bando de estriges, acertando algumas, que soltaram guinchos assustados, mas não pararam.

— Isso aí são tubérculos — comentou Grover, ofegante. — Acho que o medronheiro é uma planta frutífera.

Meg abriu um segundo pacote de sementes e despejou uma explosão de arbustos pontilhados de frutinhas verdes. As estriges simplesmente desviaram.

— Uva? — perguntou Grover.

— Groselha.

— Tem certeza? Pelo formato das folhas…

— Grover! — intervi. — O assunto agora é botânica de guerrilha! O que é isso…? NO CHÃO, AGORA!

Bem, gentis leitores, vocês serão os juízes. Eu estava perguntando *O que é isso no chão?* Claro que não. Mesmo Meg tendo reclamado muito depois, eu estava só tentando avisar que uma estrige estava voando direto para a cabeça dela.

Mas Meg não entendeu o aviso — o que *não foi culpa minha.*

Eu golpeei com a espada que tinha na mão, tentando proteger minha jovem amiga. Só minha péssima mira e os reflexos rápidos de Meg me impediram de decapitá-la.

— Pare com isso! — gritou ela, afastando a estrige com a outra espada.

— Você me mandou *dar cobertura*! — protestei.

— Mas não era isso que eu… — Ela soltou um grito de dor, tropeçando quando um corte sangrento se abriu na coxa direita.

De repente fomos envolvidos por um redemoinho de garras, bicos e asas negras. Meg sacudia a espada loucamente. Uma estrige avançou em minha direção, as garras prestes a arrancar meus olhos, mas Grover fez o inesperado: gritou.

O que tem de tão surpreendente nisso?, vocês podem estar se perguntando. *Um ataque de aves devoradoras de entranhas é um momento perfeito para gritar.*

Verdade. Mas o que saiu da boca do sátiro não foi um grito comum.

O som reverberou pela câmara como uma bomba explodindo, fazendo as estriges debandarem, sacudindo a estrutura de pedra e me enchendo de um medo gélido e irracional.

Eu teria saído correndo se não estivesse acoplado às costas do sátiro; teria me jogado daquela rampa só para me afastar daquele som. Mas só larguei a espada e tapei os ouvidos. Meg, caída, sangrando e sem dúvida já meio paralisada pelo veneno de estrige, se encolheu e escondeu a cabeça entre os braços.

As estriges saíram voando de volta para a escuridão.

Meu coração estava disparado. Meu corpo vibrava com adrenalina. Tive que respirar fundo várias vezes antes de conseguir falar:

— Grover, você conjurou pânico?

Eu não conseguia ver o rosto dele, mas senti seu corpo tremendo. O sátiro se deitou na rampa e rolou o corpo de lado, e acabei de cara para a parede.

— Não era minha intenção. — Grover estava rouco. — Não faço isso há anos.

— P-pânico? — perguntou Meg.

— O grito de Pã, o deus perdido — expliquei.

Eu ficava bem triste só de dizer aquele nome. Ah, vivi bons momentos com o deus da natureza, dançando e cabriolando pela floresta! As cabriolas de Pã eram de outro nível. Mas os humanos destruíram boa parte da floresta, e ele sumiu no nada. Ah, vocês, humanos... É por sua causa que os deuses não podem ter um segundo de felicidade.

— Nunca vi ninguém além de Pã usando esse poder. Como você conseguiu?

Grover soltou um misto de gemido e suspiro.

— É uma longa história.

Meg grunhiu.

— Bem, pelo menos isso afastou os pássaros.

Ouvi tecido sendo rasgado. Ela devia estar fazendo uma atadura para a perna.

— Você está paralisada? — perguntei.

— Sim, mas só da cintura para baixo — murmurou ela.

Grover se remexeu do outro lado da amarra de fita adesiva.

— Eu estou bem, mas exausto. Os pássaros daqui a pouco voltam, e eu não tenho como carregar vocês dois lá para cima.

Eu não duvidei. O grito de Pã mandava quase qualquer coisa correndo para longe, mas a mágica exigia muito de quem a fazia. Pã sempre tirava uma soneca de três dias depois que o usava.

Dava para ouvir as estriges lá embaixo, percorrendo o Labirinto. Os gritos já pareciam estar mudando de um *Fujam!* apavorado para um *Por que estamos fugindo?* confuso.

Tentei mexer os pés. Para minha surpresa, notei que sentia os dedos.

— Alguém pode me soltar? Acho que o veneno está perdendo o efeito.

Meg, ainda deitada, usou uma espada para cortar a fita adesiva. Nós três sentamos juntos e nos recostamos na parede. Três iscas de estrige suadas, tristes e patéticas, só aguardando a morte. Lá embaixo, a algazarra das aves malignas foi ficando mais alta. Elas logo voltariam, mais furiosas que nunca. Sob o brilho suave das espadas de Meg, agora dava para ver onde acabava o túnel: cerca de quinze metros acima, a rampa terminava em um teto de tijolos abobadado.

— Nada de saída — lamentou Grover. — Eu tinha tanta certeza... Esse poço se parece tanto com...

Ele balançou a cabeça, como se fosse difícil demais dizer o que esperava encontrar.

— Eu não vou morrer aqui — resmungou Meg.

Mas a cara dela dizia outra coisa. Meg estava com os dedos ensanguentados e os joelhos, ralados, e o vestido verde de que ela tanto gostava, um presente da mãe de Percy Jackson, parecia ter sido todo arranhado por um tigre dente-de-sabre. A perna direita da legging fora arrancada e usada para estancar o sangramento do corte na coxa, mas o tecido já estava encharcado.

Ainda assim, havia um brilho de desafio em seus olhos. As pedrinhas nas pontas dos óculos de gatinho continuavam a reluzir. Eu já tinha aprendido a nunca duvidar de Meg McCaffrey, não enquanto as pedrinhas de seus óculos ainda brilhassem.

Ela remexeu no pacote de sementes, estreitando os olhos para tentar ler os rótulos.

— Rosa. Narciso. Abóbora. Cenoura.

— Não… — Grover deu um tapa na testa. — O medronheiro é tipo… uma árvore com flores. Argh, eu *devia saber* isso.

Eu me solidarizava com os problemas de memória dele. Eu devia saber de *muitas* coisas: a fraqueza das estriges; a saída secreta mais próxima do Labirinto; o celular de Zeus, para poder ligar e suplicar pela minha vida. Mas eu não me lembrava de nada. Minhas pernas tinham começado a tremer, o que talvez fosse um indicativo de que eu logo voltaria a andar, mas nem isso me animou. Não tinha para onde ir, e minha única escolha era morrer na parte mais alta ou mais baixa daquela câmara.

Meg continuou mexendo nos pacotes de sementes.

— Nabo, glicínia, acerola, morango…

— Morango! — Grover berrou tão alto que achei que seria mais um grito de pânico. — É isso! O medronheiro é uma árvore de morangos!

Meg franziu a testa.

— Mas morango *não dá* em árvore. É uma planta do gênero *Fragaria*, da família da rosa.

— Sim, sim, eu sei! — Grover gesticulava com nervosismo, como se não conseguisse dizer as palavras depressa o bastante. — E o medronheiro é da família da urze, mas…

— Do que vocês estão falando? — Até parecia que estavam usando a internet da Flecha de Dodona para entrar no tudosobreplantas.com.br. — Nós estamos prestes a morrer, e vocês ficam discutindo os gêneros das plantas?

— Uma *Fragaria* deve funcionar! — insistiu Grover. — A fruta do medronheiro *parece* um morango, por isso sempre falam que é uma árvore de morangos. Eu já conheci uma dríade de medronheiro, e discutimos muito sobre isso. Além do mais, eu sou especialista em plantio de morangos. Eu e todos os sátiros do Acampamento Meio-Sangue!

Meg encarou o pacotinho de sementes, em dúvida.

— Ai, não sei.

Umas dez estriges surgiram na boca do túnel, lá embaixo, gritando em um coral de fúria arrancadora de intestinos.

— TENTEM A FRANGARIA! — gritei.

— *Fragaria* — corrigiu Meg.

— NÃO IMPORTA!

Em vez de jogar as sementes de morango lá para baixo, Meg abriu o pacotinho e o despejou bem devagar — bem devagar *mesmo* — na beirada da rampa.

— Anda logo. — Peguei o arco com dificuldade. — Temos uns trinta segundos.

— Espera!

Meg espalhou as últimas sementes.

— Quinze segundos!

— Espera. — Meg jogou o pacote de lado e estendeu as mãos sobre as sementes, como se estivesse prestes a tocar teclado (o que, diga-se de passagem, ela não sabe fazer nem um pouco, apesar dos meus esforços para lhe ensinar). — Tudo bem. Agora vai.

Grover pegou a flauta e começou uma versão frenética de "Strawberry Fields Forever", mas num compasso três vezes mais rápido. Deixei o arco de lado, peguei o ukulele e me juntei a ele na música. Não sabia se isso ajudaria, mas, se iam me deixar em pedacinhos, pelo menos morreria tocando Beatles.

O bando de estriges estava prestes a nos atacar, então as sementes explodiram como fogos de artifício. Caules verdes se estenderam na direção do buraco, ancorando as raízes na parede mais distante, formando uma fileira de vinhas que lembravam as cordas de um alaúde gigante. As estriges podiam muito bem ter passado voando pelas aberturas, mas elas ficaram loucas, tentando desviar das plantas, batendo umas nas outras em pleno ar.

As vinhas se adensaram, as folhas se desdobraram, flores brancas floresceram e morangos amadureceram, enchendo o ar com sua doce fragrância.

A câmara tremeu. Cada vez que uma daquelas plantas tocava na pedra, os tijolos rachavam e se dissolviam, abrindo espaço para os morangos criarem raízes.

Meg ergueu as mãos do teclado imaginário.

— O Labirinto está… *ajudando*?

— Não sei! — respondi, tocando um fá menor com sétima muito intenso. — Mas não pare!

Os morangos se espalharam numa velocidade incrível, se abrindo em uma maré verde.

Eu já estava pensando em como seria ainda mais impressionante se houvesse um pouco de sol ali... então o teto abobadado rachou como uma casca de ovo. Raios brilhantes penetraram a escuridão, e escombros caíram, derrubando os pássaros e abrindo caminho pelas vinhas de morango — que, ao contrário das estriges, logo surgiam novamente. Ainda bem.

Assim que entraram em contato com a luz do sol, as estriges gritaram e se dissolveram em pó.

Grover baixou a flauta. Eu botei o ukulele no chão. Olhamos, maravilhados, enquanto as plantas continuavam a crescer, se entrelaçando até formar uma cama elástica de morangos em toda a área abaixo de nós.

O teto tinha se desintegrado, revelando um céu azul brilhante. O ar quente descia como o bafo de um forno aberto.

Grover virou o rosto para a luz e farejou algo, e lágrimas escorreram por suas bochechas.

— Você se machucou? — perguntei.

O sátiro olhou para mim. Seu sofrimento era ainda mais difícil de encarar do que a luz do sol.

— Cheiro de morangos frescos — explicou. — Como no Acampamento Meio-Sangue. Faz tanto tempo...

Senti uma pontada desconhecida no peito. Dei um tapinha no joelho de Grover. Eu não tinha passado muito tempo no Acampamento Meio-Sangue, onde os semideuses gregos eram treinados, mas compreendia. Fiquei pensando em como meus filhos, Kayla, Will e Austin, estavam se saindo por lá. Eu ainda me lembrava de ficar sentado ao redor da fogueira com eles cantando "Minha mãe era um Minotauro" enquanto comíamos espetos de marshmallows derretidos. Camaradagem perfeita assim é rara, mesmo na vida imortal.

Meg se encostou na parede. Estava pálida, com a respiração pesada.

Remexi os bolsos e encontrei um quadradinho de ambrosia em um guardanapo. Não estava guardando aquilo para mim. Naquele estado mortal, comer o alimento dos deuses podia me fazer entrar em combustão espontânea. Só que, como eu já tinha descoberto, Meg nem sempre estava disposta a comer ambrosia.

— Coma isso — falei, colocando o guardanapo na mão dela. — Vai ajudar a passar a paralisia.

Ela trincou os dentes, como se fosse gritar EU NÃO QUERO!, mas decidiu que gostava da ideia de voltar a mexer as pernas. Então começou a mordiscar a ambrosia.

— O que tem lá em cima? — perguntou, franzindo a testa para o céu azul.

Grover limpou uma lágrima do rosto.

— Chegamos. O Labirinto nos trouxe direto para a base.

— A base?

Fiquei feliz da vida em saber que *tínhamos* uma base. Seria um lugar seguro, com camas macias e talvez uma máquina de café expresso.

— É. — Grover engoliu em seco, ansioso. — Isso se tiver sobrado alguma coisa. Veremos.

4

Bem-vindos à minha base
É uma beleza:
Tem pedras, areia e ruínas

AO QUE TUDO INDICA, cheguei à superfície.

Eu não lembro.

Meg estava com parte do corpo paralisado, e Grover já tinha me carregado por metade da rampa, então pareceu muito errado ter sido eu a desmaiar... mas o que posso fazer? Aquele fá menor com sétima de "Strawberry Fields Forever" deve ter me cansado mais do que eu imaginava.

O que eu *lembro* são os sonhos febris.

Uma bela mulher de pele morena estava à minha frente, o cabelo castanho comprido preso em um coque trançado no topo da cabeça, o vestido sem mangas de um tecido leve e cinzento, como asas de mariposa. Parecia ter uns vinte anos, mas seus olhos eram pérolas negras com o lustro profundo dos séculos, uma camada protetora que escondia incontáveis sofrimentos e decepções. Os olhos de uma imortal que já viu a queda de grandes civilizações.

Estávamos parados numa plataforma de pedra, perto do que parecia uma piscina de lava. O calor emanava do chão, ondulando no ar, e meus olhos ardiam com as cinzas espalhadas pelo ambiente.

A mulher ergueu os braços em súplica. Os pulsos estavam presos por algemas de ferro ardente, o metal já vermelho e incandescente, e as correntes derretidas estavam fincadas na plataforma. Ainda assim, o metal quente não parecia queimá-la.

— Sinto muito — disse a mulher, mas eu sabia que ela não estava falando comigo.

Eu via a cena pelos olhos de outra pessoa. A mulher tinha acabado de dar más notícias para esse outro alguém — notícias *horríveis*, mas eu não tinha ideia do quê.

— Eu a pouparia disso, se pudesse — continuou ela. — Eu pouparia *a garota*. Mas não posso. Diga a Apolo que ele precisa vir, ele é o único que pode me libertar. Mesmo sendo uma... — Ela engasgou, como se tivesse um caco de vidro preso na garganta. — Seis letras — gemeu. — Começa com C.

Cilada, pensei. É uma *cilada*!

Fiquei um pouco empolgado, como se estivesse assistindo a um game show e soubesse a resposta antes do competidor, naquelas horas em que a gente pensa: *Se eu estivesse lá, ganharia todos os prêmios!*

Mas logo percebi que não gostava daquele game show. Ainda mais porque a resposta era *cilada*. Ainda mais porque essa cilada era o grande prêmio.

A imagem da mulher se dissolveu nas chamas.

Eu estava em um lugar diferente, um terraço coberto com vista para uma baía enluarada. Ao longe, coberto de névoa, dava para ver a silhueta familiar do Monte Vesúvio — mas era o Vesúvio antes da erupção de 79, que explodiu o cume em pedacinhos, destruiu Pompeia e exterminou milhares de romanos. (Isso foi culpa do Vulcano. Ele estava tendo uma semana *péssima*.)

O céu noturno estava roxo como um hematoma, e a paisagem era iluminada somente pelas tochas, a lua e as estrelas. O piso de mosaico do terraço cintilava num padrão de azulejos dourados e prateados, o tipo de trabalho artístico que poucos romanos tinham como pagar. Cortinas de seda que deviam ter custado centenas de milhares de denários emolduravam afrescos multicoloridos. Eu achava que sabia onde estava: numa vila imperial, um dos muitos palácios de prazer ao longo do golfo de Nápoles, logo no começo do império. As luzes desses lugares em geral ardiam a noite toda, como demonstração de poder e opulência, mas as tochas daquele terraço estavam apagadas, envoltas em tecido preto.

Um rapaz magro estava parado à sombra de uma coluna, olhando o mar. Sua postura era de pura impaciência. Ele ajeitou a toga branca, cruzou os braços e bateu o pé, a sola da sandália estalando no chão.

Um segundo homem veio, marchando pelo terraço. A armadura tilintava, e sua respiração era pesada como a de um lutador corpulento. Um elmo de guarda pretoriano escondia seu rosto.

Ele se ajoelhou diante do rapaz.

— Está feito, princeps.

Princeps. Era latim para *primeiro na linhagem,* ou *primeiro cidadão* — o adorável eufemismo que os imperadores romanos usavam para tentar disfarçar o quanto seu poder era absoluto.

— Tem certeza de que já está na hora? — perguntou uma voz jovem e aguda. — Não quero mais surpresas.

O pretor grunhiu.

— Certeza absoluta, princeps.

O guarda estendeu os antebraços enormes e peludos. O luar iluminou a pele, e o sangue reluziu em diversos arranhões, como se unhas desesperadas tivessem cortado a carne.

— O que você usou?

O rapaz parecia fascinado.

— O travesseiro dele. Achei mais simples.

O rapaz riu.

— Aquele porco velho merecia. Passei *anos* esperando a morte dele e, quando finalmente anunciamos que ele bateu as sandálias, ele tem a *coragem* de acordar de volta? Ah, não, não mesmo! Amanhã vai ser um novo dia para Roma, um dia melhor.

O princeps foi para uma área mais iluminada, e o luar revelou seu rosto. Um rosto que eu esperava nunca mais ver.

Ele era bonito, com traços magros e angulosos, embora as orelhas fossem um pouco grandes demais. Tinha um sorrisinho torto, e os olhos tão calorosos quanto os de uma barracuda.

Mesmo que vocês não reconheçam as feições dele, queridos leitores, tenho certeza de que já o conheceram. Ele é aquele valentão da escola que é encantador demais para ser punido pelos adultos; o sujeito que pensa nas pegadinhas mais cruéis e manda os outros fazerem seu trabalho sujo — e ainda por cima consegue manter a reputação em alta com os professores. É o garoto que arranca pernas de insetos e tortura animais de rua, mas ri com tanto prazer que quase consegue convencer a todos de que aquilo é apenas uma diversão inofensiva. É o garoto que rouba dinheiro dos pratos de coleta dos templos, sempre aprontando pelas costas das velhinhas, que o elogiam por ser *tão bom rapaz*.

Ele é esse tipo de pessoa, esse tipo de mal.

E, naquela noite, ele assumiu um novo nome — um que *não* era presságio de dias melhores para Roma.

O guarda pretoriano baixou a cabeça.

— Ave, César!

Acordei trêmulo.

— Bem a tempo — comentou Grover.

Eu me sentei. Sentia a cabeça latejando, a boca com gosto de pó de estrige.

Estava deitado sob uma tenda improvisada, um pedaço de plástico azul preso à lateral de uma colina com vista para o deserto. O Sol já estava baixo no céu. Meg estava dormindo ali ao lado, encolhida, a mão apoiada em meu pulso. Eu teria achado um gesto fofo se não soubesse onde aqueles dedos tinham estado. (Dica: dentro do nariz.)

Grover estava sentado numa protuberância na pedra ali perto, bebendo água do cantil. A julgar pela expressão de cansaço, devia ter ficado de guarda enquanto dormíamos.

— Eu desmaiei?

Ele jogou o cantil para mim.

— Achei que *eu* tivesse o sono pesado. Você está apagado há horas.

Tomei um gole e esfreguei os olhos, eliminando os últimos resquícios de sono. Queria poder eliminar aqueles sonhos da cabeça com a mesma facilidade. Uma mulher acorrentada numa sala de fogo, uma cilada para Apolo, um novo César com o sorriso agradável de um belo sociopata.

Não pense nisso, disse a mim mesmo. *Sonhos não são necessariamente reais.*

Não, respondi a mim mesmo. *Só os ruins. Como esses.*

Voltei a atenção para Meg, que roncava à sombra da tenda. Tinha uma atadura nova na perna, e usava uma camiseta limpa por cima do vestido arruinado. Tentei me soltar, mas ela apertou meu pulso com mais força.

— Ela está bem — garantiu Grover. — Pelo menos fisicamente. Dormiu assim que deixamos vocês aí. — Ele franziu a testa. — Mas não pareceu muito feliz de estar aqui. Disse que não aguentava este lugar, que queria ir embora. Até achei que fosse pular de volta para o Labirinto, mas consegui convencê-la de que precisava descansar primeiro. Toquei um pouco de música para ela relaxar.

Olhei em volta, me perguntando por que Meg tinha ficado tão incomodada.

A paisagem que se estendia mais abaixo só era mais hospitaleira que Marte. (O planeta, não o deus. Se bem que nenhum dos dois é bom anfitrião.) Montanhas ocre banhadas de sol circundavam um vale sarapintado de campos de golfe de um verde nada natural, planícies vazias e poeirentas e enormes subúrbios com casas de fachadas brancas, telhado vermelho e piscinas azuis. Fileiras de palmeiras imóveis costuravam as ruas em intervalos irregulares, e o vapor quente subia do asfalto dos estacionamentos. Uma névoa marrom pairava no ar, se espalhando pelo lugar como molho aguado.

— Ah, Palm Springs... — comentei.

Conheci bem a cidade na década de 1950. Tinha quase certeza de que podia ver a rua onde dei uma festa com Frank Sinatra — logo ao lado de um dos campos de golfe. Mas aquilo parecia ter acontecido em outra vida. Provavelmente porque tinha sido mesmo.

O lugar parecia bem menos acolhedor, quente demais para um fim de tarde de primavera, o ar pesado e fedorento demais. Tinha alguma coisa errada, algo que eu não conseguia definir.

Examinei os arredores. Estávamos no topo de uma colina, com as matas de San Jacinto para trás e Palm Springs à frente. Uma rua de cascalho contornava a base da colina, serpenteando até o bairro mais próximo, cerca de oitocentos metros abaixo. O topo daquela colina já tinha abrigado uma estrutura grande.

Seis cilindros ocos de concreto estavam enterrados na inclinação rochosa, cada um com nove metros de diâmetro. Pareciam as estruturas em ruínas de antigos moinhos de açúcar, todas de tamanhos diferentes e em vários estágios de degradação, mas os topos estavam todos alinhados, então imaginei que fossem enormes colunas de sustentação de alguma casa. A julgar pelos detritos que cobriam a encosta (estilhaços de vidro, tábuas queimadas, pedaços enegrecidos de tijolos), a casa tinha pegado fogo muitos anos antes.

Então me dei conta de que *a saída do Labirinto* devia ficar em um daqueles cilindros.

Eu me virei para Grover.

— E as estriges?

Ele balançou a cabeça.

— Mesmo se alguma tiver sobrevivido e conseguir passar pelos morangos, não arriscaria sair na luz do dia. — Ele apontou para o cilindro de concreto mais distante, de onde devíamos ter saído. — Ninguém mais vai passar por ali.

— Mas... — Indiquei as ruínas. — Essa não pode ser *a base*.

Achei que ele fosse me corrigir, dizer *ah, não, a base é aquela linda casa lá embaixo. Aquela com piscina olímpica, ao lado do décimo quinto buraco!*

Mas ele teve a coragem de parecer satisfeito.

— É, sim. Este lugar tem energia natural poderosa, é um santuário perfeito. Você não sente a força vital?

Peguei um tijolo queimado.

— Força vital?

— Você vai ver. — Grover tirou o gorro e coçou entre os chifres. — Do jeito que as coisas andam, as dríades precisam ficar ocultas e inativas até o pôr do sol. Só assim conseguem sobreviver. Mas elas logo vão acordar.

Do jeito que as coisas andam.

Olhei para oeste. O Sol tinha acabado de descer atrás das montanhas, e as nuvens no céu pareciam marmorizadas, com camadas intensas de vermelho e preto — uma cena mais apropriada para Mordor do que para o sul da Califórnia.

— O que está acontecendo? — perguntei, sem saber se queria mesmo a resposta.

Grover fitou o horizonte, tristonho.

— Não viu as notícias? Os maiores incêndios florestais da história do estado. Isso sem falar na seca, nas ondas de calor e nos terremotos. — Ele estremeceu. — Milhares de dríades morreram, e outras milhares entraram em hibernação. Já seria bem ruim se fossem desastres naturais *normais*, mas...

Meg levou um susto, ainda dormindo. Ela se sentou de repente, piscando, confusa. Pelo pânico em seus olhos, concluí que os sonhos dela tinham sido piores que os meus.

— E-estamos mesmo aqui? Eu não sonhei?

— Está tudo bem — afirmei. — Você está segura.

Ela balançou a cabeça, o queixo tremendo.

— Não. Não estou, não.

Desnorteada, ela tirou os óculos, como se pudesse suportar aquilo melhor se não conseguisse ver direito os arredores.

— Não posso estar aqui. De novo, não.

— De novo?

De repente me lembrei de um verso da profecia de Indiana: *A filha de Deméter encontra raízes antigas.*

— Quer dizer que você *morava* aqui?

Meg examinou as ruínas, então deu de ombros, desolada. Só não ficou claro se isso queria dizer *Sei lá* ou *Não quero tocar no assunto.*

O deserto parecia um lar improvável para Meg, uma garota de rua de Manhattan criada na casa real de Nero.

Grover cofiou os pelos do cavanhaque, pensativo.

— Uma filha de Deméter… — disse ele. — Na verdade, faz muito sentido.

Olhei para ele.

— Aqui? Um filho de Vulcano, talvez. Ou de Ferônia, a deusa da mata. Ou até de Méfitis, a deusa dos gases venenosos. Mas de Deméter? O que uma filha de Deméter teria para cultivar aqui? Pedras?

Grover pareceu ofendido.

— Você não entende. Quando conhecer o pessoal…

Meg saiu de debaixo da tenda e ficou de pé, sem conseguir se apoiar direito na perna machucada.

— Tenho que ir.

— Espere! — implorou Grover. — Precisamos da sua ajuda. Pelo menos fale com os outros!

Meg hesitou.

— Outros?

Grover apontou para o norte. Só consegui ver o que ele queria mostrar quando me levantei: seis estruturas meio escondidas atrás das ruínas, todas brancas e quadradas como… galpões de depósito? Não. Estufas. A mais próxima das ruínas tinha derretido havia muito tempo, sem dúvida vítima do incêndio que arrasara o lugar; e o telhado e as paredes de policarbonato corrugado da segunda estufa tinham desabado como um castelo de cartas; mas as outras quatro pareciam intactas, com vasos de cerâmica do lado de fora e as portas abertas. Lá dentro, plantas tomavam o espaço, as folhas de palmeira empurrando as paredes transparentes, como mãos gigantescas querendo sair.

Não entendi como alguma coisa conseguia sobreviver naquela aridez escaldante, ainda mais dentro de uma estufa feita para deixar o ambiente mais quente. E também não queria chegar nem um pouco mais perto daquelas caixas quentes e claustrofóbicas.

Grover abriu um sorriso encorajador.

— Com certeza todo mundo já está acordado. Venham, vou apresentar vocês para a galera!

5

Medicina natural:
Cure os meus cortes,
Remédios de suculentas

GROVER NOS LEVOU PARA a primeira das estufas ainda em funcionamento. O cheiro do lugar lembrava o hálito de Perséfone.

Isso não é um elogio. A srta. Primavera ficava sentada ao meu lado nos jantares de família e não tinha nenhum receio de compartilhar sua halitose. Imaginem um cesto de lixo cheio de matéria orgânica molhada e cocô de minhoca: esse era o cheiro. Ai, como eu amo a primavera.

As plantas tinham tomado o interior da estufa — o que foi meio apavorante, já que a maioria era cactos. Um cacto-abacaxi do tamanho de um barril estava logo na entrada, os espinhos amarelos grossos como espetos de churrasquinho. No canto dos fundos ficava uma árvore de Josué magnífica, os galhos desgrenhados tocando o teto. Uma opúncia enorme estava aberta em flor, encostada na parede oposta, e frutas roxas pendiam dos muitos espinhos duros — pareciam deliciosas, não fosse o fato de que cada uma tinha mais espinhos do que a clava favorita de Ares. Mesas de metal gemiam sob o peso de incontáveis cactos e suculentas: salicórnias, escobarias, chollas e dezenas de outras plantas cujos nomes eu não sabia. Cercado de tantos espinhos e flores, naquele calor tão opressivo, me senti outra vez no camarim de Iggy Pop no Coachella de 2003.

— Voltei! — anunciou Grover. — E trouxe amigos!

Silêncio.

Mesmo no pôr do sol, a temperatura lá dentro era tão alta, e o ar, tão denso, que achei que fosse morrer de insolação em cerca de quatro minutos. E olha que eu era o deus do Sol.

Até que enfim surgiu a primeira dríade. Uma bolha de clorofila se inflou na lateral do figo-da-índia, estourando em névoa verde. As gotículas de névoa se uniram até formar uma garotinha com pele esmeralda, cabelo amarelo espetado e um vestido todo franjado de espinhos de cacto. O olhar dela era quase tão afiado quanto o vestido — e por sorte direcionado a Grover, não a mim.

— Por *onde* você andou? — perguntou ela.

— Ah. — Grover pigarreou. — Eu fui chamado. Convocação mágica. Depois eu conto tudo. Mas, olha, eu trouxe o Apolo! E essa é Meg, filha de Deméter!

Ele exibiu Meg como se a garota fosse o prêmio fabuloso de algum programa de auditório.

A dríade não se animou.

— Humpf. Até que as filhas de Deméter são legais. Eu sou Figo-da-índia. Ou Fig, para facilitar.

— Oi — cumprimentou Meg, sem forças.

A dríade estreitou os olhos para mim. Considerando o vestido cheio de espinhos, torci para ela não ser do tipo que gosta de abraçar.

— Você é o Apolo... *o deus Apolo*? — perguntou ela. — Não acredito!

— Tem dias que nem eu acredito — admiti.

Grover olhou em volta.

— Onde estão as outras?

Aproveitando a deixa, outra bolha de clorofila explodiu de uma das suculentas, e surgiu uma segunda dríade, uma jovem robusta usando um vestido largo que lembrava uma flor de alcachofra. O cabelo era uma floresta de triângulos verde-escuros; o rosto e os braços brilhavam como se estivessem cobertos de óleo. (Pelo menos eu esperava que fosse óleo, não suor.)

Ela deu um grito quando viu nosso estado:

— Ah! Vocês estão feridos?

Fig revirou os olhos.

— Al, para com isso.

— Mas eles parecem feridos! — Al se aproximou e segurou minha mão. Sua pele era fria e oleosa. — Vou pelo menos cuidar desses cortes. Grover, por que não *curou* esses coitadinhos?

— Eu tentei! — protestou o sátiro. — Mas foram muitos danos!

Aí está o resumo da minha vida, pensei: *Foram muitos danos.*

Al passou as pontas dos dedos em meus cortes, deixando trilhas de gosma, como as lesmas. Não foi uma sensação agradável, mas amenizou a dor.

— Ah, você é Aloe Vera — compreendi. — Eu sempre usei você para fazer pomadas cicatrizantes!

A dríade abriu um sorriso.

— Ele se lembra! Apolo se lembra de mim!

Uma terceira dríade saiu do tronco da árvore de Josué, nos fundos do salão. Era uma dríade *macho*, o que era bem raro. A pele era marrom como a casca da árvore, o cabelo castanho comprido e desgrenhado, as roupas de um tecido cáqui surrado. Parecia um explorador voltando da selva.

— Oi, sou Josué. Bem-vindos a Aeithales.

Foi bem naquele momento que Meg McCaffrey decidiu desmaiar.

Eu poderia ter avisado que *nunca* era legal desmaiar na frente de um cara atraente. Essa estratégia *nunca* funcionou comigo, nem em milhares de anos. Ainda assim, como bom amigo que eu era, consegui segurá-la antes que caísse de cara no cascalho.

— Ah, coitadinha! — Aloe Vera olhou feio para Grover. — Ela está exausta e morrendo de calor. Você não deixou a menina descansar?

— Ela dormiu a tarde inteira!

— Mas está desidratada. — Aloe tocou a testa de Meg. — Ela precisa é de água.

Fig fungou.

— E não é do que todos precisamos?

— Levem essa menina para a Cisterna — ordenou Al. — Mellie já deve ter acordado. Daqui a pouquinho eu encontro vocês lá.

Grover se animou.

— Mellie está aqui? Eles conseguiram?

— Chegaram hoje de manhã — respondeu Josué.

— E os grupos de busca? — insistiu Grover. — Alguma notícia?

As dríades trocaram olhares preocupados.

— Não temos boas notícias — disse Josué. — Só um grupo voltou, e...

— Com licença — intervim. — Não tenho ideia do que vocês estão falando, mas Meg é bem pesada. Onde eu deixo a garota?

Grover se endireitou.

— Certo. Desculpe, vou mostrar. — Ele passou o braço de Meg por cima dos ombros, dividindo o peso da menina. Então se virou para as dríades. — Gente, que tal jantarmos na Cisterna? Temos muito o que conversar.

Josué assentiu.

— Vou avisar o pessoal das outras estufas. E, Grover, você prometeu enchiladas. Três dias atrás.

— Eu sei. — O sátiro suspirou. — Vou buscar mais.

Juntos, levamos Meg para fora da estufa. Enquanto a arrastávamos pela encosta, não consegui conter a curiosidade — era uma dúvida muito cruel, e *tive* que perguntar:

— Dríades comem enchilada?

Ele pareceu ofendido.

— Claro, ué! Achou que elas só comessem fertilizantes?

— Bom... é.

— Esses estereótipos...

Decidi que era uma boa deixa para mudar de assunto.

— Foi coisa da minha cabeça, ou Meg desmaiou porque ouviu o nome deste lugar? *Aeithales*. É grego antigo para *sempre-viva*, se bem me lembro.

Achei um nome estranho para um lugar no meio do deserto. Por outro lado, não era mais estranho do que dríades comendo enchilada.

— O nome estava entalhado na antiga soleira da porta — explicou Grover. — Tem muita coisa que não sabemos sobre as ruínas, mas, como falei, este lugar tem muita energia da natureza. Quem morava aqui e criou as estufas sabia bem o que estava fazendo.

Gostaria de poder dizer o mesmo sobre mim.

— As dríades não *nasceram* naquelas estufas? Então elas não sabem quem as plantou?

— A maioria era jovem demais quando a casa pegou fogo. Algumas das plantas mais velhas talvez até se lembrassem de algo, mas ainda estão dormentes — Grover apontou para as estufas destruídas —, ou não estão mais entre nós.

Fizemos um minuto de silêncio pelas suculentas que já tinham partido.

Grover nos conduziu até o maior cilindro de concreto. A julgar pelo tamanho e posição no centro das ruínas, concluí que provavelmente era a coluna de sustentação central da estrutura incendiada. A circunferência era pontilhada por aberturas irregulares no nível do chão, como janelas de um castelo medieval. Arrastamos Meg por uma delas, chegando a um lugar bem parecido com o poço onde enfrentamos as estriges.

O topo era aberto, e dava para ver o céu. Uma rampa descia até o fundo, espiralando ao longo da parede. Por sorte, eram apenas seis metros até lá embaixo. No centro do chão de terra cintilava um laguinho azul-escuro. Parecia o buraco de um donut gigante. A água refrescava o ar, e os arredores pareciam até agradáveis e convidativos. Em volta do laguinho havia sacos de dormir, e cactos floridos brotavam de alcovas nas paredes.

A Cisterna não era uma estrutura elegante, nada como o pavilhão de jantar do Acampamento Meio-Sangue ou a Estação Intermediária de Indiana. Mas, lá dentro, me senti melhor e mais seguro. Entendi o que Grover queria dizer: aquele lugar vibrava com uma energia tranquilizadora.

Levamos Meg até o fim da rampa sem cair nem tropeçar, o que considerei uma grande vitória. Nós a deitamos num dos sacos de dormir, e Grover se levantou e olhou em volta.

— Mellie? — chamou ele. — Gleeson? Estão aqui?

O nome Gleeson me soou vagamente familiar, mas, como sempre, não consegui me lembrar bem de onde eu o conhecia.

Nenhuma bolha de clorofila surgiu das plantas. Meg, ainda apagada, se virou de lado e murmurou… alguma coisa sobre Pêssego. Filetes de névoa branca começaram a se erguer da beira do laguinho, juntando-se até se fundirem na forma de uma mulher pequena de vestido prateado. O cabelo escuro flutuava em volta da cabeça, como se ela ainda estivesse embaixo d'água, deixando à mostra as orelhas meio pontudas. Ela carregava um bebê adormecido num sling pendurado no ombro. A criança devia ter uns sete meses, tinha cascos no lugar dos pezinhos, e chifrinhos de bode despontavam da cabeça. A bochecha gorducha estava amassada em um dos ombros da mãe, e a boca era uma verdadeira cornucópia de baba.

A ninfa das nuvens (o que ela com certeza era) sorriu para Grover. Seus olhos castanhos estavam injetados e sonolentos, e ela levou um dedo aos lábios, pedindo silêncio para não acordar o bebê. Eu não podia culpá-la: bebês sátiros são barulhentos e agitados, e destroem com seus dentinhos várias latas por dia.

— Mellie, você conseguiu! — sussurrou Grover.

— Grover, querido. — Ela olhou para Meg, dormindo ali no chão, e inclinou a cabeça para mim. — Você é… Você é ele?

— Apolo? Sou.

Mellie comprimiu os lábios.

— Ouvi boatos, mas não acreditei. Coitadinho. Como está aguentando?

No passado, eu teria debochado de qualquer ninfa que *ousasse* me chamar de coitadinho. Claro que muitas não teriam sequer demonstrado essa consideração por mim — em geral estavam ocupadas demais fugindo. Mas aquela preocupação toda de Mellie me deixou com um nó na garganta. Fiquei tentado a apoiar a cabeça no outro ombro dela e chorar minhas inúmeras pitangas.

— Eu… Eu estou bem — consegui dizer. — Obrigado.

— E essa sua amiga adormecida?

— Acho que ela só está exausta. — Eu me perguntava se era só isso mesmo. — Aloe Vera disse que daqui a pouco viria cuidar dela.

Mellie pareceu preocupada.

— Tudo bem. Vou ficar de olho para Aloe não exagerar.

— Exagerar?

Grover tossiu.

— Cadê o Gleeson?

Mellie observou em volta, como se só agora percebesse que o tal do Gleeson não estava ali.

— Não sei. Desde que chegamos, passei o dia inteiro dormindo. Ele disse que ia até a cidade buscar equipamentos de camping. Que horas são?

— Já passou do pôr do sol — respondeu Grover.

— Então ele já deveria ter voltado. — O corpo de Mellie tremeluziu de agitação, ficando tão indistinto que tive medo de o bebê atravessá-lo e cair.

— Gleeson é seu marido? — tentei adivinhar. — Um sátiro?

— É, Gleeson Hedge.

Foi quando eu lembrei, mas muito vagamente: o sátiro que velejou com os heróis semideuses no *Argo II*.

— Você sabe aonde ele foi?

— Passamos por uma loja de equipamento militar no pé da colina vindo para cá. Ele ama essas lojas. — Mellie se virou para Grover. — Talvez ele tenha se distraído e perdido a hora, mas… Será que vocês podem dar uma olhada?

Naquele momento, percebi como Grover Underwood estava exausto. Os olhos estavam ainda mais vermelhos do que os de Mellie, os ombros caídos, a flauta pendurada de qualquer jeito no pescoço. Ao contrário de Meg e de mim, ele não dormia desde a noite anterior, no Labirinto. E Grover tinha usado o grito de Pã, nos levado até um lugar seguro e passado o dia inteiro nos protegendo, esperando as dríades acordarem. Agora, recebia mais uma missão: ir atrás de Gleeson Hedge.

Ainda assim, ele conseguiu abrir um sorriso.

— Claro, Mellie.

A dríade lhe deu um beijo na bochecha.

— Você é o melhor Senhor da Natureza de todos!

Grover ficou vermelho.

— Cuide de Meg McCaffrey até a gente voltar, tudo bem? Venha, Apolo. Vamos fazer compras.

6

Labaredas nos atacam
Eu amo o deserto
Mas vou torrar nesse sol

MESMO DEPOIS DE QUATRO mil anos, eu ainda tinha muitas lições de vida a aprender. Por exemplo: nunca faça compras com um sátiro.

Encontrar a loja a que Hedge fora demorou uma eternidade, porque Grover toda hora se distraía. Ele parou para conversar com uma mandioca, deu instruções para uma família de esquilos e farejou fumaça, o que nos levou em uma busca deserto adentro atrás de uma bituca de cigarro que tinha sido descartada na estrada.

— É assim que começam os incêndios — explicou, comendo a bituca (um descarte responsável).

Eu não via nada que pudesse pegar fogo num raio de um quilômetro e meio, e tinha certeza quase absoluta de que pedras e terra não eram inflamáveis, mas não ia discutir com gente que come cigarro. Continuamos a busca pela loja de equipamento militar.

A noite caiu. O horizonte cintilava, mas não com a luz laranja habitual da poluição dos mortais, e sim com o vermelho ameaçador de um inferno distante. Fumaça bloqueava as estrelas, e a temperatura não baixou muito. O ar ainda tinha um cheiro amargo e *errado*.

Eu me lembrei de quando quase fomos incinerados por aquela labareda, ainda no Labirinto. Era um calor que parecia ter vontade própria, como uma malevolência ressentida. Dava para imaginar essas ondas de fogo se espalhando sob a superfície, tomando o Labirinto e transformando o terreno mortal acima em um deserto ainda mais inabitável.

Lembrei-me do sonho com a mulher presa por correntes incandescentes em uma plataforma sobre um lago de lava. Apesar das memórias confusas, eu tinha certeza de que a mulher era Sibila Eritreia, o próximo oráculo que precisávamos libertar dos imperadores. Algo me dizia que ela estava aprisionada bem no centro de… do que quer que estivesse gerando aqueles fogos subterrâneos. Eu não gostava da ideia de procurá-la.

— Grover, lá na estufa você falou alguma coisa sobre grupos de busca.

Ele me encarou e engoliu em seco com uma careta de sofrimento, como se a guimba de cigarro ainda estivesse presa na garganta.

— Já faz meses que os sátiros e dríades mais bem-dispostos e resistentes começaram a percorrer a região. — Seus olhos estavam fixos na estrada. — Não temos muitas equipes de busca. Com o calor e os incêndios, os cactos são os únicos espíritos da natureza que ainda conseguem se manifestar. Foram poucos os que voltaram com vida, pelo menos até agora. Nós não… não sabemos muito dos outros.

— E estão procurando o quê, afinal? A fonte dos incêndios? O imperador? O oráculo?

Os sapatos adaptados para cobrir os cascos de Grover deslizaram, escorregando no acostamento de cascalho.

— Está tudo interligado; tem que estar. Só fiquei sabendo do oráculo porque você me contou. Mas, se o imperador quer tanto escondê-lo, deve ser no Labirinto. E o Labirinto é a fonte dos nossos problemas com o fogo.

— Esse labirinto que você está falando é *O Labirinto*?

— Mais ou menos. — O lábio inferior de Grover tremia. — A rede de túneis sob o sul da Califórnia… A gente acha que ela faz parte do Labirinto, mas tem alguma coisa acontecendo com esta área em especial. É como se este pedaço do Labirinto estivesse… infectado. Como se estivesse com febre. Os fogos estão se juntando, se fortalecendo. E, às vezes, eles se juntam e cospem… Ali!

Ele apontou para o sul. Uns quatrocentos metros acima, na colina mais próxima, uma enorme labareda amarela se projetou para o céu; parecia a ponta ardente de um maçarico. O fogo sumiu de repente, deixando um rastro de rocha derretida.

Considerei o que teria acontecido se eu estivesse bem ali quando o fogo jorrou do buraco.

— Isso não é normal — comentei, sentindo os tornozelos meio bambos, como se fosse eu quem tivesse pés falsos.

Grover assentiu.

— Já tínhamos problemas suficientes na Califórnia: secas, mudanças climáticas, poluição, o de sempre. Mas essas chamas... — Ele ficou sério. — É alguma magia que não entendemos. Passei quase um ano inteiro andando pela região, tentando encontrar a fonte de calor e acabar com ela. Perdi tantos amigos...

A voz dele falhou. Eu entendia bem a sensação. Ao longo dos séculos, perdi muitos mortais queridos para mim, mas me lembrei de um em particular naquele momento: o grifo Heloísa, que morreu na Estação Intermediária tentando defender o ninho e nos proteger do ataque do imperador Cômodo. Ainda via seu corpo frágil, as penas se desintegrando naquele canteiro de erva-de-gato, no jardim do telhado de Emmie...

Grover se ajoelhou e pegou um punhado de mato. As folhas quebraram e se desfizeram.

— É tarde demais — murmurou. — Quando eu estava procurando por Pã, pelo menos tinha alguma esperança. Achava que podia encontrar meu deus, e que ele salvaria a todos nós. Mas agora... Bem, o deus da natureza está morto.

Fiquei olhando as luzes cintilantes de Palm Springs, tentando imaginar Pã em um lugar como aquele. Os humanos tinham mudado demais o mundo natural; não era de se surpreender que Pã tivesse minguado e enfraquecido até desaparecer de vez. Tinha deixado o que restava de seu espírito para seus seguidores, os sátiros e as dríades, confiando a eles sua missão de proteger a natureza.

Eu podia ter dito a Pã que isso era uma péssima ideia. Uma vez, saí de férias e confiei o reino da música a um seguidor meu, Kenny G. Quando voltei, um tempo depois, a música pop tinha sido infectada por saxofones melosos e mullets, e o Simple Red dominava o horário nobre da televisão. *Nunca mais faço isso.*

— Pã ficaria orgulhoso em ver seu empenho — falei, mas nem eu botei muita fé naquilo.

Grover se levantou.

— Meu pai e meu tio se sacrificaram na busca por Pã. Eu só queria um pouco mais de ajuda para fazer o trabalho dele. Os humanos parecem não se importar, nem mesmo os semideuses. Nem mesmo...

Ele deixou a frase no ar, mas desconfiei que estava prestes a dizer "Nem mesmo os deuses".

E eu tinha que admitir que ele estava certo.

Os deuses não costumam sentir a dor da perda de um grifo, de algumas dríades ou mesmo de um ecossistema inteiro. *Ah, eu não tenho nada a ver com isso*, pensaríamos.

Mas, quanto mais tempo eu passava naquele corpo mortal, mais me abalava com até mesmo a menor das perdas.

Eu odiava aquela vida de mortal.

Seguimos pela estrada que contornava o muro de um condomínio, avançando até os letreiros de néon das lojas mais ao longe. Eu tomava cuidado onde pisava, dando cada passo com medo de que uma labareda de fogo pudesse me transformar em churrasco grego.

— Você disse que tudo está conectado — lembrei. — Acha que foi o terceiro imperador que criou esse labirinto de fogo?

Grover olhou em volta, como se o terceiro imperador pudesse pular de trás de uma palmeira com um machado e uma máscara assustadora. Considerando minhas suspeitas sobre a identidade dele, isso talvez não fosse exagero.

— Acho. Mas não sabemos como nem por quê, não sabemos nem mesmo onde ele está. Até onde eu sei, esse imperador muda de base constantemente.

— E... — Engoli em seco, com medo de perguntar. — E a identidade dele?

— Só sabemos que ele usa o título de *NH*. De *Neos Helios*.

Senti como se um esquilo fantasma subisse pelas minhas costas, mordiscando minha coluna.

— É grego. Quer dizer *Novo Sol*.

— Isso mesmo. Não é um nome de imperador romano.

Não, pensei. *Mas era um dos títulos favoritos dele.*

Decidi não compartilhar essa informação. Não ali, no escuro, só com um sátiro medroso como companhia. Se eu confessasse o que sabia naquele momento, havia grandes chances de Grover e eu abrirmos o berreiro, chorando nos braços um do outro — o que não ajudaria em nada, além de ser muito constrangedor.

Passamos na frente do portão do condomínio PALMEIRAS DO DESERTO (sério que alguém foi *pago* para criar esse nome?) e seguimos até as lojas mais próximas, lanchonetes e postos de gasolina cintilando ao sol.

— Eu estava torcendo para que Mellie e Gleeson conseguissem mais informações — comentou Grover. — Eles tinham ido para Los Angeles com alguns semideuses. Achei que talvez tivessem mais sorte na busca pelo imperador, ou pelo menos que tivessem conseguido encontrar o coração do labirinto.

— Por isso a família Hedge veio aqui para Palm Springs? Para compartilhar informações?

— Também.

Pelo tom de Grover, havia um motivo mais sombrio e triste por trás da vinda de Mellie e Gleeson, mas eu não quis insistir.

Paramos em um grande cruzamento, e do outro lado do bulevar ficava uma loja enorme com uma placa vermelha e iluminada anunciando: MALUQUICE MILITAR DO MARCO! O estacionamento estava quase vazio, só havia um velho Chevette amarelo estacionado perto da estrada.

Li outra vez a placa da loja. Olhando com atenção, percebi que o nome não era *MARCO*, e sim *MACRO*. Talvez eu tivesse desenvolvido a tal dislexia de semideus depois de andar tanto tempo com eles.

A loja parecia o tipo de lugar que eu jamais gostaria de visitar. E era macro no sentido de *aumentado*, de *informática* ou... de alguma outra coisa? Por que aquela palavra fazia mais esquilos correrem pela minha espinha?

— Parece fechada — comentei, sem conseguir pensar direito. — Não deve ser essa loja.

— É, sim. — Grover apontou para o Chevette. — Aquele é o carro do Gleeson.

Claro que é, pensei. *Com a minha sorte, como não seria?*

Queria fugir. Eu não estava gostando de como o letreiro vermelho gigante banhava o asfalto numa luz vermelho-sangue. Mas Grover Underwood tinha nos guiado pelo Labirinto, e, depois de toda a conversa sobre os amigos que ele perdera, eu não ia permitir que mais um se fosse. Eu me virei para ele.

— Muito bem, então. Vamos atrás de Gleeson Hedge.

7

Os momentos em família
Deviam ter pizza
Não explosivos mortais

QUÃO DIFÍCIL PODE SER encontrar um sátiro numa loja de equipamentos militares?

Muito difícil, pelo que vi.

Aquela loja não tinha fim, era um corredor atrás do outro, todos cheios de equipamentos que nenhum exército de respeito usaria. Perto da entrada, um cesto gigante sob um letreiro roxo de néon prometia: CHAPÉUS DE SAFÁRI! COMPRE 4 E PAGUE 3! Uma estante no fim do corredor exibia tanques de propano empilhados no formato de uma árvore de natal, com guirlandas de mangueiras de maçarico e uma placa com a inscrição: SEMPRE É TEMPO DE CELEBRAR! Dois corredores de quatrocentos metros de comprimento eram dedicados apenas a roupas camufladas, de todos os tons possíveis: marrom-deserto, verde-floresta, cinza-ártico e rosa-shocking, para o caso de sua equipe de operação especial precisar se infiltrar em uma festa de aniversário infantil com o tema PRINCESAS.

Havia placas informativas acima de cada corredor: PARAÍSO DO HÓQUEI NO GELO, PINOS DE GRANADA, SACOS DE DORMIR, SACOS PARA CORPOS, LAMPIÕES DE QUEROSENE, BARRACAS DE CAMPING, VARAS GRANDES E PONTUDAS. No fim da loja, a cerca de meio dia de caminhada, uma enorme faixa amarela anunciava: ARMAS DE FOGO!!!

Olhei para Grover, que parecia ainda mais pálido sob as luzes fluorescentes.

— Que tal começar com o equipamento de camping?

Grover pareceu confuso ao observar uma estante cheia de estacas com as cores do arco-íris.

— Conhecendo o treinador Hedge, ele está na seção de armas.

Com isso, começamos a caminhada na direção da distante terra prometida das ARMAS DE FOGO!!!

Não gostei da iluminação da loja, que era forte demais. Não gostei da música, que era alegre demais, nem do ar-condicionado, que era frio demais e deixava o ambiente gelado como um necrotério.

Os poucos atendentes nos ignoraram. Um jovem colava adesivos indicando 50% DE DESCONTO em banheiros químicos Cocomóvel®. Outro funcionário estava parado diante da máquina registradora do caixa rápido, como se tivesse alcançado um nirvana induzido pelo tédio. Todos usavam colete amarelo com a logomarca do Macro atrás: um centurião romano sorridente fazendo o sinal de *joinha*.

Também não gostei da logo.

Na parte da frente da loja ficava uma cabine elevada com vitrines de acrílico, como o posto de diretor em uma prisão. Lá ficava a mesa do supervisor, e um homem grande como um touro estava sentado diante dela, a careca reluzente, veias saltando do pescoço. A camisa e o colete amarelo mal continham os músculos volumosos dos braços, e as sobrancelhas brancas e peludas lhe davam uma aparência assustada. Quando ele nos viu passar, abriu um sorriso que me deixou arrepiado.

— Acho que não devíamos estar aqui — murmurei para Grover.

Ele olhou para o supervisor.

— Tenho quase certeza de que não tem nenhum monstro aqui, senão eu teria sentido o cheiro. Aquele cara é humano.

Isso não me tranquilizou; algumas das criaturas de que eu menos gostava eram humanas. Mas mesmo assim segui Grover pela loja.

Como ele previra, Gleeson Hedge estava na seção de armas de fogo, assobiando enquanto enchia o carrinho de compras com miras de fuzil e escovas de limpar cano.

Deu para entender por que Grover o chamava de *treinador*. Hedge usava um short de poliéster azul vibrante que deixava as pernas peludas de bode expostas, um boné vermelho aninhado entre os pequenos chifres, uma camisa polo branca e um apito pendurado no pescoço, como se a qualquer momento pudesse ser chamado para arbitrar um jogo de futebol.

Ele parecia mais velho do que Grover, a julgar pelas rugas no rosto, mas era difícil ter certeza quando se tratava de sátiros, já que eles demoravam mais para amadurecer do que os humanos. Eu sabia que Grover tinha uns trinta e poucos anos, por exemplo, mas isso corresponde a apenas dezesseis em idade de sátiro. O treinador podia ter qualquer coisa entre quarenta e cem anos em tempo humano.

— Gleeson! — gritou Grover.

O treinador se virou e sorriu. O carrinho estava cheio de aljavas, caixas de munição e fileiras de granadas seladas em plástico que prometiam DIVERSÃO PARA TODA A FAMÍLIA!!!

— Oi, Underwood! Chegou na hora certa! Me ajude a pegar umas minas terrestres.

Grover fez careta.

— Minas terrestres?

— Bom, são só os revestimentos vazios — explicou Gleeson, apontando para uma fileira de latas de metal que pareciam cantis —, mas acho que dá para encher com explosivos e deixar as minas funcionais outra vez! Você prefere os modelos da Segunda Guerra Mundial ou da Guerra do Vietnã?

— Hã... — Grover me segurou e me empurrou para a frente. — Gleeson, este é Apolo.

Gleeson franziu a testa.

— Apolo... *O* Apolo? — Ele me olhou de cima a baixo. — Você é ainda pior do que eu pensava. Garoto, você precisa fazer mais exercícios.

— Nossa, muito obrigado. — Soltei um suspiro. — Nunca ninguém me deu esse conselho.

— Ah, eu conseguiria botar você em forma — refletiu Hedge. — Mas, primeiro, me ajudem. Minas? Espadas? O que vocês acham?

— Achei que você tivesse vindo comprar equipamento de camping.

Gleeson franziu a testa.

— *Isto aqui* é equipamento de camping. Se preciso ficar entocado naquela cisterna com minha esposa e meu filho, exposto a tudo que é perigo, vou me sentir bem melhor sabendo que estou armado até os dentes e cercado de explosivos! Tenho uma família para proteger!

— Mas… — Olhei para Grover, que balançou a cabeça como quem diz "melhor nem tentar".

A essa altura, queridos leitores, vocês devem estar se perguntando: *Apolo, por que você protestaria? Gleeson Hedge está certo! Por que usar espadas e arcos se dá para lutar contra monstros usando minas e metralhadoras?*

Ora, quando se está lutando contra forças antigas, as armas modernas não são confiáveis, para dizer o mínimo. Os mecanismos-padrão de armas e bombas feitas por mortais tendem a emperrar em situações sobrenaturais. Explosões podem ou não dar conta do serviço, e a munição normal só irrita a maioria dos monstros. Alguns heróis até usam armas de fogo, mas a munição tem que ser feita de metais mágicos: bronze celestial, ouro imperial, ferro estígio, assim por diante.

Infelizmente, esses materiais são raros. Balas elaboradas com magia são trabalhosas de produzir e só podem ser usadas uma vez antes de se desintegrarem, enquanto uma espada de metal mágico dura milênios. Não é prático atirar a esmo quando se está lutando contra uma górgona ou uma hidra.

— Acho que você já tem uma boa variedade de suprimentos — comentei. — Além do mais, Mellie está preocupada. Você passou o dia todo fora.

— Não passei, não! — protestou Hedge. — Espere aí… Que horas são?

— Já está escuro — respondeu Grover.

O treinador piscou, confuso.

— Sério? Ah, droga! Acho que passei tempo demais na seção de granadas. Tudo bem, acho que…

— Com licença — soou uma voz atrás de mim.

O gritinho agudo que veio logo depois pode ter sido de Grover. Ou meu, quem pode saber? Eu me virei e vi que o homem careca e enorme da cabine do supervisor tinha se aproximado sorrateiramente e parado atrás da gente. Foi um truque e tanto, já que ele tinha mais de dois metros e devia pesar cento e quarenta quilos. O sujeito estava acompanhado de dois funcionários, que olhavam para o nada, impassíveis, munidos de etiquetadoras.

O gerente sorriu, erguendo bem as sobrancelhas brancas cabeludas, os dentes de vários tons de mármore de cemitério.

— Lamento *muito* ter que interromper. Não recebemos muitas celebridades, e eu... eu queria ter certeza. Você é Apolo? Quer dizer... *O* Apolo?

Ele parecia muito feliz em me conhecer. Olhei para meus companheiros sátiros. Gleeson assentiu, e Grover balançou a cabeça vigorosamente.

— E *se* eu fosse? — perguntei.

— Ah, suas compras sairiam de graça! — gritou o gerente. — E íamos estender um tapete vermelho para você passar!

Foi um truque sujo. Sempre adorei tapetes vermelhos.

— Bom, então, sim, eu sou Apolo.

O gerente deu um gritinho — um som que lembrava bastante o javali de Erimanto quando atirei no traseiro dele.

— Eu *sabia*! Sou seu maior fã. Meu nome é Macro. Bem-vindo à minha loja!

Ele olhou para os dois funcionários.

— Podem pegar o tapete vermelho para enrolar o Apolo? Mas primeiro vamos fazer com que as mortes dos sátiros sejam rápidas e indolores. É uma honra *imensa*!

Os funcionários ergueram as etiquetadoras, prontos para nos marcarem como itens de liquidação.

— Esperem! — gritei.

Os funcionários hesitaram. De perto, notei como eram parecidos: o mesmo cabelo escuro oleoso, os mesmos olhares vidrados, as mesmas posturas rígidas. Podiam ser gêmeos ou... um pensamento horrível surgiu no meu cérebro: podiam ser produtos de uma linha de montagem.

— Eu, hum, é... — comecei, poético até o fim. — E se eu não for realmente Apolo?

O sorriso de Macro perdeu um pouco do vigor.

— Bom, então eu teria que matar você por me decepcionar.

— Tudo bem, eu sou Apolo. Mas vocês não podem matar seus clientes. Não é assim que se gerencia uma loja de equipamentos militares!

Atrás de mim, Grover tentava conter o treinador Hedge, que, por sua vez, tentava desesperadamente abrir um pacote tamanho família de granadas enquanto xingava a embalagem à prova de crianças.

Macro juntou as mãos imensas.

— Sei que é muita grosseria de minha parte. Peço desculpas, lorde Apolo.

— Então... você não vai nos matar?

— Bom, como falei, não vou matar *você*. O imperador tem planos, precisa de você vivo!

— Planos — repeti.

Odeio planos. Eles me lembram coisas irritantes, como as reuniões de Zeus uma vez por século para estabelecer metas, ou ataques perigosamente complicados. Ou Atena.

— M-mas meus amigos... — gaguejei. — Vocês não podem matar os sátiros. Um deus da minha estatura não pode ser enrolado em um tapete vermelho sem seu séquito!

Macro olhou para os sátiros, que ainda brigavam com o embrulho fechado de granadas.

— Hum... Me desculpe, lorde Apolo, mas, sabe, é minha única chance de voltar a ficar de bem com o imperador. Tenho quase certeza de que ele não vai querer os sátiros.

— Quer dizer que vocês estão *de mal*?

Macro soltou um suspiro e começou a enrolar as mangas, como se esperasse um assassinato difícil e horrendo de sátiros pela frente.

— Infelizmente. Eu *não pedi* para ser exilado em Palm Springs! Ora, o princeps é muito seletivo com suas forças de segurança, e minhas tropas cometeram erros demais, então ele nos mandou para cá. Colocou aquele bando horrível de estriges, mercenários e orelhudos no nosso lugar. Dá para acreditar?

Eu não consegui acreditar nem entender. *Orelhudos?*

Observei os dois funcionários, ainda paralisados, as armas a postos, os olhos desfocados, e os rostos, inexpressivos.

— Seus funcionários são autômatos — enfim concluí. — Essas são as antigas tropas do imperador?

— Ora, sim. Mas eles são *totalmente* capazes. Quando eu entregar você, o imperador vai ter que admitir isso e me perdoar.

Macro tinha enrolado as mangas acima dos cotovelos, revelando cicatrizes brancas antigas, como se seus antebraços tivessem sido arranhados por uma vítima desesperada muitos anos atrás...

Eu me lembrei do sonho no palácio imperial, do pretor ajoelhado diante do novo imperador.

Tarde demais, eu me lembrei do nome daquele pretor.

— Névio Sutório Macro.

Macro abriu um sorriso para os funcionários robóticos.

— Não *acredito* que Apolo se lembra de mim. É uma honra tão grande!

Os funcionários robóticos não se impressionaram.

— Você matou o imperador Tibério — acusei. — Você o sufocou com um travesseiro.

Macro pareceu envergonhado.

— Bom, ele já estava noventa por cento morto. Eu só dei uma ajudinha.

— E você fez isso pelo imperador seguinte. — Um burrito de medo gelado afundou no meu estômago. — *Neos Helios*. É ele.

Macro assentiu, ansioso.

— Isso mesmo! O primeiro, o único, Caio Júlio César Augusto Germânico!

Ele abriu os braços, como se esperasse aplausos.

Os sátiros pararam de brigar. Hedge continuou mastigando o pacote de granadas, embora até seus dentes de sátiro estivessem tendo dificuldade com o plástico grosso.

Grover recuou, deixando o carrinho de compras entre ele e os funcionários da loja.

— C-caio quem? — Ele olhou para mim. — Apolo, o que isso quer dizer?

Eu engoli em seco.

— Quer dizer que a gente tem que correr. Agora!

8

A gente explode umas coisas
Mas não acabou:
Tem uns robôs assassinos

A MAIORIA DOS SÁTIROS sabia fugir como ninguém.

Mas Gleeson Hedge não era como a maioria dos sátiros. Ele pegou uma escova de limpar armas no carrinho, gritou "MORRA!" e partiu para cima do gerente de cento e quarenta quilos.

Até os autômatos ficaram surpresos demais para reagir, o que provavelmente salvou a vida de Hedge. Eu segurei o sátiro pela gola da camisa e o puxei para trás, enquanto os primeiros tiros dos funcionários eram disparados para o alto, uma chuva de etiquetas laranja de desconto sobrevoando nossas cabeças.

Arrastei Hedge pelo corredor, e o treinador, com um chute impetuoso, derrubou o carrinho de compras nos pés dos nossos inimigos. Outra etiqueta de desconto roçou meu braço com a força do tapa de um titã furioso.

— Cuidado! — gritou Macro para seus homens. — Preciso de Apolo inteiro, não pela metade!

Gleeson remexeu nas prateleiras, pegou uma amostra do Coquetel Molotov com Autoacendimento (COMPRE UM, LEVE DOIS! PROMOÇÃO VÁLIDA APENAS NA REDE MACRO®) e jogou nos funcionários da loja, entoando um grito de batalha:

— Seu estoque de vida já era!

Macro berrou quando o coquetel molotov caiu em meio às caixas de munição de Hedge e, fiel à propaganda, explodiu em chamas.

— Para o alto e avante!

Hedge me pegou pela cintura, me jogou em um dos ombros como um saco de batatas e escalou as prateleiras em uma exibição épica de escalada sátira, pulando para o corredor seguinte bem na hora em que as caixas de munição começaram a explodir atrás de nós.

Caímos em uma pilha de sacos de dormir enrolados.

— Continue correndo! — ordenou Hedge, como se isso não tivesse passado pela minha cabeça.

Fui atrás dele, os ouvidos zumbindo. Do corredor de onde tínhamos acabado de sair vieram estrondos e gritos, como se Macro estivesse correndo em uma pipoqueira cheia de óleo.

Nenhum sinal de Grover.

Quando chegamos ao fim do corredor, um funcionário da loja surgiu na outra ponta, a etiquetadora apontada em nossa direção.

— Hi-YA!

Hedge deu um chute circular nele. Era um golpe famoso pela dificuldade. Não foram poucas as vezes em que Ares tentou praticar esse chute, caiu e quebrou o cóccix (procurem o vídeo ridículo que viralizou no Monte Olimpo ano passado e que com certeza *não* fui eu que jogou na rede).

Para minha surpresa, o treinador Hedge o executou com perfeição. Seu casco acertou e arrancou a cabeça do autômato. A criatura caiu de joelhos e depois para a frente, com fios soltando faíscas do pescoço.

— Uau. — Gleeson examinou o próprio casco. — Acho que a cera Bode de Ferro funciona mesmo!

O corpo decapitado do funcionário provocou flashbacks dos *blemmyae* de Indianápolis, que volta e meia perdiam as cabeças falsas, mas não tive tempo para ficar relembrando meu passado terrível tendo que lidar com um presente igualmente péssimo.

Atrás da gente, Macro gritou:

— Ah, o que vocês fizeram agora?

O gerente estava na outra ponta do corredor, com as roupas manchadas de fuligem, o colete amarelo tão esburacado quanto um pedaço fumegante de queijo suíço. Só que, de alguma forma, porque eu realmente sou um ex-deus muito sortudo, ele parecia ileso. O outro funcionário da loja parou ao lado dele, a cabeça robótica pegando fogo, mas aparentemente ele não estava nem aí.

— Apolo — repreendeu Macro —, não adianta lutar contra meus autômatos. Esta é uma loja de artigos militares. De onde vieram esses, tem mais cinquenta.

Olhei para Hedge.

— Vamos dar o fora daqui.

— Só se for agora. — Hedge pegou um taco de croqué em uma estante ali perto. — Cinquenta desses robozinhos talvez sejam demais até para mim.

Contornamos a seção de barracas de camping e ziguezagueamos pelo Paraíso do Hóquei, tentando achar a entrada da loja. Ao longe, Macro continuava vociferando ordens:

— Peguem eles! Nem morto vou ser obrigado a me suicidar de novo!

— *De novo?* — murmurou Hedge, se abaixando para desviar do braço de um manequim de hóquei.

— Ele trabalhou para o imperador — expliquei, ofegante, tentando não ficar para trás. — Velhos amigos. Mas — *ofego* — o imperador não confiava nele. Ordenou sua prisão — *ofego* — e execução.

Paramos ao final de um corredor. Gleeson deu uma espiada para checar se nossos inimigos hostis tinham nos seguido.

— Então Macro se suicidou, é isso? — perguntou Hedge. — Que coisa. Por que ele está trabalhando para esse imperador louco de novo, se o cara queria matá-lo?

Eu limpei o suor dos olhos. Sinceramente, por que os corpos mortais tinham que suar tanto?

— Imagino que o imperador tenha trazido o súdito de volta à vida, dado uma nova chance a ele. Os romanos são meio estranhos com essa coisa de lealdade.

Hedge grunhiu.

— Por falar nisso, cadê o Grover? — perguntou ele.

— Quase chegando à Cisterna, se ele for esperto.

Hedge franziu a testa.

— Não. Acho meio difícil ele ter feito isso. Bom…

Ele apontou para as portas de vidro automáticas, que davam para o estacionamento. O Chevette amarelo do treinador estava tão perto, tão atraente…

E essa foi a primeira vez que *Chevette*, *amarelo* e *atraente* foram usados juntos em uma frase.

— Pronto?

Corremos até a entrada da loja.

As portas não colaboraram. Eu bati de cara em uma e cambaleei para trás. Gleeson atacou a outra com o taco de croqué, depois tentou alguns chutes à la Chuck Norris, mas seus cascos encerados com Bode de Ferro não fizeram nem um arranhãozinho na porta.

Mais atrás, Macro disse:

— Ai, caramba.

Eu me virei, tentando conter um choramingo. O gerente estava a seis metros de distância, bem embaixo de um bote para rafting suspenso do teto com uma placa na proa: UM RIO DE ECONOMIAS! Eu estava começando a entender por que o imperador ordenou que Macro fosse preso e executado. Para um homem daquele tamanho, ele era bom demais em se aproximar sorrateiramente das pessoas.

— Essas portas de vidro são à prova de bombas — anunciou Macro. — Nós até temos algumas em promoção esta semana, no departamento de melhorias para abrigos nucleares, mas acho que não faria muita diferença para vocês.

De vários corredores, mais funcionários de coletes amarelos surgiram; doze autômatos idênticos, alguns ainda cobertos de plástico-bolha, como se tivessem acabado de sair do depósito. Eles se aglomeraram atrás de Macro.

Eu puxei meu arco. Disparei uma flecha no brutamontes, mas minhas mãos tremiam tanto que a flecha passou longe e se fincou na testa enrolada em plástico-bolha de um autômato com um *pop!* seco. O robô mal se deu conta.

— Humm. — Macro fez uma careta. — Você realmente é um mortal agora, né? Acho que é verdade o que dizem: "Nunca conheça seus deuses. Eles vão decepcionar você." Só espero que tenha sobrado alguma parte de você aí para o ritual macabro do imperador.

— Parte de m-mim? — perguntei, gaguejando. — Ritual m-macabro?

Torci para que Gleeson Hedge tomasse alguma atitude inteligente e heroica. Não era possível que ele não tivesse uma bazuca portátil no bolso do short de tactel. Ou talvez o apito do treinador fosse mágico. Mas Hedge parecia tão deso-lado e desesperado quanto eu, o que não era justo. Desolado e desesperado eram os *meus* adjetivos.

Macro estalou os dedos.

— Poxa, é uma pena. Eu sou muito mais leal do que *ela*, mas não vou recla-mar. Quando eu levar você até o imperador, vou ser recompensado! Meus autô-matos vão receber uma segunda chance e vão voltar a integrar a guarda pessoal do imperador! Depois disso, que diferença faz para mim? A feiticeira pode levar você para o Labirinto e fazer a magia dela, tô nem aí.

— Magia d-dela?

Hedge ergueu o taco de croqué.

— Vou tentar derrubar o máximo que conseguir — murmurou ele para mim. — Encontre outra saída.

Foi uma ótima sugestão. Infelizmente, não achava que o sátiro fosse conse-guir ganhar muito tempo. Também não me parecia a melhor ideia do mundo ter que explicar para aquela ninfa das nuvens gentil e sonolenta, Mellie, que o marido foi morto por um esquadrão de robôs embrulhado em plástico-bolha. Ah, minha empatia mortal estava *mesmo* falando mais alto!

— Quem é essa feiticeira? — perguntei. — O que... O que ela planeja fazer comigo?

Macro abriu um sorriso frio e nada sincero. Eu fizera o mesmo em muitas ocasiões no passado, sempre que alguma cidade grega rezava para que eu a sal-vasse de uma praga e eu tinha que dar a notícia: *Caramba, sinto muito, mas eu provoquei a praga porque não gosto de vocês. Tenham um bom dia!*

— Você vai descobrir logo, logo — prometeu Macro. — Não acreditei quan-do ela disse que você cairia na nossa armadilha, mas aqui está você. Ela previu que você não conseguiria resistir ao Labirinto de Fogo. Bom, vamos lá. Milimaníacos, matem o sátiro e capturem o antigo deus!

Os autômatos se aproximaram.

Na mesma hora, um borrão verde, vermelho e marrom chamou minha aten-ção, um borrão que lembrava muito um sátiro pulando do alto do corredor mais próximo, se pendurando em um lustre fluorescente e se lançando no bote de rafting acima da cabeça de Macro.

Antes que eu pudesse gritar *Grover Underwood!*, o bote caiu em cima de Macro e seus asseclas, soterrando-os em um rio de economias. Com um remo na mão, Grover pulou do barco e gritou:

— Venham!

A confusão nos permitiu alguns minutos para fugir, mas, com as portas trancadas, só nos restava correr para dentro da loja.

— Boa! — Hedge deu um tapinha nas costas de Grover enquanto corríamos pelo departamento de camuflados. — Eu sabia que você não nos abandonaria!

— Pois é, mas não tem *nenhuma* natureza aqui — reclamou Grover. — Não tem plantas. Não tem terra. Não tem luz natural. Como vamos lutar nessas condições?

— Armas! — sugeriu Hedge.

— Aquela parte toda da loja está pegando fogo — disse Grover —, graças a um coquetel molotov e algumas caixas de munição.

— Maldição! — disse o treinador.

Passamos por um display de armas de artes marciais, e os olhos de Hedge se iluminaram. Na mesma hora ele deixou o taco de croqué de lado e pegou um nunchaku.

— Agora sim! Vocês querem um shuriken ou um kusarigama?

— Eu quero *fugir* — disse Grover, balançando o remo. — Treinador, você tem que parar de bater de frente com esses loucos! Você tem família!

— Você acha que eu não sei disso? — rosnou o treinador. — Nós *tentamos* sossegar com os McLean em Los Angeles. E olha como *deu certo*.

Percebi que havia alguns detalhes ali a serem explorados: a saída deles de Los Angeles e a amargura de Hedge em relação a isso. Mas talvez fosse melhor deixar aquela conversa para depois, já que no momento estávamos em uma loja de artigos militares e precisávamos fugir de nossos inimigos.

— Sugiro que encontremos outra saída — anunciei. — Podemos fugir e discutir sobre armas ninja ao mesmo tempo, vejam só.

Essa proposta pareceu agradar aos dois.

Passamos pela seção de piscinas infláveis (como aquilo contava como equipamento militar, gente?), dobramos uma esquina e nos deparamos, em uma das laterais do prédio, com portas duplas e uma placa de SOMENTE FUNCIONÁRIOS.

Grover e Hedge dispararam e eu fiquei para trás, sem ar. De algum lugar ali perto, a voz de Macro ressoou:

— Você não tem como escapar, Apolo! Eu já liguei para o Cavalo. Ele vai chegar a qualquer momento!

Cavalo?

Por que aquela palavra gerava um acorde aterrorizador em si maior vibrando nos meus ossos? Procurei em minhas memórias embaralhadas uma resposta clara, mas não encontrei nada.

Meu primeiro pensamento: talvez "Cavalo" fosse um nome de guerra. Talvez o imperador tivesse contratado um lutador maligno que usava capa preta de cetim, short brilhante de lycra e um elmo com formato de cabeça de cavalo.

Meu segundo pensamento: por que Macro podia pedir ajuda, e eu não? As comunicações dos semideuses estavam sendo sabotadas havia meses. Telefones com curto-circuito. Computadores derretidos. Mensagens de Íris e pergaminhos mágicos que não funcionavam. Enquanto isso, nossos inimigos pareciam não ter nenhum problema para se comunicar com deuses e o mundo dizendo *Apolo aqui em casa. Cadê vc? Me ajuda a matar ele!*

Não era justo.

Justo seria eu recuperar meus poderes imortais e transformar nossos inimigos em pó.

Cruzamos as portas que SOMENTE FUNCIONÁRIOS podiam acessar e encontramos uma área de depósito/carga e descarga com mais autômatos embrulhados em plástico-bolha, todos inertes e sem vida, como todo mundo nas festas de Héstia. (Ela até pode ser a deusa do lar, mas não sabe mesmo dar uma festa, coitada.)

Gleeson e Grover correram e começaram a puxar o portão de metal que dava para o lado de fora.

— Trancado.

Hedge bateu na porta com o nunchaku.

Dei uma olhada pelas janelinhas da porta de funcionários. Macro e seus asseclas estavam cada vez mais perto.

— Correr ou ficar? — perguntei. — Vamos ser encurralados de novo.

— Apolo, o que você tem? — perguntou Hedge.

— Como assim?

— Qual é sua carta na manga? Eu usei o coquetel molotov. Grover derrubou o barco. Agora é a sua vez. Fogo divino, talvez? Fogo divino seria útil.

— Eu tenho *zero* fogo divino na minha manga!

— Vamos ficar — decidiu Grover. Ele jogou o remo para mim. — Apolo, bloqueie as portas.

— Mas…

— Só não deixe Macro entrar!

Grover deve ter tido aulas de assertividade com Meg. Eu obedeci.

— Treinador — continuou Grover —, você pode tocar uma música para abrir a porta de carga e descarga?

Hedge grunhiu.

— Não faço isso há anos, mas vou tentar. O que *você* vai fazer?

Grover deu uma olhada nos autômatos adormecidos.

— Uma coisinha que minha amiga Annabeth me ensinou. Andem logo!

Eu enfiei o remo pelos puxadores das portas que davam para a loja e empurrei um poste de espirobol e o apoiei na porta. Hedge começou a apitar a melodia de "The Entertainer", de Scott Joplin. Nunca tinha passado pela minha cabeça que um apito poderia ser um instrumento musical. O desempenho do treinador Hedge não contribuiu muito para mudar esse pensamento.

Enquanto isso, Grover arrancava o plástico do autômato mais próximo. Ele bateu com o nó dos dedos na testa dele, produzindo um barulho metálico e oco.

— Bronze celestial de verdade — concluiu Grover. — Pode dar certo!

— O que você vai fazer? — perguntei. — Derretê-los para fazer armas?

— Não, ativar essas geringonças e fazer com que elas trabalhem para a gente.

— Eles não vão *nos* ajudar! Eles pertencem a Macro!

Por falar no pretor: Macro forçou as portas, sacudindo o remo e o suporte de poste de espirobol.

— Ah, pare com isso, Apolo! Pare de se fazer de difícil! — gritou ele.

Grover desembrulhou outro autômato.

— Durante a Batalha de Manhattan — disse ele —, quando estávamos lutando contra Cronos, Annabeth nos contou sobre um comando de anulação escrito no firmware dos autômatos.

— Isso só serve para estátuas públicas de Manhattan! Todo deus que vale *alguma coisa* sabe disso! Não dá para querer que essas coisas respondam a "sequência de comando: Dédalo vinte e três"!

Na mesma hora, como em um episódio apavorante de *Doctor Who*, os autômatos embrulhados em plástico despertaram e se viraram para me encarar.

— Isso aí! — gritou Grover, exultante.

Eu, por outro lado, não fiquei tão empolgado assim. Tinha acabado de ativar uma penca de trabalhadores temporários robóticos que tinham mais chances de me matar do que de me obedecer. Eu não fazia ideia de como Annabeth Chase tinha descoberto que o comando de Dédalo podia ser usado em qualquer autômato. Se bem que, parando para pensar, ela reformou meu palácio no Monte Olimpo e instalou isolamento acústico perfeito e alto-falantes com som surround no banheiro, então a inteligência dela não deveria me surpreender.

O treinador Hedge continuou seu solo de Scott Joplin. A porta da área de carga e descarga não se mexeu. Macro e seus homens esmurraram minha barricada improvisada, quase me fazendo soltar o poste de espirobol.

— Apolo, fale com os autômatos! — disse Grover. — Eles estão esperando as *suas* ordens agora. Mande que eles *iniciem o Plano Termópilas!*

Termópilas não era uma lembrança que me agradava muito. Tantos espartanos corajosos e atraentes morreram naquela batalha defendendo a Grécia dos persas... Mas eu fiz o que me mandaram.

— Iniciem o Plano Termópilas!

Naquele momento, Macro e seus doze minions escancararam as portas, quebrando o remo, derrubando o poste de espirobol e me jogando no meio dos meus novos colegas de metal.

Macro parou de repente, seis robôs indo para cada lado.

— O que é isso? Apolo, você não pode ativar meus autômatos! Você não pagou por eles! Integrantes da equipe Milimaníacos, capturem Apolo! Destruam os sátiros! Façam esse apito infernal parar!

Duas coisas nos salvaram da morte instantânea. Para começo de conversa, Macro cometeu o erro de dar muitas ordens de uma vez. Como qualquer maestro pode atestar, um condutor não deve ordenar simultaneamente que os violinos acelerem, que os tímpanos se suavizem e que os metais iniciem um crescendo. Você vai acabar com um desastre sinfônico. Os pobres soldados de Macro tiveram que decidir sozinhos se deveriam primeiro me pegar, destruir os sátiros ou fazer o apito parar. (Pessoalmente, eu teria ido atrás do cara com o apito, sem dó nem piedade.)

A outra coisa que nos salvou? Em vez de ouvir Macro, nossos novos amigos robóticos começaram a executar o Plano Termópilas. Eles uniram os braços e fizeram um círculo em torno de Macro e seus companheiros, que tentaram sem muito sucesso contornar os colegas autômatos, e todos se chocaram uns contra os outros. Foi uma confusão só. (Aquilo estava cada vez mais parecido com uma festa de Héstia.)

— Parem com isso! — berrou Macro. — Eu ordeno que parem!

Isso só aumentou a confusão. Os funcionários do brutamontes pararam na mesma hora, permitindo que os sujeitos operados por Dédalo cercassem o grupo de Macro.

— Não, não *vocês*! — gritou Macro para seus funcionários. — *Vocês* não param! Continuem lutando!

Mais confusão.

Os robôs de Dédalo envolveram os colegas, espremendo-os em um abraço coletivo. Apesar do tamanho e da força de Macro, ele estava preso no centro, se contorcendo e tentando escapar.

— Não! Eu não posso...! — gritou Macro, cuspindo plástico-bolha. — Socorro! O Cavalo não pode me ver assim!

Os camaradas de Dédalo começaram a emitir um zumbido, como motores engatados na marcha errada, vapor subindo das juntas no pescoço.

Eu recuei, como se faz quando um grupo de robôs começa a soltar fumaça.

— Grover, o que exatamente é o Plano Termópilas?

O sátiro engoliu em seco.

— Hã... Eles têm que se manter firmes para podermos recuar.

— Então por que eles estão soltando fumaça? — perguntei. — Além disso, por que estão começando a emitir esse brilho vermelho?

— Ai, não. — Grover mordeu o lábio inferior. — Eles podem ter confundido o Plano Termópilas com o Plano Petersburgo.

— Como assim?

— Eles podem estar prestes a se sacrificar e explodir.

— Treinador! — gritei. — Apite melhor!

Eu corri até a porta da área de carga e descarga e usei toda a minha força mortal patética para tentar erguê-la. Até assobiei junto com a melodia frenética de Hedge e sapateei um pouco, uma forma clássica de acelerar feitiços musicais.

— Quente! Quente! — gritou Macro logo atrás.

Minhas roupas estavam desconfortavelmente sufocantes, como se eu estivesse sentado coladinho a uma fogueira. Depois de nossa experiência com as chamas do Labirinto, eu não queria me arriscar em um abraço/explosão em grupo naquele espaço fechado.

— Mais alto! — gritei. — Apite!

Grover se juntou à nossa performance desesperada de Joplin. Finalmente, a porta começou a se mover, chiando em protesto quando a erguemos alguns centímetros do chão.

Os gritos de Macro ficaram ininteligíveis. O zumbido e o calor me lembraram o momento logo antes de minha carruagem decolar, explodindo no céu em um arroubo de energia solar.

— Vão! — gritei para os sátiros. — Vocês dois, passem por baixo!

Achei meu gesto muito heroico, embora, para ser sincero, eu meio que esperasse que eles fossem insistir: *Não, por favor! Deuses primeiro!*

No entanto, tal cortesia não aconteceu. Os sátiros se arrastaram por baixo da porta e a seguraram pelo outro lado enquanto eu tentava passar pela abertura. Mas, vejam, eu me vi travado pelos meus próprios pneuzinhos. Resumindo: fiquei entalado.

— Apolo, vem logo! — gritou Grover.

— Estou tentando!

— Encolhe a barriga, garoto! — gritou o treinador.

Sabe, eu nunca contratei os serviços de um personal trainer. Deuses não gostam de ter gente gritando com eles, humilhando-os, ordenando que deem tudo de si. E, sinceramente, quem seria louco para aceitar esse trabalho, sabendo que poderia ser fritado por um raio assim que exigisse que o cliente fizesse mais cinco flexões?

Mas daquela vez fiquei feliz por terem berrado comigo. A repreensão do treinador me deu uma motivação extra para espremer meu corpo mortal flácido pela abertura.

Assim que me levantei, Grover gritou:

— Pulem!

Nós saltamos da beirada da rampa de carga e descarga no exato segundo em que a porta de aço, que aparentemente *não* era à prova de bombas, explodiu atrás da gente.

9

Opa! Chamada a cobrar
Se quiser morrer
É só você atender

AH, VIDA CRUEL!

Alguém pode, por favor, me explicar por que eu sempre acabo caindo em caçambas de lixo?

Mas tenho que admitir que aquela caçamba salvou minha vida. Diversas explosões abalaram a loja de artigos militares, sacudindo até o deserto, balançando a tampa da caixa de metal fedorenta que nos abrigava. Suando e tremendo, sem nem conseguir respirar direito, eu e os dois sátiros ficamos encolhidos em meio aos sacos de lixo, ouvindo a chuva de detritos que caía do céu; uma tempestade inesperada de madeira, gesso, vidro e artigos esportivos.

Depois do que pareceram anos, decidi me arriscar a dizer alguma coisa. Seria algo como *me tirem daqui senão vou vomitar!*, mas Grover tapou minha boca. Mal dava para ver os sátiros naquela penumbra, mas ele balançou a cabeça, enfático, os olhos arregalados. O treinador Hedge também parecia tenso, e seu nariz tremia como se estivesse sentindo um fedor ainda pior do que o do lixo.

Ouvi o *clop, clop, clop* de cascos no asfalto — alguém se aproximava do nosso esconderijo.

Ouvi uma voz grave:

— Ah, mas isso é tão perfeito.

Um focinho farejou a beirada da caçamba de lixo, talvez à procura de sobreviventes — nós.

Tentei não chorar e não molhar a calça, mas só fui bem-sucedido em uma dessas empreitadas. Deixo vocês decidirem qual.

A tampa da caçamba de lixo permaneceu fechada. Talvez o lixo e o incêndio na loja gigantesca escondessem nosso odor.

— Ei, Cezão! — disse a mesma voz grave. — É, sou eu.

Pela falta de resposta audível, concluí que o recém-chegado estava falando ao telefone.

— Não, o lugar *já era*. Não sei. Macro deve ter...

Ele fez uma pausa, como se a pessoa do outro lado o tivesse interrompido.

— Eu sei. Pode ter sido alarme falso, mas... Ah, droga. A polícia humana está chegando.

Um momento depois, ouvi sirenes ao longe.

— Posso procurar aqui pela área. Talvez nas ruínas colina acima.

Hedge e Grover trocaram olhares preocupados. Essas ruínas só podiam ser nosso esconderijo, que naquele momento abrigava Mellie, Meg e o bebê.

— Sei que você *acha* que já resolveu o problema lá — argumentava o recém-chegado. — Mas, olha, aquele lugar ainda é perigoso. Estou dizendo...

Daquela vez consegui ouvir uma voz baixa e metálica tagarelando sem parar do outro lado da linha.

— Tudo bem, Cezão. Sim. Pelas jardineiras de Júpiter, homem, calma! Eu só... Tudo bem. Tudo bem. Estou voltando.

Ele soltou um suspiro exasperado, o que devia significar que a ligação tinha chegado ao fim.

— Esse garoto vai me matar de cólicas.

Ouvi uma pancada na lateral da caçamba, bem perto do meu rosto, e os cascos se afastaram a galope.

Precisei de vários minutos para me sentir seguro o bastante para sequer olhar para os sátiros. Concordamos, ainda em silêncio, que o melhor era sair dali antes de morrermos sufocados, de insolação ou com o cheiro que saía da minha calça.

Do lado de fora, demos de cara com um beco cheio de restos de metal retorcido e plástico fumegantes. O armazém em si era uma casca preta, as chamas ainda ardendo, acrescentando mais colunas de fumaça ao céu noturno cheio de cinzas.

— Q-quem era aquele? — perguntou Grover. — Cheirava como um humano montado num cavalo, mas...

O treinador Hedge estalou o nunchaku.

— Será que era um centauro?

— Não. — Toquei a lateral da caçamba no ponto em que havia um amassado com a marca inconfundível de um casco com ferradura. — Era um cavalo. Um cavalo falante.

Os sátiros me encararam.

— Todos os cavalos falam — corrigiu Grover. — Mas em cavalês.

— Espera aí... — Hedge franziu a testa. — Quer dizer que você *entendeu* o cavalo?

— Entendi. Aquele cavalo fala a nossa língua.

Eles pareceram esperar alguma explicação, mas não consegui dizer mais nada. Já fora de perigo, com a adrenalina passando, eu me vi tomado por um desespero frio e pesado. Se eu tivesse alguma esperança de estar errado sobre o inimigo que teríamos que enfrentar, teria sido destruída depois daquilo.

Caio Júlio César Augusto Germânico... Estranhamente, um nome usado por vários romanos antigos famosos. Mas o mestre de Névio Sutório Macro? O *Cezão?* O *Neos Helios?* O único imperador romano que tinha um cavalo falante em seu séquito? Só podia ser uma pessoa. E era uma pessoa *horrível.*

O topo das palmeiras mais próximas estava iluminado pelas luzes piscantes dos veículos de emergência que sobrevoavam a área.

— Temos que sair daqui — anunciei.

Gleeson olhou para a loja de equipamentos militares arruinada.

— É. Vamos pela frente, para ver se meu carro ainda existe. Queria tanto ter conseguido alguns suprimentos...

— Conseguimos coisa bem pior. — Eu respirei fundo, trêmulo. — A identidade do terceiro imperador.

As explosões não tinham atingido o Chevette amarelo de 1979. Claro que não. Um carro horrível daqueles não seria destruído por nada menos que o apocalipse mundial. Eu me sentei no banco de trás, usando uma calça camuflada rosa que encontramos entre os destroços. Meu estupor era tanto que mal me lembro de passarmos pelo drive-thru do Enchiladas del Rey, onde compramos comida suficiente para alimentar dezenas de espíritos da natureza.

De volta às ruínas na colina, organizamos um conselho de cactos.

A Cisterna estava lotada de dríades das plantas do deserto: Josué, Figo-da-índia, Aloe Vera e muitas outras, todas com roupas cheias de espinhos, todas fazendo o possível para não espetarem umas às outras.

Mellie correu até Gleeson, primeiro enchendo-o de beijos e dizendo o quanto ele era corajoso, e logo em seguida dando socos em seus braços e o acusando de querer que ela criasse o bebê Hedge sozinha, viúva. O bebê, que descobri se chamar Chuck, estava acordado e bem pouco feliz, chutando a barriga do pai com os casquinhos enquanto Gleeson tentava impedi-lo de puxar seu cavanhaque com as mãos gordinhas.

— Pelo menos trouxemos enchiladas, e eu consegui um nunchaku incrível! — argumentou Hedge para Mellie.

A dríade olhou para o céu, talvez desejando poder voltar à vida simples de nuvem solteira.

Meg McCaffrey tinha recuperado a consciência e parecia tão bem quanto sempre, só mais gosmenta que o normal, graças aos atendimentos de primeiros-socorros de Aloe Vera. Ela estava sentada na beira da piscina, os pés descalços mergulhados na água, lançando olhares para Josué, que estava ali perto, lindo e sério de roupa cáqui.

Perguntei a Meg se ela tinha melhorado — porque sou mesmo muito atencioso —, mas ela insistiu que estava bem e gesticulou para que eu parasse de perguntar. Meg só devia estar meio constrangida pela minha presença ali enquanto ela tentava olhar discretamente para Josué — o que me fez revirar os olhos.

Garota, eu já reparei qual é a sua, quis dizer. *Você não é nada sutil. E precisamos ter uma conversa sobre essa sua quedinha por dríades.*

Mas eu não queria que ela me mandasse estapear meu próprio rosto, então fiquei de boca fechada.

Grover distribuiu enchilada para todos. Ele próprio não comeu nada, um sinal claro do quanto estava nervoso, mas andou ao redor da piscina, tamborilando na flauta.

— Pessoal, temos problemas — anunciou.

Eu nunca tinha imaginado Grover Underwood como líder, mas era assim que os outros espíritos da natureza o enxergavam, prestando total atenção ao que ele falava. Até o bebê Chuck ficou quieto e inclinou a cabeça na direção da voz de Grover, como se ele fosse uma coisa interessante que talvez valesse a pena chutar.

O sátiro contou tudo que aconteceu desde que nos encontramos, lá em Indianápolis. Relatou nossos dias no Labirinto, falando dos poços e lagos de veneno, da onda de fogo, do bando de estriges e da rampa em espiral que nos levou às ruínas.

As dríades olharam em volta, nervosas, como se estivessem imaginando a Cisterna cheia de corujas demoníacas.

— Tem certeza de que estamos seguros? — perguntou uma garota baixa e gorducha, que tinha um sotaque cantado e flores vermelhas presas (ou talvez florescendo) no cabelo.

— Não sei, Reba. — Grover olhou para Meg e para mim. — Pessoal, essa é a Rebutia. O apelido dela é Reba. Ela foi transplantada da Argentina.

Acenei educadamente. Nunca tinha encontrado um cacto argentino, mas gostava muito de Buenos Aires. Se você acha que sabe dançar tango é porque nunca dançou com um deus grego no La Ventana.

— Acho que aquela saída do Labirinto não estava lá antes — continuou Grover. — Pelo menos está lacrada agora. Acho que o Labirinto estava nos ajudando, nos trazendo para casa.

— *Ajudando?* — Figo-da-índia ergueu o rosto das enchiladas de queijo. — O mesmo Labirinto que gera incêndios que estão destruindo todo o estado? O mesmo Labirinto que estamos explorando há meses para tentar encontrar a fonte do fogo, sem resultado? O mesmo Labirinto que engoliu mais de dez dos nossos grupos de busca? Se isso é ajudar, o que será de nós quando o Labirinto resolver *não* ajudar?

As outras dríades grunhiram, concordando. Algumas ficaram literalmente arrepiadas.

Grover ergueu as mãos, pedindo calma.

— Sei que estamos todos muito preocupados e frustrados, mas o Labirinto de Fogo não é o Labirinto todo. E pelo menos agora temos uma ideia de *por que* o imperador fez o que fez. É por causa do Apolo.

Dezenas de espíritos de cacto se viraram para me encarar.

— Só para esclarecer — protestei, em voz baixa —, *não é culpa minha*. Fala para eles, Grover. Fala para esses seus amigos muito... espinhosos que a culpa não é minha.

O treinador Hedge grunhiu.

— Bom, meio que é, né? Macro disse que o Labirinto era uma armadilha *para você*. Deve ser por causa daquele oráculo que você está procurando.

Mellie olhou do marido para mim.

— Macro? Oráculo?

Expliquei que Zeus me obrigou a viajar pelo país e libertar antigos oráculos como parte da minha penitência, porque esse era o tipo de pai horrível que eu tinha.

Hedge então contou sobre nosso divertido passeio de compras na Maluquice Militar do Macro. Quando ele começou a se enrolar, falando sobre os vários tipos de minas terrestres que tinha encontrado, Grover se intrometeu.

— Então explodimos o Macro — resumiu Grover —, que é um seguidor romano desse imperador. Ele mencionou uma espécie de feiticeira que quer... sei lá, fazer alguma magia do mal em Apolo, acho. E ela está ajudando o imperador. Achamos que eles colocaram o próximo oráculo...

— A Sibila Eritreia — acrescentei.

— Certo — concordou Grover. — Achamos que eles colocaram essa Sibila no meio do Labirinto como uma espécie de isca para o Apolo. Além do mais, tem um cavalo falante.

O rosto de Mellie pareceu ficar carregado — o que não era surpreendente, considerando que ela era uma nuvem.

— Todos os cavalos falam.

Grover explicou o que ouvimos na caçamba de lixo, então teve que explicar por que estávamos em uma caçamba de lixo. E depois explicou por que eu tinha molhado a calça, e que era por isso que eu estava usando aquela calça rosa camuflada.

— *Ahhh*. — Todas as dríades assentiram, como se aquela fosse a única questão que as afligisse naquela história toda.

— Podemos voltar ao problema da vez? — supliquei. — Temos uma causa em comum! Vocês querem que os incêndios parem, e eu tenho a missão de libertar a Sibila Eritreia. Para fazer qualquer uma dessas duas coisas, temos que achar o coração do Labirinto; é lá que vamos encontrar a fonte do fogo *e* a Sibila. Eu sei, eu simplesmente... *sei*.

Meg me encarou com atenção, como se tentasse decidir que ordem constrangedora deveria dar primeiro: *Pular na piscina? Abraçar Figo-da-índia? Encontrar uma camisa que combine com essa calça?*

— Conte sobre o cavalo — pediu.

Ordem recebida. Eu não tinha escolha.

— O nome dele é Incitatus.

— E ele fala — completou Meg. — Tipo, de um jeito que os humanos conseguem entender.

— É, mas em geral ele só fala com o imperador. Não me pergunte *como* ele fala, nem de onde veio. Eu não sei. É um cavalo mágico. O imperador confia nele, provavelmente mais do que em qualquer outro aliado. Quando o imperador governava a antiga Roma, mandava vestirem Incitatus com roxo senatorial, e até tentou nomeá-lo cônsul. As pessoas achavam que o imperador estava doido, mas ele sempre foi muito são.

Meg se inclinou para a piscina, se encolhendo como se estivesse retornando ao seu casulo mental. Os imperadores eram sempre um assunto delicado para ela; criada no lar de Nero (os termos *abuso* e *gaslighting* explicam melhor o que ela viveu lá), Meg me traiu (a pedido de Nero) no Acampamento Meio-Sangue, antes de voltar para o meu lado, em Indianápolis — um assunto que não discutimos por muito tempo. Eu não a culpava, coitada. De verdade. Mas fazer com que ela confiasse na minha amizade, com que confiasse em *qualquer um* depois do padrasto era como treinar um esquilo selvagem para comer na sua mão. Qualquer barulho alto fazia ela sair correndo, mordesse ou ambos.

(Acho que não é uma comparação justa. Meg morde *bem* mais forte que um esquilo selvagem.)

Depois de um tempo, ela disse:

— Aquele verso da profecia: *Até achar o dono do cavalo branquinho.*

Assenti.

— Incitatus pertence ao imperador. Talvez *pertence* não seja a palavra certa. Incitatus é o braço direito do homem que agora alega dominar o oeste dos Estados Unidos ocidental, Caio Júlio César Germânico.

Essa seria a deixa para as dríades exclamarem todas juntas, assombradas, e talvez para uma música de fundo sinistra. Mas só rostos sem expressão me encararam. O único som, e muito sinistro, era o bebê Chuck mastigando a tampa de isopor do especial de jantar nº 3 de seu pai.

— O tal Caio — disse Meg. — Ele é famoso?

Olhei para as águas escuras da piscina. Quase desejei que Meg *mandasse* que eu pulasse e me afogasse. Ou que me obrigasse a usar uma camisa combinando com a calça rosa. Qualquer uma dessas punições seria mais fácil do que responder àquela pergunta.

— O imperador é mais conhecido por seu apelido de infância — expliquei. — Que ele despreza, aliás. Mas a história se lembra dele como Calígula.

10

Que garotinho mais fofo
Botinhas nos pés
E sorrisinho assassino

O NOME CALÍGULA LHES diz alguma coisa, queridos leitores?

Se não, considerem-se pessoas de sorte.

Por toda a Cisterna, dríades de cactos dispararam seus espinhos. A parte inferior de Mellie se dissolveu e se transformou em neblina. Até o bebê Chuck cuspiu um pedaço de isopor.

— *Calígula?* — O olho do treinador Hedge deu uma tremidinha de nervoso, a mesma tremidinha de quando Mellie ameaçou apreender as armas ninja dele. — Você tem certeza?

Quisera eu não ter. Quisera eu poder anunciar que o terceiro imperador era o velho e gentil Marco Aurélio, ou o nobre Adriano, ou o estabanado Cláudio.

Mas Calígula…

Até para os que sabiam pouco sobre ele, o nome Calígula invocava imagens das mais sombrias e terríveis. Seu reinado foi mais sangrento e mais famoso do que o de Nero, que desde criança era fascinado pelo tio-bisavô perverso, Caio Júlio César Germânico.

Calígula: sinônimo de assassinato, tortura, loucura, excesso. Calígula: o tirano pérfido com o qual todos os outros tiranos pérfidos eram comparados. Calígula: um imperador com um posicionamento de marca que deixava bastante a desejar.

Grover estremeceu.

— Sempre odiei esse nome. O que significa, afinal? Assassino de sátiro? Sugador de sangue?

— Botinhas — falei.

O cabelo castanho e desgrenhado de Josué se eriçou todo, o que Meg pareceu achar encantador.

— Botinhas? — perguntou ele, confuso, talvez se perguntando se não tinha entendido a piada, embora ninguém estivesse rindo.

— Isso mesmo.

Vocês tinham que ver como o pequeno Calígula ficava fofo com sua roupinha de legionário quando acompanhava o pai, Germânico, em campanhas militares. Por que os sociopatas sempre são tão *adoráveis* quando crianças?

— Era assim que os soldados do pai o chamavam quando ele era criança — expliquei. — Ele usava minibotas de legionário, *caligae*, e eles achavam hilário. Por isso, o chamavam de Calígula, que significa *Botinhas* ou *Sapatinhos*. Escolham a tradução que preferirem.

Figo-da-índia fincou o garfo em uma enchilada.

— Não me interessa se o nome do sujeito é Gatinho de Botinhas. Como a gente *vence* esse imperador aí e faz tudo voltar ao normal?

Os outros cactos resmungaram e assentiram. Eu começava a desconfiar que os figos-da-índia eram os encrenqueiros do mundo dos cactos. Se houvesse muitos deles, era capaz de fazerem uma revolução e dominarem o reino animal.

— Temos que tomar cuidado — avisei. — Calígula é mestre em criar emboscadas para seus inimigos. Conhecem a velha expressão *Dar corda para alguém se enforcar?* Foi *criada* para Calígula. Ele adora a reputação de maluco, mas é só um disfarce. De maluco ele não tem nada. Só que é completamente amoral, ainda pior do que...

Não completei a frase. Estava prestes a dizer *pior do que Nero*, mas não tinha coragem de fazer uma declaração dessas na frente de Meg, cuja infância inteira fora envenenada por Nero e por seu alter ego, Besta.

Cuidado, Meg, ele sempre dizia. *Não se comporte mal, ou vai acordar o Besta. Eu amo muito você, mas o Besta... Bom, eu odiaria ver você fazer alguma coisa errada e se machucar.*

Como quantificar tamanha maldade?

— Enfim — concluí —, Calígula é inteligente, paciente e paranoico. Se esse Labirinto de Fogo for alguma armadilha elaborada, parte de algum plano maior do imperador, não vai ser fácil destruí-lo. Vencê-lo, ou até mesmo *encontrá-lo*, vai ser um desafio.

Fiquei tentado a acrescentar: *Talvez a gente não* queira *encontrá-lo. Talvez a gente* só *devesse fugir.*

Isso não funcionaria para as dríades. Elas estavam literalmente enraizadas na terra em que cresciam. Transplantes como Reba eram raros. Poucos espíritos da natureza podiam sobreviver sendo envazados e transportados para um novo ecossistema. Mesmo que a maioria das dríades conseguisse fugir das chamas, milhares de outras ficariam e morreriam queimadas.

— Se *metade* das coisas que eu ouvi sobre Calígula forem verdade... — disse Grover, aterrorizado.

Ele fez uma pausa, provavelmente se dando conta de que todos no recinto o encaravam com receio, avaliando as reações do sátiro para decidirem quanto deveriam se desesperar. Eu só sabia que estar numa sala cheia de cactos histéricos gritando e correndo de um lado para o outro não era uma ideia que me agradava muito.

Felizmente, Grover manteve a calma.

— Ninguém é invencível — declarou ele. — Nem os titãs, nem os gigantes, nem os deuses... e *definitivamente* não um imperador romano chamado Botinhas. Esse cara está fazendo o sul da Califórnia murchar e morrer. Está por trás das secas, do calor, dos incêndios. Nós *temos* que encontrar uma forma de detê-lo. Apolo, como Calígula morreu da primeira vez?

Tentei lembrar. Como sempre, meu cérebro de disco rígido mortal estava cheio de buracos, mas me veio à mente um túnel escuro cheio de guardas pretorianos em volta do imperador, as facas brilhando e cintilando de sangue.

— Os guardas dele o mataram — falei —, o que com certeza o deixou ainda mais paranoico. Macro mencionou que o imperador vivia mudando os membros de sua guarda pessoal. Primeiro, autômatos substituíram os pretores. Depois, ele os substituiu pelos mercenários e pelas estriges e... orelhudos? Não sei o que isso quer dizer.

Uma das dríades bufou, indignada. Deduzi que era Cholla, porque parecia um cacto cholla, com cabelo branco ralo, barbinha branca e orelhas grandes cobertas de espinhos.

— Nenhuma pessoa orelhuda decente trabalharia para um vilão desses! E quais são as outras fraquezas do imperador? Ele tem que ter alguma!

— Exatamente! — disse o treinador Hedge. — Ele tem medo de bodes?

— É alérgico a seiva de cacto? — perguntou Aloe Vera, esperançosa.

— Não que eu saiba — falei.

As dríades pareceram decepcionadas.

— Você disse que recebeu uma profecia em Indiana, não foi? — perguntou Josué. — Alguma pista nela?

O tom dele era cético, o que eu compreendia. Uma profecia de um oráculo em Indiana não tinha o mesmo impacto de uma obtida em Delfos.

— Eu tenho que encontrar o *palácio ocidental* — expliquei. — Lá deve ser o esconderijo de Calígula.

— Ninguém sabe onde isso fica — resmungou Fig.

Talvez eu estivesse imaginando coisas, mas pensei ter visto Mellie e Gleeson se entreolharem, tensos. Esperei que dissessem alguma coisa, mas eles não deram um pio.

— Segundo a profecia — continuei —, eu também tenho que *arrancar os ditos do falante de palavras cruzadas*. Acho que isso quer dizer que preciso libertar a Sibila Eritreia do controle do imperador.

— Essa Sibila gosta de palavras cruzadas? — perguntou Reba. — Eu gosto.

— O oráculo dava suas profecias em forma de enigmas — expliquei. — Como palavras cruzadas. Ou acrósticos. A profecia também fala sobre Grover nos trazer aqui, e sobre um monte de coisas terríveis que vão acontecer no Acampamento Júpiter nos próximos dias...

— Na lua nova — murmurou Meg. — Que vai acontecer logo, logo.

— Pois é.

Tentei conter minha irritação. Parecia que Meg achava que eu tinha que estar em dois lugares ao mesmo tempo, o que não seria problema para Apolo, o deus. Como Lester, o humano, eu mal conseguia estar no mesmo lugar na hora que deveria.

— Tem outro verso — lembrou Grover. — *Percorrendo o caminho com as botas inimigas?* Será que isso tem algo a ver com as botinhas de Calígula?

Imaginei meus pés enormes de adolescente enfiados em sandálias de couro pequeninas. Meus dedos começaram a latejar.

— Espero que não — falei. — Mas se conseguirmos libertar a Sibila do Labirinto, tenho certeza de que ela nos ajudaria. Seria ótimo receber algumas orientações antes de confrontar Calígula pessoalmente.

Outras coisas que seriam ótimas no momento: ter de volta meus poderes divinos, colocar o departamento de armas de fogo inteiro da Maluquice Militar do Macro nas mãos de um exército semideus, receber uma carta de desculpas do meu pai prometendo nunca mais me transformar em humano e tomar um banho. Mas, como dizem, tudo é impossível aos olhos de Zeus, então eu não estava em posição de escolher nada.

— Isso nos leva para onde começamos — disse Josué. — Você precisa libertar o oráculo. Nós precisamos que o fogo acabe. Para fazer isso, temos que entrar no Labirinto, mas ninguém sabe como.

Gleeson Hedge limpou a garganta.

— Talvez alguém saiba.

Nunca na história tantos cactos encararam um sátiro.

Cholla coçou a barba branca.

— E quem é esse alguém?

Hedge se virou para a esposa como quem diz: *É com você, querida.*

Mellie passou alguns microssegundos refletindo sobre o céu da noite e possivelmente sobre sua vida de solteira.

— A maioria de vocês sabe que estávamos morando com os McLean — disse ela.

— A família de Piper McLean — expliquei —, filha de Afrodite.

Eu me lembrava dela, uma das sete semideusas que navegaram no *Argo II*. Na verdade, estava cogitando seriamente fazer uma visitinha a ela e ao namorado, Jason Grace, que moravam no sul da Califórnia, para ver se eles tinham interesse em derrotar o imperador e libertar o oráculo por mim.

Opa. Ignorem o que eu disse. Me confundi. O que eu quis dizer foi, é claro, que eu cogitava seriamente pedir a *ajuda* deles para fazer essas coisas.

Mellie assentiu.

— Eu era assistente pessoal do sr. McLean. Gleeson ficava cuidando de Chuck em tempo integral e fazia um ótimo trabalho...

— Eu era um paizão, não era? — disse Gleeson, dando a corrente do nunchaku ao filho, que imediatamente começou a mordê-la.

— Até que tudo deu errado — disse Mellie, com um suspiro.

— Como assim? — perguntou Meg.

— É uma longa história — disse a ninfa das nuvens em um tom que insinuava *Eu poderia contar, mas aí teria que virar uma nuvem de tempestade e chorar muito e lançar vários raios em você e dar um fim à sua existência.* — A questão é que, algumas semanas atrás, Piper sonhou com o Labirinto de Fogo. Ela achou que tivesse encontrado uma forma de chegar ao centro. Então foi explorar o lugar com... aquele garoto, Jason.

Aquele garoto. Meus sentidos apurados me disseram que Mellie não simpatizava muito com Jason Grace, filho de Júpiter.

— Quando eles voltaram... — Mellie hesitou, a parte inferior do corpo rodopiando em um liquidificador de nuvem. — Eles disseram que fracassaram, mas acho que não foi bem isso. Piper deu a entender que tinham encontrado alguma coisa lá embaixo que... os deixou muito abalados.

As paredes de pedra da Cisterna pareceram estalar e se mover no ar fresco da noite, como se vibrando em solidariedade à palavra *abalados*. Pensei no sonho que tive com a Sibila, a mulher presa com correntes em brasa, pedindo desculpas a alguém depois de dar notícias terríveis. *Sinto muito. Eu pouparia vocês, se pudesse. Eu a pouparia.*

Ela estava falando com Jason, Piper, ou com os dois? Se era isso, e eles realmente encontraram o oráculo...

— Precisamos falar com esses semideuses — concluí.

Mellie baixou a cabeça.

— Não posso levar você lá. Voltar... partiria meu coração.

Hedge passou o bebê Chuck para o outro braço.

— Talvez eu pudesse...

Mellie fuzilou o marido com olhar.

— É, eu também não posso ir — murmurou Hedge.

— Eu levo você — ofereceu Grover, embora parecesse mais exausto do que nunca. — Sei onde os McLean moram. Mas, hã, podemos esperar até de manhã?

Uma sensação de alívio tomou conta das dríades ali presentes. Seus espinhos relaxaram. A clorofila voltou à pele delas. Grover podia não ter solucionado os problemas delas, mas lhes deu esperança — ou pelo menos a sugestão de que *alguma* coisa poderia ser feita.

Observei o círculo laranja no céu acima da Cisterna. Pensei nos incêndios ardendo a oeste e no que poderia estar acontecendo ao norte, no Acampamento Júpiter. Sentado no fundo de um poço em Palm Springs, sem poder ajudar os semideuses romanos nem saber o que estava acontecendo com eles, eu me solidarizava com as dríades: presas em um lugar, assistindo com desespero aos incêndios descontrolados cada vez mais próximos.

Eu não queria destruir as novas esperanças das dríades, mas fui obrigado a dizer:

— Tem mais. O santuário de vocês pode estar correndo perigo.

Contei a elas o que Incitatus dissera a Calígula por telefone. E, não, eu nunca pensei que um dia relataria uma conversa entre um cavalo falante e um imperador romano morto.

Aloe Vera estremeceu, e vários espinhos triangulares medicinais balançaram em seu cabelo.

— C-como eles conhecem Aeithales? Ninguém nunca arranjou problema com a gente aqui.

Grover fez uma careta.

— Não sei, pessoal. Mas… o cavalo pareceu dar a entender que foi Calígula quem destruiu este lugar anos atrás. Ele disse alguma coisa do tipo: *Sei que você acha que cuidou de tudo. Mas o lugar ainda é perigoso.*

O rosto bronzeado de Josué ficou ainda mais sombrio.

— Não faz sentido. Nem *a gente* sabe o que existia aqui antes.

— Uma casa — disse Meg. — Uma casa enorme sobre palafitas. Essas cisternas… eram colunas de sustentação, resfriamento geotérmico, abastecimento de água.

As dríades se eriçaram novamente, mas não disseram nada, esperando que Meg continuasse.

Ela tirou os pés da água e se encolheu toda, o que a deixou ainda mais parecida com um esquilo nervoso pronto para fugir. Então me dei conta de que, assim que chegamos, Meg quis ir embora e disse que aquele lugar não era seguro. Lembrei um verso da profecia que ainda não tínhamos discutido: *A filha de Deméter encontra raízes antigas.*

— Meg — falei, com o máximo de delicadeza que consegui reunir —, como você conhece este lugar?

Seu rosto assumiu um ar ao mesmo tempo tenso e desafiador, como se ela não soubesse ao certo se deveria cair no choro ou me dar um soco.

— Aqui era a minha casa — disse ela. — Meu pai construiu Aeithales.

11

Favor não tocar no deus
Sem lavar as mãos
Ou trazendo más visões

ISSO NÃO SE FAZ.

Não se anuncia que seu pai construiu uma casa misteriosa em um lugar sagrado para as dríades, depois se levanta e sai sem explicação.

Então é claro que foi exatamente isso que Meg fez.

— A gente conversa de manhã — disse ela a ninguém em especial.

Ela subiu a rampa ainda descalça, apesar de estar pisando em vinte tipos de cactos, e sumiu na escuridão.

Grover olhou para os colegas.

— Hum, então tá, boa reunião, pessoal.

Ele caiu de lado um milissegundo depois, e antes de bater no chão já estava dormindo.

Aloe Vera me olhou com preocupação.

— Será que é melhor eu ir atrás da Meg? Ela pode precisar de mais gosma de aloe.

— Vou dar uma olhada nela — prometi.

Os espíritos da natureza começaram a recolher os restos do jantar (dríades são muito conscientes em relação a essas coisas), enquanto eu saía em busca de Meg McCaffrey.

Eu a encontrei um metro e meio acima do chão, empoleirada na beirada do cilindro de concreto mais distante, olhando para o buraco lá embaixo. A julgar pela fragrância de morangos frescos que vinha das rachaduras na pedra, concluí que era o mesmo poço que tínhamos usado para sair do Labirinto.

— Você está me deixando nervoso — falei. — Pode descer daí?

— Não — disse ela.

— Claro que não — murmurei.

Subi até lá, apesar de não levar muito jeito para escalar paredes. (Ah, quem estou tentando enganar? No meu estado atual, eu não levo jeito para *nada*.)

Eu me juntei a Meg na beirada, os pés pendurados acima do abismo do qual tínhamos escapado... Tinha mesmo sido naquela manhã? Não vi a rede de morangos mais abaixo, nas sombras, mas, ali naquele deserto, o cheiro deles era incrivelmente poderoso e exótico. Era estranho como uma coisa comum podia se tornar incomum em um novo ambiente. Ou, no meu caso, como um deus extraordinariamente incrível podia se tornar tão ordinário.

A noite roubou as cores das roupas de Meg, e naquele momento ela mais parecia um semáforo em tons de cinza. O nariz escorrendo brilhava; por trás das lentes sujas dos óculos, os olhos estavam marejados. Ela girou um anel de ouro e depois o outro, como se ajustasse botões de um rádio antigo.

Nosso dia havia sido longo. O silêncio entre nós era confortável, e eu não sabia se tinha condições de suportar mais alguma informação devastadora sobre nossa profecia de Indiana. Por outro lado, eu precisava de explicações. Antes de ir me deitar naquele lugar de novo, eu precisava saber se acordaria vivo e se havia chances de receber a visita de um cavalo falante.

Eu estava à beira de um ataque de nervos. Considerei socar minha jovem mestra e gritar *ME CONTA TUDO AGORA!*, mas decidi que não seria muito legal da minha parte.

— Você quer conversar sobre isso? — perguntei.

— Não.

Aquela resposta não me surpreendeu; afinal, mesmo nas melhores circunstâncias, Meg e as palavras não se bicavam.

— Se Aeithales é o lugar mencionado na profecia — falei —, suas raízes antigas, então talvez seja importante saber mais sobre ele para... não morrermos?

Meg me olhou. Não ordenou que eu pulasse no poço de morangos nem que calasse a boca. Só disse:

— Aqui.

E segurou meu pulso.

Eu estava acostumado a ter visões acordado e a ser sugado pelo furacão da memória sempre que experiências divinas sobrecarregavam meus neurônios mortais. Mas aquilo foi diferente. Em vez de encarar meu próprio passado, me vi mergulhado no de Meg McCaffrey, revivendo suas lembranças do ponto de vista dela.

Eu estava em uma das estufas, mas o lugar ainda não havia sido tomado pelas plantas que cresceram descontroladamente. Fileiras organizadas de cactos novinhos ocupavam as prateleiras de metal, cada vaso equipado com um termômetro digital e um medidor de umidade. Havia mangueiras de irrigação e lâmpadas especiais para aquele tipo de ambiente. O ar estava quente, mas era agradável, com cheiro de terra remexida.

O cascalho molhado estalou embaixo dos meus pés quando segui meu pai… quer dizer, o pai de *Meg*.

Ele sorria para mim. Como Apolo, eu já o encontrara em outras visões: um homem de meia-idade com cabelo escuro encaracolado e nariz largo cheio de sardas. Eu presenciara o momento em que ele dera a Meg uma rosa vermelha da mãe dela, Deméter. Também encarei o corpo dele caído nos degraus da Grand Central Station, o peito destruído por uma faca ou por garras, no dia em que Nero se tornara o padrasto de Meg.

Ali, naquela lembrança da estufa, o sr. McCaffrey não parecia muito mais jovem do que nas outras visões. As emoções de Meg me diziam que ela estava com uns cinco anos, a mesma idade de quando ela e o pai foram parar em Nova York. Mas o sr. McCaffrey parecia bem mais feliz naquela cena, bem mais à vontade. Quando Meg olhou para o pai, fui tomado pela felicidade dela. Meg estava com o homem que tanto amava. A vida era maravilhosa.

Os olhos verdes do sr. McCaffrey cintilaram. Ele pegou um cacto bebê em um vaso e se ajoelhou para mostrá-lo a Meg.

— Eu chamo este aqui de Hércules — disse ele —, porque ele consegue aguentar *qualquer coisa*!

Ele flexionou o braço e disse "grrrr!", o que fez Meg cair na risada.

— Er-klis! — disse ela. — Mais plantas!

O sr. McCaffrey colocou Hércules na prateleira e levantou um dedo, como um mágico: *Veja isto!* Ele pegou algo no bolso da camisa de brim e estendeu a mão fechada para a filha.

— Tente abrir — disse ele.

Meg puxou os dedos do pai.

— Não consigo!

— Consegue, sim. Você é muito forte. Mais uma vez!

— GRRR! — disse a pequena Meg.

Daquela vez, ela conseguiu abrir a mão dele, revelando sete sementes hexagonais do tamanho de uma moeda de dez centavos. Com uma casca verde grossa, as sementes cintilavam de leve, o que as fazia parecerem uma frota de OVNIS pequenininhos.

— Uhhh — disse Meg. — Posso comer?

O pai dela riu.

— Não, querida. Estas sementes são muito especiais. Nossa família está tentando produzir sementes assim há — ele assobiou baixinho — *muito* tempo. E quando elas forem plantadas...

— O quê? — perguntou Meg, ansiosa.

— Vão ser muito especiais — disse ele. — Vão ser ainda mais fortes do que Hércules!

— Planta agora!

O pai bagunçou o cabelo da filha.

— Ainda não, Meg. Elas ainda não estão prontas. Mas, quando chegar a hora, eu vou precisar da sua ajuda. Nós vamos plantá-las juntos. Você promete que vai me ajudar?

— Prometo — disse ela, do alto de seus cinco anos.

A cena mudou. Meg entrou descalça na linda sala de Aeithales, onde seu pai estava virado para uma parede de vidro, observando as luzes noturnas da cidade de Palm Springs. Ele estava falando ao telefone, de costas para Meg. Ela deveria estar dormindo, mas alguma coisa a acordou; talvez um pesadelo, talvez o pressentimento de que o pai estava chateado.

— Não, eu *não* entendo — dizia ele ao telefone. — Você não tem esse direito. A propriedade não é... Sim, mas minha pesquisa não pode... Isso é impossível!

Meg se aproximou. Ela adorava ficar na sala. Não só por causa da vista bonita, mas pela sensação do piso de madeira polido, nos pés descalços, liso e frio e sedoso, como se ela estivesse deslizando em uma camada fina de gelo. Ela amava as plantas nas prateleiras e em vasos gigantescos espalhados por todo o aposento: cactos florescendo em dezenas de cores, árvores de Josué que formavam colunas vivas — sustentando o teto, *atravessando* o teto e se espalhando em uma teia de galhos e amontoados verdes de espinhos. Meg era nova demais para entender que árvores de Josué não faziam isso. Parecia lógico para ela que a vegetação se entrelaçasse para ajudar a formar a casa.

Meg também amava o grande poço circular no centro da sala, que o pai chamava de Cisterna e tinha grades em volta por razões de segurança, mas que era uma maravilha, porque refrescava a casa e fazia o local parecer seguro e ancorado. Meg amava descer correndo a rampa e enfiar os pés na água fria da piscina no fundo, embora o pai sempre dissesse: *Nada de passar muito tempo aí! Vai acabar virando uma planta!*

Mais do que tudo, ela amava a mesa grande onde o pai trabalhava, o tronco de uma mesquite que atravessava o chão e emergia dele novamente, como uma serpente marinha cortando as ondas, deixando apenas um arco suficiente para formar a mobília. A parte superior do tronco era liso e reto, uma superfície perfeita para trabalhar. Buracos na árvore serviam de nichos para armazenamento. Galhos cheios de folhas se projetavam da escrivaninha, formando uma moldura que sustentava o monitor do computador do pai. Meg perguntou uma vez se ele tinha machucado a árvore quando entalhou a mesa, mas o pai riu.

— Não, querida, eu nunca faria mal a árvore alguma. A mesquite é que se ofereceu para servir de escrivaninha *para* mim.

A Meg de cinco anos também não estranhou aquilo: falar de uma árvore daquela forma, como se ela fosse uma pessoa.

Mas, naquela noite, Meg não se sentiu muito à vontade na sala. Não gostou do tremor na voz do pai. Ela foi até a escrivaninha e encontrou, em vez dos habituais pacotes de sementes, desenhos e flores, uma pilha de correspondências (cartas digitadas, documentos grossos grampeados, envelopes), tudo em amarelo dente-de-leão.

Meg não sabia ler, mas não gostou nada daquelas cartas. Pareciam importantes, arrogantes e furiosas. A cor incomodava seus os olhos. Não era bonita como a de dentes-de-leão de verdade.

— Você não entende — continuou o pai ao telefone. — Isso é mais do que o trabalho da minha vida. São séculos. O trabalho de *milhares* de anos... Não ligo se parece loucura. Você não pode simplesmente...

Ele se virou e ficou paralisado ao ver Meg à mesa. Um espasmo cruzou seu rosto, a expressão mudando de raiva para medo e preocupação, em seguida assumindo uma alegria forçada. Ele colocou o telefone no bolso.

— Oi, querida — disse ele, com um sorriso amarelo. — Não conseguiu dormir, é? Nem eu.

Ele andou até a mesa, enfiou os papéis amarelos em um buraco na árvore e estendeu a mão para Meg.

— Quer olhar as estufas?

A cena mudou de novo.

Uma lembrança confusa e fragmentada: Meg estava usando as roupas favoritas, um vestido verde e legging amarela. A menina gostava daquelas peças porque o pai dizia que ela ficava parecida com uma das amigas das estufas, todas coisas lindas que cresciam. Caminhando na escuridão atrás do pai, ela tropeçou, mas o pai dissera que precisavam correr. Na mochila, ela levava seu cobertor preferido, porque só podiam levar o que pudessem carregar.

Eles estavam quase chegando ao carro quando Meg parou ao reparar que as luzes estavam acesas nas estufas.

— Meg — disse o pai, a voz tão frágil quanto o cascalho embaixo dos pés deles. — Venha, querida.

— Mas e o Erklis? — perguntou ela. — E os outros?

— Não podemos levá-los — respondeu o pai, engolindo o choro.

Meg nunca tinha visto o pai chorar. A menina ficou sem chão.

— E as sementes mágicas? — perguntou ela. — A gente pode plantar... Para onde a gente vai?

A ideia de ir embora dali parecia impossível, assustadora. Ela nunca teria outro lar que não fosse Aeithales.

— Não podemos, Meg — repetiu o pai, com a voz embargada. — Elas têm que crescer *aqui*. E agora...

Ele olhou para a casa, as janelas ardendo com luz dourada. Mas alguma coisa estava errada. Formas escuras se moviam pela colina; homens, ou criaturas semelhantes a eles, todos de preto, circundavam a propriedade. E mais formas escuras voavam acima, as asas bloqueando as estrelas.

O pai segurou a mão da filha.

— Não temos tempo, querida. Temos que ir. Agora.

A última lembrança que Meg tinha de Aeithales: ela sentada no banco de trás do carro do pai, o rosto e as mãos grudados na janela, tentando manter as luzes da casa no campo de visão pelo máximo de tempo possível. Eles mal tinham descido metade da colina quando a casa explodiu em uma flor de fogo.

Arquejei, meus sentidos sendo trazidos subitamente para o presente. Meg tirou a mão do meu pulso.

Fiquei olhando para ela, estupefato, sem saber mais o que era real ou não. Estava tão abalado que tive medo de cair no poço de morangos.

— Meg, como você...?

Ela cutucou um calo na mão.

— Sei lá. Só precisava fazer.

Uma resposta tão *Meg*. Ainda assim, aquelas lembranças foram tão dolorosas e vívidas que fizeram meu peito doer como se eu tivesse sido reanimado com um desfibrilador.

Como Meg compartilhou o passado dela comigo? Eu sabia que sátiros conseguiam criar uma ligação empática com seus melhores amigos. Grover Underwood tinha uma com Percy Jackson — segundo ele, era por isso que às vezes ele tinha uma vontade inexplicável de comer panqueca de mirtilo. Será que Meg também tinha esse dom, talvez por causa da nossa relação de mestre e servo?

Eu não sabia a resposta.

Mas *tinha certeza* de que Meg estava sofrendo, e bem mais do que estava deixando transparecer. As tragédias em sua curta vida tinham começado antes da morte do pai. Tinham começado aqui. Essas ruínas eram tudo que restava de uma vida que poderia ter sido feliz.

Eu queria abraçá-la. E, acreditem, essa não era uma vontade que me acometia com frequência. Era bem capaz de eu receber em troca uma cotovelada no peito ou uma espadada no nariz.

— Você...? — Eu hesitei. — Você sempre soube disso tudo? Sabe o que seu pai estava tentando fazer aqui?

Ela deu de ombros. Pegou um punhado de terra e jogou no poço, como se plantasse sementes.

— Phillip... — disse Meg, como se o nome tivesse acabado de ocorrer a ela. — O nome do meu pai era Phillip McCaffrey.

O nome me fez pensar no rei macedônio, Filipe, pai de Alexandre, o Grande. Um bom lutador, mas *nada* divertido. Nunca se interessou por música, poesia, nem mesmo arquearia. Filipe só queria saber de falanges. *Chato.*

— Phillip McCaffrey foi um ótimo pai — falei, tentando não soar amargo, já que minha experiência com bons pais era quase nula.

— Ele tinha cheiro de adubo — lembrou Meg. — De um jeito bom.

Eu não sabia a diferença entre um cheiro bom de adubo e um cheiro ruim de adubo, mas assenti em respeito à minha amiga.

Observei a fileira de estufas, as silhuetas quase invisíveis no céu preto--avermelhado da noite. Phillip McCaffrey era um homem talentoso. Botânico, talvez? Definitivamente um mortal agraciado pela deusa Deméter. De que outra forma ele teria criado uma casa como Aeithales, em um lugar com tanto poder natural? No que ele estava trabalhando, e o que ele quis dizer quando mencionou que a família dele fazia a tal pesquisa havia milhares de anos? Os humanos raramente pensavam em termos de milênios; mal sabiam como os bisavôs se chamavam.

E a questão mais importante: o que tinha acontecido a Aeithales, e por quê? Quem forçou os McCaffrey a abandonarem seu lar e fugirem para Nova York? Infelizmente, a última pergunta era a única que eu achava que podia responder.

— Calígula fez isso, não foi? — concluí, indicando os cilindros destruídos na colina. — Foi isso que Incitatus quis dizer quando falou que o imperador já tinha dado um jeito neste lugar.

Meg se virou para mim, o rosto pétreo.

— Nós vamos descobrir — disse ela. — Amanhã. Você, eu, Grover. Nós vamos encontrar essas pessoas, Piper e Jason.

Senti a aljava se mexendo, mas eu não sabia se era a Flecha de Dodona pedindo atenção ou meu corpo estremecendo.

— E se Piper e Jason não souberem de algo que possa nos ajudar? O que vamos fazer? — perguntei.

Meg bateu as mãos para tirar a sujeira.

— Eles são parte dos sete, não são? Amigos de Percy Jackson?

— Bom... sim.

— Então eles vão saber — afirmou Meg. — Eles vão ajudar. Vamos encontrar Calígula. Vamos explorar esse lugar labiríntico, libertar a Sibila e acabar com os incêndios e tudo mais.

Admirei a capacidade dela de resumir nossa missão de forma tão eloquente.

Por outro lado, não me empolgou muito a ideia de explorar o lugar labiríntico, mesmo com a ajuda de mais dois semideuses poderosos. A Roma Antiga também tinha semideuses poderosos. Muitos deles tentaram derrubar Calígula. Todos morreram.

A visão que tive com a Sibila sempre retornava à minha mente, e ela pedia desculpas pela péssima notícia. Desde quando um oráculo *pedia desculpas*?

Eu pouparia vocês, se pudesse. Eu a pouparia.

A Sibila insistira que eu fosse salvá-la. Só eu poderia libertá-la, apesar de ser uma cilada.

Eu nunca gostei de ciladas. Elas me lembravam minha antiga crush, Britomártis. Aff, o número de poços de tigres birmaneses em que caí por causa daquela deusa.

Meg se virou.

— Vou dormir. Você também devia ir.

Ela pulou do muro e seguiu pela encosta, na direção da Cisterna. Como ela não ordenou claramente que eu fosse dormir, fiquei sentado ali por um bom tempo, encarando o vão cheio de morangos abaixo, tentando ouvir os pássaros agourentos se aproximando.

12

Ah, Chevette, meu Chevette!
Me diga por quê
Vou viajar em você

DEUSES DO OLIMPO, ME tirem uma dúvida rapidinho: eu já não sofri o bastante?

Ir de carro de Palm Springs a Malibu na companhia de Meg e Grover já teria sido bem ruim. Ter que desviar de zonas de evacuação de incêndio e suportar o trânsito matinal de Los Angeles tornaram tudo pior. Mas nós *tínhamos* que fazer a viagem no Chevette amarelo-mostarda 1979 de Gleeson Hedge?

— Vocês estão de brincadeira, né? — perguntei, ao encontrar meus amigos esperando por mim no carro. — Nenhum dos cactos tem um carro melhor... quer dizer, diferente?

O treinador Hedge fez cara feia.

— Ei, amigão, você devia é me agradecer. Este carro é um clássico! Pertenceu ao meu avô bode. Eu cuido dele *muito bem*, então não *ousem* destruí-lo.

Pensei nas minhas experiências mais recentes com carros: a carruagem do Sol mergulhando no lago do Acampamento Meio-Sangue; o Prius de Percy Jackson preso entre dois pessegueiros em um pomar de Long Island; uma Mercedes roubada costurando o trânsito pelas ruas de Indianápolis, dirigida por um trio de espíritos de frutas.

— Nós vamos cuidar bem dele — prometi.

O treinador Hedge passou todas as orientações a Grover, para ter certeza de que ele conseguiria encontrar a casa dos McLean em Malibu.

— Os McLean ainda devem estar lá — refletiu Hedge. — Bom, espero que estejam.

— Como assim? — perguntou Grover, desconfiado. — Por que eles *não* estariam lá?

Hedge tossiu.

— De qualquer modo, boa sorte! Mandem lembranças a Piper, se a virem. Tadinha...

Ele se virou e disparou colina acima.

O interior do Chevette cheirava a poliéster suado e patchouli, o que me trouxe à memória algumas lembranças ruins envolvendo John Travolta e música disco. (Curiosidade: o sobrenome dele deriva da palavra *travolgere*, que, em italiano, quer dizer *sobrecarregado*, o que descreve perfeitamente o efeito que o perfume dele causava no ambiente.)

Grover assumiu o volante, porque Gleeson só confiava nele para dirigir o Chevette. (Achei uma grosseria...)

Meg foi na frente, com os tênis vermelhos apoiados no painel enquanto se divertia fazendo buganvílias crescerem em volta dos tornozelos. Ela parecia bem, levando em consideração a sessão flashback da noite anterior, recheada de traumas de infância. Que bom que pelo menos um de nós estava animado — eu mal conseguia pensar em tudo por que ela passara sem ter que respirar fundo e conter o choro.

Por sorte, eu tinha bastante espaço para chorar e não ser incomodado, já que estava sozinho no banco de trás.

Seguimos para oeste pela Interestadual 10. Quando passamos por Moreno Valley, levei um tempo para entender o que havia de errado: em vez de gradativamente ser tomada pelo verde, a paisagem permaneceu marrom, a temperatura continuou sufocante e o ar se manteve seco e azedo, como se o deserto do Mojave tivesse esquecido seus limites e se espalhado até Riverside. Ao norte, o céu estava enevoado, como se toda a floresta San Bernardino estivesse pegando fogo.

Estávamos presos no trânsito em Pomona quando nosso Chevette começou a tremer e a chiar como um javali com insolação.

Grover olhou pelo retrovisor para a BMW que vinha logo atrás.

— Chevettes não explodem quando alguém bate na traseira deles, né? — perguntou ele.

— Só às vezes — respondi.

Na minha época na carruagem do Sol, guiar um veículo que poderia explodir a qualquer momento nunca me incomodou, mas, depois que Grover tocou no assunto, eu ficava olhando para trás a cada segundo, torcendo para que a BMW se afastasse.

Eu precisava desesperadamente tomar um café da manhã decente, além das enchiladas frias da noite anterior. Eu teria destruído uma cidade grega por uma xícara de café quentinho e talvez uma bela e longa viagem na direção oposta à que estávamos seguindo.

Minha mente começou a divagar. Eu não sabia se aqueles devaneios eram fruto das minhas visões no dia anterior ou se minha consciência tentava escapar do banco de trás do Chevette, mas me vi imerso nas lembranças da Sibila Eritreia.

Eu me lembrei do nome dela: Herófila, *amiga de heróis*.

Estava na terra natal da profetiza, a baía da Eritreia, na costa do que um dia seria a Turquia, uma sucessão de colinas douradas açoitadas pelo vento, repletas de coníferas, ondulando até as águas azuis e frias do Egeu. Em um pequeno vale perto da entrada de uma caverna, um pastor com vestes simples de lã estava ajoelhado ao lado da esposa, uma náiade de um riacho próximo, quando ela deu à luz a filha. Vou poupar vocês dos detalhes, exceto pelo seguinte: enquanto a mãe gritava e dava o empurrão final, a criança veio ao mundo não chorando, mas *cantando*, a linda voz preenchendo o ar com o som de profecias.

Como vocês podem imaginar, isso chamou minha atenção. Daquele momento em diante, a garota passou a ser consagrada a Apolo. Eu a abençoei como um dos meus Oráculos.

Eu me lembrava da jovem Herófila andando pelo Mediterrâneo e compartilhando sua sabedoria. Ela cantava para quem quisesse ouvir: reis, heróis, sacerdotes dos meus templos. Todos se desdobravam para transcrever as melodias proféticas. Imaginem ter que decorar todo o repertório de *Hamilton* de uma vez só, sem direito à consulta, e aí vocês vão entender o problema.

Herófila simplesmente tinha bons conselhos demais para compartilhar. A voz dela era tão encantadora que os ouvintes nunca conseguiam captar todos os detalhes. A profetiza não era capaz de controlar o que cantava nem quando cantava. E ela nunca repetia uma profecia. Você tinha que estar presente e pronto.

Ela previu a queda de Troia. Profetizou a ascensão de Alexandre, o Grande. Ajudou Eneias a escolher o local em que estabeleceria a colônia que um dia se tornaria Roma. Mas os romanos deram ouvidos a todos os conselhos dela, como *Cuidado com os imperadores*, *Não surtem muito com essa coisa de gladiador* e *Togas são um desastre fashion*? Não. Não mesmo.

Durante novecentos anos, Herófila andou, andou e andou. Fez o melhor que pôde para ajudar, mas, apesar das minhas bênçãos e das ocasionais entregas de buquês de flores para mantê-la motivada, a profetisa estava exausta. Todo mundo que ela conheceu na juventude tinha morrido. Ela viu civilizações ascenderem e caírem. Ouviu inúmeros sacerdotes e heróis dizerem: *Espera, é o quê? Pode repetir? Deixa eu pegar um lápis.*

Ela voltou para a casa da mãe, na Eritreia. O riacho tinha secado séculos antes, e com ele o espírito da mãe, mas Herófila se instalou em uma caverna próxima. Ela ajudava suplicantes sempre que apareciam em busca de suas palavras de sabedoria, mas sua voz nunca mais foi a mesma.

A bela cantoria sumiu. Não sei se ela perdeu a confiança ou se o dom da profecia tinha se transformado em uma espécie de maldição. Herófila estava cada vez mais hesitante, transmitindo profecias incompletas, omitindo palavras importantes, e ficava a cargo do ouvinte imaginar quais. Às vezes, a voz dela falhava por completo. Frustrada, ela rabiscava frases em folhas secas, e os suplicantes que se virassem para colocá-las na ordem correta e deduzir o que significavam.

A última vez que vi a profetisa… Sim, o ano era 1509. Eu a convenci a sair da caverna e fazer uma última visita a Roma, onde Michelangelo pintava um retrato dela no teto da Capela Sistina. Ao que parecia, ela merecia um lugarzinho ali por causa de alguma profecia obscura de muito tempo antes, quando previu o nascimento de Jesus e tal.

— Não sei, Michel… — disse Herófila, sentada ao lado dele no andaime, observando-o trabalhar. — Está lindo, mas meus braços não são tão… — A voz dela ficou tensa. — Dez letras. Começa com M.

Michelangelo bateu com o pincel nos lábios.

— Musculosos?

Herófila assentiu vigorosamente.

— Eu posso consertar — prometeu Michelangelo.

Depois, Herófila voltou para a caverna de vez. Admito que quase a perdi de vista. Supus que tivesse desaparecido, como tantos outros Oráculos antigos. Mas lá estava ela, no sul da Califórnia, à mercê de Calígula.

Eu realmente não deveria ter parado de lhe enviar flores.

Então, só me restava tentar compensar minha negligência. Herófila *ainda* era meu oráculo, tanto quanto Rachel Dare no Acampamento Meio-Sangue, ou o fantasma do pobre Trofônio em Indianápolis. Fosse ou não uma cilada, eu não podia deixá-la em uma câmara de lava, presa com algemas em brasas. Comecei a me perguntar se talvez, só talvez, Zeus não tivesse agido *certo* ao me mandar para a Terra, para reparar os erros que eu tinha permitido que acontecessem.

Afastei esse pensamento na mesma hora. Não. Aquela punição tinha sido totalmente injusta. Ainda assim, aff. Existe algo pior do que perceber que você talvez concorde com seu pai?

Grover seguiu pela zona norte de Los Angeles, e pegamos um engarrafamento quase tão lento quando o processo de *brainstorming* de Atena.

Vejam bem, não quero menosprezar o sul da Califórnia. Quando o local não estava pegando fogo, ou envolto em neblina marrom, ou sendo chacoalhado por terremotos, ou rodeado de mares por tudo que é lado, ou completamente parado por causa do trânsito, havia coisas que eu apreciava nele: a cena musical, as palmeiras, as praias, os dias bonitos, as pessoas bonitas. Mas eu também entendia por que Hades tinha estabelecido a entrada principal do Mundo Inferior ali. Los Angeles era um ímã de aspirações humanas: o destino perfeito para todos aqueles que sonhavam com a fama e o sucesso e que logo depois fracassavam, morriam e desciam pelo ralo, fadados ao esquecimento.

Estão vendo só? Eu posso ser um observador bem perspicaz!

De vez em quando eu olhava para o céu, torcendo para ver Leo Valdez voando em seu dragão de bronze, Festus, e agitando uma faixa imensa em que se lia TUDO JOIA! A lua nova seria dali a apenas dois dias, era verdade, mas talvez Leo tivesse concluído sua missão de resgate antes da hora! Então ele pousaria na estrada, nos diria que o Acampamento Júpiter estava a salvo e em seguida pediria a Festus que queimasse alguns carros para liberar caminho para a gente.

Mas nenhum dragão de bronze apareceu, embora fosse difícil ter certeza, já que o céu estava todo bronze.

— E então, Grover — falei, depois de algumas décadas na rodovia que cruzava a costa do Pacífico —, você *conhece* Piper ou Jason?

Grover balançou a cabeça.

— É meio estranho, eu sei. Todos nós moramos no sul da Califórnia e tal, mas eu estou ocupado com os incêndios, Jason e Piper têm suas missões e o colégio, essas coisas. Acabou que nunca surgiu a oportunidade. O treinador sempre fala que eles são… legais.

Tive a sensação de que ele ia usar um adjetivo diferente de *legais*.

— Está acontecendo alguma coisa que deveríamos saber? — perguntei.

Grover tamborilou no volante.

— Bom… a vida deles não está fácil. Primeiro, foram procurar Leo Valdez. Depois, se lançaram em outras missões. Aí as coisas começaram a ficar complicadas para o lado do sr. McLean.

Meg ergueu o rosto de uma buganvília que estava trançando.

— O pai da Piper?

Grover assentiu.

— Ele é um ator famoso. Conhece? Tristan McLean.

Um arrepio de prazer percorreu meu corpo. Simplesmente amei Tristan McLean em *Rei de Esparta*. E em *Jake Steel 2: O retorno de Steel*. Para um mortal, aquele homem tinha um abdome *divino*.

— O que aconteceu de ruim com ele? — perguntei.

— Você não lê sites de fofocas — concluiu Grover.

Uma triste realidade. Com essa história de ser mortal e cruzar o país libertando oráculos antigos e lutando contra megalomaníacos romanos, eu não tinha tempo nenhum para acompanhar as fofocas de Hollywood.

— O namoro terminou mal? — especulei. — Teste de DNA? Ele disse alguma coisa horrível no Twitter? Assediou alguém?

— Não exatamente — respondeu Grover. — Vamos só… ver como as coisas estão quando chegarmos lá. Talvez não seja tão ruim assim.

Ele falou isso da mesma forma que as pessoas falam quando esperam que as coisas estejam *exatamente* tão ruins assim.

Chegamos a Malibu na hora do almoço. Meu estômago estava se revirando de fome e de enjoo. Logo eu, que passava o dia todo andando no Maserati do Sol, *enjoado* por viajar de carro. A meu ver, era tudo culpa de Grover. Ele meteu o casco no acelerador e não tirou mais.

O lado bom foi que nosso Chevette não explodiu, e encontramos a casa dos McLean sem problemas.

Afastada da estrada sinuosa, a mansão número 12 da Oro del Mar se empoleirava em penhascos rochosos com vista para o Oceano Pacífico. Da rua, só dava para ver os muros brancos, o portão de ferro fundido e as telhas vermelhas.

O local transmitiria segurança e tranquilidade se não fossem os caminhões de mudança estacionados do lado de fora. Os portões estavam escancarados. Tropas de homens fortes carregavam sofás, mesas e obras de arte. Andando de um lado para o outro na entrada da casa, desgrenhado e atordoado, como se tivesse acabado de sofrer um acidente de carro, estava Tristan McLean.

Seu cabelo estava mais comprido do que eu lembrava dos filmes. Cachos pretos sedosos caíam pelos ombros. Ele tinha ganhado peso, então não parecia mais a máquina de matar de *Rei de Esparta*. A calça branca estava suja de fuligem. A camiseta preta estava rasgada na gola. Os mocassins pareciam batatas esturricadas.

Era muito estranho ver uma celebridade do calibre dele sem guarda-costas, assistentes pessoais e fãs apaixonados, nem mesmo uns *paparazzi* para tirar fotos constrangedoras.

— O que está acontecendo com ele? — perguntei.

Meg olhou pelo para-brisa.

— Ele parece bem.

— Não — insisti. — Ele parece... *comum*.

Grover desligou o carro.

— Vamos lá dar um oi.

O sr. McLean estava agitado, mas parou quando nos viu, os olhos castanho-escuros perdidos.

— Vocês são amigos da Piper?

Fui incapaz de dizer qualquer coisa. Fiz um som gorgolejante que não emitia desde que conheci Grace Kelly.

— Sim, senhor — respondeu Grover. — Ela está em casa?

— Casa... — Tristan McLean saboreou a palavra, que pareceu ter deixado um gosto amargo na boca. — Podem entrar. — Ele acenou vagamente para o caminho. — Acho que ela... — Ele parou de falar enquanto observava dois funcionários da equipe de mudança carregando uma grande estátua de mármore no formato de um bagre. — Vão em frente. Não importa.

Eu não sabia se ele estava falando conosco ou com os outros homens, mas o tom derrotado em sua voz me deixou mais preocupado que sua aparência.

Seguimos pelo pátio com jardins verdejantes, topiarias e fontes borbulhantes, passamos por portas de carvalho polido e adentramos a casa.

O piso de porcelanato vermelho reluzia. Paredes creme exibiam quadrados mais claros onde até pouco tempo havia obras de arte. À nossa direita havia uma cozinha gourmet que até Edésia, deusa romana dos banquetes, teria adorado. À frente nos deparamos com um salão com pé-direito de nove metros com vigas de cedro, uma lareira gigantesca e uma parede com portas de vidro de correr levando a um terraço com vista para o mar.

Infelizmente, o aposento estava vazio: sem mobília, sem tapetes, sem obras de arte... só alguns cabos saindo da parede e uma vassoura e uma pá encostados em um canto.

Dava pena ver uma sala tão impressionante naquele estado. Parecia um templo sem estátuas, música e oferendas de ouro. (Ah, por que eu me torturo com essas analogias?)

Sentada perto da lareira, revirando uma pilha de papéis, estava uma jovem com pele acobreada e cabelo escuro picotado. A camiseta laranja do Acampamento Meio-Sangue me levou a concluir que aquela era Piper, filha de Afrodite e Tristan McLean.

Nossos passos ecoaram no espaço amplo, mas Piper não moveu um fio de cabelo quando nos aproximamos. Talvez ela estivesse absorta demais nos papéis ou tivesse suposto que éramos da equipe de mudança.

— Vocês querem que eu me levante *de novo*? — murmurou ela. — Tenho certeza de que a lareira vai ficar.

Limpei a garganta.

— Ram-ram.

Piper ergueu o rosto. As íris multicoloridas captaram a luz como prismas enfumaçados. Ela me observou como se não tivesse certeza do que estava vendo (ah, rapaz, eu conhecia bem a sensação), depois lançou o mesmo olhar confuso para Meg.

Então ela viu Grover, e seu queixo caiu.

— Eu... eu conheço você — disse ela. — Das fotos da Annabeth. Você é o Grover!

Ela se levantou num pulo, os papéis caindo no chão, esquecidos.

— O que aconteceu? Annabeth e Percy estão bem?

Grover recuou, o que foi compreensível, dada a expressão intensa de Piper.

— Eles estão ótimos! — disse ele. — Quer dizer, acho que estão. Não os vejo há um tempo, m-mas tenho uma ligação empática com Percy, então, se ele *não estivesse* bem, eu acho que saberia...

— Apolo.

Meg se ajoelhou e pegou um dos papéis no chão, a testa ainda mais franzida do que a de Piper.

Meu estômago se embrulhou no mesmo instante. Como eu não tinha reparado a cor dos documentos antes? Todos os papéis, envelopes, relatórios, cartas, tudo era amarelo dente-de-leão.

— N. H. Financeira — leu Meg no cabeçalho. — Divisão do Triunvirato...

— Ei! — Piper tirou o papel da mão dela. — Isso é particular! — Então me encarou, confusa. — Espere. Ela chamou você de *Apolo*?

— Pois é. — Eu fiz uma reverência constrangida. — Apolo, deus da poesia, da música, da arquearia e de muitas outras coisas importantes, ao seu serviço, embora na carteira de motorista o nome seja Lester Papadopoulos.

— O quê? — perguntou ela, atordoada.

— Aproveitando: esta é Meg McCaffrey — falei. — Filha de Deméter. Ela não queria se intrometer. É só que já vimos papéis assim antes.

Piper nos encarou, sem saber o que estava acontecendo. Grover deu de ombros, como quem dizia: *Bem-vinda ao meu pesadelo.*

— Você vai ter que me explicar algumas coisas — pediu Piper.

Usei meu melhor tom de narrador de trailer para resumir tudo que tinha acontecido até ali: minha queda na Terra, minha servidão a Meg, minhas duas missões anteriores para libertar os Oráculos de Dodona e Trofônio, minhas viagens com Calipso e Leo Valdez...

— *LEO?* — Piper segurou meus braços com tanta força que tive medo de ficar com hematomas. — Ele está *vivo*?

— Ai, está doendo — choraminguei.

— Desculpa. — Ela me soltou. — Preciso saber tudo sobre Leo. Agora.

Obedeci na mesma hora, temendo que ela arrancasse a informação direto do meu cérebro se eu não falasse.

— Aquele isqueirinho — resmungou ela. — Nós o procuramos por meses, e ele aparece no *acampamento*?

— Nem me diga — concordei. — Tem uma fila de gente querendo bater nele. Podemos encaixar você em alguns meses. Mas agora precisamos da sua ajuda. Nós temos que libertar uma Sibila do imperador Calígula.

A expressão de Piper me lembrou um malabarista tentando acompanhar quinze objetos diferentes no ar ao mesmo tempo.

— Eu sabia — murmurou ela. — Sabia que Jason estava escondendo...

Seis pessoas da mudança entraram de repente pela porta da frente, falando em russo.

Piper fez cara feia.

— Vamos conversar no terraço — disse ela. — Vamos trocar más notícias.

13

Não mexam na churrasqueira
Meg não me ouviu
E agora vamos CA-BUM

AH, QUE PITORESCA AQUELA vista para o mar! As ondas batendo nos penhascos abaixo, as gaivotas voando acima! O homem da mudança, forte e suado, deitado numa espreguiçadeira, lendo mensagens no celular!

O sujeito ergueu o rosto ao notar nossa chegada, então fez cara feia, se levantou meio a contragosto e entrou na casa, deixando uma mancha de suor em forma de trabalhador no tecido da espreguiçadeira.

— Se eu ainda tivesse minha cornucópia, ia acertar uns presuntos caramelizados nesses caras — resmungou Piper.

Senti uma pontada nos músculos abdominais. Já tinha sido acertado na barriga por um javali assado disparado de uma cornucópia. Isso que dá causar a ira de Deméter… mas essa é outra história.

Piper se empoleirou na cerca do terraço, os pés na grade. Ela devia ter subido ali centenas de vezes, nem pensava mais na queda. Lá embaixo, ao pé de uma escadaria de madeira, uma estreita faixa de areia acompanhava a base do penhasco. Ondas batiam nas pedras irregulares. Decidi não me juntar a ela na cerca; não que tivesse medo de altura, eu tinha medo era da minha falta de equilíbrio.

Grover encarou a espreguiçadeira suada, a única mobília que restava no deque, e optou por continuar de pé. Meg andou até a churrasqueira a gás de aço inoxidável e começou a brincar com os botões — ou seja, ainda restavam uns cinco minutos antes que ela nos explodisse.

— Então. — Eu me encostei na amurada ao lado de Piper. — Você já sabia sobre Calígula.

Os olhos dela escureceram, indo de verde para um castanho cor de casca de árvore velha.

— Eu sabia que *alguém* estava por trás desses problemas: o Labirinto, os incêndios, isto. — Ela indicou a mansão. — Quando fomos fechar as Portas da Morte, lutamos contra muitos vilões que estavam voltando do Mundo Inferior. Então faz sentido ter um imperador romano por trás da Triunvirato S.A.

Pela aparência, Piper devia ter uns dezesseis anos, a mesma idade que... Bem, eu não podia dizer *a mesma idade que eu*. Se pensasse nesses termos, teria que comparar a pele perfeita dela com meu rosto manchado de acne; o nariz esculpido dela com minha bolota de cartilagem bulbosa; o físico suavemente curvilíneo dela com o meu, que também era suavemente curvilíneo, mas no formato errado. Então teria que gritar um *EU TE ODEIO!* para ela.

Era uma moça tão jovem, mas já tinha visto tantas batalhas. Até falou *quando fomos fechar as Portas da Morte* com a mesma tranquilidade que seus colegas da escola teriam dito *quando fomos à piscina do Kyle*.

— A gente já sabia desse Labirinto de Fogo — continuou ela. — Gleeson e Mellie nos contaram sobre ele, dizendo que os sátiros e as dríades... — Ela indicou Grover. — Bom, não é nenhum segredo que vocês andam passando dificuldades com a seca e os incêndios. Então eu tive uns sonhos. Sabe como é.

Grover e eu assentimos. Até Meg desviou a atenção de seus perigosos experimentos com equipamentos de cozinha e grunhiu em solidariedade. Nós todos sabíamos que semideuses não podiam tirar um cochilinho sequer sem serem assombrados por presságios e agouros.

— Então — continuou Piper —, concluí que precisávamos encontrar o centro desse Labirinto. Imaginei que a pessoa responsável por acabar com nossas vidas devesse estar lá, e que poderíamos mandá-la de volta para o Mundo Inferior.

— Quando você diz *poderíamos*, está falando de você e...? — perguntou Grover.

— Jason. É.

Ela baixou a voz ao mencionar Jason, no mesmo tom que eu usava quando era obrigado a dizer os nomes *Jacinto* ou *Dafne*.

— Aconteceu alguma coisa entre vocês — deduzi.

Ela limpou uma sujeira invisível da calça jeans.

— Foi um ano difícil.

Acha que eu não sei?, pensei.

Meg acendeu uma das bocas da churrasqueira, que ardeu em uma chama azul, como um motor de propulsão.

— Vocês terminaram ou o quê?

Sempre se pode contar com McCaffrey para ser insensível numa conversa sobre questões amorosas com uma filha de Afrodite enquanto acende um fogo na frente de um sátiro.

— Por favor, não brinque com isso — pediu Piper, com toda a delicadeza. — E, sim, nós terminamos.

Grover baliu.

— É mesmo? Mas ouvi... Eu achava que...

— Você achava o quê? — A voz de Piper permaneceu calma e firme. — Que ficaríamos juntos para sempre, como Percy e Annabeth? — Ela olhou em volta, encarando a casa vazia, não como se sentisse falta da antiga mobília, e sim como se estivesse imaginando o local totalmente redecorado. — As coisas mudam, as pessoas mudam. Jason e eu... Nós já começamos de um jeito estranho. Hera confundiu nossas cabeças, fez a gente pensar que tínhamos um passado, uma história que não existiu.

— Ah. Parece mesmo coisa de Hera — comentei.

— Nós lutamos na guerra contra Gaia, depois passamos meses atrás do Leo. Daí tivemos que tentar nos adaptar à escola. E depois, assim que eu tive tempo de respirar...

Ela hesitou, observando nossos rostos. Pareceu perceber que estava prestes a compartilhar os verdadeiros motivos, os motivos *mais profundos* do término, com pessoas que mal conhecia. Lembrei de como Mellie chamou Piper de *tadinha* e de como tocou no nome de Jason com certo desprezo.

— Enfim, as coisas mudam. Mas nós estamos bem. Ele está bem, eu estou bem. Pelo menos... pelo menos eu *estava* bem, até isso começar. — Ela apontou para o salão, onde funcionários arrastavam um colchão até a porta da frente.

Decidi que era hora de confrontar o elefante na sala. Ou melhor, o elefante no terraço. Ou o elefante que estaria no terraço, se não tivesse sido levado pelo pessoal da mudança.

— Mas o que aconteceu, exatamente? — perguntei. — O que tem naqueles documentos amarelos?

— Como este aqui — completou Meg, pegando no cinto de jardinagem uma carta dobrada que provavelmente tinha furtado do salão. Para uma filha de Deméter, a garota tinha mãos bem leves.

— Meg! Isso não é seu — repreendi.

Eu talvez tivesse alguns problemas em relação a roubo de correspondência alheia. Ártemis uma vez mexeu nas minhas cartas e encontrou mensagens picantes de Lucrécia Bórgia. Ela passou décadas implicando comigo por causa disso!

— N. H. Financeira — insistiu Meg. — Neos Helios. É o Calígula, não é?

Piper fincou as unhas na amurada de madeira.

— Ai, se livra disso. Por favor.

Meg jogou a carta no fogo.

Grover soltou um suspiro.

— Eu podia ter comido isso para você. É melhor para o meio ambiente, e papel de carta tem um gosto ótimo.

Piper abriu um sorriso fraco, prometendo:

— O resto é todo seu. Essas cartas só têm um blá-blá-blá jurídico e financeiro, tudo muito chato e cheio de papo de advogado. Resumindo: meu pai está falido. — Ela ergueu a sobrancelha para mim. — Você não viu as colunas de fofocas? As capas das revistas?

— Foi o que *eu* perguntei — comentou Grover.

Fiz uma anotação mental para visitar a banca mais próxima e fazer um estoque de material de leitura.

— É uma vergonha, mas estou atrasado nas notícias — admiti. — Quando isso começou?

— Nem eu sei. Jane, a antiga secretária do meu pai, estava envolvida. E o gerente financeiro dele também. E o contador, o agente... Essa empresa, a Triunvirato S.A.... — Piper abriu as mãos, como se estivesse descrevendo e justificando algum desastre natural que não poderia ser previsto. — Parece que tiveram *muito* trabalho. Devem ter levado anos para gastar dezenas de milhões de dólares e conseguir destruir tudo que meu pai construiu. Acabaram com o dinheiro, os bens, a reputação com os estúdios... Tudo se foi. Quando contratamos Mellie... Bem, ela foi ótima. Foi a primeira pessoa a identificar o problema. E ela até tentou ajudar, mas era tarde demais. Agora meu pai está num nível pior que a falência: está com dívidas enormes. Deve milhões em impostos, coisas que nem sabia que precisava pagar. Agora temos que torcer para que ele, no mínimo, não vá para a cadeia.

— Que horrível.

O comentário foi de coração, eu estava falando sério. A perspectiva de nunca mais ver o abdome de Tristan McLean na telona me trazia um gosto amargo à boca, mas eu tinha tato o suficiente para não dizer isso na frente da filha dele.

— E também não dá para contar com a compaixão dos outros — continuou Piper. — Vocês deviam ver o pessoal da minha escola, com aqueles sorrisinhos debochados, falando de mim pelas costas. Mais que o habitual. *Ah, tadinha. Perdeu as três casas.*

— *Três* casas? — perguntou Meg.

Aquilo não me pareceu muito surpreendente. A maioria das deidades menores e das celebridades que eu conheci tinha pelo menos dez, mas Piper pareceu envergonhada.

— Sei que é ridículo — respondeu. — E levaram dez carros. E o helicóptero. Vão leiloar esta casa no fim de semana, e também vão levar o avião.

— Você tem um avião. — Meg assentiu, como se isso fizesse sentido para ela. — Legal.

Piper suspirou.

— Eu não ligo para *as coisas*, mas o antigo guarda florestal, um sujeito muito bacana que era nosso piloto, vai ficar sem emprego. E Mellie e Gleeson tiveram que ir embora. E todos que trabalhavam na casa. E, acima de tudo... estou preocupada com o meu pai.

Segui o olhar dela. Tristan McLean andava pela sala encarando as paredes vazias. Gostava mais dele como herói de ação; ele não ficava muito bem no papel de homem arrasado.

— Mas ele está melhorando. Ano passado, foi sequestrado por um gigante — contou Piper.

Estremeci. Ser capturado por gigantes era uma experiência traumatizante. Ares nunca mais foi o mesmo depois de ter sido sequestrado por dois, milênios atrás. Ele já era bem arrogante e irritante, mas depois disso ficou arrogante, irritante e grosseiro.

— Nossa, é incrível que a mente dele ainda esteja intacta — comentei.

Piper estreitou os olhos.

— Quando o resgatamos, fizemos com que tomasse uma poção para apagar a memória. Afrodite disse que era a única coisa que poderíamos fazer por ele. Mas agora... Quanto trauma uma pessoa pode aguentar?

Grover tirou o gorro e o encarou, tristonho. Talvez estivesse fazendo um momento de silêncio em respeito, talvez só estivesse com fome.

— E o que vocês vão fazer agora?

— Nossa família ainda tem bens nos arredores de Tahlequah, Oklahoma, onde fica a reserva Cherokee original. No fim da semana, vamos usar pela última vez nosso avião e voltar para casa. Acho que os seus imperadores do mal venceram essa batalha.

Não gostei de ouvir os imperadores serem chamados de *meus*. Não gostei do jeito como Piper disse *casa*, como se já tivesse aceitado que ia passar o resto da vida em Oklahoma. Nada contra o lugar, vejam bem, meu amigo Woody Guthrie é de Okemah. Mas os mortais de Malibu não costumavam encarar isso de maneira positiva.

Além disso, pensar em Tristan e Piper sendo obrigados a se mudar para o leste me lembrou das visões de Meg, na noite anterior: ela e o pai sendo expulsos do lar pelo mesmo blá-blá-blá jurídico e chato em cartas amarelas, fugindo da casa em chamas, indo para Nova York. Saindo da frigideira de Calígula e caindo na fogueira de Nero.

— Não podemos deixar Calígula vencer — falei para Piper. — Você não é a única semideusa que sofreu nas mãos dele.

Ela pareceu refletir por um momento, então olhou para Meg, como se a visse de verdade pela primeira vez.

— Você também?

Meg desligou o fogo.

— É. Meu pai.

— O que aconteceu?

Ela deu de ombros.

— Já faz muito tempo.

Ficamos esperando, mas Meg tinha decidido ser Meg.

— Minha jovem amiga aqui não é de muitas palavras — expliquei. — Mas, se ela me permitir...?

Meg não me mandou calar a boca nem pular do terraço, então contei o que vira nas suas lembranças.

Quando terminei, Piper pulou da amurada, chegou mais perto de Meg e — antes que eu pudesse dizer *Cuidado, ela morde mais forte que um esquilo!* — a abraçou.

— Sinto muito.

Piper beijou o topo da cabeça dela.

Fiquei aflito, esperando ver as espadas douradas surgirem nas mãos de Meg. Mas, depois de um momento petrificada de surpresa, a garota derreteu no abraço de Piper. Elas ficaram muito tempo assim, com Meg trêmula nos braços de Piper, como se a jovem fosse a semideusa Consoladora-Chefe, como se os próprios problemas fossem irrelevantes perto dos de Meg.

Finalmente, com uma última fungada meio soluçante, Meg se afastou e secou o nariz.

— Obrigada.

Piper olhou para mim.

— Há quanto tempo Calígula está interferindo na vida dos semideuses?

— Vários milhares de anos. Ele e os outros dois imperadores não voltaram pelas Portas da Morte; eles nunca deixaram o mundo dos vivos. Viraram basicamente deuses menores. Tiveram milênios para construir esse império secreto, a Triunvirato S.A.

— Então por que nós? — perguntou Piper. — Por que agora?

— No seu caso, só posso supor que Calígula queira tirar você do caminho. Você não vai ser ameaça nenhuma se estiver distraída com os problemas do seu pai. E ainda mais se estiver morando em Oklahoma, longe do território do imperador. Quanto a Meg e ao pai dela... não sei. Ele estava envolvido em algum trabalho que Calígula considerou uma ameaça.

— Alguma coisa que teria ajudado as dríades — acrescentou Grover. — Só podia ser algo do tipo, considerando aquelas estufas e o lugar onde ele estava trabalhando. Calígula arruinou um homem da natureza.

Eu nunca vira Grover tão irritado. Duvidava que houvesse um elogio maior que um sátiro pudesse fazer a um humano do que *homem da natureza*.

Piper encarou as ondas ao longe.

— E vocês acham que está tudo interligado. Calígula está tramando alguma coisa, afastando qualquer um que o ameace, criando esse Labirinto de Fogo, destruindo os espíritos da natureza.

— E aprisionando o Oráculo da Eritreia — acrescentei. — Como uma armadilha para mim.

— Mas o que ele quer? — perguntou Grover. — Aonde ele quer chegar com isso?

Eram perguntas excelentes. Mas, quando se tratava de Calígula, quase sempre era melhor ficar sem as respostas, porque em geral isso significava tragédia.

— Queria perguntar isso à Sibila — respondi. — Se alguém aqui souber como encontrá-la.

Piper apertou os lábios.

— Ah. É *por isso* que vocês estão aqui.

Ela olhou para Meg e para a churrasqueira a gás, talvez tentando decidir o que seria mais perigoso: partir em uma missão com a gente ou ficar com uma filha de Deméter entediada.

— Vou buscar minhas armas — disse ela, por fim. — Vamos dar uma volta.

14

Lá vai o senhor Bedrossian
Fugindo da gente
Numa calça de ginástica

— **SÓ QUERO ELOGIOS** — avisou Piper, saindo do quarto.

Mas eu nem sonharia em criticá-la.

Piper McLean estava muito elegante, pronta para o combate em seus All Star brancos, uma calça jeans skinny surrada, um cinto de couro e a camiseta laranja do acampamento. Uma pena azul enfeitava a trança lateral em seu cabelo — uma pena de harpia, se não me engano.

Ela levava no cinto uma adaga de lâmina triangular igual à que as mulheres gregas usavam, um parazônio. Quando namorei Hécuba, que depois se tornou rainha de Troia, ela carregava uma dessas. Era mais cerimonial, pelo que eu lembrava, mas muito afiada. (Hécuba tinha o temperamento meio forte.)

Pendurado do outro lado do cinto de Piper... Ah, era *por isso* que ela estava constrangida. Uma minialjava estava presa à sua coxa, carregada com projéteis de trinta centímetros, com sementes de dente-de-leão no lugar das penas. Um tubo de bambu de um metro e vinte ia pendurado ao ombro, junto da mochila.

— Uma zarabatana! — exclamei. — *A-do-ro* zarabatanas!

Não que eu fosse um especialista naquele tipo de arma, mas é que a zarabatana é *uma arma de disparo*. É elegante, difícil de dominar e *muito* sorrateira. Como não amar?

Meg coçou a nuca.

— Zarabatana é coisa dos gregos?

Piper riu.

— Não, não é coisa dos gregos, é coisa dos Cherokee. Meu avô fez esta para mim, muito tempo atrás. Ele sempre quis que eu treinasse.

O cavanhaque de Grover tremelicou como se estivesse tentando se libertar do queixo, no maior estilo Houdini.

— As zarabatanas são muito difíceis de usar. Meu tio Ferdinando tinha uma. Você é boa nisso?

— Não sou a melhor do mundo — admitiu Piper. — Não chego nem perto da minha prima de Tahlequah, que é a campeã da tribo. Mas andei treinando. Isto aqui foi bem útil na última vez em que Jason e eu entramos no Labirinto. — Ela deu um tapinha gentil na aljava. — Vocês vão ver.

Grover conseguiu controlar a empolgação. Eu entendia a preocupação dele: nas mãos de alguém inexperiente, uma zarabatana era mais perigosa para aliados do que para inimigos.

— E a adaga? — perguntou Grover. — Essa é mesmo...?

— Katoptris — completou Piper, com orgulho. — Pertenceu a Helena de Troia.

Soltei um gritinho.

— Você tem a adaga de Helena de Troia? *Onde* você encontrou isso?

Piper deu de ombros.

— Em um galpão no acampamento.

Senti vontade de arrancar os cabelos. Eu me lembrava de quando Helena ganhou aquela adaga, como presente de casamento. Era uma lâmina *tão linda*, na mão da mulher mais bonita que já habitou este planeta (sem querer ofender os bilhões de outras mulheres por aí que também são encantadoras. Amo todas vocês.) E Piper encontrou aquela arma historicamente importante, bem elaborada e poderosa em *um galpão*?

Ora, o tempo transforma tudo em quinquilharia, por mais importante que a coisa seja. Fiquei me perguntando se era um destino desses que me aguardava. Dali a mil anos, alguém poderia me encontrar em um galpão e dizer *Ah, olha: Apolo, o deus da poesia. Talvez, dando uma lixada, dê para usar.*

— A lâmina ainda traz visões? — perguntei.

— Você também sabe disso, é? — Piper balançou a cabeça. — As visões pararam no verão passado. Isso por acaso tem alguma coisa a ver com sua expulsão do Olimpo, senhor deus da profecia?

Meg fungou.

— Quase tudo é culpa dele.

— Ei! — protestei. — Tá, vamos lá: Piper, aonde você quer nos levar? Se todos os seus carros foram tomados, acho que teremos que usar o Chevette do treinador Hedge.

Piper abriu um sorrisinho.

— Acho que podemos usar algo melhor. Venham comigo.

Ela nos guiou até a porta de casa, perto de onde o sr. McLean andava de um lado para outro, atordoado. Ele subia e descia a entrada para carros, mantendo a cabeça baixa como se estivesse procurando uma moeda no chão.

Reunidos na traseira do caminhão mais próximo, os homens da mudança tinham parado para o intervalo de almoço, todos comendo tranquilamente em pratos de porcelana que sem dúvida pertenciam à cozinha do sr. McLean pouquíssimo tempo antes.

O sr. McLean olhou para Piper. Não pareceu preocupado com a faca e a zarabatana.

— Vai sair?

— É rapidinho. — Piper deu um beijo na bochecha do pai. — Volto ainda hoje, à noite. Não deixe eles levarem os sacos de dormir, tá bem? A gente pode acampar no terraço, vai ser bem legal.

— Tudo bem. — Ele deu um tapinha distraído no braço da filha. — Boa sorte… Vai estudar?

— É. Vou estudar.

A Névoa é incrível mesmo: a pessoa pode sair de casa coberta de armas, junto com um sátiro, uma semideusa e um ex-olimpiano gorducho, e, graças à magia de distorção da realidade, seu pai mortal fica achando que você vai a um grupo de estudos. *Isso mesmo, pai. Temos que resolver uns problemas de matemática sobre a trajetória de dardos de zarabatana em alvos móveis.*

Atravessamos a rua até a casa do vizinho mais próximo, uma mansão que mais parecia uma colcha de retalhos: azulejos da Toscana, janelas modernas e gabletes vitorianos, num conjunto que parecia querer muito dizer: *Olhem só para mim: tenho muito dinheiro e nenhum bom gosto!* PRECISO DE AJUDA!

Na porta da casa, um sujeito corpulento usando roupas de academia ia saindo de um Cadillac Escalade branco.

— Sr. Bedrossian! — chamou Piper.

O sujeito deu um pulo e olhou para a garota, horrorizado. Apesar da blusa em que se lia NO PAIN, NO GAIN, da trágica calça de ginástica e dos tênis de corrida espalhafatosos, ele parecia ter passado os últimos momentos num ritmo mais *relaxado* do que *atlético*. O sr. Bedrossian não estava nem suado nem sem fôlego, e o cabelo ralo besuntado de gel estava perfeitamente penteado e intocado. Quando ele franziu a testa, seus olhos e boca pareceram se encolher mais para o centro do rosto, como se atraídos pelos buracos negros gêmeos das narinas.

— P-Piper — gaguejou ele. — O que você...?

Piper abriu um sorriso.

— Ah, eu *adoraria* pegar o Escalade emprestado, obrigada!

— Hã, na verdade, isso não...

— Isso não é problema? — sugeriu a menina. — E você vai ficar feliz de me emprestar o carro pelo dia todo? Fantástico!

Bedrossian fez careta e tentou forçar a saída das palavras.

— Sim. Claro.

— Chaves, por favor?

O sr. Bedrossian jogou o chaveiro para ela e entrou em casa correndo o mais rápido que a calça apertada permitia.

Meg assobiou baixinho.

— Isso foi demais.

— *O que* foi isso? — perguntou Grover.

— Isso foi charme — respondi. Tive que dar o braço a torcer. Piper McLean tinha um poder e tanto. Eu não sabia se ficava impressionado ou saía correndo para longe e me juntava ao sr. Bedrossian. — Um dom raro entre os filhos de Afrodite. É comum você pegar o carro do sr. Bedrossian emprestado?

Piper deu de ombros.

— Ele é um *péssimo vizinho*. Sem falar que tem mais uns dez carros além desse. Pode acreditar, isso não vai ser nenhuma inconveniência para ele. E eu tenho o costume de trazer de volta tudo que pego emprestado. Quando dá. Vamos? Apolo, você dirige.

— Mas...

Piper abriu um sorrisinho doce e assustador, como quem diz *eu estou pedindo, mas poderia obrigar.*

— Eu dirijo — concordei.

Fomos para o sul no carro do vizinho, seguindo por uma estrada com uma belíssima vista para o oceano. Como o Escalade só não era maior que o tanque de guerra e com blindagem lança-chamas de Hefesto, tive que tomar bastante cuidado para não atropelar nenhuma moto, caixa de correio, criança pequena em triciclos ou qualquer outro obstáculo irritante parecido.

— Vamos buscar o Jason? — perguntei.

Piper, no banco do passageiro, enfiou um dardo na zarabatana.

— Não precisa. E ele está na escola agora.

— Mas *você* não está.

— *Eu* estou de mudança, lembra? Começo segunda que vem na Tahlequah High. — Ela ergueu a zarabatana como se fosse uma taça de champanhe. — Agora vou torcer pelos Tigers. Viva!

Por mais estranho que pudesse parecer, ela não falou aquilo com ironia. Mais uma vez, fiquei me perguntando como ela podia estar tão resignada, tão pronta para deixar Calígula acabar com a vida que ela e o pai haviam construído naquele lugar. Mas, como Piper estava com uma arma carregada na mão, decidi deixar pra lá.

Meg enfiou a cabeça no espaço entre os bancos da frente.

— Então a gente não vai precisar da ajuda do seu ex?

Eu me desconcentrei e perdi um pouco o controle do carro, mas consertei a rota a tempo de evitar o atropelamento de alguma vovó.

— Meg! Senta e coloca o cinto, por favor. Grover... — Olhei pelo retrovisor. O sátiro estava comendo uma tira de tecido cinza. — Grover, pare de mastigar o cinto de segurança. Olha o mau exemplo!

Ele cuspiu o cinto.

— Desculpa.

Piper fez um carinho na cabeça de Meg, bagunçando seu cabelo, e a empurrou para o banco de trás de um jeito meio brincalhão.

— Respondendo à pergunta: não. Vamos ficar muito bem sem o Jason. Eu sei como chegar à entrada do Labirinto. Eu que sonhei com isso, afinal. E essa é a entrada que o imperador usa, então *deve* ser o caminho mais curto até o centro, onde está a sua Sibila.

— E o que aconteceu quando vocês entraram lá da última vez? — perguntei.

Piper deu de ombros.

— O que geralmente acontece no Labirinto: armadilhas, corredores sempre mudando. E umas criaturas estranhas. Guardas. Coisas difíceis de descrever. E fogo. Muito fogo.

Eu me lembrei da visão de Herófila, erguendo os braços acorrentados, presa naquele mundo de lava, pedindo desculpas para alguém que não era eu.

— Você não encontrou o oráculo?

Piper ficou alguns segundos em silêncio, olhando o pouco que dava para ver do oceano entre as casas pelas quais passávamos.

— Não. Mas Jason e eu nos separamos por alguns momentos. E eu... eu não sei se ele me contou tudo que aconteceu. Tenho quase certeza que não.

Grover ajeitou o cinto meio mastigado.

— Por que ele mentiria?

— Uma ótima pergunta — comentou Piper. — E mais um ótimo motivo para não chamá-lo. Eu quero ver por mim mesma.

Parecia que Piper também estava escondendo muita coisa: dúvidas, palpites, sentimentos... talvez até o que tinha acontecido *com ela* no Labirinto.

Eba, pensei. *Nada melhor para incrementar uma missão perigosíssima do que um dramalhão de um ex-casal de heróis que podem ou não ter contado toda a verdade um para o outro (e para mim).*

Seguimos até o centro de Los Angeles. Considerei isso um mau sinal. O "centro de Los Angeles" sempre me pareceu um oximoro, uma expressão absurda, como "sorvete quente" ou "inteligência militar". (Sim, Ares, pode se sentir insultado: foi de propósito.)

Los Angeles é uma cidade muito espalhada, com muitos subúrbios. Não é o tipo de lugar que deveria ter um centro, assim como pizza não é o tipo de comida que deveria levar pedaços de manga. Ah, é verdade que aqui e ali, entre os prédios cinza e sem graça do governo e as lojas enormes e brilhantes, partes do centro tinham sido revitalizadas. Vi várias construções novas enquanto ziguezagueávamos pelas ruas, lojas modernas e hotéis elegantes. Mas, para mim, aquela tentativa de criar um centro parecia tão eficiente quanto passar maquiagem num legionário romano. (E é bem inútil, falo por experiência própria.)

Estacionamos perto do Grand Park (que de grande só tinha o nome: o lugar não era nem grande nem exatamente um parque). Do outro lado da rua ficava um prédio de oito andares. Se eu me lembrava bem, já tinha ido lá, décadas antes, para registrar meu divórcio de Greta Garbo. Ou foi de Liz Taylor? Fica aí a dúvida.

— Aquele é o Hall of Records, o famoso centro de registros de Los Angeles? — perguntei.

— É. Mas não vamos entrar — alertou Piper. — Pare ali na área de carga e descarga. Dá para ficar quinze minutos estacionado sem problema.

Grover se inclinou para a frente.

— E se a gente não voltar em quinze minutos?

Piper sorriu.

— Ah, aí com certeza a empresa de reboque vai cuidar muito bem do Escalade do sr. Bedrossian.

Saímos do carro e seguimos Piper até a lateral do prédio do governo. Ela levou o dedo aos lábios, pedindo silêncio, e fez sinal para espiarmos pela esquina.

Um muro de concreto de seis metros contornava o quarteirão; a estrutura era pontilhada por portas comuns de metal, e supus que ali fosse a entrada de serviço. Na frente de uma delas, já na metade da rua, estava um guarda meio estranho.

Apesar do calor que fazia, ele estava de terno preto e gravata. Era um sujeito baixo e corpulento, com mãos estranhamente grandes, usando um pano estranho enrolado na cabeça, mas não consegui identificar bem o que era — parecia um keffiyeh árabe extragrande, branco e felpudo, caindo pelos ombros até metade das costas. Talvez ele fosse segurança de algum milionário do petróleo saudita. Mas por que ele estaria parado em um beco ao lado de uma porta comum de metal? E por que seu rosto era todo coberto de pelos brancos — que combinavam perfeitamente com o seu keffiyeh?

Grover farejou o ar e nos puxou de volta para a esquina.

— Aquele cara não é humano — sussurrou.

— Ah, mas esse sátiro merece uma salva de palmas! — sussurrou Piper.

Eu não sabia por que estávamos falando tão baixo. A gente estava a meio quarteirão do guarda, e a rua era bem movimentada.

— O que ele é? — indagou Meg.

Piper verificou o dardo na zarabatana.

— Boa pergunta. Mas eles podem ser um *grande* problema se a gente perder o elemento-surpresa.

— *Eles*? — repeti.

— É. — Piper franziu a testa. — Eram dois da outra vez. E o pelo deles era preto, não sei se isso quer dizer que esse aí é muito diferente. Mas aquela porta é a entrada do Labirinto, então vamos ter que tirar o cara do caminho.

— Uso as espadas? — perguntou Meg.

— Só se eu errar. — Piper respirou fundo algumas vezes. — Prontos?

Achei que ela não aceitaria um *não* como resposta, então assenti, assim como Meg e Grover.

Piper se adiantou, ergueu a zarabatana e soprou.

Era um disparo de quinze metros, o limite do que considero o alcance de uma zarabatana, mas Piper acertou o alvo. O dardo perfurou a perna esquerda da calça do guarda.

O sujeito olhou para baixo, examinando, surpreso, o estranho novo acessório que se projetava de sua coxa. A ponta do dardo combinava perfeitamente com seu pelo branco.

Ah, que ótimo, pensei. *Só conseguimos incomodar o cara.*

Meg conjurou as espadas douradas.

Grover pegou a flauta.

Eu me preparei para sair correndo e gritando.

— Esperem — mandou Piper.

O guarda caiu para o lado bem devagar, como se na verdade a cidade é que estivesse se inclinando, e desabou, inconsciente, na calçada.

Ergui as sobrancelhas.

— *Veneno?*

— Receita especial do vovô Tom — explicou Piper. — Agora venham. Vou mostrar o que é estranho *de verdade* nesse cara peludo.

15

Grover vai embora cedo
Que sátiro esperto
Ao contrário de mim, Lester

— **O QUE ELE É?** — perguntou Meg de novo. — Ele é engraçado.

Engraçado não seria bem o adjetivo que eu usaria.

O guarda estava caído de costas, a boca espumando, os olhos semicerrados tremendo em um estado semiconsciente.

As mãos do ser tinham oito dedos cada, o que explicava por que pareciam tão grandes vistas de longe. A julgar pelo tamanho dos sapatos de couro preto, ele também devia ter oito dedos nos pés. Parecia jovem, só um pouco mais velho do que um adolescente humano, mas, exceto pela testa e pelas bochechas, o rosto todo era coberto por pelos brancos finos, como os do peito de um filhotinho de cachorro.

Mas o grande destaque do "corpinho" do brutamontes eram as orelhas. O que eu pensei que fosse um adereço de cabeça se desenrolou e revelou duas cartilagens ovais e moles que tinham o formato de orelhas humanas, mas do tamanho de uma toalha de praia. Só pude concluir que o apelido do pobrezinho na escola seria Dumbo. Os ouvidos dele eram tão largos que poderiam acomodar com facilidade bolas de beisebol e tão peludos que forneceriam um estoque eterno de plumas para os dardos de Piper.

— Orelhudo — falei.

— Dã — disse Meg.

— Não, eu quis dizer que ele deve ser um dos orelhudos que Macro citou.

Grover deu um passo para trás.

— As criaturas da guarda pessoal de Calígula? Poxa, eles precisavam ser tão *assustadores*?

— Pensem em como a audição deles deve ser ótima! — falei, andando ao redor do jovem humanoide. — E imaginem todos os acordes de guitarra que essas mãos poderiam tocar. Como eu nunca vi essa espécie antes? Eles seriam os melhores músicos do mundo!

— Hum... — disse Piper. — Não sei se seriam bons músicos, mas pode ter certeza de que são ótimos lutadores. Dois quase nos mataram, e eu e Jason já enfrentamos todo tipo de monstro.

Não vi nenhuma arma com o guarda, mas não tinha dúvidas de que não seria fácil entrar numa briga com ele. Aqueles punhos de oito dedos deviam fazer um estrago. Ainda assim, me parecia um desperdício treinar aquelas criaturas para a guerra...

— Inacreditável — murmurei. — Depois de quatro mil anos, ainda estou descobrindo coisas novas.

— Tipo o tamanho da sua burrice — sugeriu Meg.

— Não.

— Então você já sabia disso? — perguntou ela.

— Pessoal — interrompeu Grover. — O que a gente faz com o orelhudo aqui?

— Matamos — disse Meg.

Franzi a testa.

— O que aconteceu com "ele é engraçado"? O que aconteceu com "Tudo que é vivo merece a chance de crescer"?

— Ele trabalha para os imperadores — disse ela. — É um monstro. Ele só vai voltar para o Tártaro, não vai?

Meg se virou para Piper em busca de confirmação, mas a filha de Afrodite estava ocupada vigiando a rua.

— É muito estranho ter só um guarda aqui — refletiu Piper. — E por que ele é tão jovem? Nós já entramos uma vez, era de se esperar que eles colocariam *mais* guardas. A não ser que...

Ela não concluiu a frase, mas eu a compreendi com clareza: *A não ser que queiram que a gente entre.*

Estudei o rosto do guarda, que ainda tremia por causa do veneno. Por que eu olhava para ele e pensava imediatamente na barriguinha peluda de um cachorro? Assim ficava mais difícil matá-lo.

— Piper, o que seu veneno faz, exatamente?

Ela se ajoelhou e puxou o dardo.

— Bom, se acontecer o mesmo que com os outros guardas, o veneno vai paralisá-lo por bastante tempo, mas não vai matá-lo. É veneno de cobra-coral diluído com alguns ingredientes herbais especiais.

— Me lembre de nunca beber seu chá — murmurou Grover.

Piper deu um sorrisinho.

— Podemos deixar o orelhudo aqui. Não acho certo chutá-lo para o Tártaro.

— Droga.

Meg não pareceu gostar muito da ideia, mas transformou as espadas gêmeas de volta em anéis de ouro.

Ao entrarmos no prédio, nos deparamos com um elevador de carga enferrujado com uma única alavanca de controle e sem porta.

— Antes de entrarmos, vamos esclarecer algumas coisas — disse Piper. — Então, vou mostrar por onde Jason e eu acessamos o Labirinto, mas não é porque tenho ascendência nativo-americana que vou fazer aquela coisa estereotipada de rastrear pegadas, cheirar plantas, essas coisas. Não vou rastrear nada. Não sou sua guia.

Todos concordamos, que é o certo a se fazer ao ouvir um ultimato de uma amiga com opiniões fortes e dardos envenenados.

— Além disso — continuou ela —, se algum de vocês precisar de qualquer tipo de orientação espiritual nesta missão, não sou eu que vou oferecer esse serviço. Não vou ficar distribuindo sabedoria Cherokee por aí.

— Combinado — falei. — Se bem que, como antigo deus da profecia, eu gosto de sabedoria espiritual.

— Você vai ter que pedir ao sátiro, então — disse Piper.

Grover limpou a garganta.

— Hum... "reciclagem atrai energia positiva"?

— Viu? É só falar com ele — disse Piper. — Estamos de acordo? Todos a bordo.

O elevador era mal iluminado e cheirava a enxofre. Lembrei que Hades tinha instalado um elevador em Los Angeles que levava ao Mundo Inferior. Eu esperava que Piper não tivesse confundido as missões.

— Tem certeza de que essa coisa leva ao Labirinto de Fogo? — perguntei.

— Porque eu não trouxe nenhum biscoitinho de carne humana para Cérbero.

Grover choramingou.

— Você *tinha* que mencionar Cérbero. Isso atrai energia negativa, sabia?

Piper acionou a alavanca. O elevador sacudiu e começou a descer numa rapidez tão grande quanto minha vontade de estar ali.

— A primeira parte é toda obra dos mortais — garantiu Piper. — O centro de Los Angeles é cheio de túneis abandonados de metrô, abrigos antiaéreos, tubulações de esgoto...

— Tudo que eu gosto — murmurou Grover.

— Não sei muito bem a história — disse Piper —, mas Jason me explicou que alguns túneis eram usados por contrabandistas durante a Lei Seca. Agora só tem pichadores, fugitivos, sem-teto, monstros, servidores públicos.

— Servidores públicos? — perguntou Meg, confusa.

— É sério — disse Piper. — Alguns dos funcionários municipais usam os túneis para ir de um prédio a outro.

Grover estremeceu.

— Em vez de andar no sol e cercado pela natureza? Repulsivo.

Nossa caixa de metal enferrujada chacoalhava e rangia. O que quer que estivesse lá embaixo nos ouviria chegando, principalmente se tivesse orelhas do tamanho de toalhas de praia.

Depois de uns quinze metros, o elevador parou de repente. À nossa frente havia um corredor de cimento bem sem graça, iluminado por lâmpadas fluorescentes azuis fraquinhas.

— Não parece muito assustador — disse Meg.

— Espera só — disse Piper. — A diversão está chegando.

— Oba — disse Grover, desanimado.

O corredor levava a um túnel extenso, com inúmeros dutos e canos correndo junto ao teto. As paredes estavam tão pichadas que talvez se passassem por uma obra-prima desconhecida de Jackson Pollock. Espalhados pelo chão, havia latas vazias, roupas sujas e sacos de dormir mofados, o que conferia ao ambiente um odor inconfundível de suor, urina e total desespero.

Andamos em silêncio. Tentei respirar o mínimo possível, e um tempo depois chegamos a um túnel ainda maior, com trilhos de trem enferrujados. Nas paredes, placas de metal sinalizavam ALTA VOLTAGEM, NÃO ENTRE e SAÍDA.

Cascalho estalava sob nossos pés. Ratos corriam junto aos trilhos, guinchando para Grover quando passavam.

— Ratos são *tão* mal-educados — sussurrou Grover.

Percorremos mais cem metros, e Piper nos guiou por um corredor lateral com chão de linóleo. Lâmpadas fluorescentes piscavam no teto, prestes a queimar de vez. Ao longe, quase invisíveis na luz fraca, duas figuras estavam caídas no chão. Supus que eram sem-teto, até que Meg parou.

— São dríades?

Grover deu um grito alarmado.

— Agave? Jade?

Ele saiu correndo, e nós o seguimos.

Agave era um espírito da natureza enorme, assim como a planta que o nomeava. De pé, ficaria com pouco mais de dois metros. Tinha pele azul-acinzentada, membros compridos e um cabelo espetado que devia ser um desafio para qualquer xampu. No pescoço, pulsos e tornozelos, ela usava spikes para afastar qualquer um que tentasse invadir seu espaço pessoal. Ajoelhada ao lado da amiga dríade, Agave não parecia tão mal, até se virar, revelando as queimaduras. O lado esquerdo do rosto era uma maçaroca de tecido chamuscado e seiva. O braço esquerdo não passava de um cotoco marrom ressecado.

— Grover! — disse ela, a voz rouca. — Ajude Jade. Por favor!

Ele foi até a outra dríade.

Eu nunca tinha ouvido falar da planta jade, mas entendi por que ela se chamava assim. Seu cabelo era um amontoado denso de discos que lembravam a pedra semipreciosa. O vestido tinha a mesma constituição, então ela parecia ter se banhado em uma piscina de clorofila. O rosto talvez tivesse sido bonito um dia, mas agora estava murcho como uma bola de festa de uma semana atrás. Dos joelhos para baixo, não havia nada — as pernas haviam sumido, incineradas. Ela tentou se concentrar na gente, mas seus olhos verdes estavam opacos. Quando se moveu, pedrinhas de jade se soltaram do cabelo e do vestido.

— Grover está aqui? — Ela parecia ter inalado uma mistura de gás cianeto e serragem de metal. — Grover... nós chegamos tão perto.

— O que aconteceu? Como...? — perguntou Grover, a boca tremendo e os olhos cheios de lágrimas.

— Lá embaixo — disse Agave. — Chamas. Ela saiu do nada. Magia...

Ela começou a tossir seiva.

Com cautela, Piper deu uma olhada pelo corredor.

— Vou na frente checar. Já volto. Não quero ser pega de surpresa.

E disparou pelo corredor.

Agave tentou dizer alguma coisa, mas caiu de lado. De alguma forma, Meg a segurou e a apoiou no chão sem ser perfurada pelas folhas pontudas. Ela tocou no ombro da dríade, murmurando baixinho:

— *Cresça, cresça, cresça.*

As feridas no rosto de Agave começaram a cicatrizar. Sua respiração ficou mais tranquila. Em seguida, Meg se virou para Jade. Ela colocou a mão no peito da dríade, mas desistiu quando mais pétalas se soltaram.

— Não posso fazer muito por ela aqui embaixo — disse Meg. — As duas precisam de água e luz do sol. *Agora.*

— Vou levar as duas para a superfície — disse Grover.

— Eu ajudo — disse Meg.

— Não.

— Grover...

— Não! — A voz dele falhou. — Do lado de fora, posso curá-las tão bem quanto você. Este é o *meu* grupo de busca, elas estão aqui por ordens *minhas*. É minha responsabilidade ajudá-las. Além do mais, seu lugar é aqui embaixo com Apolo. Vai mesmo deixá-lo seguir em frente sozinho, sem você?

Excelente observação. Eu precisaria da ajuda de Meg.

Mas então reparei no modo como eles me olhavam, como se duvidassem das minhas habilidades, da minha coragem, da minha capacidade de terminar a missão sem uma garota de doze anos segurando minha mão e dizendo que ia ficar tudo bem.

Eles estavam certos, não posso negar, mas isso não tornava a situação menos constrangedora.

Eu pigarreei.

— Bom, tenho certeza de que, se eu *tivesse que*…

Meg e Grover já tinham perdido o interesse em mim, como se meus sentimentos não fossem a preocupação primordial deles. (Eu sei. Fiquei indignado também.) Juntos, os dois ajudaram Agave a se levantar.

— Estou bem — insistiu Agave, cambaleante. — Consigo andar. Cuidem da Jade.

Com todo o cuidado, Grover a pegou no colo.

— Vai com calma — avisou Meg. — Não a balance muito, senão ela vai perder todas as pétalas.

— Não balançar Jade — disse Grover. — Entendi. Boa sorte!

Grover correu em direção à escuridão com as duas dríades assim que Piper voltou.

— Aonde eles estão indo? — perguntou ela.

Meg explicou. Piper franziu ainda mais a testa.

— Espero que eles consigam sair. Se aquele guarda acordar… — Ela não completou a frase. — Bom, é melhor irmos. Fiquem alertas. Atenção total.

A não ser que injetassem cafeína na minha veia e eletrificassem minha cueca, eu não sabia como poderia ficar mais alerta. Meg e eu seguimos Piper pelo corredor mal iluminado.

Mais trinta metros, e o corredor se abriu em um espaço amplo que parecia…

— Esperem — falei. — Isto aqui é um estacionamento subterrâneo?

Seria, se não fosse a completa ausência de carros. Havia fileiras e fileiras de vagas vazias, e, pintadas no chão de cimento, setas amarelas. Colunas sustentavam o teto seis metros acima; em algumas havia placas que instruíam: BUZINE. SAÍDA. CEDA PASSAGEM À ESQUERDA.

Em uma cidade em que tanto se andava de carro como Los Angeles, era estranho que um estacionamento daquele tamanho estivesse abandonado. Por outro lado, as vagas apertadas e mal localizadas e as possíveis multas pareciam ótimas quando a opção era um labirinto macabro frequentado por pichadores, grupos de buscas de dríades e servidores públicos.

— Foi aqui — disse Piper. — Onde Jason e eu nos separamos.

O cheiro de enxofre estava mais forte ali, misturado a uma fragrância doce… algo como cravo e mel. Por alguma razão, aquele aroma me deixou tenso; lembrou alguma coisa que não consegui identificar, algo perigoso. Resisti à vontade de fugir.

Meg franziu o nariz.

— Que fedor.

— É — concordou Piper. — Também senti da última vez. Achei que fosse… — Ela balançou a cabeça. — Mais ou menos aqui, um muro de chamas surgiu do nada. Jason correu para a direita. Eu corri para a esquerda. Sério, era um calor muito maligno. Foi o fogo mais intenso que já senti, e eu lutei com Encélado.

Estremeci com a lembrança do bafo escaldante do gigante. Nós mandávamos caixas e mais caixas de antiácidos para ele na Saturnália, só para irritá-lo.

— E o que aconteceu depois que você e Jason se separaram? — perguntei.

Piper foi até o pilar mais próximo. Passou a mão nas letras de uma placa.

— Eu tentei encontrá-lo, é claro. Mas ele desapareceu. Fiquei procurando um bom tempo. Estava muito nervosa. Não ia perder outro…

Ela hesitou, mas deduzi o que ia dizer. Piper já tinha chorado a perda de Leo Valdez, que até pouco tempo acreditava estar morto. Ela não queria perder outro amigo.

— Mas então — disse ela —, comecei a sentir o tal cheiro. Tipo de cravo, ou algo assim.

— É um cheiro bem característico — concordei.

— Bem nojento, isso sim — corrigiu Meg.

— Começou a ficar muito forte — disse Piper. — Para ser sincera, fiquei com medo. Eu estava sozinha no escuro e entrei em pânico. Então fui embora. — Ela fez uma careta. — Não foi muito heroico, eu sei.

Eu não estava em condições de julgar ninguém, visto que meus joelhos tremiam tanto que estavam escrevendo *FUJAM* em código Morse.

— Jason apareceu depois — continuou Piper. — Saiu como se fosse a coisa mais normal do mundo. Ele não quis me contar o que tinha acontecido. Só disse que voltar ao Labirinto não levaria a nada. As respostas estavam em outro lugar. Falou que queria pesquisar algumas ideias e que depois conversaria comigo. — Ela deu de ombros. — Isso foi duas semanas atrás. Ainda estou esperando.

— Ele encontrou o oráculo — supus.

— Também acho. Talvez, seguindo para lá — Piper apontou para a direita —, a gente encontre também.

Ninguém se mexeu. Ninguém gritou *Eba!* nem pulou de alegria diante da sugestão de adentrar a escuridão que fedia a enxofre.

Minha cabeça era um turbilhão de pensamentos tão grande que eu me perguntei se de fato alguém tinha injetado uma tonelada de cafeína nas minhas veias.

Calor maligno, como se tivesse personalidade própria. O apelido do imperador: Neos Helios, o Novo Sol, o empenho de Calígula em se apresentar como um deus vivo. Uma fala de Névio Macro: *Só espero que tenha sobrado alguma parte de você aí para o ritual macabro do imperador.*

E aquela fragrância, cravo e mel… como um perfume antigo, misturado a enxofre.

— Agave disse "ela saiu do nada" — mencionei.

A mão de Piper apertou com força o cabo da adaga.

— Eu estava torcendo para ter ouvido errado, ou que esse "ela" estivesse se referindo a Jade.

— Ei — disse Meg. — Escutem.

Era difícil, com a minha cabeça girando e com a cueca estalando por causa da eletricidade, mas finalmente ouvi: estrondos de madeira e metal ecoavam na escuridão, e o sibilar e arranhar de criaturas grandes se movendo com rapidez.

— Piper — falei —, por que aquele perfume deixou você tão alarmada? Do que você lembrou?

Os olhos dela agora estavam de um azul tão elétrico quanto a pena da harpia.

— De uma… uma velha inimiga, uma pessoa que minha mãe me avisou que eu veria de novo um dia. Mas ela não poderia…

— Uma feiticeira — supus.

— Pessoal — interrompeu Meg.

— Isso.

A voz de Piper ficou fria e grave, como se só então ela estivesse se dando conta do tamanho do problema em que tínhamos nos metido.

— Uma feiticeira da Cólquida — completei. — Neta de Hélio, que conduzia uma carruagem.

— Puxada por dragões — disse Piper.

— Pessoal — disse Meg com mais urgência —, nós temos que nos esconder.

Era tarde demais, é claro.

A carruagem dobrou a esquina, puxada por dragões dourados gêmeos que soltavam fumaça amarela pelas narinas, verdadeiras locomotivas movidas a enxofre. A condutora não tinha mudado nada desde que eu a vira pela última vez, alguns milhares de anos antes. O cabelo escuro era o mesmo, e ela continuava majestosa como sempre, o vestido preto de seda esvoaçando ao redor do corpo.

Piper pegou a faca, preparada para lutar. Meg foi atrás dela, conjurando suas espadas e parando ao lado da filha de Afrodite. Eu, burro que era, parei ao lado delas.

— Medeia.

Piper cuspiu a palavra com tanto veneno e força quanto usaria para soprar um dardo da zarabatana.

A feiticeira puxou as rédeas, fazendo a carruagem parar. Em circunstâncias diferentes, eu talvez tivesse gostado de ver a expressão de surpresa no rosto dela, mas esse prazer não durou muito.

Medeia riu com vontade.

— Piper McLean, minha querida. — Ela voltou o olhar feroz e predatório para mim. — Este é Apolo, devo concluir? Ah, você me poupou tanto tempo e trabalho. E depois que terminarmos, Piper, você vai ser um ótimo lanchinho para os meus dragões!

16

A batalha é o charme
Você é ridícula
Já ganhei? Vamos embora?

DRAGÕES DO SOL... ODEIO. E olha que eu era um deus do Sol.

Eles nem são muito grandes (para dragões). Com jeitinho, dá até para enfiar um deles num trailer. (O que, inclusive, já fiz. Vocês tinham que ter visto a cara de Hefesto quando pedi que ele entrasse no veículo para verificar o pedal do freio.)

Mas os dragões do Sol compensam a falta de tamanho com perversidade.

Os gêmeos esquentadinhos de Medeia rosnaram e morderam, as presas parecendo porcelana nas fornalhas ardentes de suas bocas. Calor emanava das escamas douradas. As asas, dobradas nas costas, brilhavam como painéis solares. Mas a pior parte eram os olhos laranja reluzentes...

Piper me cutucou.

— Para de olhar — avisou ela. — Eles vão deixar você paralisado.

— Eu sei — murmurei, embora minhas pernas já estivessem quase se transformando em pedra.

Eu havia esquecido que não era mais deus e que, portanto, não era mais imune a coisinhas insignificantes como olhares petrificadores de dragões do Sol e, sei lá, a morte.

Piper repreendeu Meg:

— Ei! Você também.

Meg piscou, saindo do estupor.

— Que foi? Eles são bonitos.

— Obrigada, querida! — A voz de Medeia era gentil e calma. — Nós ainda não fomos apresentadas. Medeia, prazer. Você é Meg McCaffrey, obviamente. Ouvi tanto sobre você. — Ela deu um tapinha no banco da carruagem ao seu lado. — Venha, querida. Não precisa ter medo. Sou amiga do seu padrasto. Vou levar você até ele.

Meg franziu a testa, confusa. As pontas das espadas baixaram.

— O quê?

— Ela está jogando charme, tentando manipular você. — A voz de Piper me acertou como um copo de água gelada na cara. — Meg, não preste atenção nela. Apolo, você também não.

Medeia suspirou.

— É sério, Piper McLean? Vamos mesmo ter outra batalha de charme?

— Não vai ser necessário — disse Piper. — Eu venceria mais uma vez.

Os lábios de Medeia se crisparam de desgosto em uma ótima imitação do rosnado dos dragões do Sol.

— O lugar de Meg é com o padrasto. — Ela gesticulou em minha direção como se estivesse afastando lixo. — Não com esse reles pretenso deus.

— Ei! — protestei. — Se eu tivesse meus poderes...

— Mas não tem — disse Medeia. — Olhe só para você, Apolo. Pense bem no que seu pai fez com você! Mas não se preocupe, que sua infelicidade está no fim. Vou espremer qualquer poder que ainda reste nesse seu corpo mortal e usá-lo muito bem!

Meg segurou as espadas com mais força.

— Como assim? — murmurou ela. — Ei, moça da magia, que história é essa?

A feiticeira sorriu. Não usava mais a coroa de princesa da Cólquida, que era sua por direito, mas um pingente dourado ainda brilhava em seu pescoço, as tochas cruzadas de Hécate.

— Devo contar a ela, Apolo? Ou você conta? Você deve saber por que eu o trouxe até aqui.

Por que eu o trouxe até aqui.

Como se cada passo que dei desde que saí daquela caçamba de lixo em Manhattan tivesse sido engendrado, orquestrado por ela... Eis o problema: eu achava isso totalmente plausível. Aquela feiticeira tinha destruído reinos. Tinha traído o pai e ajudado Jasão a roubar o Velocino de Ouro. Matou o irmão e o cortou em pedacinhos. Assassinou os próprios filhos. Ela era a seguidora de Hécate mais brutal e sedenta por poder, e também a mais formidável. Não só isso: era também uma semideusa de sangue antigo, neta de Hélio, antigo titã do Sol.

O que significava que...

Tudo me ocorreu de uma vez, uma percepção tão horrível que meus joelhos se dobraram.

— Apolo! — gritou Piper. — Levanta!

Eu tentei, tentei de verdade, mas minhas pernas não cooperaram. Caí de quatro e soltei um gemido humilhante de dor e pavor. Ouvi um *clap-clap-clap* e me perguntei se as amarras que prendiam minha mente àquele crânio mortal tinham finalmente se rompido.

Foi quando percebi que Medeia me encarava, dando uma educada salva de palmas.

— Aí está. — Ela riu. — Demorou um pouco, mas até o *seu* cérebro lerdo acabou chegando lá.

Meg segurou meu braço.

— Você não vai desistir, Apolo — ordenou ela. — Agora me explica o que está acontecendo.

Ela me botou de pé.

Tentei formar palavras, obedecer à ordem dela, dar uma explicação. Cometi o erro de encarar Medeia, cujos olhos eram tão hipnotizantes quanto os dos dragões. No rosto dela, vi o olhar cruel e a violência latente do avô, Hélio, em seus dias de glória, antes de cair no esquecimento, antes de eu assumir o lugar dele como guia da carruagem do Sol.

Lembrei como o imperador Calígula tinha morrido. Ele estava prestes a ir embora de Roma; planejava velejar até o Egito e erguer uma nova capital lá, em uma terra onde as pessoas entendiam de deuses vivos. Ele pretendia se *tornar* um deus vivo: Neos Helios, o Novo Sol, não só no nome, mas *literalmente*. Foi por isso que os pretores não viam a hora de matá-lo, o que fizeram na noite anterior à sua partida.

Mas o que ele quer?, perguntara Grover.

Meu conselheiro espiritual sátiro estava no caminho certo.

— O objetivo de Calígula sempre foi o mesmo — gemi. — Ele quer ser o centro da criação, o novo deus do Sol. Ele quer me suplantar, assim como eu suplantei Hélio.

Medeia sorriu.

— Você era o deus certo, no lugar certo.

— O que você quer dizer com... *suplantar*? — perguntou Piper, inquieta.

— Substituir! — respondeu Medeia, e começou a contar nos dedos como se estivesse ensinando uma receita em um programa matinal. — Primeiro, eu extraio toda a essência imortal de Apolo, que não é muita no momento, então vai ser rápido. Depois, acrescento a essência dele ao que já tenho no caldeirão, o resto de poder do meu querido e falecido avô.

— Hélio — falei. — As chamas no Labirinto. Eu... eu reconheci a raiva dele.

— É, o vovô é meio mal-humorado mesmo. — Medeia deu de ombros. — É isso o que acontece quando sua força vital diminui até não restar pratica-mente nada, aí sua neta conjura você de volta um pouco de cada vez, até você ser uma tempestade de fogo linda e furiosa. Eu queria que você pudesse sofrer como Hélio, uivando por milênios em um estado de semiconsciência, acordado o suficiente para ter noção de tudo que perdeu e para sentir dor e ressentimen-to. Mas, ora, não temos tanto tempo. Calígula está nervoso. Vou pegar o que sobrou de você e Hélio, investir esse poder no meu amigo imperador, e *voilà*! Um novo deus do Sol!

Meg grunhiu.

— Que burrice — reclamou, como se Medeia tivesse sugerido uma regra nova para o pique-esconde. — Você não pode fazer isso. Não pode destruir um deus e criar um novo!

Medeia nem se deu ao trabalho de responder.

Eu sabia que o ritual que ela descrevera era *completamente* possível. Os impe-radores de Roma tinham se tornado semidivinos só instituindo adoração entre a população. Ao longo dos séculos, vários mortais se fizeram deuses, ou foram promovidos a divindades pelos olimpianos. Meu pai, Zeus, tornou Ganimedes imortal simplesmente porque ele era fofo e sabia servir vinho!

Quanto a destruir deuses… A maioria dos titãs havia sido morta ou banida milhares de anos atrás. E ali estava eu, um mero mortal, desprovido de toda divindade pela *terceira vez*, simplesmente porque papai queria me dar uma lição.

Para uma feiticeira com o poder de Medeia, tal magia era possível, desde que suas vítimas estivessem fracas o bastante para serem destruídas, como os restos de um titã há muito esmaecido ou um idiota de dezesseis anos chamado Lester que caiu como um patinho na armadilha dela.

— Você destruiria seu próprio avô? — perguntei.

Medeia me olhou com desdém.

— Por que não? Vocês, deuses, são todos parentes, mas vivem tentando matar uns aos outros.

Odeio quando feiticeiras malignas têm razão.

Medeia esticou a mão para Meg.

— Agora, minha querida, suba aqui comigo. Seu lugar é com Nero. Tudo será perdoado, eu prometo.

O charme envolvia as palavras dela como o gel de Aloe Vera, gosmento e frio, mas também tranquilizador. Meg não conseguiria resistir. O passado dela, o padrasto, principalmente o Besta… ela nunca deixou de pensar neles.

— Meg — argumentou Piper —, não deixe que ninguém lhe diga o que fazer. Tome suas próprias decisões.

Bendita intuição de Piper, apelando para a teimosia de Meg. E bendito coraçãozinho determinado e coberto de mato de Meg. Ela se colocou entre mim e Medeia.

— Apolo é o *meu* servo burro. Você não pode ficar com ele.

A feiticeira suspirou.

— Admiro sua coragem, querida. Nero me disse que você era especial. Mas minha paciência tem limite. Devo dar a você uma amostra do que está enfrentando?

Medeia estalou as rédeas, e os dragões atacaram.

17

Que beleza de dragões
Mas é uma pena
Eles vão me matar já

ATROPELAR PESSOAS COM UMA carruagem é muito bom. Eu, como qualquer outra deidade, gosto muito de fazer isso. Mas não gostei *nem um pouco* de ser atropelado.

Meg ficou firme quando os dragões vieram para cima da gente, o que não sei se foi admirável ou suicida. Eu estava tentando decidir se me escondia atrás dela ou pulava para longe, ambas opções bem menos admiráveis, mas também menos suicidas. Até que as escolhas se tornaram irrelevantes: Piper lançou a adaga, acertando em cheio o olho do dragão da esquerda.

O monstro berrou de dor e se jogou para o lado, empurrando o dragão da direita, mudando a rota da carruagem. Medeia passou direto por nós, quase se tornando a próxima vítima das espadas de Meg, e sumiu na escuridão, brigando com os bichinhos numa torrente de insultos em cólquido antigo, uma língua que ninguém mais falava, mas que continha vinte e sete palavras diferentes para *matar* e nenhum jeito de dizer *Apolo arrasa*. Como eu odiava aquela gente.

— Tudo bem com vocês? — perguntou Piper.

Ela estava com a ponta do nariz vermelha como se a pele estivesse queimada pelo sol, e a pena de harpia em seu cabelo soltava fumaça, típico resultado de um encontro muito íntimo com lagartos superaquecidos.

— Tudo — resmungou Meg. — Nem consegui bater em nada.

Indiquei a bainha vazia da faca de Piper.

— Belo arremesso.

— Pois é. Só queria ter mais adagas. Acho que vou precisar usar os dardos da zarabatana.

Meg balançou a cabeça.

— Contra aqueles dragões? Você viu o couro daqueles bichos? Pode deixar que eu cuido deles com minhas espadas.

Medeia continuava gritando ao longe, tentando controlar as feras. Um rangido alto de rodas anunciou que a carruagem estava voltando para o segundo ataque.

— Meg, Medeia só precisa botar charme em uma palavra para derrotar você. Basta ela mandar um *tropece* na hora certa...

Meg fez cara feia para mim, como se fosse culpa *minha* a feiticeira poder usar charme contra ela.

— Será que temos como deixar essa mulher mágica muda?

— Acho mais fácil tapar os ouvidos — sugeri.

Meg recolheu as espadas e remexeu nos bolsos de sementes. O ribombar das rodas da carruagem ficava cada vez mais rápido e mais próximo.

— Vamos logo! — apressei-a.

Meg abriu um pacote de sementes, enfiou algumas no ouvido, apertou o nariz e expirou com força. Tufos de tremoços azuis brotaram em suas orelhas.

— Mas que coisa! — comentou Piper.

— O QUÊ? — gritou Meg.

A filha de Afrodite balançou a cabeça. *Deixa pra lá.*

Meg nos ofereceu as sementes de tremoço, mas recusamos. Piper devia ter resistência natural ao charme dos outros, e eu não pretendia chegar perto o bastante da feiticeira para ser seu alvo principal. Também não sofria com a fraqueza de Meg, o desejo conflitante e bem equivocado, mas mesmo assim muito poderoso, de agradar o padrasto e recuperar pelo menos algum traço daquela memória que tinha de lar e de família — desejo esse que Medeia poderia (e com certeza iria) explorar. Sem falar que eu ficava meio enjoado só de pensar em andar por aí com campânulas saindo das orelhas.

— Se preparem — avisei.

— O QUÊ?

Apontei para a carruagem de Medeia, que surgia do escuro, disparando na nossa direção. Passei o dedo no pescoço, o sinal universal de *mate a feiticeira e elimine seus dragões*.

Meg conjurou as espadas.

Então atacou os dragões do Sol como se não fossem criaturas com dez vezes o seu tamanho.

Medeia gritou, parecendo preocupada de verdade:

— Saia daí, garota!

Meg continuou atacando, a proteção de ouvido colorida balançando para fora das orelhas, lembrando enormes asas azuis de uma libélula gigantesca. Pouco antes de Meg e as bestas baterem de frente, Piper gritou:

— DRAGÕES, PAREM!

Medeia reagiu:

— DRAGÕES, AVANCEM!

O resultado foi o maior caos que já se viu desde o Plano Termópilas.

As bestas deram um solavanco, puxando as rédeas. O dragão da direita se lançou para a frente, e o dragão da esquerda estacou de vez. O da direita tropeçou, puxando o da esquerda para a frente, e acabou que um bateu no outro. A parelha girou, e a carruagem capotou, lançando Medeia para longe, até ela se estatelar no chão.

Antes que os dragões pudessem se recuperar, Meg atacou com suas lâminas gêmeas, decapitando primeiro o da esquerda, depois o da direita. Os golpes fizeram seus corpos reptilianos liberarem uma onda de calor tão intensa que senti o rosto arder.

Piper saiu correndo e arrancou a adaga do olho do dragão morto.

— Bom trabalho — comentou para Meg.

— O QUÊ?

Saí de trás de uma coluna de cimento, onde tinha me escondido muito corajosamente, só esperando caso meus amigos precisassem de apoio.

Poças de sangue de dragão fumegavam aos pés de Meg. Os novos brincos leguminosos fumegaram, e suas bochechas estavam vermelhas, mas ela parecia ilesa. O calor que irradiava dos corpos dos dragões do Sol já tinha começado a dissipar.

A alguns metros dali, numa vaga exclusiva para carros compactos, Medeia se levantava com dificuldade. A trança tinha se desfeito, e o cabelo escuro cobria um dos lados do rosto, escorrendo como petróleo vazando de um tanque furado. Ela cambaleou para a frente e arreganhou os dentes.

Tirei o arco do ombro e disparei uma flecha. Minha mira foi razoável, mas a força foi ridícula, mesmo para um mortal. Medeia estendeu uma das mãos, e uma lufada de vento arremessou minha flecha para longe.

— Você matou Phil e Don! — rosnou a feiticeira. — Eles estão comigo há milênios!

— O QUÊ? — perguntou Meg.

Com um gesto mais intenso, Medeia conjurou uma rajada de vento. Meg saiu voando pelo estacionamento, bateu num pilar e desabou, as espadas tilintando no asfalto.

— Meg!

Tentei correr até ela, mas senti mais uma rajada de vento rodopiar ao meu redor, me prendendo em um pequeno tufão.

Medeia riu alto.

— Fique paradinho aí, Apolo. Já, já eu falo com você. Não precisa se preocupar com a Meg. Os descendentes de Plemneu são bem resistentes. E só vou matá-la se for mesmo necessário. Nero quer a garota viva.

Os descendentes de Plemneu? Eu não sabia muito bem o que isso queria dizer, nem como se aplicava a Meg, mas pensar em ver minha amiga ao lado de Nero novamente me fez lutar com ainda mais afinco.

Eu me debati contra a miniatura de ciclone, e o vento me empurrou para trás. Foi como colocar a mão para fora da janela do Maserati do Sol indo a toda pelo céu, sentindo a força do vento de mil quilômetros por hora ameaçar quase arrancar seus dedos imortais — bem, tenho certeza de que vocês já passaram por isso também.

— E quanto a você, Piper... — Os olhos de Medeia reluziram, brilhando como gelo negro. — Você ainda se lembra dos meus servos aéreos, os *venti*? Eu posso simplesmente mandar um deles jogar você na parede, fazendo todos os ossos do seu corpo se quebrarem com o choque. Mas que graça isso teria? — Ela hesitou e pareceu pensar um pouco. — Na verdade, teria muita graça!

— Está com medo, é? — retrucou Piper. — Não tem coragem de me encarar, mano a mano?

Medeia soltou um muxoxo de desprezo.

— Ai, por que os heróis sempre fazem isso? Ficam tentando me provocar e me levar a fazer alguma besteira?

— Porque em geral dá certo — retrucou Piper, com doçura. Ela agachou, empunhando a zarabatana em uma das mãos e a adaga na outra, pronta para pular ou desviar, o que fosse necessário. — Você só fica dizendo que vai me matar, não para de repetir que é muito poderosa e coisa e tal, mas acaba que eu sempre venço. Não estou vendo nenhuma feiticeira poderosa, e sim uma mulher com dois dragões mortos e um penteado malfeito.

Claro que eu entendia o que Piper estava fazendo; ela estava nos dando tempo. Tempo para Meg recuperar a consciência e eu encontrar uma forma de sair daquela prisão de vento. Só que nenhuma dessas coisas parecia provável: Meg continuava imóvel onde tinha caído; por mais que tentasse, eu não conseguia abrir caminho à força naquele *ventus* rodopiante.

Medeia ergueu a mão para o penteado desmoronado, mas se conteve antes de tocar no cabelo.

— Você nunca me venceu, Piper McLean. A verdade é que destruir minha casa de Chicago, ano passado, foi um favor que você me fez. Se não fosse por isso, eu nunca teria conhecido meu novo amigo aqui em Los Angeles. Ah, e nossos objetivos se complementam muito bem.

— Ah, aposto que se complementam mesmo — retrucou Piper. — Você e Calígula, o imperador romano mais perverso da história! O que o Tártaro uniu ninguém pode separar. Aliás, é para lá que eu vou mandar você.

Atrás da carruagem destruída, vi os dedos de Meg McCaffrey tremerem. As leguminosas tapando suas orelhas mexeram com sua respiração. Eu nunca tinha ficado tão feliz em ver plantas se balançando na orelha de alguém!

Forcei o ombro contra o vento. Não consegui passar, mas a barreira parecia estar ficando mais fraca, como se Medeia estivesse perdendo o foco. Os *venti* eram espíritos muito erráticos, e, sem Medeia para mantê-los concentrados na tarefa, o servo do ar tinha grandes chances de perder o interesse e sair voando em busca de um belo pombo ou piloto de avião para incomodar.

— Mas que palavras corajosas, Piper — disse a feiticeira. — Sabe, Calígula queria matar você e Jason Grace. Teria sido mais simples. Mas eu o convenci de que seria melhor deixar você sofrer no exílio. Gostei da ideia de você e seu pai, que já foi tão famoso, presos em uma fazenda imunda em Oklahoma, os dois enlouquecendo aos poucos com o tédio e a impotência.

Piper cerrou os dentes. Ela de repente me lembrou muito a mãe, Afrodite, que fazia a mesma cara sempre que alguém na Terra comparava a própria beleza com a dela.

— Você vai lamentar ter me deixado viver.

— É bem provável. — Medeia deu de ombros. — Mas foi divertido ver seu mundo desmoronar. E o Jason, aquele rapazote adorável que tem quase o mesmo nome que meu ex-marido…

— O que tem ele? — perguntou Piper. — Se você tiver feito alguma coisa de ruim…

— Ruim? De forma alguma! Ele deve estar na escola agora, em alguma aula chata, escrevendo uma redação ou qualquer outro trabalho horrendo que adolescentes mortais são obrigados a fazer. Na última vez em que vocês dois vieram aqui no Labirinto… — Ela sorriu. — Ah, sim, claro que eu sei sobre isso. Nós deixamos que ele encontrasse a Sibila. É o único jeito de encontrá-la, sabe. Eu tenho que *permitir* que a pessoa chegue ao centro do Labirinto, a não ser que ela esteja usando os sapatos do imperador, claro. — Medeia riu, como se a ideia fosse engraçada. — Nossa, as botas de Calígula não combinariam *nada* com a sua roupa.

Meg tentou se sentar. Os óculos tinham escorregado do rosto e estavam pendurados na ponta do nariz.

Dei uma cotovelada na jaula de ciclone. O vento girava cada vez mais devagar. Piper pegou a faca.

— O que você fez com o Jason? O que a Sibila disse?

— Ela só falou a verdade — retrucou Medeia, toda satisfeita. — Ele queria saber como encontrar o imperador, e a Sibila contou. Mas ela também contou *um pouco mais* do que ele perguntou, como os Oráculos sempre fazem. E a verdade foi o suficiente para destruir o pobre Jason Grace. Ele não vai mais ser nenhuma ameaça. Nem você.

— Você vai pagar por isso — rosnou Piper.

— Que maravilha! — Medeia esfregou as mãos. — Estou me sentindo muito generosa, então vou lhe conceder seu pedido: um duelo só entre nós. Escolha sua arma, menina. Eu vou escolher a minha.

Piper hesitou, sem dúvida se lembrando de como o vento tinha jogado minha flecha para longe, então pendurou a zarabatana no ombro e ficou só com a adaga.

— Uma bela arma — disse Medeia. — Bonita como Helena de Troia. Bonita como você, aliás. Mas quero lhe dar um conselho, aqui entre nós. A *beleza* pode ser útil, mas o *poder* é muito melhor. Como arma eu escolho Hélio, o titã do Sol!

Medeia ergueu os braços, e chamas explodiram ao redor dela.

18

Caramba, bruxa maligna
Não chega pertinho
Com o seu avô quentinho

TAÍ UMA BOA REGRA de etiqueta em duelos: na dúvida entre quais armas usar no combate, não se deve, *de jeito nenhum*, escolher seu avô.

Eu e o fogo já somos velhos conhecidos.

Já alimentei os cavalos do Sol com nacos de ouro derretido que peguei com as mãos nuas. Já nadei em caldeiras de vulcões ativos (Hefesto dá ótimas festas na piscina). Já aguentei o bafo ardente de gigantes, dragões e até da minha irmã, antes de ela escovar os dentes de manhã. Mas nenhum desses horrores se comparava à pura essência de Hélio, o antigo titã do Sol.

Ele nem sempre foi hostil. Ah, ele era ótimo em seus dias de glória! Eu ainda me lembrava do rosto imberbe, eternamente jovem e bonito, dos cachos escuros coroados com um diadema de fogo dourado, que o deixava iluminado demais para ser encarado por muito tempo. Hélio, com a veste dourada esvoaçante, brandindo o cetro em chamas, andando pelos corredores do Olimpo, conversando, fazendo piadas e flertando sem o menor pudor.

Sim, Hélio era um titã, mas ele apoiou os deuses durante a primeira guerra contra Cronos e lutou ao nosso lado, enfrentando os gigantes. Era um titã gentil e generoso... bem *caloroso*, como era de se esperar do Sol.

Mas, aos poucos, conforme os olimpianos ganharam poder e fama entre os adoradores humanos, a memória dos titãs foi se apagando. Hélio passou a aparecer cada vez menos nos corredores do Monte Olimpo, foi virando um velho distante, irritado, feroz, fulminante... todas as características solares *menos* desejáveis.

Os humanos começaram a olhar para mim, brilhante, dourado e reluzente, e me associar ao Sol. E, francamente, quem poderia culpá-los?

Eu nunca pedi por essa honra. Certa manhã, simplesmente acordei e me descobri dono da carruagem do Sol e responsável por todos os outros deveres que o cargo exigia. Hélio tinha virado apenas um eco, um sussurro nas profundezas do Tártaro.

E, graças à neta feiticeira do mal, ele agora estava de volta. Mais ou menos.

Um turbilhão incandescente rugiu em volta de Medeia. Senti a raiva de Hélio, seu temperamento chamejante, que acendia meu pavor. (Nossa, que trocadilho horrível. Foi mal aí, galera.)

Hélio nunca foi deus para toda obra. Ele não era assim como eu, cheio de talentos e interesses. Hélio fazia *uma única coisa* com muita dedicação e foco: dirigia o Sol. Dava para sentir como ele estava amargurado, sabendo que *eu* tinha assumido seu papel — eu, um mero curioso das questões solares, condutor de fim de semana da carruagem do Sol. Tanto que tirar o poder dele do Tártaro não devia ter sido difícil para Medeia: bastou apelar para o ressentimento, para o desejo de vingança. Hélio queria me destruir com todo o seu *ardor*, queria acabar com o deus que o eclipsara. (Ai, não consigo parar com os trocadilhos!)

Piper McLean saiu correndo. Não era questão de coragem ou de covardia, e sim de biologia: o corpo de um semideus não aguentaria aquele calor. Ela teria entrado em combustão espontânea se tivesse ficado perto de Medeia.

A única consequência positiva: meu encarcerador *ventus* sumiu, muito provavelmente porque Medeia não conseguia se concentrar nele e em Hélio ao mesmo tempo. Fui cambaleando até Meg e a ajudei a se levantar, arrastando-a para longe da tempestade de fogo.

— Ah, não, Apolo! — gritou Medeia. — Nada de fugir!

Puxei Meg para trás da coluna de cimento mais próxima e a protegi com o corpo quando uma cortina de fogo irrompeu pela garagem, penetrante, rápida e mortal, sugando o ar de meus pulmões e ateando fogo às minhas roupas. Rolei para o lado por instinto, desesperado, e fui para trás da coluna mais próxima, tonto e fumegante.

Meg cambaleou até mim. Ela estava vermelha e também soltava fumaça, mas continuava viva. Até os tremoços azuis tostados continuavam teimosamente presos nas orelhas. Eu tinha conseguido protegê-la do pior do fogo.

A voz de Piper ecoou de algum lugar no estacionamento.

— Ei, Medeia! Sua mira é uma droga!

Espiei pela lateral da coluna quando Medeia se virou na direção do som. A feiticeira estava parada, envolta em fogo, soltando feixes de chamas brancas e incandescentes em todas as direções, como os raios de uma roda. Uma onda de fogo explodiu na direção da voz de Piper.

Um momento depois, Piper gritou:

— Erro-ou! Tá frio, hein!

Meg sacudiu meu braço.

— O QUE A GENTE FAZ?

Minha pele parecia uma salsicha cozida. O sangue fervia nas veias, correndo ao som de *PODE VIR QUENTE QUE EU ESTOU FERVENDO!*

Eu sabia que ia morrer se fosse alvo de mais um daqueles ataques, mesmo que pegasse de raspão. Mas Meg estava certa: tínhamos que fazer alguma coisa. Não podíamos deixar Piper sozinha naquele fogo cruzado (literalmente).

— Cadê você, Apolo? — provocou Medeia. — Venha dar um oi para seu velho amigo! Vocês, juntos, vão alimentar o Novo Sol!

Outra onda de calor cruzou a garagem a algumas colunas de distância. A essência de Hélio não rugiu nem atordoou a todos com um fogo multicolorido; era uma chama branca fantasmagórica, quase transparente, mas mataria tão rápido quanto se estivéssemos expostos a um reator nuclear. (Aqui vai um anúncio de segurança pública: leitores, aconteça o que acontecer, *não* vão até a usina nuclear do seu bairro e entrem na câmara do reator.)

Eu não tinha nenhuma estratégia para derrotar Medeia. Não tinha poderes divinos, nem sabedoria divina, nem nada além do pavor de saber que, se sobrevivesse àquilo, precisaria de uma nova calça rosa camuflada.

Meg deve ter visto a desesperança em meu rosto.

— PERGUNTA PARA A FLECHA! — gritou. — VOU DISTRAIR A MULHER MÁGICA!

Odiei a ideia. Fiquei tentado a gritar *O QUÊ?*

Mas, antes que eu pudesse fazer isso, Meg saiu correndo.

Remexi na aljava e tirei a Flecha de Dodona.

— Ó Sábio Projétil, precisamos de ajuda!

ORA, NÃO ESTÁ QUENTE DEMAIS NESTE AMBIENTE, MEU CARO?, perguntou a flecha. *OU SÓ EU QUE SINTO ESTE CALOR?*

— Temos uma feiticeira jogando fogo de um titã por aí! — gritei. — Olha!

Eu não sabia se a flecha tinha olhos mágicos, algum radar ou outra forma qualquer de perceber o ambiente, mas estiquei a ponta dela até o canto do pilar, onde Piper e Meg se arriscavam em um jogo de queimado escaldante e mortal com as explosões de Medeia, carregando o fogo de seu avô.

AQUELA JOVEM ACASO CARREGA UMA ZARABATANA?, perguntou a flecha.

— Carrega.

RÁ! FLECHAS SÃO DEVERAS SUPERIORES!

— Ela tem ascendência Cherokee — expliquei. — É uma arma tradicional da família dela. Agora pode *por favor* de me dizer como fazemos para derrotar Medeia?

HUM, refletiu a flecha. *DEVES USAR A ZARABATANA.*

— Mas você acabou de falar...

NÃO QUEIRAS ME LEMBRAR! É ÁRDUO DIZER ISSO! TU JÁ TENS A RESPOSTA!

A flecha ficou quieta. É claro que, na única vez em que eu *quis* que ela elaborasse a resposta, a safada calou a boca. Mas é claro.

Enfiei a flecha na aljava e corri até a coluna seguinte, me escondendo embaixo de uma placa de BUZINE!

— Piper! — gritei.

Ela olhou para mim cinco pilares à frente. O rosto estava repuxado em uma careta, e os braços pareciam carapaças de lagosta cozida. Minha mente médica percebeu que a garota tinha no máximo algumas horas até a insolação atacar: náusea, tontura, inconsciência, talvez até a morte. Mas optei por me concentrar na parte do *algumas horas*. Precisava acreditar que viveríamos tempo suficiente para morrer de causas mais naturais.

Fiz a mímica de um disparo de zarabatana e apontei na direção de Medeia.

Piper me encarou como se eu fosse louco. Eu não podia culpá-la: mesmo que Medeia não conseguisse desviar o dardo com um sopro de vento, o disparo nunca seria capaz de atravessar aquela parede de calor. Só dei de ombros e expliquei, com movimentos labiais: *Confie em mim. Eu perguntei à flecha.*

Não sei o que Piper entendeu, mas ela pegou a zarabatana.

Enquanto isso, do outro lado do estacionamento, Meg provocava Medeia, daquele seu jeitinho adorável.

— BURRA!

Medeia enviou uma lâmina vertical de calor — embora, a julgar pela mira, ela estivesse tentando assustar Meg, não matá-la.

— Venha aqui logo e acabe com essa idiotice, querida! — chamou ela, enchendo as palavras de preocupação. — Eu não quero machucar você, mas o titã é difícil de controlar!

Cerrei os dentes. Aquelas palavras eram parecidas demais com os jogos mentais de Nero, controlando Meg com a ameaça de seu alter ego, o Besta. Eu só esperava que as plantas fumegantes em seus ouvidos impedissem que ela ouvisse aquelas barbaridades.

Enquanto Medeia estava de costas, procurando Meg, Piper saiu de trás da coluna.

E disparou.

O dardo atravessou a parede de fogo e acertou em cheio as costas de Medeia. Como? Também não sei. Talvez, por ser uma arma Cherokee, o dardo não estivesse sujeito às regras da magia grega. Talvez, assim como bronze celestial passa direto por mortais comuns, sem reconhecê-los como alvos legítimos, as chamas de Hélio não se incomodassem com um mero dardo de zarabatana.

Não importa o motivo, o caso é que a feiticeira foi atingida e gritou. Ela se virou, fazendo cara feia, levou a mão às costas e arrancou o dardo. Então o examinou, incrédula.

— *Um dardo de zarabatana?* Você só pode estar de brincadeira!

Os pilares de fogo continuaram girando ao redor dela, mas nenhum foi disparado na direção de Piper. Medeia cambaleou, os olhos aos poucos se fechando.

— E estava *envenenado*? — A feiticeira riu, histérica. — Você ia tentar *me* envenenar? Logo eu, a maior especialista em venenos do mundo? Não existe veneno que eu não saiba curar! Você não pode...

Ela caiu de joelhos. Uma saliva verde começou a escorrer de sua boca.

— Q-que mistura é essa?

— Meu avô manda lembranças. É uma antiga receita da família — disse Piper.

Medeia ficou pálida como o fogo incandescente. Ela forçou algumas palavras em meio à ânsia de vômito.

— Você acha que... que isso muda alguma coisa? Meu poder... Eu não conjuro Hélio... Eu o contenho!

Ela caiu de lado. Em vez de se dissipar, o cone de fogo girou ainda mais intensamente ao redor dela.

— Corram — gemi. Então gritei, com toda a força: — CORRAM! AGORA!

Estávamos já na metade do corredor quando o estacionamento atrás de nós explodiu, querendo se passar por uma supernova.

19

Só de cueca e coberto de
Graxa. Mas nada é tão
Divertido quanto acha

NÃO SEI BEM COMO saímos do Labirinto.

Como ninguém sabia de nada nem estava prestando atenção, vou dizer aqui que foi tudo obra da minha coragem homérica e resistência hercúlea. Sim, deve ter sido isso. Como consegui escapar do pior do calor do titã, usei toda a minha bravura para amparar Piper e Meg, sempre incentivando as duas a continuarem andando. Cambaleamos pelos corredores, os três fumegando e semiconscientes, mas ainda vivos, e fomos refazendo nossos passos até o elevador de carga. Com um último esforço heroico, acionei a alavanca para subirmos.

Chegamos à luz do sol — uma luz *normal*, não o sol zumbi e cruel de um titã quase morto — e desabamos na calçada. O rosto chocado de Grover pairou logo acima de mim.

— Muito quente — choraminguei.

Grover pegou a flauta e começou a tocar. Eu apaguei.

Nos meus sonhos, eu estava em uma festa na Roma Antiga. Calígula tinha acabado de inaugurar o novo palácio na base do monte Palatino — uma ousadia arquitetônica que derrubou a parede dos fundos do Templo de Castor e Pólux para usá-lo como entrada principal. Calígula se considerava um deus, então não via problema nisso, mas as elites romanas ficaram horrorizadas. O sacrilégio era tanto que só seria comparável a alguém que instalasse uma enorme televisão de

LED no altar de uma igreja e chamasse a galera para assistir ao campeonato de futebol e beber o vinho da comunhão.

Claro que isso não impediu ninguém de comparecer à festança. Alguns apareceram (disfarçados, óbvio). Mas também, como resistir à tentação de uma festa audaciosa e blasfema com comida de graça? Multidões de fantasiados circulavam pelos enormes salões iluminados por tochas. Em cada canto, músicos tocavam melodias típicas de todo o império; da Gália a Hispânia, da Grécia ao Egito.

Eu estava fantasiado de gladiador. (Com o meu físico divino daquela época, claro que eu podia usar uma roupa ousada dessas. E ficava lindo até demais.) Fui me misturando à multidão de senadores fantasiados de escravos, escravos fantasiados de senadores, pessoas sem criatividade vestidas de fantasmas de toga e dois patrícios empreendedores que elaboraram a melhor fantasia dupla de burro que o mundo já vira.

Eu até que não me importava muito com a questão do sacrilégio do templo/palácio. Não era o *meu* templo, afinal. E, naqueles primeiros anos de Império Romano, eu achava a malícia dos Césares muito revigorante. Além do mais, por que puniríamos nossos maiores benfeitores?

Quando os imperadores expandiram seu poder e influência, também expandiram o *nosso* poder e influência. Roma espalhou os costumes gregos por uma parte enorme do mundo, e nós, olimpianos, viramos os deuses do império! Hórus que saísse do caminho; Marduque teria que se resignar ao cantinho do esquecimento: a hora era dos olimpianos!

E não queríamos botar esse sucesso em risco só porque os imperadores ficaram meio arrogantes. Ainda mais porque eles baseavam sua arrogância na nossa.

Eu andava pela festa incógnito, me divertindo com toda aquela gente linda, quando o imperador finalmente apareceu. Veio numa carruagem dourada puxada por seu cavalo branco favorito, Incitatus.

Na escolta a seu lado, os dois guardas pretorianos eram as únicas pessoas que não estavam fantasiadas. E Caio Júlio César Germânico estava nu em pelo, pintado de dourado da cabeça aos pés, com uma coroa de raios de sol na testa. Ele estava fingindo ser *eu*, é claro. Mas, quando o vi, não foi raiva que senti primeiro — foi admiração. Aquele lindo mortal sem-vergonha tinha encarnado o papel com perfeição.

— Eu sou o Novo Sol! — anunciou ele, sorrindo para a multidão, como se seu sorriso emanasse todo o calor do mundo. — Eu sou Hélio. Eu sou Apolo. Eu sou César. Podem se banhar na minha luz!

A multidão aplaudiu, meio nervosa. Era para se curvar? Era para rir? Era sempre difícil saber com Calígula, e a punição para quem errasse em geral era a morte.

O imperador desceu da carruagem. O cavalo foi levado até a mesa de *hors d'oeuvres* enquanto Calígula e seus guardas circulavam pelo salão.

Calígula parou e apertou a mão de um senador vestido de escravo.

— Mas você está ótimo, Cássio Agripa! Então, quer ser meu escravo?

O senador se curvou.

— Eu sou seu leal servo, César.

— Excelente! — Calígula se virou para os guardas. — Vocês ouviram! Ele agora é meu escravo. Podem levar o homem até meu mestre de escravos, confisquem todas as propriedades e o dinheiro dele. Mas deixem a família livre. Hoje estou me sentindo bem generoso.

O senador gaguejou, mas não conseguiu concatenar as palavras para protestar. Dois guardas o levaram, e Calígula gritou:

— Obrigado pela lealdade!

As pessoas se afastaram depressa, correndo como gado em uma tempestade. Os que antes estavam se adiantando, ansiosos para chamar a atenção do imperador e talvez cair nas graças dele, começaram a recuar e a tentar se misturar à multidão.

— É uma noite ruim — sussurraram alguns, em aviso aos colegas. — Ele está tendo uma noite ruim.

— Fílon! — gritou o imperador, encurralando um pobre jovem que tentava se esconder atrás daquela dupla fantasiada de burro. — Venha aqui, seu canalha!

— Pr-Princeps — gaguejou o homem.

— Eu *a-mei* a sátira que você escreveu sobre mim! Meus guardas encontraram uma cópia no Fórum e me mostraram.

— S-senhor... Foi só uma brincadeirinha, uma coisinha sem graça. Eu não pretendia...

— Mas que besteira! — Calígula sorriu para a multidão. — Fílon não é ótimo, pessoal? Vocês não amam o trabalho dele? Não foi ótimo quando ele me comparou a um cão raivoso?

A multidão estava à beira do pânico. O ar estava tão carregado que quase achei que meu pai também estivesse escondido entre os convidados.

— Eu prometi que os poetas seriam livres para se expressarem! Nada daquela paranoia do velho reinado de Tibério. Eu *admiro* essa sua língua ferina, Fílon. Acho que *todo mundo* deveria ter a chance de admirá-la. Quero recompensá-lo!

Fílon engoliu em seco.

— Obrigado, senhor.

— Guardas, levem o homem daqui. Arranquem a língua dele, mergulhem em prata derretida e deixem em exibição no Fórum, onde todos poderão admirá-la. Sério mesmo, Fílon. Excelente trabalho!

Dois pretorianos levaram o poeta, que gritava e se debatia, histérico.

— Você aí! — gritou Calígula.

Só então percebi que a multidão tinha se afastado, me deixando exposto. Calígula de repente surgiu na minha frente, o rosto coladinho ao meu, estreitando os lindos olhos enquanto analisava minha fantasia e meu físico divino.

— Não sei quem você é.

Eu queria responder. Sabia que aquele César não poderia fazer nada comigo. Na pior das hipóteses, eu só precisaria dizer um *tchau!* e desaparecer em uma nuvem de purpurina. Mas preciso admitir que fiquei paralisado na presença de Calígula. Era um jovem louco, poderoso e imprevisível. Sua audácia me deixava sem fôlego.

Até que finalmente consegui fazer uma reverência.

— Sou um mero ator, César.

— Ah, de fato! — Calígula abriu um sorriso. — E interpreta um gladiador. Então lutaria até a morte em minha honra?

Lembrei a mim mesmo de que eu era imortal, mas levei um tempo para me convencer disso. Puxei a espada de gladiador, que não passava de uma imitação feita de metal leve.

— Pode escolher o oponente, César! — Observei a plateia e gritei: — Vou destruir qualquer um que ofereça ameaça ao meu senhor!

Para demonstrar, me lancei para a frente e cutuquei o peitoral másculo do guarda pretoriano mais próximo. A espada se curvou contra seus músculos. Ergui aquela arma ridícula no ar, o metal amassado num formato que lembrava a letra Z.

Um silêncio perigoso se abateu sobre o salão. Todos os olhos estavam fixos no César.

Depois de um tempo, Calígula riu.

— Muito bem!

Ele me deu tapinhas no ombro e estalou os dedos. Um de seus servos se aproximou e me entregou uma bolsa pesada cheia de moedas de ouro.

Calígula sussurrou em meu ouvido:

— Já me sinto mais seguro.

O imperador seguiu adiante, e as pessoas em volta riram de alívio, algumas até lançando olhares de inveja em minha direção, como se perguntassem: *Qual é o segredo dele?*

Depois disso, fiquei décadas longe de Roma. Era raro ver um homem capaz de perturbar um deus, mas Calígula tinha mesmo me deixado meio inseguro. Ele quase era um Apolo melhor do que eu.

O sonho mudou. Vi Herófila, a Sibila Eritreia, mais uma vez. Ela estendia os braços algemados, o rosto vermelho com o calor e os reflexos da lava ardente aos seus pés.

— Apolo, a empreitada talvez não pareça valer a pena. E não tenho certeza de que valha. Mas você precisa vir. Precisa manter todos unidos, mesmo sob a dor do luto.

Afundei na lava, sumindo enquanto Herófila chamava meu nome, meu corpo se desfazendo até virar cinzas.

Acordei gritando, deitado em um saco de dormir na Cisterna.

Aloe Vera estava parada ao meu lado. Quase todas as folhas triangulares e espetadas de seu cabelo estavam cortadas, deixando-a quase careca.

— Você está bem — garantiu ela, pousando a mão fria na minha testa febril. — Mas passou por muita coisa.

Percebi que estava só de cueca. Meu corpo todo estava marrom-escuro e coberto de seiva de aloe. Não dava para respirar pelo nariz. Levei a mão às narinas e percebi que estavam tampadas com pequenos plugues nasais verdes de aloe.

Desentupi o nariz.

— E minhas amigas?

Aloe chegou para o lado, e então as vi, mais atrás, deitadas em sacos de dormir. Grover Underwood estava sentado de pernas cruzadas entre as duas adormecidas, também cobertas de gosma. Uma oportunidade perfeita de tirar uma foto de Meg com plugues verdes espetados no nariz, só para poder chantageá-la no futuro, mas eu estava tão aliviado por vê-la viva que não consegui pensar muito nisso. E sem falar que eu também não tinha celular.

— Elas vão ficar bem?

— A situação das meninas era pior que a sua — explicou Grover. — Ficaram em um estado bem delicado por um tempo, mas vão superar. Estou dando néctar e ambrosia para as duas.

Aloe sorriu.

— Além do mais, minhas propriedades de cura são *lendárias*. Espere só para ver. As duas já vão estar acordadas e saracoteando por aí antes mesmo do jantar.

Jantar... Olhei para o círculo laranja-escuro do céu acima da cisterna. Ou era fim de tarde, ou os incêndios florestais estavam muito próximos. Ou ambos.

— E Medeia?

Grover franziu a testa.

— Meg me contou sobre a batalha antes de desmaiar, mas não sei o que aconteceu com a feiticeira. Nem cheguei a ver a mulher.

Meu corpo estremeceu. Queria acreditar que Medeia tinha morrido na explosão, mas duvidava de que nossa sorte pudesse ser tão grande. Ela não parecera se incomodar com o fogo de Hélio, então talvez fosse naturalmente imune. Ou talvez usasse alguma magia protetora.

— E suas amigas dríades? Agave e Jade?

Aloe e o sátiro trocaram um olhar tristonho.

— Agave talvez fique bem — respondeu Grover. — Ela caiu no sono assim que a levamos de volta para sua planta. Mas Jade... — Ele balançou a cabeça.

Eu mal conhecia aquela dríade, só a vira por alguns minutos, mas, ainda assim, a notícia da morte dela me deixou muito abalado. Senti como se *eu* estivesse perdendo as folhas do corpo, perdendo pedaços essenciais de mim mesmo.

Lembrei-me do que Herófila falou, no sonho: *A empreitada talvez não pareça valer a pena. E não tenho certeza de que valha. Mas você precisa vir. Precisa manter todos unidos, mesmo sob a dor do luto.*

Tive medo de que a morte de Jade fosse só uma pequena parte da dor que nos aguardava.

— Sinto muito — falei.

Aloe deu tapinhas no meu ombro coberto de gosma.

— Não é culpa sua, Apolo. Quando vocês a encontraram, ela já estava muito mal. Só teria adiantado se você...

A dríade ficou quieta, mas eu sabia o que ela queria dizer: *se você tivesse seus poderes de cura divinos.* Muita coisa teria sido diferente se eu fosse um deus, não uma farsa, metido num disfarce ridículo de Lester Papadopoulos.

Grover pegou a zarabatana ao lado de Piper. O tubo de bambu estava todo chamuscado, e o fogo abrira vários buracos que provavelmente inutilizariam a arma.

— Tem mais uma coisa que você devia saber. Quando Agave e eu carregamos Jade para fora do labirinto... Sabe aquele guarda de orelhas grandes, o cara de pelo branco? Ele tinha sumido.

Tive que refletir um pouco sobre aquilo.

— Então ele morreu e se desintegrou? Ou só se levantou e saiu andando?

— Não sei. Acha que alguma dessas coisas parece provável?

Nenhuma opção parecia, mas decidi que, no momento, tinha problemas maiores a considerar.

— Hoje à noite, quando Piper e Meg acordarem, vamos ter que fazer outra reunião com suas amigas dríades. Vamos acabar com esse Labirinto de Fogo de uma vez por todas.

20

Uma bela ode aos botânicos
Musa, nos permita
Eles plantam coisas. Uau

NOSSO GRANDIOSO CONSELHO DE GUERRA foi mais um conselho de tédio e descrença.

Graças à magia de Grover e às gosmas (quer dizer, *cuidados*) constantes de Aloe Vera, Piper e Meg aos poucos estavam se recuperando. Nós três até conseguimos tomar banho, nos vestir e andar por aí sem muitos gemidos de dor, mas ainda estávamos bem fracos. Toda vez que eu me levantava rápido demais, Calígulas dourados pequenininhos dançavam diante de meus olhos.

A zarabatana e a aljava de Piper, ambas heranças do avô, estavam destruídas. O cabelo dela estava chamuscado. Os braços queimados, brilhando com aloe, pareciam tijolos esmaltados. Ela ligou para o pai e avisou que passaria a noite com o grupo de estudos, acomodou-se em uma das alcovas da Cisterna com Mellie e Hedge, que a toda hora mandavam que ela bebesse mais água. O bebê Chuck estava no colo de Piper, olhando hipnotizado para o rosto dela, como se fosse a coisa mais incrível do mundo.

Meg, por outro lado, não estava tão serena. Ela ficou sentada perto da piscina, emburrada, os pés na água, um prato de enchiladas de queijo no colo. Estava usando uma camiseta azul-bebê da Maluquice Militar do Macro com o desenho de um AK-47 sorridente e, logo abaixo, uma legenda: TIRINHOS-CLUBE DE ATIRADORES MIRINS. Ao lado dela estava Agave, visivelmente devastada, embora um espinho novo tivesse começado a crescer no local do braço queimado. Suas amigas dríades se aproximavam para oferecer fertilizante, água e enchiladas, mas Agave balançava a cabeça com tristeza, negando, os olhos fixos no amontoado de pétalas de árvore-de-jade em sua mão.

Fiquei sabendo que Jade tinha sido plantada na colina com honras supremas. Com sorte, ela reencarnaria como uma bela suculenta novinha em folha, ou talvez um esquilo de cauda branca. Jade amava esses esquilos.

Grover parecia exausto. As muitas horas tocando música curativa cobraram seu preço, sem mencionar o estresse de ter que voltar dirigindo até Palm Springs a uma velocidade nada segura no carro emprestado/ligeiramente roubado com cinco vítimas de queimaduras graves.

Quando estávamos todos reunidos, com condolências trocadas, enchiladas comidas, aloe espalhado, dei início à reunião.

— Tudo isso — anunciei — é minha culpa.

Vocês devem imaginar como dizer isso foi difícil para mim. Tais palavras não existiam no vocabulário de Apolo. Bem lá no fundo, eu nutria a esperança de que os sátiros, semideuses e dríades correriam até mim e diriam que nãããoo, eu não tinha culpa de nada.

Ninguém fez isso.

Continuei.

— O objetivo de Calígula era o mesmo desde sempre: se tornar um deus. Ele viu seus ancestrais imortalizados depois da morte: Júlio, Augusto, até o velho nojento do Tibério. Mas Calígula não queria esperar a morte. Ele foi o primeiro imperador romano a querer ser um deus *vivo*.

— Calígula já é uma espécie de deus agora, não é? — perguntou Piper. — Você disse que ele e os dois outros imperadores estão no mundo há milhares de anos. Então ele conseguiu o que queria.

— Em parte — concordei. — Mas ser qualquer coisa *menor* não basta para Calígula. Ele sempre sonhou em substituir algum olimpiano. Vivia brincando com a ideia de se tornar o novo Júpiter ou Marte. No final, ele decidiu ser — senti o gosto azedo na boca — o novo eu.

O treinador Hedge coçou a barbicha de bode. (Humm. Se um bode tem uma barbicha de bode, podemos chamá-la apenas de barbicha?)

— Mas e aí? O que acontece? Calígula mata você, coloca um crachá com *Oi, eu sou Apolo!* e entra no Olimpo torcendo para ninguém notar?

— Ele vai fazer pior do que me matar — falei. — Vai *consumir* minha essência, junto com a essência de Hélio, para se tornar o novo deus do Sol.

Figo-da-índia se irritou.

— E os outros olimpianos *permitiriam* isso?

— Os olimpianos — falei, com amargura — permitiram que Zeus tirasse meus poderes e me largasse na Terra. Fizeram metade do trabalho de Calígula *por* ele. Não vão mover um fio de cabelo divino para interferir. Como sempre, vão esperar que os heróis consertem as coisas. Se Calígula se tornar o novo deus do Sol, eu já era. Para sempre. Não vou mais existir. É para isso que Medeia vem se preparando no Labirinto de Fogo. O lugar é uma panela gigantesca para fazer sopa de deus do Sol.

Meg franziu o nariz.

— Que nojo.

Pela primeira vez, eu concordava totalmente com minha amiga.

Parado nas sombras, Josué cruzou os braços.

— Então são os fogos de Hélio que estão matando nossa terra?

Eu abri as mãos.

— Bom, os humanos não estão ajudando. Mas, além da poluição e da mudança climática de sempre, sim, o Labirinto de Fogo foi o que detonou tudo. O que sobrou do titã Hélio está agora perambulando por essa seção do Labirinto embaixo do sul da Califórnia, transformando lentamente a parte de cima em um deserto escaldante.

Agave tocou no rosto queimado. Quando se virou para me encarar, seu olhar estava tão afiado quanto os espinhos.

— Se Medeia conseguir completar o ritual, todo o poder vai para Calígula? O Labirinto vai parar de queimar e nos matar?

Eu nunca pensei em cactos como formas de vida particularmente cruéis, mas ao ser escrutinado pelas outras dríades, consegui imaginá-las me enrolando com uma fita bem bonita, pendurando em mim um cartão que dizia PARA CALÍGULA, COM AMOR. ASS: NATUREZA e deixando o embrulho na porta do imperador.

— Pessoal, isso não vai ajudar em nada — disse Grover. — Calígula é responsável pelo que está acontecendo conosco agora. Ele não está nem aí para os espíritos da natureza. Vocês querem mesmo dar a ele o poder total de um deus do Sol?

As dríades murmuraram em concordância, embora ainda relutantes. Santo Grover. Tenho que me lembrar de enviar a ele um cartão bem bonito no Dia Mundial dos Bodes.

— Então, o que a gente faz? — perguntou Mellie. — Não quero que meu filho cresça em um deserto queimado.

Meg tirou os óculos.

— A gente mata o Calígula.

Era perturbador ouvir uma garota de doze anos falando com tanta frieza sobre assassinato. Mais perturbador ainda era saber que eu estava tentado a concordar com ela.

— Meg — falei —, talvez isso não seja possível. Você se lembra de Cômodo. Ele era o mais fraco dos três imperadores, e o máximo que conseguimos foi expulsá-lo de Indianápolis. Calígula é bem mais poderoso, deve ter muito mais reforços.

— Tô nem aí — murmurou ela. — Ele machucou meu pai. Ele fez… tudo isso — disse, indicando os arredores.

— O que você quer dizer com *tudo isso?* — perguntou Josué.

Meg olhou para mim como quem diz *Sua vez.*

Mais uma vez, expliquei o que vira nas lembranças de Meg: o passado de Aeithales, o terrorismo jurídico e financeiro que Calígula deve ter usado para acabar com o trabalho de Phillip McCaffrey, o jeito como Meg e o pai dela tiveram que fugir antes de seu lar ir para o espaço.

Josué franziu a testa.

— Eu me lembro de um saguaro chamado Hércules, da primeira estufa. Um dos poucos que sobreviveram ao incêndio da casa. Era um dríade velho e forte, sempre com dor por causa das queimaduras, mas lutando para sobreviver. Ele sempre falava de uma garotinha que morava na casa. Dizia esperar seu retorno. — Josué se virou para Meg, impressionado. — Era *você?*

Meg limpou uma lágrima da bochecha.

— Ele não sobreviveu?

Josué balançou a cabeça.

— Ele morreu alguns anos atrás. Sinto muito.

Agave segurou a mão de Meg.

— Seu pai era um grande herói — disse a dríade. — Ele com certeza fez tudo que estava ao seu alcance para ajudar as plantas.

— Ele era... botânico — disse Meg, pronunciando a palavra com se tivesse acabado de lhe ocorrer.

As dríades baixaram a cabeça. Hedge e Grover tiraram os chapéus.

— Queria saber o que seu pai planejava fazer com aquelas sementes reluzentes — disse Piper. — Como foi que Medeia chamou você mesmo? Descendente de Plemneu?

As dríades soltaram um arquejo coletivo.

— Plemneu? — perguntou Reba. — *Aquele* Plemneu? Ele é famoso até na Argentina!

— Famoso? — perguntei.

Fig riu com deboche.

— Ah, deixa de besteira, Apolo! Você é um deus. Deve conhecer o grande herói Plemneu!

— Hum... — Queria muito culpar minha memória mortal falha, mas eu tinha quase certeza de que nunca tinha ouvido aquele nome, mesmo quando estava no Olimpo. — Que monstro ele matou?

Aloe se afastou de mim, como se não quisesse estar na linha de fogo quando as outras dríades disparassem seus espinhos na minha direção.

— Apolo — repreendeu Reba —, um deus da cura deveria ser mais bem informado.

— Hum, com certeza — concordei. — Mas, hum, informado sobre quem, exatamente...?

— Típico — murmurou Fig. — Os assassinos são lembrados como heróis. Os cultivadores são esquecidos. Menos por nós, espíritos da natureza.

— Plemneu foi um rei grego — explicou Agave. — Um homem nobre, mas seus filhos nasceram com uma maldição. Se algum deles chorasse, uma única vez sequer, ainda que bebês ou durante a infância, eles morreriam na mesma hora.

Eu não sabia bem como isso tornava Plemneu um homem nobre, mas assenti com educação.

— O que aconteceu?

— Ele suplicou ajuda a Deméter — disse Josué. — A própria deusa criou o próximo filho dele, Ortópolis. Em agradecimento, Plemneu construiu um templo para a deusa. Desde então, os descendentes dele se dedicam ao trabalho de Deméter. Sempre são grandes agricultores e botânicos.

Agave apertou a mão de Meg.

— Agora entendo por que seu pai conseguiu construir Aeithales. O trabalho dele devia ser muito especial. Ele não só veio de uma longa linhagem de heróis de Deméter, como atraiu a atenção da própria deusa, sua mãe. Nós estamos honrados de receber você de volta em casa.

— Em casa — concordou Figo-da-índia.

— Em casa — ecoou Josué.

Meg tentou conter as lágrimas.

Pareceu um momento excelente para uma grande roda de violão. Imaginei as dríades se abraçando e se espetando enquanto cantavam "We Are the World". Eu até cogitei tocar algo no ukulele.

O treinador Hedge nos trouxe de volta à dura realidade.

— Isso tudo é ótimo. — Ele se virou para Meg e fez um aceno respeitoso. — Garota, seu pai devia ser um cara e tanto. Mas, a menos que ele tenha plantado alguma arma secreta, não sei como essa informação vai nos ajudar. Ainda temos um imperador para matar e um Labirinto para destruir.

— Gleeson… — repreendeu Mellie.

— E eu estou errado? — retrucou ele.

Ninguém se pronunciou.

Grover encarou os cascos, desolado.

— O que a gente faz, então?

— Nós seguimos o plano — falei. A certeza na minha voz pareceu surpreender todo mundo. Surpreendeu a mim. — Nós vamos encontrar a Sibila Eritreia. Ela é mais do que uma isca. Ela é a chave de tudo. Tenho certeza.

Piper aninhou o bebê Chuck enquanto ele esticava a mão para a pena de harpia dela.

— Apolo, nós já tentamos percorrer o Labirinto. Você viu o que aconteceu.

— Jason Grace conseguiu — falei. — Ele encontrou o oráculo.

A expressão de Piper mudou.

— Pode ser. Mas, mesmo que você não acredite totalmente na feiticeira, Jason só encontrou o oráculo porque Medeia *quis*.

— Ela mencionou que havia outra forma de andar pelo labirinto — falei. — Os sapatos do imperador. Aparentemente, permitem que Calígula ande por lá sem problemas. Nós precisamos desses sapatos. Era isso que a profecia queria dizer: *Percorrendo o caminho com as botas inimigas*.

Meg limpou o nariz.

— Então você está dizendo que temos que encontrar a casa de Calígula e roubar os sapatos dele. Enquanto estiver lá, a gente não pode simplesmente matar esse idiota?

Ela fez essa pergunta casualmente, como quem diz: *Nós podemos dar uma passadinha na padaria no caminho de casa?*

Hedge apontou para McCaffrey.

— Estão vendo, *isso* é um plano. Gostei dessa garota.

— Amigos — falei, desejando usar o charme como Piper —, Calígula está vivo há milhares de anos. Ele é um deus menor. Nós não sabemos *como* matá-lo de vez, de forma que ele permaneça morto. Nós também não sabemos como destruir o Labirinto, e não queremos piorar as coisas libertando todo aquele calor divino na superfície. Nossa prioridade tem que ser a Sibila.

— Só porque é a *sua* prioridade? — resmungou Fig.

Eu resisti à vontade de gritar *Dã!*.

— Seja como for — continuei —, para descobrir o paradeiro do imperador, temos que falar com Jason Grace. Medeia mencionou que o oráculo disse a ele como encontrar Calígula. Piper, você pode nos levar até Jason?

Piper franziu a testa. A mãozinha do bebê Chuck segurava o dedo dela, puxando-o perigosamente para perto da boca.

— Jason está morando em um colégio interno em Pasadena — respondeu ela, por fim. — Não sei se ele vai me ouvir. Não sei se vai ajudar. Mas podemos tentar. Minha amiga Annabeth sempre diz que a informação é a arma mais poderosa.

Grover assentiu.

— Eu nunca discuto com Annabeth.

— Está decidido, então — falei. — Amanhã continuamos nossa missão. Vamos tirar Jason Grace da escola.

21

Se a vida lhe der sementes
Seja um otimista
Plante-as no chão duro e seco

EU DORMI MAL.

Foi uma surpresa para vocês? Para mim, foi.

Sonhei com meu oráculo mais famoso, Delfos. Mas não estávamos nos tempos áureos, quando eu teria sido recebido com flores, beijos, doces e a costumeira mesa VIP no lounge do oráculo.

Aquele era um Delfos moderno, sem sacerdotes ou adoradores, cheio do fedor horrendo de Píton, minha arqui-inimiga, que tinha voltado a seu velho lar. O cheiro de ovo podre e carne estragada era inesquecível.

Eu estava nas profundezas das cavernas, onde nenhum mortal jamais entrara. Ao longe, ouvia duas vozes conversando, mas suas silhuetas se perderam entre os vapores vulcânicos.

— Está tudo sob controle — anunciou um deles, no tom alto e anasalado do imperador Nero.

A segunda voz saiu num rosnado, um som que lembrava uma corrente puxando um carrinho velho de montanha-russa subida acima.

— Tem pouquíssima coisa *sob controle* desde que Apolo foi para a Terra. — Era Píton.

Aquela voz fria me causou arrepios de repulsa. Não dava para ver aquela serpente monstruosa, mas eu imaginava seus olhos sinistros, cor de âmbar com pontinhos dourados, seu corpanzil de dragão, suas garras malignas.

— Você tem uma grande oportunidade — continuou Píton. — Apolo está fraco, mortal. Ele caminha ao lado da sua enteada. Como é que esse maldito ainda não está morto?

Nero ficou tenso.

— Eu e meus colegas tivemos uma divergência de opiniões. Cômodo...

— Cômodo é um idiota — sibilou Píton. — Ele só está interessado em espetáculos. Nós dois sabemos disso. E seu tio-avô, Calígula?

Nero hesitou.

— Ele insiste... Ele quer usar o poder de Apolo. Quer que esse antigo deus tenha um fim bem... hã... especial.

O corpanzil de Píton se remexeu na escuridão, mas só notei porque ouvi as escamas roçando na pedra.

— Eu conheço o plano de Calígula. Mas fica a dúvida: quem está controlando quem? Você me garantiu...

— Sim. Meg McCaffrey *vai* voltar para mim. Ela ainda vai ter serventia. Apolo vai morrer, como prometido.

— Se Calígula conseguir o que pretende, o equilíbrio de poder vai mudar — refletiu Píton. — Claro que eu preferiria apoiar *você*, mas, se um novo deus do Sol se erguer no Oeste...

— Nós dois temos um acordo — rosnou Nero. — Você vai me apoiar depois que o Triunvirato controlar...

— ... todos os meios de profecia — completou Píton. — Mas vocês ainda não cumpriram essa parte. Você perdeu Dodona para os semideuses gregos, e a Caverna de Trofônio foi destruída. Eu soube que alguém alertou os romanos sobre os planos de Calígula para o Acampamento Júpiter. Não tenho o menor desejo de comandar o mundo sozinho. Mas, se você falhar e eu mesmo tiver que matar Apolo...

— Eu vou manter meu lado do acordo. Trate de manter o seu.

Píton emitiu um rosnado rouco, uma versão maligna de uma gargalhada.

— Vamos ver. Os próximos dias devem ser muito instrutivos.

Acordei me sentindo sufocado.

Vi que estava sozinho na Cisterna, o corpo todo tremendo. Os sacos de dormir de Piper e de Meg estavam vazios. O céu acima brilhava em um azul cintilante, e eu quis muito acreditar que isso era um indicativo de que os incêndios tinham sido controlados, porém o mais provável era que significasse apenas que os ventos tinham mudado de direção.

Minha pele tinha cicatrizado bem durante a noite, mas ainda parecia que eu estava mergulhado em um poço de lava. Consegui me vestir, pegar o arco, a aljava e o ukulele com um mínimo de caretas e gemidos, então subi a rampa até a encosta.

Vi Piper logo na base da colina, conversando com Grover no carro do sr. Bedrossian. Perto das ruínas, Meg estava agachada próximo à primeira estufa desmoronada.

Pensei no sonho e ardi de raiva. Se eu ainda fosse um deus, teria urrado meu descontentamento, abrindo um novo Grand Canyon no deserto. Mas, naquelas condições, tudo que pude fazer foi cerrar as mãos com tanta força que as unhas cortaram as palmas.

Já era ruim um trio de imperadores maus quererem meus Oráculos, minha vida e minha essência. Era ruim minha antiga inimiga, Píton, ter tomado Delfos outra vez e agora estar tramando minha morte. Mas pensar em Nero usando Meg como peão naquela jogada dos imperadores... Não. Eu disse a mim mesmo que não deixaria Meg cair nas garras de Nero mais uma vez. Minha amiga era forte e estava lutando para se libertar da influência maligna do padrasto. Nós já tínhamos passado por coisas demais juntos para ela cair de novo na lábia daquele crápula.

Ainda assim, as palavras de Nero me perturbaram: *Meg McCaffrey vai voltar para mim. Ela ainda vai ter serventia.*

Fiquei imaginando... E se Zeus, meu próprio pai, aparecesse para mim naquele momento e me oferecesse um jeito de voltar ao Olimpo? Que preço eu estaria disposto a pagar? Eu deixaria Meg exposta ao destino? Abandonaria os semideuses, sátiros e dríades, meus companheiros? Esqueceria as coisas terríveis que Zeus fez comigo ao longo dos séculos e engoliria o orgulho só para poder recuperar meu lugar no Olimpo, mesmo sabendo muito bem que ainda estaria sob o controle de Zeus?

Sufoquei essas perguntas. Não sabia se queria lidar com as respostas.

Fui até Meg, na estufa desmoronada.

— Bom dia.

Ela estava remexendo nos destroços e não se deu ao trabalho de olhar para mim. Paredes de policarbonato meio derretidas tinham sido viradas e jogadas de lado, e ela estava com as mãos sujas de terra. Ali perto havia um pote de pasta de amendoim sujo, a tampa enferrujada jogada no chão. Meg segurava, na palma da mão, algumas pedrinhas verdes.

Respirei fundo.

Não eram pedrinhas. Sete hexágonos do tamanho de moedas repousavam nas mãos de Meg, sementes verdes idênticas às das lembranças que ela compartilhara comigo.

— Como? — perguntei.

Ela ergueu o rosto. A roupa do dia era um camuflado azul-turquesa, que dava a ela um ar perigoso e desafiador totalmente diferente do que eu conhecia. Alguém tinha limpado os óculos (a própria Meg nunca fazia isso), e agora dava para ver os olhos dela. Cintilavam tão intensamente quanto as pedrinhas na armação.

— As sementes estavam enterradas. Eu... sonhei com elas. Foi o saguaro Hércules que as escondeu aqui, ele colocou as sementes no pote antes de morrer. Ele estava guardando as sementes para mim... para quando chegasse a hora.

Eu não sabia muito bem o que dizer. *Parabéns. Que sementes lindas.* Sinceramente, eu não entendia muito bem o ciclo de vida das plantas, mas ao menos deu para ver que as sementes não estavam brilhando como nas lembranças de Meg.

— Você acha que elas ainda... hã, funcionam?

— Vamos descobrir. Vou plantar.

Olhei para a colina deserta.

— Vai plantar aqui? Agora?

— É. Chegou a hora.

Como ela poderia saber? Além do mais, não entendi que diferença faria plantar algumas sementes, com o Labirinto de Calígula ateando fogo em metade da Califórnia.

Por outro lado, estávamos prestes a sair em uma nova missão na esperança de encontrar o palácio de Calígula, sem a menor garantia de que voltaríamos vivos. Talvez não houvesse hora melhor que o presente mesmo. E, se isso fosse fazer Meg se sentir melhor, por que não?

— Como posso ajudar?

— Faça buracos — respondeu Meg. Então acrescentou, como se eu precisasse de mais orientação: — Na terra.

Cavei sete buraquinhos com a ponta de uma flecha, abrindo o solo nu, seco e rochoso. Só conseguia pensar que os buracos não pareciam lugares muito confortáveis para brotar e crescer.

Enquanto Meg colocava os hexágonos verdes em suas novas casinhas, recebi a ordem de buscar água no poço da Cisterna.

— Tem que ser de lá — avisou. — E traga uma boa quantidade.

Voltei alguns minutos depois, carregando um copo de plástico extragrande do Enchiladas del Rey. Meg regou as amigas recém-plantadas.

Fiquei esperando, como se alguma coisa dramática fosse acontecer. Com Meg, acabei me acostumando a ver explosões de chia, bebês pêssegos demoníacos e muros instantâneos de morangos.

A terra nem sequer se moveu.

— Acho que vamos ter que esperar — comentou Meg.

Ela abraçou os joelhos e observou o horizonte.

O sol matinal ardia no leste. Tinha nascido, como sempre, mas não graças a mim — ele não ligava se eu estava ou não guiando a carruagem do Sol, ou mesmo se Hélio estava percorrendo os túneis embaixo de Los Angeles, completamente enlouquecido. O cosmos continuava girando, e o Sol seguia seu curso, sempre indiferente ao que os humanos acreditavam. Em outras circunstâncias, eu teria achado isso muito tranquilizador, mas naquela ocasião a indiferença do Sol só me parecia cruel e insultante. Dali a poucos dias, Calígula poderia se tornar uma deidade solar. Com a ameaça de uma liderança tão perversa, era de se pensar que o astro-rei se recusaria a nascer ou se pôr, mas — para meu choque e repulsa —, o dia e a noite continuavam vindo como sempre.

— Cadê ela? — perguntou Meg.

Eu pisquei, sem entender.

— Quem?

— Se minha família é tão importante para ela, depois de milhares de anos de bênçãos e sei lá mais o quê, por que ela nunca…?

Meg balançou a mão para o deserto, como quem diz: *Tanta terra e tão pouca Deméter.*

Ela estava perguntando por que a mãe nunca tinha aparecido para ela, por que tinha permitido que Calígula destruísse o trabalho de seu pai, por que tinha deixado que Nero criasse a filha naquela casa imperial tóxica de Nova York.

Eu não podia responder àquelas perguntas. Ou melhor: como antigo deus, conseguia pensar em várias possíveis respostas, mas nenhuma que faria Meg se sentir melhor. *Deméter estava ocupada demais cuidando das plantações na Tanzânia. Deméter se distraiu inventando novos sabores de cereais matinais. Deméter esqueceu que você existia.*

— Não sei, Meg. Mas isto… — Apontei para os sete pequenos círculos de terra molhada. — Isto é o tipo de coisa do qual sua mãe se orgulharia. Plantar em um lugar impossível. Insistir, sem parar, na criação da vida. Ela é tão otimista que chega a ser ridículo, sabe? Ela com certeza aprovaria isso.

Meg ficou me encarando, como se tentasse decidir se me agradecia ou me batia. Eu já estava acostumado com aquele olhar.

— Vamos — declarou. — Talvez as sementes brotem enquanto a gente estiver longe.

Meg, Piper e eu entramos no carro do vizinho.

Grover tinha decidido ficar. O sátiro alegou que queria animar as dríades mais abaladas, mas acho que ele só estava exausto depois daquelas excursões comigo e com Meg — todas, sem exceção, nos deixaram à beira da morte. O treinador Hedge se ofereceu para nos acompanhar, mas Mellie logo desofereceu. E nenhuma das dríades parecia muito disposta a ser nosso escudo vegetal, depois do que aconteceu com Jade e Agave. Bem, eu não podia culpá-las.

Pelo menos Piper aceitou dirigir. Se a gente fosse parado por posse de veículo roubado, ela poderia usar o charme para não ser presa. Eu, com a sorte que tenho, acabaria passando o dia na cadeia, no mínimo. E esse rosto de Lester não ficaria nada bom enquadrado atrás das grades.

Refizemos o caminho do dia anterior, passando pelo mesmo terreno destruído pelo calor, o mesmo céu fumacento, o mesmo trânsito congestionando. Ah, a Califórnia é um paraíso.

Ninguém estava muito a fim de papear. Piper manteve os olhos fixos na estrada, provavelmente pensando no reencontro com o ex-namorado — depois de terem se separado de um jeito tão estranho, ver Jason devia ser a última coisa que ela queria fazer. E, nossa, eu entendia muito bem.

Meg alisava a calça camuflada azul-turquesa. Imaginei que ela estivesse se perguntando por que Calígula achava o projeto botânico tão ameaçador. Parecia inacreditável que toda a vida de Meg tivesse sido alterada por sete sementes verdes — se bem que ela era filha de Deméter. Quando se tratava da deusa das plantas, coisas que pareciam insignificantes podiam ser muito significativas.

As menores sementes crescem para virar carvalhos seculares, era o que Deméter sempre dizia.

Quanto a mim... bem, não faltavam problemas para perturbar minha mente mortal.

Píton estava me esperando. Eu sabia, *tinha certeza* de que ainda precisaria enfrentá-la antes de tudo aquilo acabar. Se por algum milagre eu sobrevivesse aos vários planos dos imperadores de acabarem com a minha vida, se eu derrotasse o Triunvirato e libertasse os outros quatro oráculos e ajeitasse tudo sozinho no mundo mortal, eu *ainda* teria que dar um jeito de arrancar o controle de Delfos do meu inimigo mais antigo. Só então Zeus *talvez* me deixasse voltar a ser deus. Zeus realmente é o retrato da compaixão. Valeu, pai.

Mas, enquanto essa hora não chegava, eu precisava deter Calígula. Precisava acabar com aquele plano de me tornar o ingrediente secreto da sopa de deus do Sol dele. E teria que fazer isso sem nenhum poder divino à disposição. Minhas habilidades no arco e flecha estavam cada vez piores, e meu canto e minha capacidade musical não valiam um caroço de azeitona. Força divina? Carisma? Luz? Poder de fogo? Todos exibiam placas de *esgotado*.

E a possibilidade mais humilhante: imagine se Medeia conseguisse me capturar e tentasse extrair meu poder divino, e acabasse descobrindo que não me restava nenhum?

Mas o que é isso?, gritaria aquela bruxa. *Aqui não tem nada, só esse Lester!*

E depois me mataria mesmo assim, só por garantia.

Foram todas essas possibilidades maravilhosas que embalaram nossa adorável viagem até Pasadena.

— Nunca gostei dessa cidade — murmurei. — Só me lembra programas de auditório, desfiles espalhafatosos e celebridades ultrapassadas e alcoólatras com aquele bronzeado artificial laranja.

Piper pigarreou.

— A mãe de Jason era daqui, sabe? E morreu bem aqui, num acidente de carro.

— Ah, que pena. O que ela fazia?

— Ela era uma celebridade ultrapassada e alcoólatra com bronzeado artificial laranja.

— Ah. — Fiquei esperando a pontada de constrangimento passar. Levou vários quilômetros. — Então por que Jason quis continuar estudando nesse lugar?

Piper agarrou o volante.

— Depois que terminamos, ele pediu transferência para um colégio interno só para garotos. Fica lá para cima, nas colinas, fora da cidade. Você vai ver. Acho que ele queria uma coisa diferente, mais tranquila e distante. Sem drama.

— Ah, então ele vai *adorar* receber nossa visita — murmurou Meg, olhando pela janela.

Seguimos para fora da cidade, subindo as colinas. Quanto mais alto subíamos, mais as casas iam ficando impressionantes e magníficas, mas até ali, na terra das mansões, as árvores tinham começado a morrer e as bordas dos gramados bem-cuidados estavam secando. Quando até os bairros mais ricos eram afetados pela falta de água e pelo calor acima da média, era *certeza* que a situação estava séria. Os ricos e os deuses eram sempre os últimos a sofrer.

A escola de Jason ficava no topo de uma colina; era um campus imenso, com prédios de tijolos amarelados intercalados com pátios ajardinados e trilhas margeadas por acácias. Logo em frente, delicadas letras de bronze afixadas a um muro baixo de tijolos informavam: COLÉGIO INTERNO EDGARTON.

Estacionamos em uma rua residencial próxima, garantidos pela estratégia de Piper de "se for rebocado, é só a gente pedir algum outro emprestado".

Um segurança estava parado na entrada, mas Piper explicou que tínhamos permissão para entrar, e o guarda, mesmo parecendo muito confuso, concordou e afirmou que sim, é claro que tínhamos permissão para entrar.

As salas de aula davam para os pátios, e os armários dos alunos ficavam em corredores abertos — um ambiente escolar que não funcionaria em Milwaukee, com sua temporada de nevascas, mas que ali, no sul da Califórnia, só evidenciava como os locais consideravam aquele eterno clima ameno apenas natural. Eu duvidava até que as salas tivessem ar-condicionado. Se Calígula continuasse cozinhando deuses naquele Labirinto de Fogo, o comitê escolar de Edgarton teria que repensar sua arquitetura.

Mesmo insistindo que se distanciara da vida de Jason, Piper sabia o horário dele de cor e nos guiou até a sala do quarto tempo do dia. Espiando pela janela, vi doze jovens alunos. Estavam todos de blazer azul, camisa social, gravata vermelha, calça cinza e sapatos brilhantes, parecendo estagiários de uma firma de advocacia. Na frente da sala, acomodado em uma cadeira de lona típica de diretor de cinema, um professor de barba metido num terno tweed lia um exemplar de *Júlio César*.

Ugh. Will Shakespeare. Quer dizer, sim, claro que ele era bom, mas *até ele* ficaria horrorizado com a quantidade de horas que os adultos mortais passavam falando sobre suas peças para adolescentes entediados, com a quantidade de cachimbos, paletós tweed, bustos de mármore e dissertações ruins que até *as piores* peças dele inspiraram. Enquanto isso, ninguém dá a mínima para o coitado do Christopher Marlowe. E Chris era *muito* mais bonito.

Mas divago.

Piper deu uma batidinha e abriu a porta. Os jovens de repente pareceram muito interessados. Ela falou com o professor, que abriu um sorriso e fez um sinal de *pode ir* para um jovem na fileira do meio.

Um momento depois, Jason Grace se juntou a nós no corredor.

Eu só tinha visto o rapaz algumas vezes: quando ele era pretor no Acampamento Júpiter, quando visitou Delos e, pouco depois, quando lutamos lado a lado contra os gigantes, lá no Parthenon.

Acho que ele lutou bem, mas a verdade é que eu não estava muito atento aos acontecimentos. Naquela época, eu ainda era um deus, e Jason era só mais um herói na tripulação de semideuses do *Argo II*.

Mas, observando o garoto agora, ele parecia bem impressionante em seu uniforme escolar. O cabelo louro curtinho, os olhos azuis brilhando por trás dos óculos de aro preto. Jason fechou a porta da sala ao sair, abraçou os livros e forçou um sorriso. Uma pequenina cicatriz branca marcava um dos cantos do lábio.

— Piper. Oi.

Era incrível como Piper conseguia parecer tão calma. Depois de tantos términos complicados, eu já sabia que a coisa nunca ficava fácil, e Piper não tinha a vantagem de poder transformar o ex em árvore ou de simplesmente esperar que a vida curta e mortal dele acabasse para voltar a dar as caras na Terra.

— Oi — respondeu ela, com um leve toque de tensão na voz. — Estes são...

— Meg McCaffrey — interrompeu Jason. — E Apolo. Eu estava esperando por vocês.

Mesmo que estivesse nos aguardando, ele não parecia muito animado. Na verdade, ele falou aquilo como se dissesse: *eu estava esperando o resultado do meu eletroencefalograma de emergência.*

Meg examinou Jason de cima a baixo, como se julgasse os óculos do garoto bem inferiores aos dela.

— É?

— É. — Jason olhou para os dois lados do corredor. — Vamos para o meu quarto. Aqui não é seguro.

22

No meu projeto escolar
Fiz um templo pagão
No Banco Imobiliário

NO TRAJETO ATÉ O quarto de Jason, passamos por um professor e dois monitores, mas, graças ao charme de Piper, todos concordaram que era perfeitamente normal nós quatro (inclusive duas meninas) irmos para o alojamento em pleno horário de aula.

Quando chegamos, Piper parou à porta e disse:

— Defina "aqui não é seguro".

— Há monstros infiltrados no corpo docente. Estou de olho na professora de história. Tenho quase certeza de que ela é uma *empousa*. Já tive que matar meu professor de cálculo avançado, porque ele era um *blemmyae*.

Se tais palavras saíssem da boca de um mortal, ele seria tachado de louco e homicida, mas, quando se tratava de semideuses, era só a descrição de mais um dia na Terra.

— *Blemmyae*, é? — Meg reavaliou Jason, como se decidindo que os óculos dele talvez não fossem tão feios. — Eu odeio *blemmyae*.

Jason deu um sorrisinho e nos mandou entrar.

Eu diria que o lugar era *espartano*, mas já tinha visto os alojamentos dos verdadeiros espartanos — eles achariam o quarto do filho de Júpiter absurdamente confortável.

O espaço de quatro metros quadrados tinha uma estante, uma cama, uma mesa e um armário. O único luxo era uma janela aberta com vista para os cânions, deixando um aroma de jacinto preencher o ar. (*Tinha* que ser de jacinto? Sempre me dá um aperto no peito quando sinto esse cheiro, mesmo depois de milhares de anos.)

Na parede de Jason havia uma foto sorridente da irmã dele, Thalia, com um arco nas costas, o cabelo escuro e curto bagunçado pelo vento. Exceto pelos olhos azuis, ela não se parecia em nada com o irmão.

Se bem que nenhum deles se parecia comigo, e, como filho de Zeus, eu era tecnicamente irmão deles. Eu cheguei a flertar com Thalia, o que… eca. Maldito seja você, pai, por ter tantos filhos! Por sua causa, namorar se tornou um campo minado ao longo dos milênios.

— Sua irmã mandou um oi — falei.

Os olhos de Jason se iluminaram.

— Vocês se encontraram?

Então contei tudo que aconteceu no período que passamos em Indianápolis: a Estação Intermediária, o imperador Cômodo, as Caçadoras de Ártemis chegando de rapel no estádio de futebol para nos salvar. Voltei mais um pouco e expliquei a questão do Triunvirato e todas as coisas horríveis que aconteceram comigo desde que saí daquela caçamba de lixo em Nova York.

Piper estava sentada no chão, de pernas cruzadas e encostada na parede, o mais longe possível da opção mais confortável, a cama. Meg estava de pé ao lado da escrivaninha de Jason, examinando algum projeto escolar, uma placa de isopor com pequenas caixinhas de plástico em cima, talvez representando prédios.

Quando mencionei casualmente que Leo estava vivo, bem e ocupado em uma missão no Acampamento Júpiter, todas as tomadas soltaram fagulhas. Jason olhou para Piper, atordoado.

— Pois é — disse ela. — Depois de tudo que passamos.

— Eu nem consigo… — Jason se sentou na cama, exausto. — Não sei se choro de felicidade ou de raiva.

— Para que escolher? — resmungou Piper. — Faça as duas coisas.

— Ei, o que é isto? — perguntou Meg.

Jason ficou vermelho.

— Um projeto pessoal.

— É a Colina dos Templos — respondeu Piper, o tom cautelosamente neutro. — No Acampamento Júpiter.

Eu me aproximei para olhar melhor. Piper tinha razão. Reconheci a disposição dos templos e santuários onde os semideuses do Acampamento Júpiter homenageavam as deidades antigas. Cada construção era representada por uma caixinha de plástico, os nomes dos santuários em etiquetas manuscritas coladas no isopor. Jason até marcou as linhas de elevação, apontando os níveis topográficos da colina.

Encontrei meu templo: Apolo, simbolizado por uma construção de plástico vermelho. Não era nem de longe tão bonita quanto a real, com o teto dourado e as filigranas de platina, mas achei melhor não expor minhas observações aos colegas presentes.

— São casinhas de Banco Imobiliário? — perguntou Meg.

Jason deu de ombros.

— Eu usei o que tinha, as casas verdes e os hotéis vermelhos.

Dei mais uma olhada na maquete. Eu não surgia em toda a minha glória na Colina dos Templos fazia um tempo, mas no projeto de Jason o lugar parecia mais cheio do que na minha lembrança. Havia pelo menos vinte pontos que eu não reconhecia.

Eu li algumas das etiquetas.

— Cimopoleia? Caramba, eu não penso nela há séculos! Por que os romanos construíram um santuário para ela?

— Ainda não construíram — disse Jason. — Mas eu prometi a ela que construiriam. Ela... nos ajudou em nossa viagem a Atenas.

Do jeito que ele falou, concluí que a ajudinha dela significava algo mais parecido com *ela concordou em não nos matar*, o que tinha muito mais a ver com a personalidade de Cimopoleia.

— Eu falei para ela que não deixaria que nenhum deus fosse esquecido — continuou Jason —, nem no Acampamento Júpiter, nem no Acampamento Meio-Sangue. Vou garantir que *todos* tenham algum tipo de santuário nos dois acampamentos.

— Jason passou um tempão fazendo os desenhos — disse Piper. — Depois dá uma olhada no caderno dele.

Jason franziu a testa, sem saber se aquilo era um elogio ou uma crítica. O cheiro de eletricidade ficou mais forte.

— Bem — disse ele por fim —, os desenhos não são nada de mais, na verdade. Vou pedir ajuda a Annabeth para fazer as plantas de verdade.

— Homenagear os deuses é uma tarefa nobre — falei. — Você devia sentir orgulho do seu trabalho.

Jason não parecia nem um pouco orgulhoso, e sim preocupado. Eu me lembrei do que Medeia dissera sobre o encontro do semideus com o oráculo: *A verdade foi o suficiente para destruir o pobre Jason Grace.* Ele não parecia destruído. Mas eu também não parecia Apolo.

— Por que Potina ganhou uma casa e Quirino, um hotel? — perguntou Meg.

— A escolha das peças foi aleatória — admitiu Jason. — Só usei os objetos para marcar as posições.

Franzi a testa. Jurava que a minha peça era um hotel, e não uma casa, como a de Ares, porque eu era mais importante.

Meg deu uma batidinha na peça da mãe.

— Deméter é legal. Você tinha que botar os deuses legais perto dela.

— Meg — repreendi —, não dá para aglomerar os deuses por quem é mais *legal*. Imagina quantas brigas isso não causaria?

Além do mais, pensei, *todo mundo ia querer ficar do meu lado.* Será que eu continuaria sendo tão amado quando e *se* voltasse ao Olimpo?, foi a pergunta amarga que me fiz. Meu tempo como Lester mancharia minha reputação para sempre? Será que eu seria visto como um pateta mortal por toda a eternidade?

— Enfim... — interrompeu Piper. — Vamos ao que interessa: o Labirinto de Fogo.

A garota não acusou Jason de esconder informações. Não contou a ele o que Medeia tinha dito. Só observou o ex-namorado, esperando para ver como ele reagiria.

Jason entrelaçou os dedos e olhou para a *gladius* embainhada que estava encostada na parede, ao lado de um taco de lacrosse e de uma raquete de tênis. (Esses colégios internos chiques realmente tinham de tudo.)

— Eu não contei a história toda para você — admitiu ele.

Piper ficou em silêncio, o que foi mais poderoso do que qualquer charme que ela poderia jogar.

— Eu... eu encontrei a Sibila — continuou Jason. — Não sei nem explicar *como*. Só caí em um lugar enorme com um poço de lava. A Sibila estava... parada na minha frente, em uma plataforma de pedra, os braços acorrentados em algemas ardentes.

— Herófila — falei. — O nome dela é Herófila.

Jason piscou, confuso, como se ainda conseguisse sentir o calor e as cinzas no aposento.

— Eu queria libertá-la — disse ele. — É claro. Mas ela me disse que não era possível. Tinha que ser... — Ele apontou para mim. — Ela me disse que era uma cilada. O Labirinto inteiro. Uma cilada para Apolo. Ela me disse que você viria me procurar. Você e Meg. Herófila disse que não havia nada que eu pudesse fazer além de ajudá-lo no que precisasse. E pediu que passasse essa mensagem: você tem que salvá-la.

Eu já sabia disso. Tinha visto e ouvido nos meus sonhos. Mas ouvir de Jason, desperto, tornou tudo pior.

Piper apoiou a cabeça na parede e ficou encarando uma infiltração no teto.

— O que mais Herófila disse?

O rosto de Jason se contraiu.

— Pipes... Piper, olha, me desculpa por não ter contado. É que...

— O que mais ela disse? — repetiu Piper.

Jason olhou para Meg e depois para mim, talvez em busca de apoio moral.

— A Sibila me disse onde encontrar o imperador — respondeu ele. — Bom, mais ou menos. Ela disse que Apolo precisaria dessa informação. Que ele precisaria de... um par de sapatos. Sei que não faz muito sentido.

— Na verdade, faz — falei.

Meg passou os dedos pelos telhados de plástico dos templos da maquete.

— Podemos aproveitar e matar o imperador enquanto estivermos roubando os sapatos dele? A Sibila disse alguma coisa sobre isso?

Jason balançou a cabeça.

— Ela só disse que Piper e eu... Nós não podíamos fazer mais nada por conta própria. Tinha que ser Apolo. Se tentássemos... seria perigoso demais.

Piper soltou uma risada seca, levantando as mãos como se estivesse fazendo uma oferenda à infiltração no teto.

— Jason, nós passamos por *tudo* juntos, tudo. Não consigo nem contar quantos perigos enfrentamos, quantas vezes nós quase morremos. Aí agora você vem me dizer que mentiu para me proteger? Sério? Para me impedir de ir atrás de Calígula?

— Eu sabia que você teria ido — murmurou ele. — Independentemente do que a Sibila dissesse.

— Sim, *eu* teria escolhido fazer isso — disse Piper. — Não você.

Ele assentiu, desolado.

— E eu não pensaria duas vezes antes de acompanhar você, fosse qual fosse o risco. Mas do jeito que as coisas andam entre a gente... — Ele deu de ombros. — Trabalhar em equipe tem sido difícil. Eu achei... Eu decidi esperar até Apolo me encontrar. Eu mandei muito mal em não ter contado nada. Me desculpe.

Ele ficou olhando fixamente para a Colina dos Templos, como se estivesse tentando encontrar um lugar para o santuário do deus de quem se sente mal por relacionamentos fracassados. (Ah, não, me confundi. Esse templo já existia. Era o de Afrodite, a mãe de Piper.)

A garota respirou fundo.

— A questão aqui não somos eu e você, Jason. Sátiros e dríades estão morrendo. Calígula está planejando se transformar em um novo deus do Sol. Hoje é a lua nova, e algo muito ruim está prestes a acontecer no Acampamento Júpiter. Enquanto isso, Medeia está naquele labirinto, lançando fogo titã por aí...

— *Medeia*? — Jason se sentou, confuso. A lâmpada no abajur da escrivaninha explodiu e fez chover cacos de vidro na maquete. — Espera aí. O que Medeia tem a ver com isso? E que história é essa de lua nova e Acampamento Júpiter?

Pensei que talvez Piper fosse se recusar a compartilhar a informação, só de raiva, mas ela não fez isso. A garota resumiu para o ex-namorado a profecia de Indiana, que previa corpos enchendo o Tibre, e explicou o projeto culinário de Medeia com o avô.

Jason fez uma cara péssima; parecia que nosso pai tinha jogado um raio nele.

— Eu não tinha a menor ideia de nada disso.

Meg cruzou os braços.

— Então, você vai ajudar a gente ou não?

Jason hesitou, certamente sem saber o que responder à garotinha assustadora com roupa camuflada azul-turquesa.

— C-claro — disse ele, por fim. — Vamos precisar de um carro. E eu vou precisar de uma desculpa para sair do campus.

Ele olhou para Piper, que se levantou.

— Tudo bem. Vou passar na secretaria. Meg, você vem comigo, para o caso de encontrarmos a tal *empousa*. Encontramos vocês no portão. E, Jason…?

— O quê?

— Se você estiver escondendo mais alguma coisa…

— Certo. Eu… eu entendi.

Piper saiu do quarto. Meg me olhou com uma cara de *Tem certeza?*.

— Pode ir — falei. — Vou ajudar Jason a pegar algumas coisas para a viagem.

Quando as garotas saíram, olhei bem nos olhos de Jason Grace e, de um filho de Zeus/Júpiter para outro, falei:

— Tudo bem. O que a Sibila *realmente* disse para você?

23

Olha só que dia lindo!
Ah, não, era engano
Foi só mais uma mentira

JASON DEMOROU PARA RESPONDER.

Ele tirou o paletó, que guardou no armário, desatou a gravata e a pendurou em um gancho na parede. Aquela cena me lembrou meu velho amigo Fred Rogers, apresentador de programas infantis — ele irradiava a mesma calma e concentração ao pendurar suas roupas de trabalho. Fred sempre me deixava dormir no sofá dele depois de um dia difícil como deus da poesia. Ele me oferecia biscoitos e leite e cantava até eu me sentir melhor. Minha favorita era "It's You I Like". Ah, como aquele mortal fazia falta!

Depois de todos aqueles procedimentos, Jason prendeu a gládio na cintura. De óculos, camisa social, calça, mocassins e espada, ele parecia menos o sr. Rogers e mais um advogado armado.

— Por que você acha que estou escondendo alguma coisa?

— Ora, por favor! Não tente enrolar, ainda mais quando o assunto é profecia. Não com o deus das profecias e da enrolação.

Jason soltou um suspiro, então dobrou as mangas da camisa, revelando a tatuagem romana na parte interna do antebraço, o emblema de raio do nosso pai.

— Primeiro, não foi bem uma profecia. Parecia mais as perguntas de um jogo de perguntas e respostas da tevê.

— Sim, é assim que a Herófila profetiza.

— E você sabe como são as profecias. Podem ser difíceis de interpretar, mesmo se o oráculo for simpático.

— Jason...

— Ah, está bem. A Sibila disse... Ela disse que, se Piper e eu formos atrás do imperador, um de nós vai morrer.

Morrer. A palavra caiu entre nós com um baque, como um peixão estripado num balcão de cozinha.

Fiquei esperando uma explicação. Jason encarava a base de isopor da maquete da Colina dos Templos como se quisesse dar vida ao diorama com sua mera força de vontade.

— Morrer — repeti.

— É.

— Não foi *desaparecer*, nem *não voltar*, nem *ser derrotado*.

— Não. Foi *morrer*. Ou, mais precisamente: *seis letras, começa com M*.

— Não pode ser *morder*? Nem *mandar*?

Ele ergueu uma das sobrancelhas louras e finas.

— *Se forem atrás do imperador, um de vocês vai... mandar?* Não, Apolo. Só podia ser *morrer*.

— Mas, mesmo assim, isso pode significar muitas coisas. Pode ser uma viagem ao Mundo Inferior. Ou pode ser uma morte como a de Leo, que voltou à vida na mesma hora. Pode ser ...

— Agora é *você* quem está enrolando — argumentou Jason. — A Sibila falou de morte. Final. Real. Sem replay. Só estando lá para ver. Ela falou de um jeito... A não ser que você tenha um frasco de cura do médico sobrando...

Jason sabia muito bem que eu não tinha nada disso. Só meu filho Esculápio, deus da medicina, é que tinha acesso à cura do médico que trouxera Leo Valdez de volta à vida. E, como Esculápio queria evitar uma guerra contra Hades, era raro distribuir amostras. Raro tipo: nunca. Leo foi o primeiro sortudo em quatro mil anos, e provavelmente seria o último.

— Mas, mesmo assim... — Busquei teorias alternativas e brechas para a interpretação. Eu não gostava nem de pensar em morte permanente. Como imortal, aquilo era oposto à minha consciência. Por melhor que pudesse ser a pós-vida (e olha que a maioria não chegava nem a ser *boa*), viver ainda era melhor. O calor do Sol de verdade, as cores vibrantes do mundo lá em cima, a comida... Olha, sério: nem os Campos Elísios eram melhores.

O olhar de Jason era implacável. Tive a impressão de que, naquelas semanas desde sua conversa com Herófila, ele já tinha imaginado todos os possíveis cenários. Jason já não estava mais *barganhando* com aquela profecia; tinha passado ao estágio de aceitação da morte. Ele a aceitara na mesma medida que Piper McLean tinha aceitado Oklahoma.

Eu não gostava nada disso. A calma de Jason me lembrou outra vez Fred Rogers, mas de um jeito meio exasperante. Como alguém podia ser assim, aceitando as coisas e mantendo a cabeça no lugar o tempo todo? Às vezes eu só queria que ele ficasse com raiva, que gritasse e esperneasse, chutando os mocassins para o outro lado do quarto.

— Vamos supor que você esteja certo. Por que não contou a verdade a Piper?

— Você sabe o que aconteceu com o pai dela. — Jason examinou os calos nas mãos, prova de que não tinha parado de praticar com a espada. — Ano passado, quando o salvamos do gigante do fogo, lá no Monte Diablo... a cabeça do sr. McLean não ficou nada bem. Agora, com o estresse da falência e tudo o mais... Dá para imaginar o que aconteceria se ele perdesse a filha também?

Eu me lembrei do astro de cinema desgrenhado andando de um lado para outro na frente de casa, procurando moedas imaginárias.

— Sim, mas não dá para saber *como* a profecia vai se desenrolar.

— Eu não posso deixar que ela se desenrole com a morte de Piper. Ela e o pai estão prontos para sair da cidade agora no fim da semana. Na verdade, ela... não sei se dá para dizer que está *empolgada*, mas está no mínimo aliviada por sair de Los Angeles. Desde que nos conhecemos, tudo que ela queria era ter mais tempo com o pai. E agora eles têm a chance de recomeçar. Piper pode ajudar o pai a levar uma vida mais tranquila. E talvez até possa encontrar um pouco de tranquilidade para si mesma.

A voz dele falhou. Provavelmente por culpa, ou talvez fosse arrependimento ou medo.

— Você queria que ela saísse da cidade em segurança — deduzi. — E depois iria sozinho atrás do imperador.

Jason deu de ombros.

— Bem, eu estaria com você e com Meg. Eu sabia que vocês viriam atrás de mim, já que Herófila me contou. Se você tivesse esperado mais uma semana...

— E aí? Você ia deixar a gente saltitar alegremente até a sua morte? E como isso afetaria *a tranquilidade* de Piper quando ela descobrisse?

Jason ficou com as orelhas vermelhas. Só então reparei como ele era jovem. Tinha no máximo dezessete anos — o que era mais velho do que minha forma mortal, é verdade, mas não muito. Ele tinha perdido a mãe. Depois ainda tinha sobrevivido ao treinamento puxado de Lupa, a deusa-loba, e crescido com a disciplina da Décima Segunda Legião, no Acampamento Júpiter. Tinha lutado contra gigantes e titãs e ajudado a salvar o mundo pelo menos duas vezes. Mas, pelos padrões mortais, nem era adulto. Não tinha idade para votar ou sequer para beber.

E, apesar de toda essa experiência, será que era justo esperar que ele raciocinasse friamente e considerasse os sentimentos de todos enquanto ainda ponderava sobre a própria morte?

Tentei suavizar o tom.

— Você não quer que Piper morra, eu entendo. Ela também não ia querer que *você* morresse. Mas evitar profecias não dá certo. E *muito menos* guardar segredos de amigos, principalmente segredos mortais. Nossa tarefa é enfrentar Calígula juntos, roubar os sapatos daquele maníaco homicida e fugir *sem* a palavra de seis letras começando com M.

A cicatriz no canto da boca de Jason tremeu.

— Mandão?

— Ah, você é ridículo — protestei, mas a piadinha dissolveu um pouco da tensão que me assolava. — Está pronto?

Ele olhou para a foto da irmã, Thalia, e para a maquete da Colina dos Templos.

— Se alguma coisa acontecer comigo...

— Pare com isso.

— Se alguma coisa acontecer, se eu não puder cumprir a promessa que fiz a Cimopoleia... você pode levar meu projeto para o Acampamento Júpiter? Os desenhos dos novos templos nos dois acampamentos estão ali na prateleira.

— Você mesmo vai levar isso para lá — insisti. — E seus novos santuários vão honrar os deuses. Vai ser um sucesso: é um projeto honrado demais para falhar.

Ele tirou um caco de vidro do hotel de Zeus.

— A honra nem sempre importa. Pense só no que aconteceu com você. Já conversou com nosso pai desde...?

Ele teve a decência de não continuar. *Desde que você caiu numa lixeira no corpo de um gorducho de dezesseis anos sem nenhuma habilidade.*

Engoli em seco, sentindo aquele gosto de cobre no ar. As palavras do meu pai ribombaram das profundezas de minha pequena mente mortal: *SUA CULPA. SUA PUNIÇÃO.*

— Zeus não fala comigo desde que me tornei mortal. E minha memória do que aconteceu antes disso é muito confusa. Eu me lembro da batalha do verão passado, lá no Parthenon, e me lembro de Zeus jogando um raio em mim. Depois disso, não há nada até eu acordar caindo do céu, em janeiro... *Nada.*

— Sei como é isso de perder seis meses da sua vida. — Ele me encarou com um olhar sofrido. — Me desculpe por não ter conseguido ajudar mais.

— Como assim? O que mais você poderia ter feito?

— Ah, lá no Parthenon. Tentei conversar com Zeus, falei que era errado punir você. Mas o pai não quis ouvir.

Fiquei olhando para ele sem entender, sentindo o que restava da minha eloquência natural entalada na garganta. Jason Grace tinha feito *o quê*?

Zeus tinha muitos filhos; ou seja, eu tinha muitos meios-irmãos e meias-irmãs. Mas, com exceção de minha irmã gêmea, Ártemis, eu nunca tinha me sentido próximo de nenhum outro filho de Zeus. E *nunca* nenhum irmão tinha me defendido para nosso pai. Aliás, era mais provável que meus irmãos olimpianos tentassem escapar da fúria de Zeus me acusando, aos berros: *foi Apolo!*

E aquele jovem semideus tinha me defendido — sem o menor motivo para isso, aliás. Ele mal me conhecia, mas arriscou a própria vida e enfrentou a fúria de Zeus.

Meu primeiro instinto foi gritar: *VOCÊ É DOIDO?*

Por sorte, logo surgiram palavras mais apropriadas.

— Obrigado.

Jason me segurou pelos ombros — não com raiva, nem mesmo com agressividade; foi mais de um jeito meio fraternal.

— Quero que você me prometa uma coisa: aconteça o que acontecer, quando voltar para o Olimpo, quando voltar a ser deus, quero que você *se lembre*. Não esqueça como é ser humano.

Algumas semanas antes, eu teria rido com deboche. *Por que eu iria querer me lembrar disso?*

No máximo, se eu tivesse sorte de recuperar meu trono divino, a memória da experiência horrenda seria como um filme de terror ruim que finalmente havia terminado. Eu sairia do cinema pensando: *Ufa! Ainda bem que acabou!*

Mas, depois de tudo pelo que passei na Terra, eu tinha uma ideia do que Jason queria dizer. A experiência me ensinou muito sobre a fragilidade e a força dos humanos, e, sendo mortal, eu me sentia… diferente em relação a eles. Aquilo no mínimo me serviria de inspiração para uma nova música!

Mas fiquei relutante em prometer qualquer coisa, até porque eu já estava vivendo sob a maldição de *uma* promessa quebrada. Lá no Acampamento Meio-Sangue, eu me precipitei e jurei pelo rio Estige que não usaria minhas habilidades de arquearia e de música até voltar a ser deus. Mas logo quebrei essa promessa, e, desde então, minhas habilidades estavam se deteriorando.

E eu tinha certeza de que o espírito vingativo do rio Estige ainda não estava satisfeito. Naquele momento, eu quase conseguia sentir a dríade me olhando de cara feia, lá do Mundo Inferior, como quem diz: *Que direito você tem de prometer o que quer que seja, seu quebrador de promessas?*

Mas qual seria a alternativa? Era o mínimo que eu podia fazer por aquele mortal tão corajoso que me defendeu mesmo quando ninguém mais ousou estender a mão para mim.

— Eu prometo. Vou me esforçar ao máximo para lembrar dessa experiência humana. Mas *você* precisa prometer que vai contar a verdade sobre a profecia para a Piper.

Jason deu um tapinha em meus ombros.

— Combinado. Falando nelas, as garotas devem estar esperando.

— Só mais uma coisa — pedi, falando sem pensar. — É sobre Piper. É que… vocês dois parecem um casal tão legal, tão saudável. Você quer mesmo… Ah, você terminou para que ficasse mais fácil para ela ir embora de Los Angeles?

Jason me encarou com seus olhos azuis.

— Ela disse isso?

— Não. Mas Mellie pareceu tão... hã, *chateada* com você...

Jason refletiu.

— Mellie pode me culpar à vontade, não ligo. Acho que é até melhor.

— Então não é verdade?

Notei certa tristeza no olhar de Jason, quase como uma lufada de fumaça ofuscando o céu azul por alguns instantes. Eu me lembrei de Medeia dizendo: *A verdade foi o suficiente para destruir o pobre Jason Grace.*

— Foi a Piper que terminou comigo — explicou, baixinho. — Já faz meses, muito antes do Labirinto de Fogo. Bem, vamos logo. Vamos encontrar Calígula.

24

Venha para Santa Bárbara!
Aqui você vê
Surfistas, peixes, romanos!

ERA UMA PÉSSIMA NOTÍCIA tanto para nós quanto para o sr. Bedrossian, mas não havia nem sinal do Cadillac Escalade na rua onde ele estava estacionado.

— Ih, o carro foi rebocado — anunciou Piper, muito tranquila, como se aquilo fosse comum.

Ela voltou até a secretaria da escola, de onde saiu alguns minutos depois dirigindo uma van verde e dourada da Edgarton.

Piper parou e abriu a janela.

— E então, crianças: prontos para o nosso passeio?

Jason não parava de olhar pelo retrovisor do passageiro enquanto o carro se afastava da escola; parecia nervoso, talvez com medo de um segurança nos abordar e exigir nossa autorização para sair do campus e ir matar um imperador romano. Mas ninguém foi falar com a gente.

— Para onde vamos? — perguntou Piper, logo que chegamos à estrada.

— Santa Bárbara. — respondeu Jason.

Ela franziu a testa, como se a resposta de Jason fosse só um pouco mais surpreendente do que *Uzbequistão*.

— Então tá.

Ela seguiu as placas para a Rodovia 101.

Daquela vez, para variar, torci para pegarmos bastante trânsito, já que não estava nem um pouco ansioso para ver Calígula. Só que as ruas estavam quase vazias;

parecia que as estradas da Califórnia tinham ouvido minhas reclamações e agora queriam vingança.

Ah, então passe rapidinho, Apolo!, parecia dizer a Rodovia 101. *Espero que você tenha uma ótima viagem até a morte humilhante que o espera!*

Ao meu lado, no banco de trás, Meg batucava nos joelhos.

— Falta muito?

Eu não conhecia Santa Bárbara muito bem. Estava torcendo para que Jason dissesse que tínhamos que ir para bem longe, lá depois do Polo Norte, talvez. Não que eu quisesse ficar tanto tempo preso com Meg numa van, mas aí pelo menos poderíamos dar uma paradinha no Acampamento Júpiter e alistar um esquadrão de semideuses bem armados.

— Mais ou menos duas horas — respondeu Jason, destruindo minhas esperanças. — Vamos subir a costa até aquele píer, Stearns Wharf.

— Você já foi lá? — perguntou Piper.

— Eu… Já. Fui com Tempestade, dar uma olhada na área.

— Tempestade? — perguntei.

— É o cavalo dele — explicou Piper. Então virou outra vez para Jason: — Você foi lá sozinho?

— Bem, Tempestade é um *ventus* — corrigiu Jason, ignorando a pergunta de Piper.

Meg parou de batucar nos joelhos.

— Tipo aquelas coisas de vento que a Medeia tinha?

— Só que Tempestade é simpático. Eu meio que… não é bem domar, mas ficamos amigos. Ele costuma aparecer quando eu chamo e me deixa cavalgar.

— Um cavalo de vento. — Meg parou um pouco para pensar, sem dúvida comparando os méritos de um *ventus* aos de seu bebê pêssego. — Deve ser irado.

— Voltando ao que importa — interveio Piper —, por que você foi dar uma olhada em Stearns Wharf?

Jason pareceu tão desconfortável que fiquei com medo de ele sem querer explodir o sistema elétrico da van.

— A Sibila. Ela me disse que era lá que eu encontraria Calígula. É um dos lugares onde ele para.

Piper franziu a testa, confusa.

— Onde ele *para*?

— O palácio dele não é bem um palácio. Vamos ter que procurar por um barco.

Senti um nó no estômago, que decidiu ir sozinho pegar a saída mais próxima para Palm Springs.

— Ah... — comentei.

— *Ah?* — perguntou Meg. — *Ah* o quê?

— Ah, faz sentido. Na Roma Antiga, Calígula era famoso por suas barcas do prazer, enormes palácios flutuantes com casas de banho, teatros, estátuas giratórias, pistas de corrida, milhares de escravos...

Eu me lembrava de como Poseidon ficara enojado ao ver Calígula passear pela Baía da antiga cidade de Baiae — embora eu ache que talvez fosse só inveja porque o palácio *dele* não tinha estátuas giratórias.

— Mas isso explica por que vocês tiveram tanta dificuldade de encontrar o imperador. Ele pode ir de porto em porto sempre que quiser — comentei.

— É — concordou Jason. — Ele não estava quando eu fui. Acho que a Sibila quis dizer que eu o encontraria em Stearns Wharf *quando fosse a hora*. E acho que a hora é agora. — Ele se remexeu no banco, inclinando-se para o mais longe possível de Piper. — Falando na Sibila... Tem mais um detalhe que eu não compartilhei sobre essa profecia.

Então ele contou a verdade para Piper sobre a palavra de seis letras que começava com M e não era *morder*.

Piper recebeu a notícia surpreendentemente bem, sem bater nele ou erguer a voz. Ela só ouviu e ficou em silêncio por um quilômetro, mais ou menos.

Até que finalmente balançou a cabeça.

— É um detalhe e tanto.

— Eu devia ter contado.

— É, devia. — Ela girou o volante com a força exata para torcer o pescoço de uma galinha. — Ainda assim... posso ser sincera? Acho que, no seu lugar, eu talvez fizesse a mesma coisa. Também não ia querer que você morresse.

— Então não está brava? — perguntou Jason, surpreso.

— Eu estou furiosa.

— Ah.

— Estou furiosa, mas compreendo.

— Certo.

Reparei em como a conversa fluía fácil entre eles, mesmo quando envolvia questões difíceis. Os dois pareciam se entender bem. Eu me lembrei de Piper falando que ficou desesperada quando se separou de Jason, lá no Labirinto de Fogo, como ela não conseguia suportar a ideia de perder outro amigo.

Mais uma vez, fiquei imaginando o que havia por trás daquele término.

As pessoas mudam, dissera Piper.

Nota dez no quesito blá-blá-blá, garota, mas eu queria saber *os podres*.

— E então, mais alguma surpresa? Algum outro *detalhe* que você esqueceu de mencionar?

Jason balançou a cabeça.

— Acho que é só isso.

— Tudo bem, então. Vamos ao píer e procuramos o barco. Encontramos as botinhas mágicas de Calígula e o matamos se surgir a oportunidade. Mas eu *não* vou deixar você morrer, e vice-versa.

— Não *me* deixem morrer também — acrescentou Meg. — Nem o Apolo.

— Obrigado, Meg. Ouvir isso de você aquece meu coração, ele está quentinho como um burrito descongelado no micro-ondas — comentei.

— Não tem de quê. — Ela enfiou o dedo no nariz, para o caso de morrer e não ter outra chance de tirar meleca. — Como a gente vai saber qual é o barco certo?

— Acho que vamos saber só de ver — respondi. — Calígula nunca foi muito sutil.

— Supondo que o barco esteja lá — acrescentou Jason.

— É melhor que esteja — alertou Piper. — Senão eu roubei essa van e tirei você da aula de física à toa.

— O que me deixou bem chateado — concordou Jason.

Eles trocaram um sorriso discreto, uma espécie de olhar que dizia *sim, ainda é tudo muito constrangedor, mas não vou deixar você morrer hoje.*

Torci para que a viagem fosse tão tranquila quanto Piper decretara, mas desconfiava que era mais provável ganharmos na Loteria dos Megadeuses do

Monte Olimpo. (E olha que o máximo que eu ganhei foram cinco dracmas em uma raspadinha.)

Seguimos em silêncio pela estrada costeira.

O Pacífico cintilava à esquerda, com surfistas cruzando as ondas e palmeiras se balançando ao sabor da brisa. À direita, as colinas secas e marrons estavam cobertas com as flores vermelhas das azaleias murchas que sofriam com o calor. Por mais que eu tentasse, não conseguia evitar pensar naquelas faixas de flores vermelhas como o sangue derramado das dríades mortas em batalha. Pensei em nossos cactos da Cisterna, fazendo de tudo para sobreviver. Eu me lembrei de Jade, arrasada e queimada no Labirinto. Era por elas que eu *tinha* que impedir Calígula. Se eu não conseguisse... *Não,* essa não era uma opção.

Quando enfim chegamos a Santa Bárbara, compreendi por que era provável que Calígula gostasse daquele lugar.

Com um pouco de imaginação, me vi novamente em Baiae, antiga cidade romana à beira-mar. A curva da costa era quase idêntica, assim como as praias douradas, as colinas pontilhadas de lindas casas brancas com telhas vermelhas, as embarcações ancoradas no porto... Até as pessoas tinham os mesmos rostos bronzeados e a mesma expressão de estupor agradável, como se só estivessem matando o tempo entre o surf matinal e o golfe vespertino.

A maior diferença era que o Monte Vesúvio não aparecia ao fundo, mas fiquei com a sensação de outra presença pairando sobre aquela linda cidadezinha, tão perigosa e explosiva quanto o vulcão.

— Calígula está aqui — anunciei quando estacionamos a van no bulevar Cabrillo.

Piper ergueu as sobrancelhas.

— Você está sentindo um distúrbio na força?

— Ah, faça-me o favor — murmurei. — Estou sentindo meu azar de sempre. Esse lugar parece tão inofensivo que *não tem como* a gente não encontrar problemas.

Passamos a tarde andando pela orla de Santa Bárbara, chegamos até a incomodar um bando de pelicanos no sapal e acordamos leões-marinhos que estavam cochilando no píer. Abrimos caminho por hordas de turistas em Stearns Wharf e, no porto, encontramos uma floresta de barcos de um só mastro que circundava alguns iates de luxo, mas nenhum parecia grande ou espalhafatoso o bastante para um imperador romano.

Jason até sobrevoou a área, fazendo um reconhecimento aéreo, mas ao voltar relatou que não havia embarcações suspeitas no horizonte.

— Você estava no seu cavalo, o Tempestade? — perguntou Meg. — Não deu para ver.

Jason sorriu.

— Não, eu só chamo Tempestade em emergências. Eu estava voando sozinho, manipulando o vento.

Meg soltou um muxoxo enquanto examinava os bolsos de sementes.

— Ah, eu só consigo chamar inhames.

Depois de um tempo, desistimos de procurar e nos sentamos em um restaurante perto da praia. Os tacos de peixe grelhado valiam uma ode à Musa Euterpe.

— Não acho má ideia desistir da busca — admiti, enchendo a boca de ceviche apimentado —, mas só se for para jantarmos.

— Isso aqui é só uma pausa rápida — avisou Meg. — E vê se acaba de comer logo.

Queria que ela não tivesse falado aquilo em forma de ordem; ficou difícil relaxar durante o restante da refeição.

Ficamos sentados no café, apreciando a brisa, a comida e o chá gelado até o Sol descer no horizonte, deixando o céu laranja no tom Acampamento Meio-Sangue. Eu me permiti ter a esperança de ter me enganado sobre a presença de Calígula. Tínhamos ido até ali em vão, que alegria! Eu estava prestes a sugerir que voltássemos para a van e talvez procurássemos um hotel, para não ter que dormir mais uma vez num saco de dormir no fundo de um poço no deserto, quando Jason se levantou.

— Ali! — Ele apontou para o mar.

O barco pareceu se materializar num raio de sol, igualzinho ao que minha carruagem do Sol fazia sempre que eu entrava no Estábulo do Poente ao fim de um longo dia. O iate era uma monstruosidade branca e cintilante, com cinco conveses acima da linha da água. As janelas cobertas de insulfilm pareciam os olhos alongados de um inseto. Como acontece com todos os barcos grandes, era difícil julgar o tamanho de longe, mas o fato de ter *dois* helicópteros a bordo, um na proa e outro na popa, além de um pequeno submarino preso em um guindaste a estibordo, informava que não se tratava de uma embarcação comum. Talvez houvesse iates maiores no mundo mortal, mas não muitos.

— *Só pode* ser esse — decretou Piper. — E agora? Será que vai atracar?

— Esperem — alertou Meg. — Olhem.

Outro iate, idêntico ao primeiro, surgiu em meio a um raio de sol, um quilômetro e meio ao sul do anterior.

— Isso é miragem, né? — perguntou Jason, inquieto. — Ou será que é cilada?

Meg grunhiu, consternada, e apontou para outro ponto no mar.

Um terceiro iate surgiu, bem entre os dois primeiros.

— Isso é loucura! — comentou Piper. — Cada um desses barcos deve custar milhões.

— Meio bilhão — corrigi. — Ou mais. Calígula sempre gostou de esbanjar. E ele é parte do Triunvirato, já faz séculos que os imperadores estão acumulando riquezas.

Outro iate apareceu no horizonte, e depois outro. Em pouco tempo havia dezenas, uma frota alinhada na entrada da enseada como uma corda em um arco.

— Não é possível. — Piper esfregou os olhos. — *Só pode* ser uma ilusão.

— Não é.

Senti um aperto no peito. Já tinha visto aquele tipo de exibição.

Enquanto olhávamos, a frota de superiates manobrou para se aproximar, ancorando com a proa de um perto da popa do outro, formando uma barreira flutuante e cintilante de pelo menos um quilômetro e meio, indo de Sycamore Creek até a marina.

— A Ponte de Barcas. Ele fez de novo.

— *De novo?* — perguntou Meg.

— Calígula… na Antiguidade… — Tentei controlar o tremor na voz. — Calígula recebeu uma profecia quando era criança. Um astrólogo romano disse que ele tinha tanta chance de se tornar imperador quanto de atravessar a Baía de Baiae a cavalo; ou seja: nenhuma. Mas Calígula *se tornou* imperador. Depois de subir ao trono, ele ordenou a construção de uma frota de barcos enormes, como esses. — Apontei para os iates à nossa frente. — Depois mandou alinhar as barcas na Baía de Baiae, formando uma ponte enorme, que ele atravessou a cavalo. Foi o maior projeto de construção flutuante já realizado. Calígula nem ao menos sabia nadar, mas isso não o impediu. Ele estava determinado a jogar seu feito na cara do destino.

Piper arregalou os olhos.

— Os mortais devem estar vendo isso, né? Ele não tem como interromper o tráfego marítimo assim sem ser notado.

— Ah, os mortais reparam — concordei. — Olhem só.

Barcos menores começaram a se reunir em volta dos iates, como moscas atraídas por um suntuoso banquete. Vi duas embarcações da Guarda Costeira, vários barcos da polícia e dezenas de botes infláveis com motores externos, todos guiados por homens de preto armados... a segurança particular do imperador.

— Eles estão *ajudando* — murmurou Meg, com a voz tensa. — Nem mesmo Nero... Ele subornava a polícia e mantinha muitos mercenários, mas nunca se exibiu *assim*.

Jason pegou a gládio.

— Por onde começamos? Onde encontramos Calígula no meio disso tudo?

Eu não queria encontrar Calígula, queria fugir. A ideia de morrer — e uma morte *permanente*, com seis letras e começando com *m*, de repente me pareceu bem próxima. Mas eu sentia que a confiança dos meus amigos estava abalada. Eles precisavam de um plano, não de um Lester apavorado e aos berros.

Apontei para o centro da ponte flutuante.

— Vamos começar no meio, que é sempre o ponto mais fraco de uma corrente.

25

Todos nós no mesmo barco
Opa — dois saíram
Quase todos no mesmo barco

JASON GRACE TINHA QUE estragar minha frase de efeito perfeita.

Enquanto andávamos pelo cais, ele chegou do meu lado e murmurou:

— Você sabe que isso não é verdade, né? O meio de uma corrente tem a mesma resistência à tração que todas as outras partes, supondo que a força seja aplicada igualmente em todas elas.

— Você está com a consciência pesada porque faltou à aula de física e quer me dar lição agora? Você entendeu o que eu quis dizer! — retruquei, sem paciência.

— Na verdade, não — disse ele. — Por que atacar no meio?

— Porque… não sei! — falei. — Porque não vão estar esperando?

Meg parou na beirada da plataforma.

— Acho que eles estão esperando tudo e qualquer coisa.

Ela estava certa. Quando o sol se pôs, os iates se acenderam como árvores de Natal gigantescas. Holofotes percorriam o céu e o mar como se estivessem anunciando a maior liquidação de colchões de água da história. Dezenas de barquinhos de patrulha cruzavam a enseada, para garantir que os moradores de Santa Bárbara não se atreveriam a usar a costa da cidade deles.

Eu me perguntei se Calígula sempre investiu tanto em segurança ou se estava de fato à nossa espera. Àquela altura, ele já devia saber que tínhamos explodido a Maluquice Militar do Macro e que havíamos confrontado Medeia no Labirinto, supondo que a feiticeira tivesse sobrevivido.

Calígula também havia aprisionado a Sibila Eritreia, o que significava que tinha acesso às mesmas informações que a profetiza dera a Jason. A Sibila podia não *querer* ajudar um imperador do mal que a mantinha algemada a correntes em brasa, mas não podia se recusar a responder a um requerente sincero fazendo perguntas diretas. A natureza da magia dos oráculos era essa. Eu supunha que o máximo que ela poderia fazer era dar respostas vagas, como dicas de palavras cruzadas *muito* difíceis.

Jason observou o movimento dos holofotes.

— Posso levar vocês voando, um de cada vez. Talvez não nos vejam.

— Acho que voar deveria ser nossa última opção — sugeri. — E precisamos encontrar uma forma de chegar lá antes de ficar muito escuro.

— Por quê? — perguntou Piper. — De noite temos mais chances, porque no escuro dá para se esconder melhor.

— Estriges — falei. — Elas começam a ficar agitadas uma hora depois de o sol se pôr.

— Estriges? — perguntou Piper.

Relatei nossa experiência com as aves demoníacas no Labirinto. Meg fez intervenções muito úteis, como *eca*, *aham* e *tudo culpa do Apolo*.

Piper estremeceu.

— Nas histórias Cherokee, as corujas são mau sinal. Geralmente são espíritos do mal ou curandeiros à espreita. Se essas estriges são como corujas gigantescas sugadoras de sangue... É, melhor não cruzarmos o caminho delas.

— Concordo — disse Jason. — Mas como vamos chegar aos navios?

— A gente pode pedir carona.

Ela levantou os braços e acenou para o bote mais próximo, a uns cinquenta metros.

— Hum... Piper? — disse Jason.

Meg conjurou suas espadas.

— Tudo bem. Quando chegarem perto, eu acabo com eles.

Eu olhei para minha jovem mestra.

— Meg, eles são *mortais*. Antes de tudo, suas espadas não vão funcionar neles. Além disso, eles não sabem para quem estão trabalhando. Nós não podemos...

— Eles estão trabalhando para o B… para o homem mau — disse ela. — Calígula.

Reparei no ato falho dela. Tive a impressão de que ia dizer *trabalhando para o Besta*.

Ela guardou as espadas, mas a voz continuou fria e determinada. De repente me veio à mente uma imagem horrível: McCaffrey Vingadora à solta no barco, distribuindo socos e sementes.

Jason olhou para mim como se perguntasse: *Você amarra a garota ou eu amarro?*

O bote se aproximou. A bordo havia três homens com roupa camuflada escura, coletes à prova de balas e capacetes. O de trás dirigia o barco. O da frente controlava o holofote. O do meio, sem dúvida o mais simpático, estava com um fuzil apoiado no joelho.

Piper acenou e sorriu para eles.

— Meg, fica quieta. Pode deixar comigo. Me deem espaço para trabalhar, por favor. O charme vai funcionar melhor se vocês não ficarem parados atrás de mim fazendo cara feia.

Fazia sentido que nos afastássemos um pouco. Nós três recuamos, mas Jason e eu tivemos que arrastar Meg.

— Oi! — gritou Piper, quando o barco chegou mais perto. — Não atirem! Somos amigos!

O barco avançava tão rápido que achei que passaria pela gente e só pararia no México. O cara do holofote pulou primeiro, surpreendentemente ágil para um sujeito todo equipado. O cara do fuzil pulou em seguida, dando cobertura enquanto o cara do motor desligava o barco.

O sr. Holofote nos avaliou de cima a baixo, a mão na arma, pronta para agir.

— Quem são vocês?

— Piper, muito prazer! — disse Piper. — Não precisa avisar a ninguém que estamos aqui. E não precisa apontar esse fuzil para a gente!

O rosto do homem se contorceu. Ele começou a abrir um sorriso similar ao de Piper, mas pareceu lembrar que seu trabalho exigia que ele fosse carrancudo e sério. O sr. Fuzil não baixou a arma, e o sr. Motor estava prestes a pegar o walkie--talkie.

— Identidades — gritou o sr. Holofote. — Todos vocês.

Ao meu lado, Meg estava nervosa, pronta para se tornar McCaffrey Vingadora. Jason tentou parecer indiferente, mas a camisa dele estalava com eletricidade.

— Claro! — concordou Piper. — Mas tenho uma ideia bem melhor. Vou colocar a mão no bolso, tá? Não se animem.

Ela tirou de lá um bolo de dinheiro, talvez uns cem dólares. Até onde eu sabia, aquilo devia ser tudo que restara da fortuna dos McLean.

— Sabem, meus amigos e eu estávamos conversando sobre o estresse que deve ser trabalhar aqui. Vocês dão duro dia e noite, e deve ser muito difícil patrulhar a costa! Estávamos sentados naquele café ali, comendo uns tacos de peixe deliciosos, e pensamos: *Ei, aqueles caras merecem descansar um pouco. Vamos pagar o jantar deles!*

Os olhos do sr. Holofote se arregalaram, como se fossem pular da cabeça.

— Descanso para jantar…?

— Claro! — disse Piper. — Podem deixar essas armas enormes de lado, jogar esse walkie-talkie fora. Vamos ficar de olho enquanto vocês comem. Peixe grelhado, tortilha de milho, ceviche, molho picante. — Ela olhou para a gente. — A comida de lá é incrível, não é, pessoal?

Soltamos um murmúrio de concordância.

— Hummm… — disse Meg.

Respostas monossilábicas eram com ela mesma.

O sr. Fuzil baixou a arma.

— Uns tacos de peixe viriam bem a calhar.

— Temos trabalhado tanto… — concordou o sr. Motor. — Merecemos um descanso mesmo.

— É o que estou dizendo! — Piper colocou o dinheiro na mão do sr. Holofote. — Por nossa conta. Obrigada pelo ótimo trabalho!

O cara dos holofotes olhou para o bolo de dinheiro.

— Mas a gente não pode…

— Comer com esse equipamento todo? — sugeriu Piper. — Você está certíssimo. Joguem tudo no barco: o colete, as armas, seus celulares. Isso mesmo. Fiquem à vontade!

Piper precisou de mais minutos, muito poder de persuasão e muitas gracinhas, mas finalmente os três mercenários cederam. Eles agradeceram a Piper, deram um abraço nela e saíram correndo para saborear o delicioso cardápio do restaurante na orla.

Assim que eles saíram de vista, Piper desabou nos braços de Jason.

— Caramba, você está bem? — perguntou ele.

— E-estou. — Ela se afastou, constrangida. — É mais difícil usar charme com um grupo inteiro. Mas vou ficar bem.

— Foi impressionante — falei. — Afrodite não teria se saído melhor.

Piper não pareceu feliz com a minha comparação.

— Temos que ir logo. O charme não vai durar muito tempo.

Meg grunhiu.

— A gente tinha que ter mata...

— Meg — repreendi.

— ... batido neles e deixado todo mundo inconsciente — consertou ela.

— Certo. — Jason limpou a garganta. — Todo mundo para o barco!

Estávamos andando pelo cais quando ouvimos os mercenários gritando "Ei! Parem!". Ainda meio atordoados e segurando tortillas pela metade, eles correram para dentro da água.

Felizmente, Piper tinha pegado todas as armas e todos os dispositivos de comunicação deles. Ela deu um aceno simpático, e Jason ligou o motor.

Jason, Meg e eu mais do que depressa colocamos os coletes e capacetes dos guardas. Piper continuou com suas roupas comuns, mas, como era a única do grupo que poderia vencer uma batalha apenas com blefe, ela deixou as crianças se divertirem com as fantasias.

Jason era um mercenário perfeito. Meg ficou ridícula: uma garotinha engolida pelo colete à prova de balas do pai. Eu não fiquei muito melhor. O colete apertava minha barriga. (Pneuzinhos malditos e inúteis para batalha!) O capacete era quente como um forno, e o visor ficava caindo na cara, talvez louco para esconder meu rosto cheio de espinhas.

Jogamos as armas no mar. Pode parecer besteira, mas, como já mencionei, armas de fogo são perigosas nas mãos de semideuses. Independentemente do que Meg dissesse, eu não queria andar por aí massacrando mortais.

Queria acreditar que, se aqueles mercenários realmente entendessem a quem estavam servindo, também largariam as armas. Era inconcebível que os humanos seguissem por livre e espontânea vontade um homem tão mau e perverso... Quer dizer, dá para citar centenas de casos ao longo da história em que foi isso que eles de fato fizeram... Mas eles jamais apoiariam Calígula!

Ao alcançarmos os iates, Jason reduziu a velocidade, para não ultrapassarmos as outras embarcações de patrulha.

Ele seguiu para o iate mais próximo, uma fortaleza de aço branco que se projetava acima de nós. Luzes roxas e douradas cintilavam abaixo da superfície, fazendo com que a embarcação flutuasse numa espécie de nuvem etérea de poder imperial romano. Na proa do navio, pintado em letras pretas maiores do que eu, estava o nome IVLIA DRVSILLA XXVI.

— Júlia Drusila XXVI — disse Piper. — Ela foi alguma imperatriz?

— Não. Era a irmã favorita do imperador — expliquei.

Senti um aperto no peito ao me lembrar da pobrezinha, uma garota tão linda, tão agradável, tão incrivelmente sem noção de nada. O irmão Calígula a idolatrava e se dedicava muito a ela. Quando ele se tornou imperador, insistiu que a irmã fizesse todas as refeições ao seu lado, testemunhasse todos os seus espetáculos imorais, participasse de todos os seus delírios violentos. Ela morreu aos vinte e dois anos, esmagada pelo amor sufocante de um sociopata.

— Ela deve ter sido a única pessoa que Calígula amou — falei. — Só não entendi esse número vinte e seis ao lado do nome dela.

— É porque aquele é o vinte e cinco. — Meg apontou para o barco seguinte da fila, a poucos metros do nosso.

De fato, pintado no casco havia IVLIA DRVSILLA XXV.

— Aposto que o que está atrás da gente é o número vinte e sete.

— Cinquenta iates gigantescos — refleti —, todos em homenagem a Júlia Drusila. É, isso é a cara do Calígula mesmo.

Jason observou a lateral do casco. Não havia escadas, nem alçapões e muito menos botões vermelhos com a indicação: aperte aqui para obter os sapatos de Calígula!

Não tínhamos muito tempo. Havíamos passado pelas embarcações de patrulha e pelos holofotes, mas provavelmente todos os iates tinham câmeras de segurança. Não demoraria para que alguém questionasse por que nosso bote estava parado ao lado do *XXVI*. Além disso, os mercenários que enganamos na praia deviam estar fazendo de tudo para se comunicarem com os colegas. E não nos esqueçamos das estriges, que provavelmente acordariam a qualquer momento, famintas e atentas a qualquer sinal de invasores estraçalháveis.

— Vou voar e levar vocês — decidiu Jason. — Um de cada vez.

— Eu primeiro — disse Piper. — Caso seja necessário usar o charme em alguém.

Jason se virou, e Piper passou os braços pelo pescoço dele, como se já tivessem feito isso incontáveis vezes. Os ventos sacudiram o bote, agitaram meu cabelo, e Jason e Piper voaram pela lateral do iate.

Ah, que inveja eu sentia de Jason Grace! Era algo tão prosaico navegar pelos ventos. Se eu ainda fosse deus, voaria sem dificuldade com metade das minhas manifestações terrenas amarradas nas costas. Agora, preso naquele corpo patético cheio de pneuzinhos, essa liberdade era apenas um sonho distante.

— Ei. — Meg me cutucou. — Foco.

— Ei, eu sou *puro* foco — falei, indignado. — Você é que tem que me dizer o que está se passando nessa sua cabecinha.

— Como assim? — perguntou ela, fazendo cara feia.

— Essa raiva toda… — expliquei. — Essa obsessão em matar Calígula. Essa disposição para… bater nos mercenários até eles desmaiarem.

— Eles são o inimigo.

O tom dela estava afiado como suas espadas, deixando subentendido que, se eu insistisse naquele assunto, ela poderia acrescentar meu nome à Lista de Pessoas para Bater até Desmaiarem.

Decidi usar a abordagem de Jason: navegar até meu alvo por um caminho mais demorado e mais sinuoso.

— Meg, eu já te contei sobre a primeira vez em que me tornei mortal?

Ela me olhou pelo visor do capacete ridiculamente grande.

— Você fez alguma besteira?

— Bem… é. Eu fiz besteira. Meu pai, Zeus, matou um dos meus filhos preferidos, Esculápio, por trazer pessoas de volta à vida sem permissão. É uma longa história. A questão é… Eu fiquei furioso com Zeus, mas ele era poderoso e assustador demais, e eu jamais conseguiria vencê-lo. Ele me vaporizaria em segundos. Então, me vinguei de outra forma.

Olhei para o alto do iate; nenhum sinal de Jason ou de Piper. Com sorte, isso significava que eles tinham encontrado os sapatos de Calígula e só estavam esperando que um funcionário trouxesse o tamanho certo.

— Pois é — continuei —, eu não podia matar Zeus. Então encontrei quem fazia os raios dele, os Ciclopes. Eu matei *esses caras*, para vingar Esculápio. Como punição, Zeus me fez mortal.

Meg me deu um chute na canela.

— Ai! — gritei. — Qual a necessidade disso?

— Isso é pela sua burrice — respondeu ela. — Matar os Ciclopes foi burrice.

Eu ia protestar e dizer que aquilo tinha acontecido milhares de anos atrás, mas fiquei com medo de ganhar outro chute.

— É — concordei. — Foi burrice. Mas o que quero dizer é: eu projetei minha raiva em outro alvo, um que eu considerava mais seguro. Acho que talvez você esteja fazendo o mesmo agora, Meg. Você está com raiva de Calígula porque é mais seguro do que ficar com raiva do seu padrasto.

Eu preparei minha canela para mais dor.

Meg ficou encarando os tênis.

— Não é isso que estou fazendo.

— Olha, eu não culpo você — acrescentei, mais do que depressa. — Raiva é *bom*. Quer dizer que você está fazendo progresso. Mas tenha em mente que talvez você esteja com raiva da pessoa errada. Eu não quero que você vá com tudo para cima desse imperador específico. Por mais difícil que seja de acreditar, ele é ainda mais traiçoeiro e cruel do que o Ne... o Besta.

Ela fechou os punhos.

— Já falei, não estou fazendo isso. Você não sabe de nada. Não entende nada.

— Você está certa — falei. — O que teve que aguentar na casa de Nero... eu não consigo nem imaginar. Ninguém devia sofrer assim, mas...

— Cala a boca — cortou ela.

Então, claro que eu me calei. As palavras que estava planejando dizer desceram de volta pela minha garganta.

— Você não sabe de nada — repetiu ela. — Esse tal de Calígula fez *muita* coisa contra o meu pai e contra mim. Eu posso ficar com raiva dele, se quiser. Vou matá-lo assim que tiver a chance. Vou... — Ela hesitou, como se um pensamento repentino tivesse lhe ocorrido. — Cadê o Jason? Ele já devia ter voltado.

Eu olhei para cima. Teria gritado se minha voz estivesse funcionando. Duas grandes silhuetas desciam em nossa direção num movimento controlado e silencioso no que pareciam ser paraquedas. Mas então percebi que não eram paraquedas, e sim *orelhas gigantes*. Em uma questão de segundos, pousaram graciosamente em nosso bote, um em cada ponta, as orelhas se recolhendo, as espadas na nossa garganta.

As criaturas eram muito parecidas com o guarda orelhudo que Piper acertara com o dardo na entrada do Labirinto de Fogo, só que aqueles dois eram mais velhos e tinham pelo preto. As espadas tinham pontas arredondadas com lâminas serradas duplas, apropriadas para bater e cortar. Com um estalo, reconheci as armas: eram khandas, muito usadas no subcontinente indiano. Eu ficaria orgulhoso por ter me lembrado de um fato tão obscuro se naquele momento não estivesse com a lâmina serrada de uma khanda pertinho da minha jugular.

De repente, outro estalo: eu me lembrei de uma das muitas histórias bêbadas de Dioniso sobre suas campanhas militares na Índia: que ele encontrou uma tribo perversa de semi-humanos com oito dedos, orelhas enormes e rostos peludos. Por que não pensei nisso antes? O que Dioniso me contou sobre eles...? Ah, sim. As palavras exatas foram: *Nunca,* nunca *tente lutar contra eles.*

— Vocês são *pandai* — consegui dizer. — Esse é o nome da sua raça.

O capanga ao meu lado mostrou os lindos dentes brancos.

— Somos mesmo! Agora sejam bons prisioneiros e venham conosco. Senão seus amigos morrem.

26

Ah, Florêncio e Piscadela
Preciso de uns versos
Para inserir aqui

TALVEZ JASON, O ESPECIALISTA em física, pudesse me explicar como os *pandai* voavam. Eu, sinceramente, não entendia. Mesmo comigo e com Meg a tiracolo, nossos captores conseguiram chegar ao iate só com o bater das orelhas gigantescas. Eu queria que Hermes tivesse visto. Ele nunca mais se gabaria de conseguir balançar as orelhas.

Os *pandai* nos deixaram no convés de estibordo sem cerimônia nenhuma, onde outros dois apontavam seus arcos para Jason e Piper. Um dos guardas parecia menor e mais jovem do que os outros, com pelo branco em vez de preto. A julgar pela expressão azeda no rosto, supus que era o mesmo que Piper tinha acertado com a receita especial do vovô Tom em Los Angeles.

Nossos amigos estavam ajoelhados, as mãos presas às costas, as armas confiscadas. Jason estava com um olho roxo, e a cabeça de Piper estava suja de sangue.

Na mesma hora corri até ela para ajudá-la (sendo a boa pessoa que eu era) e cutuquei a cabeça dela, tentando determinar a extensão do ferimento.

— Ai — murmurou ela, se afastando. — Eu estou bem.

— Você pode ter tido uma concussão — falei.

Jason deu um suspiro infeliz.

— Esse era o *meu* trabalho. Sou sempre eu que levo a pancada na cabeça. Desculpem, amigos. As coisas não saíram exatamente como o planejado.

O guarda maior, que tinha me carregado até ali, riu com alegria.

— A garota tentou usar charme com a gente! *Pandai*, que escutam todas as nuances da fala! O garoto tentou lutar contra a gente! *Pandai*, que são treinados desde o nascimento para dominar todas as armas! Agora todos vocês vão morrer!

— Morrer! Morrer! — gritaram os outros *pandai*, embora o mais jovenzinho, de pelos brancos, não tenha se juntado ao coro. Seus movimentos eram limitados, como se a perna acertada pelo dardo envenenado ainda não tivesse se recuperado totalmente.

Meg olhou para um inimigo de cada vez, provavelmente avaliando quantos segundos levaria para acabar com todos. As flechas apontadas para o peito de Jason e Piper complicaram o cálculo.

— Meg, não — avisou Jason. — Esses caras... eles são absurdamente bons. E rápidos.

— Rápidos! Rápidos! — gritaram os *pandai* em concordância.

Observei o convés. Não havia mais nenhum guarda correndo em nossa direção, não havia holofotes nos iluminando. Nenhuma sirene soava. Em algum lugar do barco, ouvia-se uma música suave e tranquila, uma trilha sonora bem diferente do que se esperaria em uma incursão daquela magnitude.

Os *pandai* não pareciam muito alarmados com a nossa presença. Apesar das ameaças, não tinham nos matado ainda. Até tiveram o trabalho de amarrar as mãos de Piper e Jason. Por quê?

Eu me virei para o grandão.

— Meu bom senhor, você é o *panda* chefe?

Ele grunhiu.

— A forma singular é *pandos*. *Odeio* ser chamado de *panda*. Eu tenho *cara* de panda?

Me reservei o direito de não responder à pergunta.

— Bom, sr. Pandos...

— Eu me chamo Acorde — cortou ele.

— Claro. Acorde. — Observei as orelhas majestosas e arrisquei um singelo palpite. — Imagino que você odeie que as pessoas fiquem xeretando o que você faz ou deixa de fazer.

O nariz preto e peludo de Acorde tremeu.

— De onde você tirou isso? Ouviu alguma coisa?

— Nada! — garanti a ele. — Mas aposto que você precisa tomar cuidado. Sempre tem outras pessoas, outros *pandai*, se intrometendo nos seus assuntos. É por isso... É por isso que você ainda não convocou os outros. Você *sabe* que somos prisioneiros importantes. Quer manter o controle da situação e não quer que mais ninguém leve o crédito pelo seu bom trabalho.

Os outros *pandai* resmungaram.

— Bemol, do barco vinte e cinco, está *sempre* de butuca ligada... — murmurou o arqueiro de pelo escuro.

— Levando o crédito pelas nossas ideias — disse o segundo arqueiro. — Como a armadura para orelhas.

— Exatamente! — falei, tentando ignorar Piper, que soltou um *armadura para orelhas?* sem som, incrédula. — E é por isso que, hã, antes de tomarem qualquer atitude precipitada, vocês vão querer ouvir o que tenho a dizer. Em particular.

Acorde riu com deboche.

— Ha!

Seus colegas o imitaram.

— HA-HA!

— Você está mentindo — disse Acorde. — Eu ouvi na sua voz. Está com medo. Blefando. Não tem nada a dizer.

— *Eu* tenho — disse Meg. — Eu sou enteada de Nero.

As orelhas de Acorde ficaram tão vermelhas que fiquei surpreso de ele não ter tido um piripaque.

Os arqueiros, perplexos, baixaram as armas.

— Timbre! Clave! — convocou Acorde. — Mantenham essas flechas em posição! — Ele olhou de cara feia para Meg. — Você parece dizer a verdade, garota. O que a enteada de Nero está fazendo aqui?

— Estou atrás de Calígula — disse Meg. — Para poder matá-lo.

As orelhas dos *pandai* tremeram. Jason e Piper se entreolharam, como se concluindo: *Pronto. É agora que a gente morre.*

Acorde estreitou os olhos, intrigado.

— Você diz que é enteada de Nero. Mas quer matar nosso senhor. Isso não faz sentido.

— Essa história é uma novela — falei. — Com muitos segredos, revira-voltas e chororô. Mas, se vocês nos matarem, vão ficar no escuro, sem saber de nada. Se nos levarem para o imperador, *outra* pessoa vai nos torturar e nos obrigar a contar tudo em primeira mão. Nós adoraríamos compartilhar nossa incrível jornada com vocês. Afinal, foram vocês que nos capturaram. Mas será que não tem um lugarzinho mais reservado onde pudéssemos conversar e ninguém fosse ouvir?

Acorde olhou para a proa do barco, como se desconfiasse que Vector já estaria à espreita.

— Você parece dizer a verdade, mas tem tanta fraqueza e medo na sua voz que é difícil ter certeza.

— Tio Acorde. — O *pandos* de pelos brancos falou pela primeira vez. — Talvez o garoto espinhento tenha razão. Se for informação valiosa...

— Silêncio, Clave! — cortou Acorde. — Você já nos causou muitas desgraças esta semana.

O líder *pandos* tirou mais abraçadeiras de nylon do cinto.

— Timbre, Agudo, amarrem as mãos do espinhento e da enteada de Nero. Nós vamos levá-los lá para baixo, interrogá-los e *depois* entregá-los ao imperador!

— Sim! Sim! — gritaram Timbre e Agudo.

E foi assim que três semideuses poderosos e um antigo e majestoso deus olimpiano foram amarrados e levados para o interior de um iate por quatro criaturas peludas com orelhas do tamanho de antenas parabólicas. Não foi meu melhor momento.

Como eu tinha chegado ao auge da humilhação, supus que Zeus escolheria bem aquele momento para me chamar de volta ao Olimpo, onde os outros deuses passariam as próximas centenas de anos rindo de mim.

Mas não. Eu continuei sendo o bom e patético Lester de sempre.

Os guardas nos levaram para a parte de trás do barco, que tinha seis ofurôs, um chafariz multicolorido e uma pista de dança com luzes douradas e roxas piscando, só esperando que as pessoas chegassem para a festa.

Presa na popa havia uma rampa com tapete vermelho que conectava nosso barco à proa do barco seguinte. Supus que todos os iates estivessem interligados daquela forma, só para o caso de Calígula querer pegar seu carrinho de golfe e fazer um passeio.

Os conveses superiores reluziam com suas janelas de insulfilm e exterior branco. Mais acima, a ponte de comando exibia radares, antenas parabólicas e duas bandeiras ondulantes: uma com a águia imperial de Roma e a outra com um triângulo dourado em um fundo roxo, que eu deduzi ser o logotipo da Triunvirato S.A.

Outros dois guardas protegiam as portas pesadas de carvalho que davam para o interior do convés. O cara da esquerda parecia um mercenário mortal, com o mesmo uniforme preto e colete à prova de balas dos cavalheiros que gentilmente convencemos a degustarem uns tacos de peixe. O cara da direita era um Ciclope (seu olho único e enorme o entregava). Ele tinha cheiro de Ciclope (meia de lã molhada) e se vestia como um Ciclope (jeans rasgado, camiseta preta rasgada e um porrete grande de madeira).

O mercenário humano franziu a testa ao ver nosso adorável grupo formado por captores e prisioneiros.

— O que é isso? — perguntou ele.

— Não é da sua conta, Florêncio — rosnou Acorde. — Deixe a gente passar!

Florêncio? Tive que segurar o riso, porque o doce Florêncio pesava cento e quarenta quilos, tinha cicatrizes de faca no rosto e, *para completar*, tinha um nome melhor do que Lester Papadopoulos.

— São as regras — disse Florêncio. — Se vocês trazem prisioneiros, eu tenho que comunicar.

— Ainda não. — Acorde abriu as orelhas, parecia o pescoço de uma naja. — Este é o *meu* navio. *Eu* determino a hora de comunicar. E estou dizendo que vai ser *depois* que interrogarmos esses invasores.

Florêncio olhou para o parceiro Ciclope.

— O que você acha, Piscadela?

Piscadela… Taí um bom nome para um Ciclope. Eu me perguntei se Florêncio sabia que estava trabalhando com um Ciclope — a Névoa podia ser imprevisível —, mas na mesma hora elaborei a premissa de uma sitcom sobre dois parceiros de trabalho muito atrapalhados, *Florêncio e Piscadela*. Se eu saísse dali vivo, teria que apresentar minha ideia para o pai de Piper. Talvez ele pudesse me ajudar a marcar alguns almoços e vender a ideia. Ah, deuses... Aquela temporada na Califórnia estava mexendo com a minha cabeça.

Piscadela deu de ombros.

— São as orelhas de Acorde que vão ser cortadas se o chefe ficar com raiva.

— Tudo bem. — Florêncio fez sinal para passarmos. — Divirtam-se.

Não tive muito tempo para apreciar o interior opulento do lugar: as luminárias de ouro maciço, os luxuosos tapetes persas, as obras de arte de milhões de dólares, a mobília roxa e felpuda que eu tinha certeza que pertencera ao Prince.

Não vimos nenhum outro guarda e nada de tripulação, o que era bem estranho. Se bem que, mesmo com os recursos inesgotáveis de Calígula, encontrar gente suficiente para cuidar de cinquenta superiates devia ser difícil.

Quando passamos por uma biblioteca com obras de arte penduradas nas paredes, Piper arquejou. Ela apontou com o queixo para um quadro abstrato de Joan Miró.

— Isso veio da casa do meu pai — disse ela.

— Quando sairmos daqui — murmurou Jason —, vamos levar com a gente.

— Eu *ouvi* isso. — Agudo cutucou as costelas de Jason com o cabo da espada.

Jason esbarrou em Piper, que esbarrou em um Picasso. Meg, do alto de seus quarenta e cinco quilos, achou que aquele era o melhor momento para atacar Acorde. Ela mal tinha dado dois passos quando uma flecha se cravou no tapete aos pés dela.

— Nem pense — disse Timbre.

A corda do arco vibrando era a única evidência de que ele tinha feito o disparo. Foi tão rápido que nem *eu*, o deus da arqueria, consegui acreditar no que tinha acabado de acontecer. Meg recuou.

— Eita, tá bom. Credo.

Os *pandai* nos levaram para um salão dianteiro, onde havia uma parede de vidro de cento e oitenta graus com vista para a proa. A estibordo, as luzes de Santa Bárbara cintilavam. À nossa frente, os iates formavam um colar reluzente de ametista, ouro e platina na água escura.

Aquela extravagância toda feriu meu cérebro, e olha que eu sempre adorei uma extravagância.

Os *pandai* pegaram quatro cadeiras almofadadas e nos jogaram em cima delas. Para uma sala de interrogatório, até que aquela não era ruim. Agudo andava de um lado para outro atrás da gente, a espada a postos caso alguém precisasse de uma decapitação de urgência. Timbre e Clave se posicionaram um de cada lado da fileira de cadeiras, os arcos apontados para baixo, mas com flechas preparadas para atirar. Acorde puxou uma cadeira e se sentou diante de nós, abrindo as orelhas em volta do corpo como um manto de rei.

— Aqui tem bastante privacidade — anunciou ele. — Desembuchem.

— Primeiramente — comecei —, eu preciso saber por que vocês não são seguidores de Apolo. Arqueiros incríveis, a melhor audição do mundo, oito dedos em cada mão! Vocês seriam músicos natos! Fomos *feitos* um para o outro!

Acorde me observou.

— Você é o ex-deus, né? Já ouvimos falar sobre você.

— Sou eu mesmo, Apolo em pessoa — confirmei. — Saibam que ainda dá tempo de oferecerem sua lealdade a mim.

A boca de Acorde tremeu. Torci para que ele estivesse à beira das lágrimas; talvez até se jogasse aos meus pés e implorasse pelo meu perdão.

Mas ele só uivou de tanto rir.

— E por que nós precisaríamos de deuses olimpianos? Principalmente de deuses fracos, inúteis e espinhentos?

— Mas há tantas coisas que eu poderia ensinar a vocês! — insisti. — Música! Poesia! Até haicais!

Por alguma razão que não compreendi, Jason olhou para mim e balançou a cabeça com vigor.

— Música e poesia ferem nossos ouvidos — reclamou Acorde. — Nós não precisamos disso!

— Eu gosto de música — murmurou Clave, flexionando os dedos. — Sei tocar um pouco de...

— Silêncio! — gritou Acorde. — Você podia tocar *silêncio* ao menos uma vez, sobrinho inútil!

Arrá, pensei. Mesmo entre os *pandai* havia músicos frustrados. Acorde me lembrou meu pai, Zeus, numa ocasião em que disparou furiosamente pelo corredor do Monte Olimpo (acompanhado de tempestades, trovões, relâmpagos e chuva torrencial) e ordenou que eu parasse de tocar minha cítara infernal. Foi um pedido totalmente injusto. Todo mundo *sabe* que duas da manhã é o melhor horário para praticar cítara.

Talvez eu conseguisse trazer Clave para o nosso lado. Se ao menos houvesse mais tempo... E se não estivéssemos na companhia de três *pandai* mais velhos e maiores. E se em nossa primeira interação com o cara Piper não tivesse disparado um dardo envenenado na perna dele...

Acorde se recostou na cadeira.

— Nós, *pandai*, somos mercenários. Nós *escolhemos* nossos chefes. Por que seguiríamos um deus ultrapassado como você? Houve uma época em que servimos os reis da Índia! Agora, nós servimos Calígula!

— Calígula! Calígula! — gritaram Timbre e Agudo. Mais uma vez, Clave ficou estranhamente quieto, franzindo a testa para o arco.

— O imperador só confia na gente! — gabou-se Timbre.

— É — concordou Agudo. — Ao contrário dos germânicos, *nós* nunca enfiamos espadas nele!

Eu estava prestes a comentar que aquele era um péssimo parâmetro para lealdade, mas Meg passou na minha frente.

— A noite é uma criança — disse ela. — Nós todos podíamos enfiar espadas nele.

Acorde fez um ruído debochado.

— Filha de Nero, ainda estou esperando para ouvir sua história cabeluda e saber seus motivos para querer nosso senhor morto. Espero que seja um enredo bem interessante e cheio de reviravoltas! Me convença de que vocês merecem ser levados vivos até o César, e não como meros defuntos, e talvez eu consiga uma promoção hoje! Eu *não* vou ser passado para trás de novo por algum idiota como Sustenido, do barco três, ou Compasso, do barco quarenta e três.

— Sustenido? — Piper fez um som que ficava entre um soluço e uma risada, que pode ter sido efeito da pancada na cabeça. — Vocês *todos* têm nomes de termos musicais? Meu pai entende um pouco. Ele tem uma coleção de guitarras. Bom... *tinha* uma coleção.

Acorde fez cara feia.

— Termos musicais? Não sei do que você está falando! Se estiver debochando da nossa cultura...

— Ei — disse Meg. — Você quer ou não ouvir minha história?

Nós todos nos viramos para ela.

— Hum... Meg? — falei. — Tem certeza?

Os *pandai* sem dúvida perceberam meu nervosismo, mas não consegui disfarçar. Eu não tinha ideia do que Meg pretendia dizer e se havia alguma chance de isso livrar nossa cara. Sem contar que, conhecendo Meg como eu conhecia, ela soltaria uns dez monossílabos e ponto final. Seria o nosso fim.

— Vou contar todas as reviravoltas e os dramas. — Ela estreitou os olhos. — Mas você tem *certeza* de que estamos sozinhos, sr. Acorde? Não tem mais ninguém ouvindo?

— Claro que não! — respondeu ele. — Este barco é a *minha* base. Aquele vidro é totalmente à prova de som. — Ele indicou o navio na frente do nosso. — Bemol não vai ouvir nada!

— E Compasso? — perguntou Meg. — Sei que ele está no barco quarenta e três com o imperador, mas se os espiões dele estiverem perto...

— Que absurdo! — disse Acorde. — O imperador não está no barco quarenta e três!

Timbre e Agudo riram.

— O barco quarenta e três é o barco dos *sapatos* do imperador, garotinha estúpida — disse Agudo. — Uma função importante, claro, mas não como abrigar a sala do trono.

— Exato — disse Timbre. — Esse é o barco de Ritmo, o número doze...

— *Silêncio!* — gritou Acorde. — Chega de enrolação, garota. Me conte o que sabe ou morra.

— Tudo bem. — Meg se inclinou para a frente como quem vai contar um segredo. — Reviravoltas e dramas.

As mãos dela dispararam, repentina e inexplicavelmente livres das amarras. Os anéis piscaram quando ela os arremessou, transformando-se em espadas que voaram bem na direção de Acorde e Agudo.

27

Vocês vão ter que escolher
Posso matar todos
Ou vão me ouvir cantar Joe Walsh

OS FILHOS DE DEMÉTER adoram cheirar as flores. Ficam criando campos de sementes. Alimentam o mundo e cuidam da vida.

Também são ótimos em cravar espadas no peito do inimigo.

As lâminas de ouro imperial de Meg acertaram o alvo em cheio: uma se fincou em Acorde com tanta força que o *pandai*-chefe explodiu em uma nuvem de poeira amarela. A outra atravessou o arco de Agudo, entrou no esterno dele e o fez se desintegrar, como areia caindo em uma ampulheta.

Clave disparou com o arco, mas, para a minha sorte, tinha uma mira muito ruim. A flecha passou voando bem diante do meu rosto, as penas raspando meu queixo, e acabou fincada na cadeira em que eu estava sentado.

Piper se balançou para trás na própria cadeira, golpeando Timbre, que acabou errando o golpe de espada. Antes que ele pudesse se recuperar e arrancar a cabeça da filha de Afrodite, Jason se empolgou demais.

Digo isso pelos relâmpagos. O céu lá fora brilhou, a parede de vidro se estilhaçou, e filetes de eletricidade envolveram Timbre, fritando-o até ele virar uma pilha de cinzas. Foi bem eficiente, é verdade, mas não tão discreto quanto eu gostaria.

— Ops... — murmurou Jason.

Soltando um gemido horrorizado, Clave largou o arco e cambaleou para trás, tentando pegar a espada. Meg arrancou a espada que estava fincada na cadeira coberta de pó de Acorde e foi para cima do último sobrevivente.

— Meg, espera!

Ela me olhou de cara feia.

— O que foi?

Tentei erguer as mãos para pedir calma, mas lembrei que elas ainda estavam presas às costas.

— Clave, se render não é vergonha nenhuma — falei. — Você não é um guerreiro.

O *pandai* engoliu em seco.

— V-você não me conhece.

— Você está segurando a espada com a lâmina ao contrário — observei. — Então, a não ser que sua intenção seja acabar com a própria vida...

Ele se apressou para corrigir a situação.

— Fuja! — pedi. — Essa luta não é sua, você não precisa assumi-la. Saia daqui! Seja o músico que você quer ver no mundo!

Clave deve ter ouvido a sinceridade em minha voz. Ele largou a espada e escapou pelo buraco na parede de vidro, pairando acima do nível da água, abanando as orelhas na escuridão.

— Por que você deixou aquele *pandai* escapar? — perguntou Meg. — Ele vai avisar todo mundo.

— Acho que não vai, não — respondi. — Além do mais, acabamos de anunciar nossa presença com esse relâmpago.

— É, desculpa. Às vezes isso acontece — murmurou Jason.

Relâmpagos pareciam o tipo de poder que ele ainda precisava aprender a controlar, mas não tínhamos tempo para discutir o assunto. Meg cortou as amarras bem na hora em que Florêncio e Piscadela entraram na sala.

— Parem! — gritou Piper.

Florêncio tropeçou e caiu de cara no tapete, o fuzil disparando um cartucho inteiro para o lado, metralhando as pernas de um sofá próximo.

Piscadela ergueu o porrete e atacou. Puxei o arco por instinto, prendi uma flecha e a soltei... direto no olho do Ciclope. Fiquei perplexo. Eu tinha acertado!

Piscadela caiu de joelhos, então seu corpo desabou para o lado e começou a se desintegrar, acabando com todo o roteiro da minha sitcom com companheiros de espécies diferentes.

Piper foi até Florêncio, que gemia de dor por causa do nariz quebrado.

— Obrigada por ter parado — disse, antes de amordaçá-lo e prender seus pulsos e tornozelos com abraçadeiras de náilon que encontrou nos bolsos do brutamontes.

— Bom, isso foi interessante. — Jason se virou para Meg. — E o que você fez foi incrível. Aqueles *pandai*… Quando eu tentei lutar, eles me desarmaram como se fosse brincadeira de criança. Mas *você*, com essas espadas…

Meg ficou com as bochechas vermelhas.

— Ah, não foi nada.

— Foi, *sim*. — Jason se virou para mim. — E agora?

Uma voz seca zumbiu na minha cabeça. *AGORA APOLO, ESTE PA-TIFE TORPE E VIL, ME REMOVERÁ DO OLHO DESTE MONSTRO IMEDIATAMENTE!*

— Ai, caramba!

Eu tinha feito o que sempre temi e às vezes sonhava em conseguir: sem querer usei a Flecha de Dodona em combate. A seta de madeira sagrada agora tremia, espetada na cavidade ocular de Piscadela — que tinha sido reduzido a nada, além do crânio. Talvez fosse um espólio de guerra?

— Sinto muito — falei, soltando a flecha.

Meg riu.

— Essa é…?

— A Flecha de Dodona — concordei.

E MINHA FÚRIA NÃO CONHECE LIMITES!, entoou a flecha. *TU ME DISPARASTE PARA TRUCIDAR TEUS INIMIGOS COMO SE EU FOSSE UMA MERA FLECHA!*

— Sim, sim, peço desculpas. Mas agora faça silêncio, por favor. — Eu me virei para meus amigos. — Precisamos agir rápido. Os seguranças já devem estar a caminho.

— E o idiota do imperador está no barco doze — completou Meg. — É para lá que vamos.

— Mas o barco dos sapatos é o quarenta e três — retruquei. — Ele fica para o outro lado.

— E se o idiota do imperador estiver *usando* os sapatos? — insistiu Meg.

— Ei. — Jason apontou para a Flecha de Dodona. — Essa é a fonte móvel de profecias de que você estava falando, não é? Que tal perguntar para ela?

Achei a sugestão irritantemente lógica. Ergui a flecha.

— Você os ouviu, Ó Sábia Flecha. Para que lado vamos?

TU ME MANDAS FAZER SILÊNCIO E DEPOIS TENS CORAGEM DE PEDIR MINHA SABEDORIA? AH, VIDA DE DESGRAÇAS! AH, DESTINO CRUEL! NAS DUAS DIREÇÕES VÓS DEVEIS SEGUIR, SE É O SUCESSO QUE DESEJAIS. MAS CUIDADO: VEJO GRANDE DOR E SOFRIMENTO NO CAMINHO. SACRIFÍCIO SANGRENTO!

— E qual é a resposta? — perguntou Piper.

Ah, leitores, fiquei tão tentado a mentir! Queria dizer aos meus amigos que a flecha mandou voltarmos para Los Angeles e reservar quartos em um hotel cinco estrelas.

Meus olhos encontraram os de Jason, e eu me lembrei de como o convencera a contar a verdade sobre a profecia da Sibila para Piper. Decidi que não podia enganá-los.

Contei o que a flecha tinha dito.

— Então temos que nos separar? — Piper balançou a cabeça. — Odiei esse plano.

— Eu também — concordou Jason. — Então claro que deve ser o melhor jeito.

Ele se ajoelhou e pegou a gládio da pilha de poeira que eram os restos de Timbre, então jogou a adaga Katoptris para Piper.

— Eu vou atrás de Calígula — anunciou ele. — Mesmo que os sapatos não estejam lá, talvez eu consiga ganhar tempo para vocês, distraindo os seguranças.

Meg pegou a outra espada.

— Eu vou junto.

Antes que eu pudesse argumentar, ela pulou pelo buraco da janela — uma ótima metáfora para o modo como ela levava a vida.

Jason lançou um último olhar de preocupação para mim e para Piper.

— Vocês dois, tomem cuidado.

Ele pulou atrás de Meg. Tiros soaram no convés abaixo quase na mesma hora.

Fiz uma careta para Piper.

— Eles eram nossos únicos *guerreiros*. Não devíamos ter deixado os dois irem juntos.

— Não subestime minhas habilidades de luta — protestou Piper. — Agora vamos, temos sapatos a comprar.

A garota só aceitou esperar o bastante para irmos ao banheiro mais próximo, onde eu pude fazer um curativo decente no seu machucado na cabeça. Ela colocou o capacete de Florêncio, e saímos.

Logo percebi que Piper não precisava do charme para persuadir as pessoas. Ela andava com confiança, seguindo de barco em barco como se fosse perfeitamente normal estar lá. Os iates tinham poucos guardas, talvez porque a maioria dos *pandai* e das estriges já tivessem voado até a embarcação vinte e seis, querendo verificar o que tinha sido aquele relâmpago. Os poucos mercenários mortais por quem passamos nem olharam duas vezes para Piper e, como eu ia logo atrás, também me ignoraram. Parecia que, já que estavam acostumados a trabalhar com Ciclopes e Orelhudos, podiam deixar passar dois adolescentes vestidos para a batalha.

O barco vinte e oito era um parque aquático flutuante, com piscinas de vários níveis interligadas por cachoeiras, escorregas e tobogãs transparentes. Um salva-vidas solitário nos ofereceu uma toalha quando passamos, parecendo bem chateado com nossa recusa.

O barco vinte e nove era um spa completo. Saía vapor de todas as escotilhas abertas, e, na popa, um exército de massagistas e esteticistas entediados esperava, a postos, caso Calígula decidisse aparecer com mais cinquenta amigos para uma festa regada a shiatsu e manicures. Fiquei tentado a dar uma paradinha para uma massagem nos ombros, mas, como Piper, filha de Afrodite, passou direto sem nem olhar o que havia por ali, decidi que seria melhor evitar mais esse constrangimento.

O barco trinta era um banquete, literalmente. O iate parecia planejado para oferecer um bufê vinte e quatro horas, mas ninguém estava aproveitando. Havia chefs de plantão, garçons à espera. Os pratos eram trocados a intervalos regulares. A comida que sobrava, que parecia suficiente para alimentar toda a área metropolitana de Los Angeles, devia ser jogada no mar — típica extravagância de Calígula, que achava que seu sanduíche de presunto ficava *tão* mais gostoso sabendo que centenas de sanduíches idênticos tinham sido desperdiçados enquanto os chefs esperavam que ele ficasse com fome.

Nossa sorte falhou no barco trinta e um. Eu soube que estávamos encrencados assim que atravessamos a rampa com tapete vermelho até a proa. Grupos de mercenários de folga relaxavam aqui e ali, conversando, comendo, mexendo no celular... Fomos recebidos por testas franzidas e olhares questionadores.

Pela tensão na postura de Piper, percebi que ela também notara o problema. Mas, antes que eu pudesse dizer *Vixe, Piper, acho que viemos parar no quartel de Calígula e vamos morrer*, ela seguiu em frente, sem dúvida decidindo que seria tão perigoso voltar quanto abrir caminho na marra.

Ela estava enganada.

Na popa, acabamos nos deparando com um jogo de vôlei entre Ciclopes e mortais. Em uma quadra de areia, seis Ciclopes peludos só de sunga jogavam contra seis mortais igualmente peludos só de calças camufladas. Ali por perto, mais mercenários de folga faziam churrasco, riam, afiavam as facas e comparavam cicatrizes e tatuagens.

Na churrasqueira, um cara tão grande que mais parecia dois, com cabelo raspado e tatuagem de MÃE TE AMO (sic.) no peito nos viu e exclamou:

— Ei!

O jogo de vôlei parou. Todo mundo se virou para a gente.

Piper tirou o capacete.

— Apolo, me dá cobertura!

Fiquei com medo de que ela fosse bancar a Meg e partisse para a luta. Nesse caso, *dar cobertura* significaria virar picadinho nas mãos de ex-militares suados, o que *não* estava na minha lista de coisas a fazer antes de morrer.

Em vez disso, Piper começou a cantar.

Eu não sabia o que me surpreendia mais: a voz linda e melodiosa dela ou a música escolhida.

Reconheci a canção na mesma hora: "Life of Illusion", de Joe Walsh. Minhas memórias dos anos 1980 eram meio confusas, mas eu me lembrava bem daquela música. Era 1981, o comecinho da MTV. Ah, como eram lindos os vídeos que produzi para o Blondie e para as Go-Gos! Usamos tanto laquê e roupa de lycra com estampa de oncinha!

O grupo de mercenários ficou ouvindo, num silêncio confuso. Será que deviam nos matar logo? Ou era melhor esperar a apresentação acabar? Não era todo dia que alguém cantava Joe Walsh no meio de um jogo de vôlei. Tenho certeza de que os mercenários não chegaram a um consenso sobre qual seria a forma correta de proceder.

Depois de alguns versos, Piper me encarou com um olhar intenso, como quem diz: *Vai uma ajudinha aí?*

Ah, ela queria que eu desse cobertura *com a música*!

Muito aliviado, peguei meu ukulele e toquei junto. Na verdade, a voz de Piper era tão boa que ela não precisava de ajuda. A garota cantava com paixão e clareza, gerando uma onda de emoção que atingia a todos. Aquilo era mais do que uma performance apaixonada, era mais do que charme.

Piper andou pela multidão, cantando sua vida ilusória, incorporando a música. Encheu as palavras de dor e sofrimento, transformando a melodia animada de Walsh em uma confissão melancólica. Ela falou em derrubar as muralhas da incerteza, de aguentar as pequenas surpresas que a natureza lhe oferecia, de entender quem ela era de verdade.

A letra continuou a mesma, mas mesmo assim senti a história dela em cada verso: as dificuldades como filha negligenciada de um ator de cinema famoso, os sentimentos conflitantes sobre a descoberta de que era filha de Afrodite e, o mais doloroso de tudo, a percepção de que o suposto amor da sua vida, Jason Grace, não era alguém com quem queira estar envolvida romanticamente. Eu não entendi tudo, mas o poder daquela voz era inegável, e meu ukulele reagiu. Os acordes que eu toquei ficaram mais ressoantes, os riffs saíram num ritmo mais soul. Cada nota que eu tocava era um grito de solidariedade por Piper McLean, minha habilidade musical ampliando a dela.

Os guardas perderam a concentração. Alguns se sentaram e aninharam a cabeça nas mãos, outros ficaram olhando para o nada, deixando a carne queimar na churrasqueira.

Ninguém nos impediu quando atravessamos a popa. Ninguém nos seguiu pela ponte até o barco trinta e dois. Já estávamos na metade desse iate quando

Piper terminou a música e se apoiou na parede mais próxima. Estava com os olhos vermelhos, o rosto inundado de emoção.

Eu a encarei, impressionado.

— Piper? Como você…?

— Primeiro sapatos. Depois conversa — gemeu ela.

E seguiu cambaleando.

28

Um deus vestido de deus
Vestido de um...
Não. Deprimente demais

NENHUM MERCENÁRIO SE DEU ao trabalho de nos seguir. E como poderiam? Não dava para esperar que alguém fosse se meter numa perseguição depois de uma performance daquelas, nem mesmo guerreiros durões. Deviam estar chorando nos braços uns dos outros ou procurando caixas de lenço de papel pelo iate.

Seguimos pelos outros superiates de Calígula da casa dos trinta usando dissimulação sempre que necessário, mas em geral contando apenas com a apatia dos tripulantes. Calígula sempre inspirou medo nos servos, mas isso não era o mesmo que lealdade. Ninguém nem quis saber da gente.

No barco quarenta, Piper desabou. Corri para ajudar, mas ela me empurrou para longe, resmungando:

— Estou bem.

— Você não está nada bem. Deve ter tido uma concussão e ainda acabou de usar um charme musical poderoso. Precisa descansar um tempinho.

— Não *temos* um tempinho.

Eu estava perfeitamente ciente disso. Volta e meia ouvíamos tiros pipocando pelo porto, da direção de onde tínhamos vindo. O *scree* agudo das estriges cortava o ar noturno. Nossos amigos tinham ido ganhar tempo, e não podíamos desperdiçar nem um segundo sequer.

Além disso, era a noite da lua nova. Os planos de Calígula para o Acampamento Júpiter, ao norte, estavam acontecendo naquele momento, fossem quais fossem. Só me restava torcer para que Leo tivesse conseguido avisar os semideuses romanos a tempo de eles impedirem qualquer tragédia. Estar impotente para ajudá-los era um sentimento terrível que me deixava muito ansioso, tanto que eu não queria desperdiçar nenhum segundo.

— Mas, mesmo assim, eu *realmente* não tenho tempo de lidar com você morrendo ou entrando em coma. Então você *vai* parar um pouco para se sentar. Vamos procurar um lugar fechado.

Piper estava fraca demais para protestar muito. Naquelas condições, eu duvidava que ela fosse conseguir usar o charme até para se livrar de pagar estacionamento. Eu a carreguei para dentro do iate quarenta, que era dedicado ao closet de Calígula.

Passamos por diversos aposentos cheios de roupas: ternos, togas, armaduras, vestidos (por que não?) e diversas fantasias: pirata, Apolo, panda... (Mais uma vez: por que não?)

Fiquei tentado a me fantasiar de Apolo, só para sentir mais pena de mim mesmo, mas não pude parar e cobrir o corpo de tinta dourada. Por que os mortais achavam que eu era dourado? Eu *poderia* ser, se quisesse, mas o brilho ofuscava minha beleza natural. Correção: minha *antiga* beleza natural.

Depois de um tempão, encontramos um camarim com sofá. Tirei uma pilha de vestidos de baile de cima e mandei Piper se sentar. Peguei um quadradinho de ambrosia meio amassado e a mandei comer. (Caramba, como eu sabia ser firme quando precisava. Pelo menos esse poder divino eu não tinha perdido.)

Enquanto Piper mordiscava a barrinha de proteína divina, fiquei olhando, melancólico, para as araras de roupas chiques feitas sob medida.

— Por que os sapatos não podiam ficar aqui? Este é o barco guarda-roupa.

— Ai, Apolo, por favor. — Piper fez uma careta enquanto se acomodava nas almofadas. — *Todo mundo* sabe que os sapatos têm que ter um superiate só para eles.

— Não sei se você está falando sério.

Piper pegou um vestido Stella McCartney de seda escarlate com decote enorme.

— Que lindo. — Ela pegou a adaga, trincando os dentes pelo esforço, e abriu um rasgo bem na frente, a partir do decote. — Ah, isso foi ótimo.

Aquilo não fez muito sentido para mim. Não dava para atingir Calígula só estragando as coisas dele — Calígula tinha *tudo*. Rasgar o vestido também não pareceu deixá-la mais feliz. Graças à ambrosia, Piper já tinha um pouco mais de cor no rosto, e os olhos não estavam tão embotados de dor, mas ela continuava com a mesma expressão perturbada, igualzinha à mãe sempre que ouvia alguém elogiar a beleza de Scarlet Johansson. (Dica: *Nunca* mencionem Scarlet Johansson perto de Afrodite.)

— A música que você cantou para os mercenários, "Life of Illusion."

Piper estreitou um pouco os olhos, como se já soubesse que essa conversa seria inevitável e estivesse cansada demais para tentar evitá-la.

— É de uma velha memória. Logo depois que meu pai conseguiu o primeiro grande papel no cinema, ele botou essa música para tocar bem alto, no carro. Estávamos indo para a casa nova, a de Malibu, e ele cantou para mim. A gente estava tão feliz... Acho que eu estava... sei lá, na pré-escola.

— Mas o jeito como você cantou... Parecia que era sobre você, sobre o término com Jason.

Ela examinou a adaga. A lâmina estava vazia, sem visões.

— Eu tentei tanto... — murmurou. — Depois da guerra com Gaia, tentei me convencer de que ficaria tudo bem. E por um tempo, talvez uns meses, eu achei que estivesse mesmo. Jason é ótimo; ele é meu melhor amigo, ainda mais do que Annabeth. Mas... — ela espalmou as mãos — aquilo que eu achei que encontraria, o meu "felizes para sempre"... Bem, não está lá.

Eu assenti.

— Esse relacionamento nasceu de uma crise. E romances assim são difíceis de manter depois que a crise acaba.

— Não foi só isso.

— Um século atrás, eu namorei a grã-duquesa Tatiana Romanova. O nosso relacionamento foi ótimo durante a Revolução Russa; ela estava muito estressada, muito assustada, e precisava muito de mim. Mas, depois que a crise passou, a magia não estava mais lá. Espera... Na verdade talvez tenha sido porque ela foi executada junto com o restante da família. Mas mesmo assim...

— Era eu.

Eu estava perdido no Palácio de Inverno, imerso na fumaça acre das armas e no frio intenso de 1917. Mas voltei ao presente quando ela falou aquilo.

— Como assim, você? Quer dizer que você percebeu que não amava Jason? Isso não é culpa de ninguém.

Piper fez careta, como se eu ainda não tivesse entendido o que ela queria dizer... ou talvez como se ela mesma não tivesse certeza.

— Eu sei que não é culpa de ninguém. E eu *amo* Jason. Mas... como eu falei: foi um relacionamento forçado, tudo começou com Hera, a deusa do casamento, querendo formar um casalzinho feliz. As minhas lembranças do começo do namoro, dos nossos primeiros meses juntos, eram tudo ilusão. E, assim que eu descobri *isso*, antes mesmo de conseguir entender o que aquilo queria dizer, Afrodite me assumiu. De repente, a deusa do amor era minha mãe.

Ela balançou a cabeça, consternada.

— Afrodite me fez pensar que eu era... que eu precisava... — Ela soltou um suspiro. — Olhe só para mim: a grande encantadora, cheia de charme, sem palavras. Afrodite espera que suas filhas tenham os homens na palma da mão, que partam corações, essas coisas.

Eu ainda me lembrava das muitas vezes em que Afrodite e eu nos desentendemos. Eu adorava um romance, e ela sempre achou muito engraçado botar amantes trágicos no meu caminho.

— Sim. Sua mãe tem concepções bem específicas sobre como devem ser os relacionamentos.

— Então, considerando isso tudo... Eu tinha a deusa do casamento querendo que eu me acertasse com um cara legal e a deusa do amor querendo que eu seduzisse tudo e todos. Aí eu, sei lá...

— Você ainda está tentando entender quem é no meio de toda essa pressão.

Ela ficou encarando o vestido vermelho destroçado.

— Sabe, segundo a tradição Cherokee, a herança vem do lado materno. O clã dela é o seu clã. O lado do pai não conta. — Ela soltou uma risada amarga. — Ou seja: tecnicamente eu não sou nem Cherokee. Não sou de nenhum dos sete clãs principais, já que minha mãe é uma deusa grega.

— Ah.

— Então, sabe... será que eu não tenho *nem isso* para me definir? Passei os últimos meses tentando entender mais sobre a minha herança. Peguei a zarabatana do meu avô e conversei muito com meu pai sobre a história da família, para tentar fazer com que ele se distraísse dos problemas. Mas e se eu não for *nenhuma* das coisas que me disseram que eu sou? Tenho que descobrir quem sou.

— E você já chegou a alguma conclusão?

Ela colocou uma mecha de cabelo atrás da orelha.

— Estou no processo.

Eu entendia isso; também estava no processo. Era bem doloroso.

Lembrei um verso da música de Joe Walsh:

— A natureza ama suas pequenas surpresas.

Piper bufou, irônica.

— Ah, se ama.

Olhei para as araras de roupas de Calígula. Vestidos de noiva e ternos Armani estavam misturados a peças como armaduras de gladiador.

— Eu tenho observado que vocês, humanos, são muito mais que a sua história. Vocês podem escolher o quanto de seus antepassados querem incorporar em suas identidades, podem superar as expectativas da família e da sociedade. O que você não pode, nem nunca deve fazer, é tentar se tornar uma pessoa diferente de quem é... Ouviu bem, dona Piper McLean?

Ela abriu um sorriso melancólico.

— Legal. Gostei disso, Apolo. Tem certeza de que você não é o deus da sabedoria?

— Eu me candidatei ao cargo, mas passaram para outro. Tinha alguma coisa a ver com a invenção das azeitonas. — Eu revirei os olhos.

Piper caiu na gargalhada, e foi como se um vento bom e forte finalmente afastasse a fumaça dos incêndios da Califórnia. Sorri também. Quando foi a última vez em que tive uma conversa tão positiva com um semelhante, um amigo, uma alma como a minha? Não conseguia lembrar.

Piper se levantou com dificuldade.

— Muito bem, ó grande sábio. Melhor a gente ir, temos vários outros barcos para invadir.

* * *

O iate quarenta e um era o departamento de lingerie. Vou poupar vocês dos detalhes sórdidos.

O barco quarenta e dois era um superiate comum, com poucos tripulantes (que nos ignoraram), dois mercenários (que Piper mandou pular no mar) e um cara de duas cabeças (que, por pura sorte, consegui acertar na virilha, fazendo com que ele se desintegrasse).

— Por que alguém colocaria um barco comum entre das roupas e o dos sapatos? — questionou Piper. — Péssima organização.

Ela parecia incrivelmente calma, enquanto eu estava com os nervos à flor da pele. Senti como se estivesse me despedaçando, como acontecia sempre que dezenas de cidades gregas oravam ao mesmo tempo para que eu manifestasse meu eu glorioso. É *tão* irritante quando as cidades não coordenam seus dias sagrados!

Atravessamos o iate por bombordo, e achei ter visto algo se movimentando no céu. Uma forma pálida pairava logo acima, grande demais para ser uma gaivota.

— Acho que estamos sendo seguidos — alertei. — Deve ser nosso amigo Clave.

Piper olhou para cima.

— E o que vamos fazer?

— Acho melhor não fazermos nada. Se ele quisesse atacar ou avisar os comparsas, já teria feito isso.

Piper não pareceu feliz com nosso perseguidor orelhudo, mas seguimos em frente.

Até que finalmente chegamos ao *Júlia Drusila XLIII*, o famoso navio dos sapatos.

Daquela vez, graças à dica de Acorde e seus homens, já estávamos à espera dos guardas *pandai*, liderados pelo temeroso Compasso.

Preparei o ukulele assim que pisamos no convés dianteiro. Piper murmurou:

— Uau, espero que ninguém descubra nosso maior segredo!

Quatro *pandai* chegaram correndo na mesma hora, dois de bombordo e dois de estibordo, tropeçando uns nos outros no desespero de tentar nos alcançar primeiro.

Assim que consegui ver bem os lóbulos de suas orelhas, dedilhei um trítono de dó menor dissonante — coisa que, para criaturas com audição tão sensível, devia ter sido como usar um cotonete eletrificado.

Os *pandai* berraram e caíram de joelhos, o que deu a Piper tempo de desarmá-los e amarrar suas mãos. Interrompi o ataque tortuoso com o ukulele.

— Qual de vocês é o Compasso? — perguntei.

O *pandos* da esquerda rosnou:

— Quem quer saber?

— Oi, Compasso! — cumprimentei. — Estamos procurando os sapatos mágicos do imperador. Aqueles que permitem que ele ande pelo Labirinto de Fogo, sabe? Você pouparia muito do nosso tempo se dissesse onde eles estão.

Ele se debateu e xingou.

— Nunca!

— Ou posso deixar minha amiga aqui procurar enquanto faço uma serenata com meu ukulele desafinado. Já ouviu "Total Eclipse of the Heart", da Bonnie Tyler?

Compasso estremeceu, apavorado com a ideia.

— No segundo convés, a bombordo, terceira porta! — admitiu. — Por favor, "Total Eclipse of the Heart" não! "Total Eclipse of the Heart" não!

— Ah, tenham uma bela noite — desejei.

Deixamos os *pandai* em paz e fomos procurar sapatos.

29

Um cavalo é um cavalo
Claro, ninguém pode...
CORRAM! ELE ESTÁ CHEGANDO!

O IATE ERA UMA mansão flutuante cheia de sapatos. Hermes estaria no paraíso.

Não que ele fosse *o deus dos sapatos*, vejam bem, mas é que, como deidade padroeira dos viajantes, era o mais próximo disso em termos olimpianos. Sua coleção de Nike Air era inigualável. Sem falar que ele tinha armários de sandálias aladas, separadas em fileiras de couro envernizado e prateleiras de camurça azul... e, claro, patins. Ainda tenho pesadelos com as visões de Hermes patinando pelo Olimpo com aquele cabelão, usando um short justinho e meias listradas de lurex, ouvindo Donna Summer em seu walkman.

Piper e eu seguíamos para o segundo convés a bombordo. No caminho, passamos por pedestais iluminados exibindo sapatos de grife; um corredor coberto de prateleiras do chão ao teto cheias de botas vermelhas; e um quarto só para chuteiras (para que Calígula queria tantas chuteiras, eu não sei).

A sala indicada por Compasso parecia servir mais para abrigar uma quantidade impressionante de sapatos do que para ostentar a qualidade das marcas.

O aposento era grande como um bom apartamento, e as janelas tinham vista para o mar — assim os estimados sapatos do imperador poderiam apreciar a paisagem. Bem no meio ficavam dois sofás muito confortáveis virados para uma mesa de centro onde repousava uma pequena coleção de garrafas de água mineral exóticas, para o caso de alguém sentir sede e precisar se reidratar enquanto se recuperava de calçar o sapato esquerdo e esperava para botar o direito.

Quanto aos sapatos em si, as paredes dos fundos e a da frente estavam alinhadas com fileiras de...

— Minha nossa! — exclamou Piper.

Achei que isso resumia muito bem: fileiras de *minha nossa!*.

Um par das botas de batalha de Hefesto estava exposto num pedestal central: eram dispositivos enormes com saltos e bicos cobertos de spikes e meias embutidas de cota de malha. Os cadarços eram pequeninas serpentes de bronze autômatas, programadas para impedir que qualquer pessoa não autorizada tentasse calçar as botas.

Em outro pedestal, numa caixa de vidro, voava um par de sandálias aladas, tentando escapar.

— Será que são essas? — perguntou Piper, apontando. — Assim poderíamos voar pelo Labirinto.

A ideia era ótima, mas eu balancei a cabeça.

— Sapatos alados são muito complicados. Se estiverem encantados, podem nos levar para o lugar errado...

— Ah, certo. Percy já me contou de um par que quase... Bem, deixa pra lá.

Examinamos os outros pedestais. Alguns sapatos exibidos não passavam de simples modelos únicos: botas plataforma cravejadas de diamantes, sapatos sociais feitos de pele do extinto dodô (mas que coisa vil!) e um par de Adidas assinado por todos os jogadores do LA Lakers de 1987.

Outros eram sapatos mágicos, muito bem indicados. Um par de chinelos tecido por Hipnos, para dar sonhos agradáveis e sono profundo; um par de sapatos de dança elaborado por minha grande amiga Terpsícore, a Musa da dança — esses eram raros. Astaire e Rogers tinham um par cada, assim como Baryshnikov. Também havia um par de mocassins velho de Poseidon, que garantia tempo perfeito na praia, boa pescaria, ondas altas e bronzeado de primeira. Achei uma ideia ótima.

— Ali! — Piper apontou para um velho par de sandálias de couro jogado de qualquer jeito no canto do quarto. — Podemos supor que os sapatos menos prováveis são na verdade os mais prováveis?

Não gostei daquela suposição. Sempre preferi quando o popular, maravilhoso ou talentoso era mesmo o mais popular ou maravilhoso ou talentoso — o que em geral era eu, claro. Mas, naquele caso, achava que Piper podia estar certa.

Eu me ajoelhei ao lado do par.

— São cáligas, sandálias de legionário.

Com o dedo indicador, ergui os sapatos pelas tiras. Não tinham nada de muito especial, eram só solas de couro e tiras amaciadas e escurecidas pelo tempo. Pareciam ter visto muitas marchas, mas estavam muito bem cuidadas; deviam ter recebido amor e atenção ao longo dos séculos.

— Cáligas — repetiu Piper. — De Calígula.

— Exatamente. São a versão adulta das botinhas que geraram o apelido de infância de Gaius Julius Caesar Augustus Germanicus.

Piper fez careta.

— Está sentindo algum resquício de magia nelas?

— Bem, elas não estão vibrando de energia nem nada. E também não estão trazendo grandes memórias de pés fedidos ou me dando vontade de calçá-las, mas acho que são os sapatos certos. São do modelo que o batizou, então carregam seu poder.

— Hum. Bem, se você consegue falar com uma flecha, deve conseguir decifrar um par de sandálias.

— É um dom — concordei.

Piper se ajoelhou ao meu lado e pegou um dos pés da sandália.

— Não cabem em mim, são grandes demais. Parecem ser do seu tamanho.

— Está dizendo que eu tenho pés grandes?

Ela abriu um sorriso.

— Essas sandálias devem ser tão desconfortáveis quanto os sapatos da vergonha, um par de sapatos de enfermeira branco e horrível que tinha lá no chalé de Afrodite. A pessoa era obrigada a usar como punição, quando fazia alguma coisa ruim.

— Nossa, isso é a cara da Afrodite.

— Eu me livrei daqueles sapatos. Mas estes aqui... Acho que, se você não ligar de botar os pés onde os de Calígula já estiveram...

— PERIGO! — gritou uma voz atrás de nós.

Chegar sorrateiramente por trás de alguém e gritar *perigo* é um excelente jeito de fazer a pessoa ao mesmo tempo pular, girar e cair de bunda — que foi exatamente o que aconteceu comigo e com Piper.

E eis que surge Clave, com o pelo branco todo despenteado e encharcado, como se tivesse acabado de atravessar a piscina de Calígula. As mãos de oito dedos estavam apoiadas no batente da porta, e sua respiração estava arquejante. O terno preto estava em farrapos.

— Estriges! — anunciou, ofegante.

Meu coração pulou para a boca.

— Estão atrás de você?

Ele balançou a cabeça, as orelhas ondulando como lulas em pânico.

— Acho que consegui despistar todas, mas...

— E por que você veio aqui? — perguntou Piper, levando a mão à adaga.

O olhar no rosto de Clave era um misto de desejo e pânico. Ele apontou para o meu ukulele.

— Pode me ensinar a tocar?

— É... posso. Se bem que um violão seria melhor, considerando o tamanho das suas mãos.

— Aquele acorde, o que fez Compasso berrar. É esse que eu quero.

Eu me levantei bem devagar, querendo evitar assustá-lo ainda mais.

— O conhecimento do trítono de dó menor dissonante é uma grande responsabilidade. Mas, sim, posso ensiná-lo a você.

— E tem você também. — Ele olhou para Piper. — Aquele jeito como você cantou... pode me ensinar?

Piper afastou a mão do cabo da adaga.

— Eu... eu acho que posso tentar, mas...

— Então temos que fugir agora mesmo! — exclamou Clave. — Eles já pegaram seus amigos!

— *O quê?* — Piper se levantou. — Tem certeza?

— A garota apavorante. O menino do raio. Tenho certeza.

Engoli em seco, contendo o desespero. Clave tinha dado uma descrição impecável de Meg e Jason.

— Onde? — perguntei. — Quem os pegou?

— *Ele*. O imperador. E o pessoal daqui a pouco chega. Temos que sair voando! Vamos ser os melhores músicos do mundo!

Em outras circunstâncias, eu teria achado aquele conselho excelente. Mas não com Meg e Jason em perigo. Enrolei as sandálias do imperador e as enfiei bem no fundo da aljava.

— Você pode nos levar até nossos amigos?

— Não! — berrou Clave. — Vocês vão morrer! A feiticeira...

Como foi que Clave não ouviu os inimigos se esgueirando atrás dele? Não sei. Talvez o raio de Jason tivesse deteriorado um pouco sua audição. Talvez ele estivesse nervoso demais, concentrado demais em tentar nos convencer a fugir para prestar atenção ao que acontecia logo atrás.

Fosse qual fosse o caso, Clave caiu para a frente, dando de cara na redoma de vidro que guardava as sandálias aladas. Ele desabou no tapete, quebrando a redoma, e as sandálias, livres, ficaram chutando sua cabeça. Nas costas dele dava para ver, bem destacadas, duas marcas fundas no formato de cascos de cavalo.

Um majestoso garanhão branco estava parado à porta, a cabeça quase tocando o topo do batente. Foi naquele momento que compreendi por que os iates do imperador tinham tetos tão altos, com corredores e portas tão largos: tinham sido feitos para acomodar o cavalo.

— Incitatus — cumprimentei.

O cavalo me encarou de uma forma que nenhum cavalo no mundo deveria ser capaz de fazer, as enormes pupilas castanhas cintilando com uma inteligência maliciosa.

— Apolo.

Piper pareceu atordoada, o que é normal ao encontrar um cavalo falante dentro de um iate cheio de sapatos.

— Mas o que...? — Ela não teve tempo de terminar a pergunta.

Incitatus atacou, pisoteando a mesa de centro, e deu uma cabeçada em Piper, jogando-a longe. Ela bateu na parede com um estalo horrível e desabou no chão.

Corri para socorrê-la, mas o cavalo avançou em mim, me arremessando no sofá mais próximo.

— Ora, ora...

Incitatus observou o aposento, contabilizando o estrago: pedestais virados; a mesa de centro destruída; as garrafas de água mineral exótica quebradas, escorrendo pelo tapete; Clave gemendo no chão, ainda sendo chutado pelas sandálias aladas; Piper imóvel, com sangue escorrendo do nariz; e eu no sofá, apalpando as costelas machucadas.

— Ah, me desculpe por invadir sua invasão. Eu tinha que apagar a garota rapidamente, entende? Não gosto de gente que usa charme.

Era a mesma voz que ouvi quando estava escondido na caçamba de lixo atrás da Maluquice Militar do Macro — uma voz grave e cansada, com toques de irritação, como se já tivesse visto todas as coisas estúpidas possíveis que se poderiam esperar dos bípedes.

Olhei para Piper McLean, horrorizado. Ela parecia não estar respirando. Eu me lembrei das palavras da Sibila... principalmente a parte da palavra terrível que começa com *M*.

— Você... você a matou — gaguejei.

— Matei? — Incitatus enfiou o focinho no peito de Piper. — Que nada, ela ainda está viva. Mas não vai durar muito. Agora, venha. O imperador quer ver você.

30

Nunca vou deixar você
O amor vai nos unir
Mas cola também funciona

ALGUNS DOS MEUS MELHORES amigos são cavalos mágicos.

Árion, o corcel mais veloz do mundo, é meu primo, embora raramente apareça nos jantares de família. O famoso cavalo alado Pégaso também é meu primo, mas de segundo grau, acho, porque a mãe dele era uma górgona. Não sei bem como isso funciona. E, claro, os cavalos do Sol eram os meus favoritos, embora, felizmente, nenhum deles falasse.

Mas Incitatus? Eu não ia muito com a cara dele.

Ele era um animal bem bonito: alto e musculoso, o pelo brilhando como uma nuvem iluminada pelo Sol. A cauda branca sedosa balançava de um lado para outro como se desafiando qualquer mosca, semideus ou outras pestes a se aproximarem da traseira dele. Ele não usava rédea nem sela, embora ferraduras douradas cintilassem em seus cascos.

A pedância dele me irritava. A voz aborrecida fazia com que eu me sentisse pequeno e insignificante. Mas o que eu realmente odiava eram os olhos. Olhos de cavalo não deveriam ser tão frios e inteligentes.

— Suba — disse ele. — Meu garoto está esperando.

— Seu *garoto*?

Ele mostrou os dentes brancos como mármore.

— Você sabe de quem estou falando. Cezão. Calígula. O Novo Sol que vai comer você no café da manhã.

Afundei ainda mais nas almofadas do sofá. Meu coração disparou. Incitatus se movia muito rápido, eu já tinha visto. Minhas chances contra ele eram nulas. Eu jamais conseguiria disparar uma flecha ou dedilhar uma melodia antes de receber um coice na cara.

Seria o momento perfeito para ser surpreendido por uma onda de força divina, para que eu pudesse jogar aquele cavalo prepotente pela janela, mas não senti nem um pingo de energia imortal no meu corpo.

Receber qualquer tipo de ajuda estava fora de cogitação. Piper soltou um gemido e mexeu um pouco os dedos. Estava, no máximo, semiconsciente. Clave choramingou e tentou se encolher todo para fugir da violência dos sapatos alados.

Eu me levantei do sofá, fechei as mãos e me obriguei a encarar Incitatus.

— Eu ainda sou o deus Apolo — avisei. — Já enfrentei dois imperadores. Venci os dois. Não me teste, cavalo.

Incitatus resfolegou.

— Aham, *Lester*, senta lá. Você está ficando mais fraco. Não tem mais quase nada. Estamos de olho em você. Agora pare com essa ladainha.

— E como você vai me forçar a ir com você? — perguntei. — Você não pode me pegar e me jogar no seu lombo. Você não tem mãos! Não tem polegares! Esse foi seu erro fatal!

— Ah, bom, sempre dá para chutar a sua cara. Ou… — Incitatus relinchou, emitindo o mesmo som de alguém chamando um cachorro.

Compasso e dois guardas apareceram.

— Chamou, lorde Corcel?

O cavalo sorriu para mim.

— Eu não preciso de polegares quando tenho servos. É verdade que são servos *ridículos* que tive que libertar com os dentes das próprias abraçadeiras…

— Lorde Corcel — protestou Compasso. — Foi aquele ukulele! Nós não conseguimos…

— Coloquem os dois aqui em cima logo — ordenou Incitatus —, antes que eu fique de mau humor.

Compasso e seus companheiros obedeceram. Eles me forçaram a subir atrás de Piper e amarraram minhas mãos de novo, pelo menos na frente, para eu conseguir me equilibrar.

Finalmente, colocaram Clave de pé. Guardaram os sapatos alados fisicamente abusivos em uma caixa, prenderam as mãos do jovem *pandos* e o fizeram marchar à frente do nosso lamentável grupo. Seguimos até o convés e refizemos o caminho pela ponte flutuante de superiates, e eu tinha que me abaixar toda vez que passávamos por alguma porta.

Incitatus trotou em um ritmo tranquilo. Sempre que cruzávamos com mercenários ou tripulantes, eles se ajoelhavam e faziam reverência. Eu queria acreditar que eles estavam me homenageando, mas desconfiava que estivessem homenageando a capacidade do cavalo de afundar a cabeça deles se não demonstrassem respeito.

Clave tropeçou. Os outros *pandai* o levantaram e o empurraram à frente. Piper toda hora escorregava do lombo do corcel, mesmo eu fazendo de tudo para mantê-la no lugar.

Em determinado momento, ela murmurou:

— Ia-aa.

Isso podia significar *Obrigada* ou *Desamarra* ou *Por que minha boca está com gosto de ferradura?*

A adaga dela, Katoptris, estava ao meu alcance. Olhei para o cabo, me perguntando se conseguiria puxá-la com rapidez suficiente para me soltar ou para enfiá-la no pescoço do cavalo.

— Eu não faria isso, se fosse você — disse Incitatus.

Estremeci.

— O quê?

— Usar a faca. Seria uma decisão ruim.

— Você... você lê mentes?

O cavalo riu com deboche.

— Não preciso ler mentes. Sabe o quanto dá para deduzir pela linguagem corporal de uma pessoa que está montada em você?

— Eu... Eu não posso afirmar que já tenha passado por essa experiência.

— Bom, percebi o que você estava planejando. Portanto, não faça isso. Eu teria que jogar você longe. Você e sua namorada provavelmente bateriam com a cabeça e morreriam...

— Ela não é minha namorada!

— ... sem falar que o Cezão ficaria irritado. Ele quer que você morra de um jeito específico.

— Ah. — Meu estômago ficou tão dolorido quanto minhas costelas. Eu me perguntei se havia um termo especial para definir o enjoo de quem monta um cavalo em cima de um barco. — Então, quando você disse que Calígula ia *me comer no café da manhã*...

— Ah, eu não quis dizer literalmente.

— Graças aos deuses.

— Eu quis dizer que a feiticeira Medeia vai acorrentar você e esfolar sua forma humana para extrair quaisquer restos que ainda existam da sua essência divina. Depois, Calígula vai consumir sua essência, junto com a de Hélio, e vai se tornar o novo deus do Sol.

— Ah. — Achei que fosse desmaiar. Eu supunha que ainda restava *alguma* essência divina dentro de mim, uma pequena fagulha da minha antiga grandiosidade que me permitia lembrar quem eu era e o que um dia já fora capaz de fazer. Eu não queria que esses últimos vestígios de divindade fossem sugados de mim, principalmente se o processo envolvesse me esfolar. A ideia embrulhou meu estômago. Será que Piper ficaria muito chateada se eu vomitasse nela? — Você... Você me parece ser um cavalo sensato, Incitatus. Por que está ajudando uma pessoa volátil e traiçoeira como Calígula?

Incitatus relinchou.

— Volátil é a vovozinha. O garoto me escuta. Precisa de mim. Não importa se os outros o consideram violento e imprevisível. Eu consigo mantê-lo sob controle, usá-lo para conseguir executar meus planos. Estou apostando no cavalo certo.

Ele não pareceu ver a ironia de um cavalo apostando no cavalo certo. Fiquei surpreso ao saber que Incitatus tinha planos próprios. A maioria dos planos equinos eram bem simples: comer, correr, correr mais um pouco, receber uma boa escovada. Repetir na ordem desejada.

— Calígula sabe que você está, hum, se aproveitando dele?

— É claro! — disse o cavalo. — O garoto não é burro. Quando ele conseguir o que quiser, bem... cada um vai seguir o seu caminho. Eu pretendo aniquilar a raça humana e instituir um governo formado por cavalos, para cavalos.

— Você... o quê?

— Você acha que um governo equino é mais incoerente do que um mundo governado por deuses olimpianos?

— Eu nunca tinha pensado nisso.

— E nem pensaria, não é? Você, com sua arrogância bípede! *Você* não passa sua vida com humanos que só querem *montar* em você ou que você puxe as carroças deles. Ah, estou gastando saliva. Você não vai existir por tempo suficiente para ver a revolução.

Ah, leitores, mal consigo expressar meu pavor. Não pela ideia de uma revolução equina, mas por pensar que minha vida estava prestes a terminar! Sim, eu sei que os mortais também têm que lidar com a morte, mas é *pior* para um deus, acreditem! Eu tinha passado milênios sabendo que era imune ao grande ciclo da vida. E de repente descubro... *hahaha, não é bem assim!* Eu ia ser esfolado e consumido por um homem que recebia conselhos de um cavalo falante e militante da causa cavalesca!

Conforme seguíamos pela série de superiates, víamos mais e mais sinais da batalha recente. O barco vinte parecia ter sido acertado inúmeras vezes por um raio. Estava caindo aos pedaços, todo chamuscado e tomado por fumaça, os conveses superiores enegrecidos cobertos de espuma de extintor de incêndio.

O barco dezoito tinha sido convertido em um centro de triagem. Havia feridos por todos os lados, gemendo por causa de cabeças amassadas, membros quebrados, narizes sangrando e virilhas doloridas. Muitos dos ferimentos eram na altura do joelho para baixo, o alvo preferido dos chutes de Meg McCaffrey. Um bando de estriges girava acima, aos berros, mortas de fome. Talvez estivessem só de guarda, mas tive a impressão de que estavam esperando para ver quem ali não sobreviveria.

O barco quatorze era o golpe de misericórdia de Meg McCaffrey. O iate todo havia sido tomado por hera japonesa, inclusive a tripulação, que estava presa às paredes por uma teia densa de trepadeiras. Um grupo de horticultores, sem dúvida vindo do jardim botânico no barco dezesseis, tentava libertar os colegas usando cortadores e aparadores de grama.

Fiquei emocionado ao ver que nossos amigos tinham chegado tão longe e provocado tanto estrago. Talvez Clave tivesse se enganado — eles não tinham sido capturados coisa nenhuma. Dois semideuses como Jason e Meg teriam conseguido escapar se fossem encurralados. Bom, pelo menos eu estava contando com isso, já que precisava que eles me salvassem.

Mas e se eles não aparecessem? Esquadrinhei meu cérebro em busca de ideias inteligentes e planos intrincados, mas descobri que minha mente era um computador velho e lento com pouca memória.

Consegui elaborar a fase 1 do meu grande plano: eu fugiria e depois libertaria meus amigos. Eu estava me dedicando à fase 2 — *como faço isso?* — quando meu tempo se esgotou. Incitatus atravessou a ponte até o convés do *Júlia Drusila XII*, percorreu uma série de portas duplas douradas e nos carregou por uma rampa até o interior do barco, que continha um único salão enorme, a câmara de audiências de Calígula.

Entrar naquele espaço era como ser engolido por um monstro marinho. Tenho certeza de que o efeito era intencional. O imperador queria que todos sentissem pânico e impotência ao chegar ali.

Você foi abocanhado, o salão parecia dizer. *Agora, vai ser digerido.*

Não havia janelas. As paredes de quinze metros gritavam com afrescos espalhafatosos de batalhas, vulcões, tempestades, festas loucas — imagens que representavam a loucura do poder, a ausência de limites, o domínio sobre a natureza.

O piso era um estudo similar do caos: mosaicos intrincados e assustadores de deuses sendo devorados por vários monstros. Acima, o teto era pintado de preto, e pendurado nele havia candelabros dourados, esqueletos em gaiolas e espadas penduradas pelos mais finos cordões, prontas para empalar qualquer um que passasse embaixo.

Eu me vi pendendo para o lado, tentando me equilibrar em cima do Incitatus, mas era impossível. Não era seguro olhar para nenhum canto da câmara, e o balanço do iate não ajudava.

Montando guarda ao longo da sala do trono havia doze *pandai*, seis a bombordo e seis a estibordo. Eles seguravam lanças com pontas douradas e usavam cota de malha dourada da cabeça aos pés, inclusive abas enormes de metal sobre as orelhas, que, ao serem acertadas, deviam provocar um zumbido terrível.

Na extremidade do salão, onde o casco do navio se estreitava até formar uma ponta, ficava o púlpito do imperador, encostado na parede, como o de qualquer governante paranoico que se preze. À frente dele havia duas colunas de vento e destroços que não consegui compreender; algum tipo de arte performática de *ventus*?

À direita do imperador havia outro *pandos* vestido com um traje completo de comandante pretor; supus que fosse Ritmo, o capitão da guarda. À esquerda do imperador estava Medeia, os olhos brilhando, vitoriosos.

Calígula não tinha mudado nada: continuava pequeno e magro, bonito apesar dos olhos muito separados, das orelhas muito proeminentes (mas não em comparação aos *pandai*), do sorriso muito amarelo.

Ele usava uma calça branca, mocassins brancos, uma camisa listrada azul e branca, um blazer azul e um quepe de capitão. Tive um flashback horrível de 1975, quando cometi o erro de abençoar Captain e Tennille com seu sucesso "Love Will Keep Us Together". Se Calígula era o capitão, isso tornava Medeia *Tennille*, o que parecia errado em muitos níveis. Tentei afastar o pensamento.

Conforme nossa procissão se aproximava do trono, Calígula se inclinava para a frente e esfregava as mãos, como se o próximo prato do jantar tivesse acabado de ser servido.

— Momento perfeito! — disse ele. — Estou tendo uma conversa fascinante com seus amigos.

Meus amigos?

Só então meu cérebro conseguiu registrar o que havia dentro das colunas de vento.

Em uma pairava Jason Grace. Na outra, Meg McCaffrey. Os dois lutavam para se libertar, sem sucesso, gritando sem emitir som algum. Suas prisões em forma de tornado giravam com detritos cintilantes, pedacinhos de bronze celestial e ouro imperial que cortavam as roupas e pele deles, destruindo-os aos poucos.

Calígula se levantou, os olhos castanhos plácidos fixos em mim.

— Incitatus, esse não pode ser ele, pode?

— É sim, amigão — disse o cavalo. — Deixe-me apresentar essa forma lamentável do deus Apolo, também conhecida como Lester Papadopoulos.

O corcel se ajoelhou nas patas da frente e lançou seus passageiros no chão.

31

Vou te dar meu coração
Ei! Que faca é essa?
Era só uma metáfora!

EU CONSEGUIA LISTAR INÚMERAS qualidades de Calígula, mas *amigo* não era uma delas.

Ainda assim, Incitatus pareceu perfeitamente à vontade na presença do imperador. Ele trotou para estibordo, onde dois *pandai* escovaram seu pelo enquanto um terceiro se ajoelhou diante dele, trazendo um balde de ouro cheio de aveia.

Jason Grace se debateu no túnel de vento e detritos que o cercava, tentando se soltar, e olhou aflito para Piper, gritando alguma coisa que não consegui ouvir. Na outra coluna de vento, Meg flutuava, braços e pernas cruzados, fazendo cara feia enquanto ignorava os estilhaços de metal cortando seu rosto. Parecia um gênio irritado.

Calígula desceu do pequeno palanque que abrigava o trono e se aproximou fazendo uma dancinha animada, talvez efeito daquela roupa de capitão. Ele parou a alguns metros diante de mim e exibiu dois anéis de ouro na palma da mão: as espadas de Meg.

— Ah, essa deve ser a adorável Piper McLean. — Ele franziu a testa, como se só então percebesse que a garota estava inconsciente. — Minha nossa, o que aconteceu com ela? Não tenho como zombar de ninguém nesse estado. Ritmo!

O pretor estalou os dedos, e dois guardas correram e levantaram Piper. Um deles passou um pequeno frasco aberto debaixo do nariz dela — deviam ser sais aromáticos, ou algum equivalente mágico horrendo de Medeia.

Piper ergueu a cabeça. Seu corpo estremeceu, e ela se desvencilhou dos *pandai*.

— Eu estou bem. — Ela piscou, olhando em volta. Reparou em Jason e Meg nas colunas de vento e olhou para Calígula de cara feia. Tentou sacar a adaga, mas parecia que seus dedos não estavam funcionando. — Eu vou *matar* você.

Calígula riu.

— Ah, meu bem, isso seria uma graça. Mas vamos deixar para nos matar depois, está bem? Tenho outras prioridades no momento.

Ele abriu um sorriso enorme para mim.

— Ah, Lester. Que *presente* de Júpiter!

Ele andou ao meu redor, passando as pontas dos dedos por meus ombros como se quisesse verificar se tinha poeira. Eu deveria ter atacado, mas Calígula irradiava uma confiança tão tranquila, uma aura tão poderosa, que minha mente ficou confusa.

— Não sobrou muito da sua divindade, não é mesmo? Mas não precisa se preocupar, Medeia vai conseguir extrair alguma coisa daí. Então pode deixar que eu me vingo de Zeus *por você*. Encare como um prêmio de consolação.

— Eu... eu não quero vingança.

— Claro que quer! Vai ser maravilhoso, espere só para ver. Bem, na verdade você não vai poder ver nada, porque vai estar morto, mas pode confiar: você se orgulharia da minha vingança.

— César — interveio Medeia, do outro lado da plataforma —, será que dá para começarmos daqui a pouquinho?

Ela se esforçou para esconder, mas notei a tensão em sua voz. Como tínhamos visto naquele estacionamento maléfico, até os poderes de Medeia tinham limites. Manter Meg e Jason em tornados gêmeos devia exigir muito de sua força, e ela não tinha como manter as prisões de ventus *e* fazer a tal magia para tirar minha divindade. Se eu arranjasse um jeito de explorar essa fraqueza...

Uma leve irritação perpassou o rosto de Calígula.

— É claro, Medeia. Só um instantinho. Primeiro tenho que parabenizar meus servos leais... — Ele se virou para os *pandai* que tinham vindo com a gente lá do iate dos sapatos. — Qual de vocês é Compasso?

Compasso fez uma mesura, estendendo as orelhas pelo mosaico do piso.

— S-sou eu, senhor.

— Ah, você sempre me serviu muito bem, não foi?

— Sim, senhor!

— Até hoje.

Pela cara do *pandos*, ele parecia estar tentando engolir um nó na garganta do tamanho de um ukulele.

— Eles... eles nos enganaram, meu senhor! Tocaram uma música horrível!

— Ah, entendi. E como você pretende resolver isso? Como posso ter certeza da sua lealdade?

— Eu... eu lhe ofereço meu coração, senhor! Agora e sempre! Meus homens e eu somos...

Ele tapou a boca com as mãos enormes.

Calígula abriu um sorriso frio.

— Há... Ritmo?

O comandante dos *pandai* deu um passo à frente.

— Senhor?

— Você ouviu o Compasso, não ouviu?

— Ouvi sim, senhor. O coração dele é seu. E o dos homens dele também.

— Muito bem, então. — Calígula os mandou sair da sala com um leve aceno. — Pode levá-los lá para fora e pegar o que é meu.

Os guardas marcharam, levando Compasso e seus dois tenentes.

— Não! — gritava Compasso. — Não, eu... eu não quis dizer...

Os três condenados choraram e se debateram, mas não adiantou: os *pandai* de armaduras douradas os arrastaram para fora.

Ritmo apontou para Clave, que tremia e choramingava ao lado de Piper.

— E esse, meu senhor?

Calígula estreitou os olhos, pensativo.

— Por que esse tem pelo branco mesmo?

— Porque ele ainda é jovem, lorde — explicou Ritmo, sem o menor toque de solidariedade na voz. — No nosso povo, o pelo escurece com a idade.

— Entendi. — Calígula acariciou o rosto de Clave com as costas da mão; o jovem *pandos* choramingou ainda mais alto. — Deixe-o aí. É um mocinho bem divertido e parece inofensivo. Agora vá, comandante. Depois traga os corações.

Ritmo fez uma reverência e saiu.

Meu coração martelava, agitado, prestes a sair pela boca. Eu tentava me convencer de que as coisas não estavam tão ruins assim. Metade da guarda do imperador e o comandante tinham acabado de sair, e Medeia tinha que controlar dois *venti*. Com isso, restavam apenas seis *pandai* de elite, um cavalo assassino e um imperador imortal. Era o melhor momento para executar meu plano perfeito e genial... Quer dizer, se eu tivesse um.

Calígula parou ao meu lado e passou o braço pelos meus ombros, como se fôssemos velhos amigos.

— Viu só, Apolo? Eu não sou *doido*. Não sou *cruel*. Só levo a sério o que as pessoas falam. Se você me prometer sua vida, seu coração, sua riqueza... Bem, qualquer promessa tem que ser *sincera*, não acha?

Meus olhos lacrimejavam, mas eu estava com medo demais para piscar.

— Veja sua amiga Piper, por exemplo. Ela só queria passar um tempo com o pai e se ressentia muito da carreira dele. Então sabe o que eu fiz? Acabei com a carreira dele! Se a menina tivesse simplesmente ido com o pai para Oklahoma, como planejado, ela teria o que queria! Mas você acha que ouvi algum agradecimento? Claro que não! Em vez disso, ela vem aqui me matar.

— E *vou conseguir* — interveio Piper, com a voz um pouco mais firme. — Pode acreditar.

— É disso que estou falando — observou Calígula. — As pessoas nunca demonstram gratidão.

Ele deu tapinhas no meu peito, e senti uma dor aguda reverberando nas costelas machucadas.

— E Jason Grace? Ele quer ser sacerdote ou coisa do tipo, quer construir santuários para os deuses. Então, olha que ótimo: *eu sou um deus*. Não tenho problema nenhum com isso! Aí ele vem aqui e destrói meus iates com um monte de raios. Isso lá é jeito de um sacerdote se comportar? Não mesmo!

Ele foi até as colunas de vento, o que deixou suas costas expostas, só que nem Piper nem eu fizemos menção de atacar. Nem mesmo agora, recontando a história para vocês, eu consigo explicar por quê. Eu me sentia tão impotente, como se estivesse preso em uma visão de algo que acontecera séculos antes. Pela primeira vez, sentia como seria se o Triunvirato controlasse todos os Oráculos. Além de prever o futuro, eles dariam ao destino a forma que quisessem. Cada palavra deles se tornaria um destino inexorável.

— E essa aqui. — Calígula examinou Meg McCaffrey. — O pai dela chegou a jurar que não descansaria até reencarnar as nascidas do sangue, as esposas de prata! *Dá para acreditar?*

Nascidas do sangue. Esposas de prata. Essas palavras abalaram meu sistema nervoso. Sentia que deveria saber o que significavam, que deveria entender como aquilo se relacionava às sete sementes verdes que Meg tinha plantado na encosta da colina. Como sempre, meu cérebro humano gritou em protesto enquanto eu tentava arrancar a informação das profundezas. Eu quase conseguia ver a mensagem irritante de arquivo não encontrado piscando na minha mente.

Calígula sorriu.

— Bom, é claro que acreditei na palavra do dr. McCaffrey! Tive que queimar a fortaleza dele até não sobrar nada. Mas, sinceramente, fui generoso e permiti que ele e a filha continuassem vivos. A pequena Meg teve uma vida maravilhosa com meu sobrinho, Nero. Se ela tivesse cumprido as promessas que fez a ele... — O imperador fez que não com o dedo, encarando a menina.

Do outro lado da sala, Incitatus ergueu o rosto do balde de ouro com aveia e arrotou.

— Ei, Cezão? Esse discurso está ótimo e tal, mas não seria melhor matar logo os dois nos redemoinhos, para Medeia poder se concentrar na tarefa de esfolar Lester vivo? Quero muito ver isso.

— Sim, por favor — concordou Medeia, cerrando os dentes, já exausta.

— NÃO! — gritou Piper, com a voz trêmula. — Calígula, solte os meus amigos.

Ela tentou usar o charme, só que mal conseguia ficar de pé.

Calígula riu.

— Ah, minha querida, a própria Medeia me treinou para resistir ao charme. Você vai ter que fazer melhor do que isso se...

— Incitatus — chamou Piper, com a voz um pouco mais firme —, dê um coice na cabeça da Medeia.

Incitatus inspirou, inflando as narinas.

— Acho que vou dar um coice na cabeça da Medeia.

— Não vai, não! — berrou a feiticeira, numa explosão intensa de charme. —
Calígula, silencie essa garota.

O imperador foi até Piper.

— Me desculpe, querida.

Ele golpeou a boca de Piper com tanta força que o corpo dela girou trezentos e sessenta graus antes de desabar no chão.

— AHHH! — Incitatus relinchou de prazer. — Essa foi boa!

Eu surtei.

Nunca tinha sentido tanta raiva. Nem mesmo quando destruí toda a família dos nióbidas, que me insultou. Nem mesmo quando lutei contra Hércules na câmara de Delfos. Nem mesmo quando exterminei os Ciclopes que forjavam os raios assassinos do meu pai.

Bem naquele momento, decidi que Piper McLean não morreria naquela noite. Parti para cima de Calígula, determinado a agarrar seu pescoço. Queria estrangular aquele imperador maldito, queria pelo menos arrancar aquele sorriso arrogante do rosto dele.

Tinha certeza de que meu poder divino voltaria. Tinha certeza de que, com a minha fúria, eu deixaria o imperador romano em pedacinhos.

Mas Calígula só me empurrou sem nem mesmo se dignar a me olhar.

— Ora, Lester, por favor. Você está me dando vergonha alheia.

Piper continuou estendida no chão, tremendo como se estivesse com frio.

Clave estava agachado ali perto, num esforço vão de cobrir as orelhas enormes. Com certeza estava arrependido de ter decidido seguir seu sonho de se tornar um grande músico.

Encarei os ciclones gêmeos, torcendo para Jason e Meg terem conseguido escapar. Não tinham. Mas, estranhamente, como se tivessem feito um acordo tácito, eles pareciam ter trocado de papel.

Jason não parecia mais furioso, mesmo após ter visto Piper sendo golpeada. Em vez disso, ele flutuava, paralisado, numa raiva imóvel, os olhos fechados, o rosto duro como pedra. Meg, por sua vez, atacava a jaula de *ventus* com unhas e dentes, gritando coisas que eu não conseguia ouvir. Suas roupas estavam em farrapos, e o rosto já exibia dezenas de cortes sangrentos, mas ela não parecia ligar: chutava e socava e tacava pacotes de sementes no redemoinho, provocando explosões festivas de amores-perfeitos e narcisos em meio aos destroços.

Medeia, parada perto do platô, estava pálida e suada. Neutralizar o charme de Piper devia ter lhe custado caro, mas isso não servia de consolo.

Ritmo e os guardas logo estariam de volta com os corações dos inimigos do imperador.

Um pensamento frio me dominou. *Os corações dos inimigos dele.*

Senti como se *eu* tivesse levado um tapa. O imperador precisava de mim vivo, ao menos por enquanto. O que significava que minha única vantagem...

Eu devia estar exalando felicidade, porque Calígula caiu na gargalhada.

— Apolo, você está com uma cara! Parece que alguém pisou na sua lira favorita! — Ele estalou a língua. — Acha que sua vida está ruim? Eu cresci refém no palácio do tio Tibério. Tem *alguma* ideia de como aquele homem era péssimo? Eu acordava todo dia só esperando ser assassinado, como aconteceu com o resto da minha família. Acabei desenvolvendo talento para a atuação. Eu me tornava o que Tibério precisasse que eu fosse. E *eu sobrevivi*. Mas você? Sua vida foi maravilhosa do começo ao fim! Você é mole demais para ser mortal.

Ele se virou para Medeia.

— Muito bem, feiticeira! Pode aumentar a velocidade dos liquidificadores e fazer *vitamina* dos prisioneiros. Daí lidamos com Apolo.

Medeia sorriu.

— Com prazer.

— Espere! — gritei, tirando uma flecha da aljava.

Os guardas do imperador que ainda estavam por lá ergueram as lanças, mas Calígula gritou:

— NÃO ATAQUEM!

Não tentei puxar o arco, não parti para cima de Calígula. Só apertei a ponta da flecha no peito.

O sorriso de Calígula sumiu. Ele me encarou, sem conseguir disfarçar o desprezo que sentia.

— Lester... o que você está fazendo?

— Solte meus amigos — exigi. — Todos. Aí pode ficar comigo.

Os olhos do imperador reluziram, brilhando como os de uma estrige.

— E se eu não soltar?

Reuni coragem, fazendo uma ameaça que nunca imaginei que faria, não em meus quatro mil anos de vida.

— Eu vou me matar.

32

Não me obrigue a fazer isso
Eu sou doida, olha
Que eu faço... Ei! Não! Para!

AH, NÃO, TU NÃO farás isso, zumbiu uma voz na minha cabeça.

Meu nobre gesto foi arruinado quando me dei conta de que, mais uma vez, eu tinha puxado a Flecha de Dodona por engano. Ela tremeu violentamente na minha mão, sem dúvida me fazendo parecer ainda mais apavorado do que eu já estava. Ainda assim, eu a segurei com firmeza.

Calígula estreitou os olhos.

— Você não faria isso. Jamais se sacrificaria, não tem essa capacidade!

— Solte todos eles agora. — Eu pressionei a flecha no peito com ainda mais força, o suficiente para cortar a pele. — Ou você nunca vai ser o deus do Sol.

A flecha zumbiu com fúria: *MATA A TI MESMO COM OUTRO PROJÉ-TIL, PATIFE. ARMA COMUM DE MATAR EU NÃO SOU!*

— Medeia! — gritou Calígula. — Se ele se matar dessa forma, você ainda consegue fazer sua magia?

— Você *sabe* que não — reclamou ela. — É um ritual complicado! Não podemos permitir que ele tenha uma morte descuidada assim antes que eu esteja preparada.

— Bom, isso é um tanto irritante. — Calígula suspirou. — Olha, Apolo, você não pode esperar que essa história tenha um final feliz. Eu não sou Cômodo. Não estou de brincadeira. Seja um bom menino e deixe Medeia matar você do jeito correto. Depois, prometo que vou dar a seus amiguinhos um fim indolor. É minha melhor oferta.

Algo me dizia que Calígula seria um péssimo vendedor.

Ao meu lado, Piper tremia no chão, desorientada, as sinapses cerebrais provavelmente corroídas pelas muitas pancadas que levara. Clave se embrulhara nas próprias orelhas. Jason continuou meditando dentro da coluna de detritos giratórios, embora eu não conseguisse imaginá-lo atingindo o nirvana naquelas circunstâncias.

Meg gritava e gesticulava para mim, talvez me dizendo para deixar de ser ridículo e baixar a flecha. Pela primeira vez, eu não conseguia ouvir as ordens dela, mas isso não me trouxe qualquer tipo de felicidade.

Os guardas do imperador se mantiveram em suas posições, segurando as lanças. Incitatus mastigava sua aveia tranquilamente, como se estivesse assistindo a um filme.

— Última chance — anunciou Calígula.

Em algum lugar atrás de mim, no alto da rampa, uma voz gritou:

— Meu lorde!

— O que foi, Flange? — perguntou o imperador. — Estou um pouco ocupado aqui.

— N-notícias, meu lorde.

— Depois.

— Lorde, é sobre o ataque no norte.

Fui tomado por uma onda de esperança. O ataque ao Acampamento Júpiter estava marcado para aquela noite. Minha audição não era tão boa como a de um *pandos*, mas a urgência histérica na voz de Flange deixava claro que ele *não* tinha boas notícias para o imperador.

A expressão de Calígula se transformou.

— Venha aqui, então. E não toque no idiota com a flecha.

O *pandos* passou por mim e sussurrou alguma coisa no ouvido do imperador. Calígula poderia até se considerar um ótimo ator, mas não se saiu muito bem ao tentar esconder a repulsa.

— Que decepcionante. — Ele jogou os anéis de ouro de Meg no chão como se fossem pedrinhas sem valor. — Flange, sua espada, por favor.

— Eu... — Desajeitado, o *pandos* pegou sua khanda e a entregou ao imperador. — S-sim, senhor.

Calígula examinou a serra afiada da arma e, muito educado, a devolveu ao dono, cravando-a na barriga do pobre orelhudo. Aos berros, Flange se transformou em cinzas.

O imperador se virou para mim.

— Onde nós estávamos?

— Seu ataque ao norte — respondi. — Deu errado, é?

Não foi muito esperto da minha parte provocá-lo, mas foi mais forte do que eu. Assim como Meg McCaffrey, eu só queria ferir Calígula, destruir tudo que ele tinha até virar pó.

Ele ignorou minha pergunta.

— Já vi que vou ter que botar a mão na massa. Tudo bem. Era de se pensar que um acampamento de semideuses *romanos* obedeceria às ordens de um imperador *romano*, mas não.

— A Décima Segunda Legião tem um longo histórico de apoio aos *bons* imperadores — falei. — E de deposição dos ruins.

O olho esquerdo de Calígula tremeu.

— Coro, cadê você?

Um dos *pandai* que escovavam Incitatus parou o que estava fazendo na mesma hora.

— Sim, lorde?

— Convoque seus homens — disse Calígula. — Avise a todos que vamos encerrar a formação imediatamente e velejar para o norte. Temos que resolver algumas pendências na Baía.

— Mas, senhor... — Coro olhou para mim, como se avaliando se eu oferecia alguma ameaça e se deveria deixar o imperador sozinho comigo. — Sim, senhor.

O restante dos *pandai* saiu, e não havia mais ninguém para segurar o balde de ouro com aveia de Incitatus.

— Ei, Cezão — disse o corcel. — Você não está botando a carruagem na frente dos cavalos? Antes de partirmos para a guerra, você tem que concluir o serviço com Lester.

— Ah, eu vou fazer isso — prometeu Calígula. — Agora, Lester, nós dois sabemos que você não vai...

Ele avançou numa velocidade surpreendente e tentou pegar a flecha, mas eu já tinha pensado em tudo. Antes que ele conseguisse roubar a flecha, eu a enfiei no peito. Rá! Isso era para Calígula aprender a não me subestimar!

Queridos leitores, é preciso muita força de vontade para ferir a si mesmo de propósito. Não falo nem do tipo *bom* de força de vontade, e sim do tipo burro e descuidado que vocês *nunca* devem almejar ter, mesmo que para salvar seus amigos.

Quando me perfurei, fiquei chocado com a dor que senti. Por que se matar tinha que *doer* tanto?

Meu tutano virou lava. Meus pulmões se encheram de areia quente e molhada. Com a camisa encharcada de sangue, caí de joelhos, ofegante e tonto. O mundo girou à minha volta como se a sala do trono tivesse se transformado numa grande prisão de *ventus*.

VILANIA!, a voz da Flecha de Dodona zumbiu na minha mente (e agora também no meu peito). *NÃO CREIO QUE TU ME EMPALASTE AQUI! Ó CARNE VIL E MONSTRUOSA!*

Uma parte distante do meu cérebro considerou aquela reclamação injusta, uma vez que era eu quem estava à beira da morte, mas eu estava fraco demais para discutir.

Calígula correu e segurou a flecha, mas Medeia gritou:

— Pare!

Ela disparou pela sala e se ajoelhou ao meu lado.

— Puxar a flecha pode piorar as coisas! — brigou ela.

— Ele enfiou uma flecha no peito — disse Calígula. — Como pode ficar pior?

— Tolo — murmurou ela. Eu não sabia se o comentário tinha sido dirigido a mim ou a Calígula. — Eu não quero que ele tenha uma hemorragia. — Ela tirou uma bolsinha de seda preta do cinto, pegou um frasco de vidro lá dentro e entregou a bolsa a Calígula. — Segure isso.

Ela então derramou o conteúdo do frasco no ferimento.

FRIO!, reclamou a Flecha de Dodona. *FRIO! FRIO!*

Eu não senti nada. O ferimento queimava, a dor lancinante se transformando em um latejar constante que se espalhava por todo o corpo. Eu podia estar errado, mas achei que não era um bom sinal.

Incitatus se aproximou.

— Nossa, ele fez isso mesmo. Por essa eu não esperava.

Medeia examinou a ferida e em seguida soltou um palavrão em cólquida antigo que difamava o passado amoroso de minha mãe.

— Esse idiota não é capaz nem de se *matar* direito — resmungou a feiticeira. — De alguma forma, ele errou o coração.

FUI EU, BRUXA!, entoou a flecha no meu peito. *TU ACHAS QUE EU ME DISPORIA A SER FINCADA NO REPUGNANTE CORAÇÃO DE LESTER? EU DESVIEI E ESCAPEI DE TAMANHA HUMILHAÇÃO!*

Por favor, depois me lembrem de agradecer à Flecha de Dodona. Ou espatifá-la. O que fizer mais sentido no momento.

Medeia se virou para o imperador.

— Frasco vermelho, agora!

Calígula fez cara feia, nada feliz em ter que bancar o enfermeiro.

— Olha, eu nunca mexo na bolsa de uma mulher. Na de uma feiticeira, então, nem pensar.

Provavelmente esse fora o indício mais claro até o momento de que o homem era bastante são.

— Se você quer ser o deus do Sol — rosnou Medeia —, é melhor fazer o que estou mandando!

Calígula pegou o frasco.

Medeia derramou o conteúdo gosmento na mão direita. Com a esquerda, segurou a Flecha de Dodona e a arrancou do meu peito.

Eu urrei de dor. Minha visão escureceu. Meu peito parecia ter sido perfurado por uma britadeira. Quando recobrei os sentidos, o ferimento estava coberto por uma substância vermelha parecida com cera de depilação. A dor era excruciante, insuportável, mas pelo menos eu conseguia respirar.

Se eu não estivesse tão sofrido, teria aberto um sorrisão vitorioso. Eu tinha conhecimento dos poderes de cura de Medeia. A feiticeira era quase tão habilidosa quanto meu filho Esculápio, embora seu cuidado com os pacientes não fosse tão bom, e suas curas tendessem a envolver magia negra, ingredientes macabros e lágrimas de criancinhas.

É claro que eu não achava que Calígula libertaria meus amigos, mas torcia para que, distraída pela minha morte iminente, Medeia perdesse o controle dos *venti*. E foi o que aconteceu.

Aquela cena ficará para sempre gravada na minha mente: Incitatus olhando para mim, o focinho pontilhado de aveia; a feiticeira Medeia examinando meu ferimento, as mãos grudentas de sangue e cera mágica; Calígula de pé ao meu lado, a calça e os sapatos brancos esplêndidos salpicados com meu sangue; e Piper e Clave no chão, a presença deles momentaneamente esquecida por nossos captores. Até Meg parecia imóvel na sua prisão rodopiante, horrorizada com o que eu fizera.

Aquele foi o último momento antes de tudo dar errado, antes de nossa grande tragédia se desenrolar, quando Jason Grace esticou os braços, e as jaulas de vento explodiram.

33

Não trago boas notícias
Sintam-se avisados
Melhor parar por aqui

UM TORNADO É ALGO que acaba com o seu dia.

Eu já vira o rastro de destruição que os tornados furiosos de Zeus haviam deixado no Kansas. Então não foi nenhuma surpresa para mim quando os dois espíritos do vento cheios de detritos dispararam pelo *Júlia Drusila XII* como serras elétricas.

Tenho certeza de que todos teríamos morrido se Jason não tivesse canalizado a explosão para cima, para baixo e para os lados, em uma onda tridimensional, estourando as paredes, o teto negro (fazendo chover candelabros dourados e espadas) e atravessando o piso de mosaico até as entranhas do navio. O iate gemeu e chacoalhou, metal, madeira e vidro estalando como ossos mastigados por um monstro.

Incitatus e Calígula foram arremessados em uma direção, Medeia na outra. Os três não sofreram nem um arranhão, nada. Como infelizmente estava à esquerda de Jason quando os *venti* explodiram, Meg McCaffrey voou por um rombo na parede e desapareceu na escuridão.

Tentei gritar, mas acho que tudo que deve ter saído foi um gemido moribundo. Com a explosão ressoando nos meus ouvidos, eu não tinha certeza.

Eu mal conseguia me mexer, muito menos ir atrás da minha jovem amiga. Em pânico, olhei ao redor e encontrei Clave.

Os olhos do jovem *pandos* estavam quase do tamanho das orelhas. Uma espada dourada caíra do teto e se fincara no espaço entre as pernas dele.

— Salve Meg — grunhi —, e ensino você a tocar qualquer instrumento que desejar.

Achava que meus balbucios seriam incompreensíveis até aos ouvidos *pandai*, mas Clave pareceu ter entendido o recado. A expressão dele mudou de choque para uma determinação imprudente. O orelhudo correu pelo piso inclinado, abriu as orelhas e pulou pela abertura.

A rachadura no chão começou a aumentar, nos separando de Jason. Cascatas começaram a jorrar de todos os lados, cobrindo o piso de água escura e destroços, ocupando o vão cada vez maior no centro do salão. Abaixo, vapor saía do maquinário danificado. Chamas surgiram enquanto a água do mar inundava os compartimentos de carga. Acima, contornando as beiradas do teto aberto, apareceram *pandai*, gritando e preparando suas armas… até o céu se iluminar e filetes de raios transformarem os guardas em poeira.

Do outro lado da sala, em meio à fumaça, surgiu Jason, com a gládio na mão.

— Você é um daqueles pestinhas do Acampamento Júpiter, não é? — rosnou Calígula.

— Meu nome é Jason Grace — retrucou ele, irritado. — Antigo pretor da Décima Segunda Legião. Filho de Júpiter. Filho de Roma. Mas pertenço aos dois acampamentos.

— Que bom — disse Calígula. — Vou considerar *você* responsável pela traição do Acampamento Júpiter esta noite. Incitatus!

O imperador pegou uma lança dourada que rolava pelo chão, subiu nas costas do corcel falante, disparou por um vão e pulou. Depressa, Jason saiu do caminho para não ser pisoteado.

De algum lugar à minha esquerda veio um uivo de raiva. Era Piper McLean, de pé. Seu rosto estava um pesadelo: o lábio superior inchado e ferido, o maxilar, torto, e um filete de sangue escorrendo pelo canto da boca.

Ela atacou Medeia, que se virou a tempo de receber um belo soco no nariz. Cambaleante, a feiticeira tentou se equilibrar, mas Piper a empurrou pelo vão que se abrira no chão, e Medeia desapareceu na confusão de fogo e água lá embaixo.

Piper gritou algo para Jason. Ela poderia estar dizendo *VENHA!*, mas o que saiu foi um urro gutural.

O filho de Júpiter estava um pouco ocupado. Ele desviou do ataque de Incitatus e se defendeu da lança de Calígula com sua espada, mas seus movimentos estavam cada vez mais lentos, provavelmente por causa da quantidade avassaladora de energia necessária para controlar os ventos e os raios.

— Saiam daqui! — gritou ele. — Agora!

Uma flecha atingiu a coxa esquerda do garoto, que grunhiu e cambaleou. Acima de nós, mais *pandai* se reuniram, arriscando-se a serem atingidos novamente por relâmpagos.

Piper gritou para alertar Jason de que Calígula se aproximava, mas o garoto só conseguiu rolar para o lado. Ele ergueu uma das mãos, e um sopro de vento o impulsionou para cima. Então, de uma hora para outra, ele apareceu sentado em uma nuvem com patas no formato de tornados e uma juba de raios elétricos — era Tempestade, seu corcel de vento.

Ele cavalgou na direção de Calígula, sua espada contra a lança do imperador. Outra flecha acertou Jason no braço.

— Eu não estava brincando! — gritou Calígula. — Ninguém cruza meu caminho e sai vivo!

Abaixo, uma explosão sacudiu o barco. A sala se abriu ainda mais. Piper se desequilibrou, o que pode ter salvado a vida dela, porque três flechas acertaram o local onde ela estava segundos antes.

De alguma forma, ela me levantou. Eu estava com a Flecha de Dodona nas mãos, apesar de não fazer ideia de como ela fora parar ali. Não vi sinal de Clave, Meg ou Medeia. Uma flecha surgiu na ponta do meu sapato. Eu já estava com tanta dor por causa dos acontecimentos anteriormente citados que não consegui concluir se a flecha tinha perfurado meu pé ou não.

Piper puxou meu braço e apontou para Jason, as palavras urgentes, mas ininteligíveis. Eu queria ajudá-lo, mas como? Eu tinha enfiado uma flecha no peito, gente. Se desse um espirrinho que fosse, era capaz de soltar o plugue vermelho do ferimento e sofrer uma hemorragia fatal. Eu não conseguiria puxar o arco nem dedilhar o ukulele. Enquanto isso, no céu aberto acima, mais e mais *pandai* surgiam, loucos para que eu cometesse um flechicídio.

A situação de Piper não estava muito melhor. Ela estar de pé já era um milagre, o tipo de milagre que volta para te matar assim que o choque de adrenalina passa.

Ainda assim, como teríamos coragem de ir embora?

Assisti horrorizado ao embate entre Jason e Calígula. As pernas do garoto sangravam, fruto das flechadas, mas Jason de alguma forma ainda conseguia empunhar a espada. O espaço era pequeno demais para dois homens a cavalo, mas eles andavam em círculos, um de frente para o outro, trocando golpes. Incitatus chutou Tempestade com as ferraduras douradas das patas da frente. O *ventus* reagiu com uma explosão de eletricidade que chamuscou os flancos brancos do corcel.

Enquanto o antigo pretor e o imperador lutavam, o olhar de Jason atravessou a sala do trono destruída e me encontrou. A expressão dele me revelou exatamente qual era seu plano. Como eu, ele tinha decidido que Piper McLean não morreria naquela noite. Por algum motivo, ele tinha decidido que eu também não.

Ele gritou de novo:

— FUJAM! Lembre!

Eu estava lento, atordoado. Jason sustentou meu olhar uma fração de segundo a mais, talvez para ter certeza de que a última palavra penetraria na minha mente: *lembre*, a promessa que ele extraiu de mim um milhão de anos antes, naquela manhã, no dormitório em Pasadena.

Calígula aproveitou o momento de distração e girou, arremessando a lança direto nas costas de Jason. Piper gritou. O corpo do rapaz se enrijeceu, os olhos azuis arregalados, perplexos.

Ele tombou para a frente e abraçou o pescoço de Tempestade. Seus lábios se moveram enquanto ele sussurrava alguma coisa para seu cavalo.

Leve-o embora!, murmurei, sabendo que nenhum deus ouviria minha súplica. *Por favor, que Tempestade o leve para um lugar seguro!*

Jason caiu do cavalo. Bateu de cara no chão, a lança ainda nas costas, a gládio escapando da mão.

Incitatus trotou até o semideus caído. Flechas continuaram chovendo à nossa volta.

Calígula olhou para mim com a mesma expressão de desagrado de meu pai antes de anunciar uma de suas punições: *Olhe o que você me fez fazer.*

— Eu avisei — disse Calígula. Em seguida, olhou para os *pandai* acima de nós. — Apolo vive. Ele não oferece perigo. Mas matem a garota.

Piper deu um berro, tremendo de fúria, devastada. Entrei na frente dela e esperei a morte chegar, me perguntando onde a primeira flecha acertaria. Vi Calígula pegar a lança e enfiar de novo nas costas de Jason, destruindo qualquer chance que pudesse haver de nosso amigo ainda estar vivo.

Quando os *pandai* puxaram os arcos e miraram, o ar estalou com ozônio carregado. Os ventos rodopiaram à nossa volta. De repente, Piper e eu fomos arrancados do casco ardente do *Júlia Drusila XII* nas costas de Tempestade, o *ventus* executando as últimas ordens de Jason de nos levar para longe dali em segurança, mesmo contra a nossa vontade.

Eu chorei de desespero quando disparamos pela superfície do porto de Santa Bárbara, os sons das explosões ainda ressoando atrás de nós.

34

Um acidente de surfe
Apenas metáfora
Para "pior noite do ano"

PASSEI AS HORAS SEGUINTES abandonado por minha própria mente.

Não me lembro de Tempestade ter nos deixado na praia, mas ele deve ter feito isso. Só tenho memórias de alguns momentos: Piper gritando comigo; Piper sentada perto da água, tremendo de tanto chorar; Piper agarrando nacos de areia molhada e os arremessando nas ondas. Ela chegou até a jogar longe a ambrosia e o néctar que tentei fazê-la comer.

Eu me lembro de andar bem devagar pela estreita faixa de areia, os pés descalços, a camisa gelada, molhada da água do mar. Aquele tampão de gosma cicatrizante latejava em meu peito, de vez em quando deixando vazar um pouco de sangue.

Não estávamos mais em Santa Bárbara. Não vi nenhum porto nem fila de superiates, só o mar escuro do Pacífico de um lado e, do outro, um penhasco sombreado. Uma escada de madeira subia em ziguezague, levando até uma casa iluminada lá no topo.

Meg McCaffrey se sentou ao lado de Piper. Espera — quando ela chegou? Meg estava encharcada e com as roupas rasgadas, o rosto e os braços parecendo uma zona de guerra, cheios de cortes e hematomas. Ela dividiu um pouco de ambrosia com a filha de Afrodite — parece que a *minha* ambrosia não era boa o suficiente. Clave estava parado ao longe, encolhido na base do penhasco, olhando para mim, ansioso, como se quisesse logo a primeira aula de música. O *pandos* devia ter feito o que pedi: deu um jeito de encontrar Meg, tirou a menina do mar e voou até onde estávamos... onde quer que fosse.

Minha memória mais clara é de Piper dizendo: *Ele não está morto.*

Ela começou a repetir isso sem parar assim que conseguiu reunir forças para falar, depois que o néctar e a ambrosia amenizaram o inchaço em sua boca. Mas ela ainda estava com cara péssima: o lábio superior precisava de pontos, e o machucado deixaria uma cicatriz; o maxilar, o queixo e o lábio inferior eram um único hematoma gigante cor de beringela. Tive a impressão de que a conta do dentista seria bem alta. Mas, mesmo assim, se forçou a falar, determinada:

— Ele não está morto.

Meg a segurou pelos ombros.

— Pode ser. Vamos descobrir. Você precisa descansar e melhorar.

Encarei minha jovem mestra, incrédulo.

— *Pode ser?* Meg, você não viu o que aconteceu! Ele... Jason... a lança...

Meg me olhou de cara feia. Ela não chegou a soltar um *cala a boca*, mas compreendi a ordem muito bem. Os anéis dourados cintilavam em suas mãos, e eu me perguntei como ela conseguira recuperá-los. Talvez, como tantas armas mágicas, as espadas voltassem sozinhas para o dono, depois de perdidas. Era *a cara* de Nero dar esses presentes grudentos para a enteada.

— Tempestade vai encontrar Jason — insistiu Meg. — A gente só precisa esperar.

Tempestade... certo. Depois que Piper e eu chegamos naquela praia, eu me lembro vagamente de ver a semideusa ameaçando o espírito, usando palavras emboladas e gestos confusos para mandá-lo de volta aos iates, em busca de Jason. Tempestade saiu em disparada pelo mar, parecendo uma tromba d'água eletrificada.

Observando o horizonte, eu tentava decidir se valia a pena nutrir esperanças.

As memórias do navio estavam voltando, as peças se unindo em um afresco ainda mais horrível do que qualquer coisa pintada nas paredes de Calígula.

O imperador tinha me avisado: *ele não estava brincando.* Era verdade, ele realmente não era como Cômodo. Por mais que amasse o teatro, Calígula nunca estragaria uma execução acrescentando efeitos especiais brilhantes, avestruzes, bolas de basquete, carros de corrida e música. Calígula não *fingia* matar; ele *matava*.

— Ele não está morto — repetiu Piper, concentrada naquele mantra, como se quisesse usar o charme em si mesma e em nós. — Ele já passou por tanta coisa; não vai morrer assim.

Eu queria acreditar.

Mas, para meu azar, já tinha testemunhado dezenas de milhares de mortes mortais. Poucas tinham significado. A maioria vinha em algum momento inapropriado, inesperado, sem dignidade nem sentido e pelo menos com um pouco de constrangimento. Os humanos que mereciam morrer viviam uma eternidade; e os que mereciam viver sempre iam cedo demais.

Um combate contra um imperador maligno para salvar os amigos: parecia uma morte bem plausível para um herói como Jason Grace. Ele tinha me *contado* o que ouvira da Sibila Eritreia. Se eu não tivesse pedido que ele fosse conosco...

Não fique se culpando por isso, interveio o Apolo Egoísta. *Foi escolha dele.*

Mas a missão era minha!, retrucou o Apolo Culpado. *Se não fosse por mim, Jason estaria seguro em seu quarto no alojamento, desenhando novos santuários para deidades obscuras! E Piper McLean estaria ilesa, passando tempo com o pai, se preparando para uma nova vida em Oklahoma.*

O Apolo Egoísta não teve nada a dizer depois disso — ou, se teve, foi egoísta o bastante para guardar só para si.

Só me restava olhar o mar e esperar, torcendo para ver Jason Grace voltar cavalgando pela escuridão, vivo e bem.

Depois de um tempo, o cheiro de ozônio tomou o ar, e relâmpagos estalaram na superfície da água. Tempestade correu até a areia, trazendo no lombo uma forma escura sem vida que lembrava um alforje.

O cavalo do vento se ajoelhou e, com toda a delicadeza, depositou Jason na areia. Piper deu um berro e correu até ele, com Meg atrás. A pior parte foi a expressão momentânea de alívio no rosto delas, poucos segundos antes de toda e qualquer esperança ser destruída.

Jason estava com a pele cor de pergaminho pontilhada de gosma, areia e espuma. O mar tinha lavado o sangue, mas a camisa social do uniforme da escola ostentava uma mancha escura, angulosa como uma faixa presidencial. Flechas estavam fincadas nos braços e nas pernas, e a mão direita estava rígida, estendida, como se ele ainda estivesse nos mandando fugir. A expressão em seu rosto não parecia torturada nem assustada: ele parecia em paz, como se tivesse acabado de cair no sono depois de um dia difícil. Eu não queria acordá-lo.

Piper o sacudiu, aos prantos. Sua voz ecoou nos penhascos:

— JASON!

Meg fez uma careta. Então se sentou de volta na areia e olhou para mim.

— Conserta ele.

A força da ordem me fez avançar até Jason e me ajoelhar ao lado dele. Toquei sua testa fria, confirmando o óbvio.

— Meg, eu não tenho como consertar a morte. Queria ter esse poder.

— Sempre tem um jeito — retrucou Piper. — A cura do médico! Leo tomou!

Balancei a cabeça e tentei explicar, com toda a delicadeza possível:

— Leo estava com a cura pronta quando morreu. Ele passou por muitas dificuldades para conseguir os ingredientes, e mesmo assim precisou de Esculápio para fazer a poção. Não funcionaria nesse caso. Lamento muito, Piper. É tarde demais.

— Não. Não, os Cherokee sempre ensinaram… — Ela soltou um suspiro, trêmula, como se estivesse lutando para falar todas aquelas palavras. — Uma das histórias mais importantes… Logo que o homem começou a destruir a natureza, os animais decidiram que ele era uma ameaça. Todos prometeram lutar para acabar com aquilo, e cada animal escolheu um jeito diferente de matar os humanos. Mas as plantas… as plantas eram gentis e compreensivas, e elas prometeram o *oposto*. Prometeram que cada uma encontraria um jeito de proteger as pessoas. Então existe pelo menos uma planta para cada cura, seja qual for a doença, o veneno ou o ferimento. *Alguma* planta tem a cura para o Jason. Você só precisa saber qual!

— Piper, essa é mesmo uma história muito sábia — falei. — Mas, mesmo se eu ainda fosse um deus, não poderia oferecer um remédio que trouxesse os mortos de volta à vida. Se isso existisse, Hades nunca permitiria que fosse usado.

— Então vamos para as Portas da Morte! Foi assim que *Medeia* voltou! Por que Jason não pode fazer o mesmo? Sempre tem um jeito de enganar o sistema, Apolo. Me ajude!

O charme dela me atingiu como uma onda, me afetando com a mesma intensidade de uma ordem de Meg, mas eu apenas continuei onde estava, admirando a expressão tranquila de Jason.

— Piper, você e Jason lutaram para *fechar* as Portas da Morte. Sabiam que não era certo deixar os mortos voltarem para o mundo dos vivos. Jason Grace era muitas coisas, mas não era trapaceiro. Acha mesmo que ele ia querer que você revirasse o céu, a terra e o Mundo Inferior para trazê-lo de volta?

Os olhos dela arderam de raiva.

— Você não liga porque é um deus. Vai voltar para o Olimpo assim que libertar seus Oráculos, não é? Então por que se importaria? Você está só usando a gente para conseguir o que quer, como todos os outros deuses.

— Ei — interveio Meg, com a voz ao mesmo tempo firme e gentil. — Isso não vai ajudar.

Piper pressionou a mão no peito de Jason.

— Por que ele morreu, Apolo? Por um par de *sapatos*?

Uma pontada de pânico quase fez o plugue de cera curativa que tapava a ferida em meu peito explodir. Eu tinha me esquecido completamente dos sapatos. Peguei a aljava nas costas e a virei de cabeça para baixo, espalhando todas as flechas na areia.

As sandálias de Calígula caíram no chão.

— Estão aqui. — Eu as peguei, as mãos trêmulas. — Pelo menos... pelo menos estamos com elas.

Piper soltou um soluço desesperado e acariciou o cabelo de Jason.

— Ah, que ótimo! Pode ir ver seu oráculo agora. O oráculo que fez Jason MORRER!

De algum ponto mais atrás, os gritos de um homem ecoam:

— Piper?!

Tempestade fugiu, se desfazendo em vento e chuva.

Tristan McLean desceu a escada e se aproximou, usando uma calça de flanela quadriculada e uma camiseta branca.

Claro. Tempestade tinha nos levado para a casa dos McLean, em Malibu. De alguma forma, ele sabia para onde ir. Tristan deve ter ouvido os gritos da filha e foi ver o que estava acontecendo.

Ele correu até nós, os chinelos quase saindo dos pés, a calça espalhando areia a cada passada, a camisa balançando ao vento. O cabelo escuro e desgrenhado caía nos olhos, mas não escondia a expressão alarmada.

— Piper, o que aconteceu? Eu estava no terraço e...

Ele congelou, vendo primeiro o rosto ferido da filha, depois o garoto caído na areia.

— Ah, não, não... — Ele correu até Piper. — O que... Como...? Quem...?

Depois de ter certeza de que Piper não corria perigo, ele se ajoelhou ao lado de Jason e tentou sentir alguma pulsação no pescoço. Então levou o ouvido à boca de Jason, para ouvir a respiração. Claro que não encontrou nada.

Ele nos encarou, consternado. Teve que olhar uma segunda vez para Clave, agachado ali perto, as enormes orelhas brancas espalhadas na areia.

Quase senti a Névoa girando em volta de Tristan, que tentava decifrar o que estava vendo, organizar tudo num contexto que seu cérebro mortal conseguisse entender.

— Foi um acidente de surfe? — arriscou. — Ah, Piper, você *sabe* como essas rochas são perigosas! Por que você não veio *falar comigo*...? Como...? Não importa, não importa.

Com as mãos trêmulas, ele tirou o celular do bolso do pijama e ligou para a emergência.

O celular chiou e apitou.

— Meu celular não está... Eu... eu não estou entendendo...

Piper caiu no choro, apertando o rosto no peito do pai.

Naquele momento, Tristan McLean poderia ter desmoronado de vez. Sua carreira tinha sido destruída; ele tinha perdido tudo pelo que trabalhara em toda a vida. E ainda encontrara a filha ferida junto do ex-namorado morto na praia de sua propriedade. Com certeza aquilo era suficiente para fazer evaporar a sanidade de uma pessoa. Calígula teria mais um motivo para celebrar a boa noite de sadismo.

No entanto, mais uma vez, a resiliência humana me surpreendeu. Tristan McLean pareceu determinado, totalmente concentrado no presente. Devia ter percebido que a filha precisava dele, que não era hora de desabar e de se desesperar. Ele tinha um último papel importante para interpretar: o papel de pai.

— Vai ficar tudo bem, meu amor — disse Tristan, aninhando a cabeça da filha. — Vai ficar tudo bem. A gente… a gente vai dar um jeito. A gente vai sobreviver a mais essa.

Ele se virou e apontou para Clave, ainda agachado perto do penhasco.

— Você.

O *pandos* sibilou para ele, como um gato.

O sr. McLean piscou, a mente apagando tudo aquilo na marra.

Então ele apontou para mim.

— Você. Leve os outros lá para casa. Eu vou ficar aqui com Piper. Use o telefone fixo na cozinha e ligue para a emergência. Diga… — Ele olhou para o corpo de Jason. — Diga para virem imediatamente.

Piper ergueu o rosto para me encarar, os olhos inchados e vermelhos.

— Apolo, não volte mais. Não volte, ouviu bem? Só… só vá embora.

— Piper… — argumentou o pai. — Não é…

— NÃO VOLTE NUNCA MAIS! — gritou ela.

Subimos a escada bamba, e eu não sabia o que me afetava mais: o corpo exausto ou a pancada de dor e culpa se espalhando por meu peito. O choro de Piper, ecoando nos penhascos escuros, me acompanhou por todo o caminho até a casa.

35

Não cometa esse meu erro
Nenhum dos pandai
Pode ter ukulele

AS COISAS APENAS FORAM de mal a pior.

Nem Meg nem eu conseguimos fazer o telefone da cozinha funcionar; a maldição que afetava o uso das comunicações por semideuses impediu que conseguíssemos sinal.

No desespero, pedi para Clave tentar. Com ele, o telefone funcionou perfeitamente, o que interpretei como uma afronta pessoal.

Mandei que ligasse para o número do atendimento de emergências da região, o 9-1-1, mas Clave não conseguia. Depois de muitas falhas, percebi que ele estava usando as letras do teclado e tentando ligar para I-X-I-I. Ensinei a forma correta e finalmente conseguimos falar com alguém.

— Pode ajudar, sim — respondeu ele, para o atendente. — Tem um humano morto na praia. Ele precisa de ajuda... O endereço?

— Oro del Mar, doze — respondi.

Clave repassou a informação.

— Correto... Quem sou eu!? — Ele desligou na cara do atendente, rosnando.

Pareceu um bom momento para irmos embora.

Claro que a desgraça vem sempre acompanhada: o Chevette de Gleeson Hedge ainda estava estacionado na frente da casa dos McLean. Por falta de opção, fui obrigado a dirigir até Palm Springs. Ainda me sentia péssimo, mas a cola mágica de Medeia em meu peito parecia estar curando o ferimento bem lenta e dolorosamente, como um exército de demônios minúsculos munidos de grampeadores correndo para cima e para baixo na minha caixa torácica.

Meg foi no banco do carona, empesteando o carro com cheiro de suor defumado, roupas molhadas e maçãs queimadas. Clave ficou atrás, dedilhando em meu ukulele de combate, embora eu ainda não tivesse lhe ensinado nenhum acorde. Como eu já imaginava, o instrumento era pequeno demais para suas mãos de oito dedos. Cada vez que Clave tocava uma combinação ruim de notas (ou seja, sempre que tocava qualquer coisa), ele rosnava para o instrumento, como se desse para intimidar o coitado do ukulele até fazê-lo cooperar.

Eu ainda estava atordoado. Quanto mais nos afastávamos de Malibu, mais eu tentava me convencer do mantra que não parava de repetir: *Não. Isso não pode ter acontecido. Tudo isso foi um pesadelo. Eu não vi Jason Grace morrer. Não deixei Piper McLean chorando naquela praia. Eu jamais permitiria que uma coisa dessas acontecesse. Eu sou um deus do bem!*

Mas não conseguia acreditar em mim mesmo.

Na verdade, eu de fato merecia estar dirigindo um Chevette amarelo no meio da noite, junto com uma garota mal-humorada e maltrapilha e um *pandos* obcecado por ukuleles.

E eu nem sabia por que estávamos voltando para Palm Springs. De que adiantaria? Sim, Grover e nossos outros amigos nos esperavam lá, mas levávamos apenas notícias trágicas e um par de sandálias velhas. Nosso verdadeiro propósito, a entrada do Labirinto de Fogo, ficava no centro de Los Angeles. Era para lá que deveríamos ir, para libertar a Sibila de sua prisão. Só assim poderíamos garantir que a morte de Jason não tinha sido em vão.

Ah, mas quem eu queria enganar? Eu não estava em condições de fazer nada, e Meg não estava muito melhor. Meu único objetivo era chegar a Palm Springs sem dormir ao volante, para finalmente poder me encolher num cantinho no fundo da Cisterna e chorar até cair no sono.

Meg apoiou os pés no painel. A armação dos óculos de gatinho tinha rachado bem no meio, mas ela continuava usando mesmo assim.

— Ela só precisa de um tempo — comentou. — Agora ela está muito irritada.

Num primeiro momento achei que Meg estivesse falando de si mesma na terceira pessoa. Ah, era tudo de que eu precisava! Então percebi que ela se referia a Piper McLean — do jeito dela, Meg estava tentando me consolar. Ah, aquele dia não parava de trazer surpresas e maravilhas aterradoras.

— Eu sei — respondi.

— Você tentou se matar.

— Eu... eu achei que isso... distrairia Medeia. Foi um erro. Foi tudo culpa minha.

— Que nada. Eu entendo.

Meg McCaffrey sentia compaixão por mim? Tive que me segurar para não cair no choro.

— Jason também fez uma escolha — continuou ela. — Assim como você. Os heróis têm que estar sempre prontos para fazer sacrifícios.

Fiquei meio incomodado, e não só porque Meg tinha conseguido falar tanta coisa de uma vez só. Não gostei da definição dela de heroísmo. Sempre pensei em um herói como alguém que ocupava a posição de destaque do carro alegórico durante um desfile, acenava para a plateia, jogava doces para as crianças e curtia a adulação das pessoas comuns. Mas se *sacrificar*? Não. Definitivamente não constava como requisito no anúncio de recrutamento de heróis.

Além disso, Meg parecia estar *me* chamando de herói, me colocando na mesma categoria de Jason Grace. Aquilo não pareceu certo. Eu era muito melhor como deus do que como herói. Aquilo que eu disse a Piper sobre a finalidade da morte era verdade: Jason não voltaria. Se eu morresse aqui na Terra, também não teria uma segunda chance. E eu nunca conseguiria encarar aquilo com a mesma tranquilidade de Jason. Enfiei aquela flecha no peito *esperando* que Medeia me curasse, só para ela poder me esfolar vivo alguns minutos depois. Eu era mesmo um covarde.

Meg cutucou um calo na palma da mão.

— Você estava certo. Sobre Calígula. E Nero. Sobre meus motivos para estar com tanta raiva.

Ela franzia a testa, concentrada. Meg tinha dito os nomes dos imperadores com um distanciamento estranho, como se examinasse amostras de vírus mortais expostas em um cofre de vidro.

— E como você está se sentindo agora? — perguntei.

Meg deu de ombros.

— Igual. Diferente. Não sei. Sabe quando se corta uma planta pela raiz? É assim que eu me sinto. É difícil.

Aquelas explicações confusas fizeram sentido para mim, o que não era um bom sinal para a minha sanidade. Lembrei-me de Delos, a ilha onde minha irmã e eu nascemos, um pedaço de terra que flutuava no mar, sem raízes, até minha mãe, Leto, ir para lá.

Eu achava difícil imaginar o mundo antes da minha existência, pensar em Delos como um lugar à deriva. Meu lar literalmente criou raízes por causa da minha existência. Eu nunca tive dúvidas de quem eu era, de quem eram meus pais, ou de onde eu tinha vindo.

A Delos de Meg nunca fincara raízes, estava sempre à deriva. Como eu podia culpá-la por toda aquela raiva?

— Sua família é bem antiga — comentei. — Você deveria ter muito orgulho da sua herança, de ser uma descendente de Plemneu. Seu pai estava fazendo um trabalho importante em Aeithales. As nascidas do sangue, as esposas de prata… Calígula morre de medo daquelas sementes que você plantou, o que quer que sejam.

O rosto de Meg tinha tantos machucados que era difícil dizer se ela estava ou não franzindo a testa.

— E se eu não conseguir fazer aquelas sementes crescerem?

Não arrisquei uma resposta; não suportava nem pensar em mais algum fracasso naquela noite.

Clave enfiou a cabeça entre os bancos da frente.

— Me mostra agora aquele trítono de dó menor dissonante?

Nosso retorno a Palm Springs não foi nada feliz.

Só de ver nosso estado, as dríades que estavam de plantão souberam que trazíamos más notícias. Eram duas da madrugada, mas elas reuniram todas as plantas da área na Cisterna, além de Grover, o treinador Hedge, Mellie e o bebê Chuck.

Josué olhou com desprezo para Clave.

— Por que você trouxe essa criatura para o nosso meio?

— O mais importante é saber onde estão Piper e Jason — interveio Grover.

Ele me encarou, e de repente toda aquela compostura desabou como um castelo de cartas.

— Ah, não... Não.

Contamos nossa história — ou melhor, eu contei; Meg só ficou sentada na beira do lago, encarando a água com uma expressão desolada. Clave se enfiou em um dos nichos e enrolou as orelhas em volta do corpo como um cobertor, aninhando meu ukulele com o mesmo cuidado com que Mellie aninhava o bebê Chuck.

Minha voz falhou várias vezes enquanto eu descrevia a batalha final de Jason. Foi ali que a morte dele finalmente se tornou real para mim, e perdi qualquer esperança de acordar daquele pesadelo.

Esperei que o treinador Hedge explodisse, que começasse a bater em tudo e em todos com aquele bastão, mas ele me surpreendeu tanto quanto Tristan McLean, mais cedo. O sátiro ficou imóvel e calmo, a voz tão controlada que me deu raiva.

— Eu era o protetor do garoto — comentou. — Eu devia ter estado lá.

Grover tentou consolá-lo, mas Hedge apenas ergueu a mão para impedi-lo.

— Não. Não faça isso. — Ele olhou para Mellie. — Piper vai precisar da gente.

A ninfa das nuvens secou uma lágrima.

— Sim. Claro.

Aloe Vera apertou as mãos no peito.

— Será que é melhor eu ir junto? Talvez eu possa ajudar de algum jeito. — Ela me olhou com desconfiança. — Vocês *tentaram* passar aloe vera no garoto?

— Infelizmente, ele morreu de verdade — respondi. — Nem mesmo os poderes da aloe poderiam ajudar.

Ela não pareceu convencida, mas Mellie apertou seu ombro.

— Você é necessária aqui, Aloe. Cure Apolo e Meg. Gleeson, pegue a bolsa de fraldas, eu encontro você no carro.

Ela saiu flutuando da Cisterna, levando o filho nos braços.

Hedge estalou os dedos para mim.

— Cadê as chaves do Chevette?

Joguei o chaveiro para ele.

— Por favor, não faça nada precipitado. Calígula é... Você não pode...

Hesitei diante do olhar frio de Hedge.

— Tenho que cuidar da Piper; essa é minha prioridade — disse ele. — As atitudes precipitadas eu deixo para outras pessoas.

A voz dele saiu com um tom amargo e acusatório. Vindo do treinador Hedge, aquilo me parecia bem injusto, mas não tive coragem de protestar.

Depois que a família Hedge foi embora, Aloe Vera cuidou de Meg e de mim, passando gosma em nossos ferimentos. Ela soltou um muxoxo de reprovação ao ver o plugue vermelho em meu peito e o substituiu por um pedaço verde de seu lindo cabelo.

As outras dríades pareciam não saber o que fazer ou dizer; só ficaram paradas ali pelo lago, pensando e esperando. Por serem plantas, talvez ficassem bem à vontade com longos silêncios.

Grover Underwood se sentou ao lado de Meg e dedilhou a flauta.

— Perder um semideus... — Ele balançou a cabeça. — Essa é a pior coisa que pode acontecer a um protetor. Anos atrás, quando achei que tinha perdido Thalia Grace... — Ele parou de falar e desmoronou com o peso do desespero. — Ah, Thalia. Quando ela souber disso...

Eu achava que não poderia me sentir pior, mas aquilo cravou ainda mais lâminas no meu peito. Thalia Grace tinha salvado minha vida em Indianápolis, e a fúria dela em combate só rivalizava com o carinho que sentia pelo irmão. Senti que *eu* deveria dar a notícia a ela. Por outro lado, não queria estar na mesma cidade que Thalia quando ela ficasse sabendo o que aconteceu.

Olhei para meus amigos, todos muito desanimados, e me lembrei das palavras da Sibila, em meu sonho: *A empreitada talvez não pareça valer a pena. E não tenho certeza de que valha. Mas você tem que vir. Precisa manter todos unidos, mesmo sob a dor do luto.* Agora, eu entendia, mesmo preferindo não entender. Como eu podia unir e liderar uma Cisterna inteira de dríades espinhosas quando não tinha forças nem para *me* obrigar a fazer qualquer coisa?

Mesmo assim, ergui o par de cáligas velhas que tínhamos roubado no iate dos sapatos.

— Pelo menos temos isto. Jason deu a vida para podermos ter a chance de impedir os planos de Calígula. Amanhã, vou calçar estas sandálias e entrar no

Labirinto de Fogo. Vou dar um jeito de libertar o oráculo e acabar com os incêndios de Hélio.

Achei que foi um bom discurso motivacional, todo elaborado para recobrar a confiança e tranquilizar meus amigos. Deixei de fora a parte sobre não ter a menor ideia de como fazer nenhuma daquelas coisas.

Figo-da-índia se empertigou, em movimentos intensos e deliberados.

— Você não está em condições de fazer nada disso. Além do mais, Calígula deve saber o que você está planejando, e vai estar esperando. Dessa vez ele vai estar preparado.

— É verdade — interveio Clave, de seu cantinho.

As dríades fizeram cara feia.

— O que esse cara está fazendo aqui? — perguntou Cholla.

— Veio fazer aulas de música — expliquei.

Claro que isso me rendeu vários olhares confusos.

— É uma longa história. Mas Clave arriscou a vida por nós, lá nos iates do imperador. Ele salvou Meg. Podemos confiar nele. — Torci para estar certo. — Clave, você sabe de alguma coisa que possa nos ajudar?

O *pandos* franziu o nariz peludo branco (o que não foi muito fofo nem me deu vontade de fazer carinho nele, ao contrário do que vocês devem estar imaginando).

— Não use a entrada principal do centro da cidade. Vão estar esperando.

— Mas nós conseguimos passar *por você* — comentou Meg.

As bordas das orelhas gigantescas de Clave enrubesceram, e ele murmurou:

— Aquilo foi diferente. Meu tio me colocou lá de castigo. Era o turno do almoço. *Ninguém* ataca na hora do almoço. — Ele olhou de cara feia para mim, como se eu devesse saber disso. — Agora eles devem ter deixado mais guerreiros a postos na porta. E mais armadilhas. Até o cavalo pode estar lá. Ele é muito rápido, consegue chegar bem depressa. Basta uma ligação.

Eu me lembrei de como Incitatus chegara rápido lá na Maluquice Militar do Macro e de como ele lutou a bordo do navio. Não estava nem um pouco ansioso para encontrá-lo de novo.

— Tem alguma outra entrada? — perguntei. — Qualquer coisa menos perigosa e mais convenientemente próxima da sala do oráculo?

Clave abraçou seu ukulele — ou melhor, *meu* ukulele — com mais força.

— Tem uma. Só eu conheço. Os outros não sabem que existe.

Grover inclinou a cabeça, desconfiado.

— Preciso dizer que isso parece um pouco conveniente *demais*.

O *pandos* fez uma careta amargurada.

— Eu gosto de explorar, o que mais ninguém gosta. O tio Acorde... Ele sempre dizia que eu sou muito distraído. Mas quem explora descobre coisas.

Taí uma verdade incontestável. Sempre que eu explorava, descobria coisas perigosas que queriam me matar. E duvidava muito que o dia seguinte no Labirinto seria diferente.

— E você pode nos levar até essa entrada secreta? — perguntei.

Clave assentiu.

— Aí vocês vão ter uma chance. Assim talvez consigam entrar escondidos e chegar ao oráculo antes de serem descobertos pelos guardas. Daí, depois que você sair, pode me dar aulas de música.

As dríades me encararam, praticamente revirando os olhos. Aquilo não ajudou em nada. *Ei, não podemos lhe dizer como morrer*, pareciam dizer. *A escolha é sua.*

Meg decidiu por mim.

— Nós vamos. Grover, quer vir junto?

O sátiro suspirou.

— Claro. Mas primeiro vocês precisam dormir.

— E se curar — acrescentou Aloe.

— E que tal umas enchiladas? — pedi. — Quem sabe no café da manhã?

Isso foi um consenso.

Então, com a promessa de enchiladas pela frente (além de uma ida provavelmente fatal ao Labirinto de Fogo), eu me aninhei no saco de dormir e apaguei.

36

Fá suspenso: um acorde
Tocado antes
De um ataque repentino...

ACORDEI COBERTO DE GOSMA e com espinhos de aloe (isso nunca ia acabar) nas narinas.

Pelo menos minhas costelas não pareciam mais depósitos de lava. A ferida em meu peito havia sarado, restando apenas uma cicatriz para contar a história. Nunca em minha longa vida eu tive uma cicatriz. Queria considerá-la uma espécie de medalha de honra, mas temia que, sempre que olhasse para ela, eu me lembrasse da pior noite da minha vida.

Eu tinha dormido profundamente, sem sonhar. Aquela aloe vera era das boas.

O sol ardia no céu. A Cisterna estava vazia, exceto por mim e Clave, que estava roncando em seu nicho, aninhando o ukulele como se fosse um ursinho de pelúcia. Alguém, provavelmente horas atrás, tinha deixado um prato de enchiladas e um copo de refrigerante ao lado do meu saco de dormir. A comida estava morna; o gelo na bebida tinha derretido, mas eu não estava nem aí: comi e bebi com avidez. Fiquei agradecido pela existência de molho picante, que afastou do meu nariz a lembrança do cheiro de iates em chamas.

Depois que tirei a gosma do corpo e me lavei no laguinho, coloquei roupas limpas adquiridas na Macro, uniformes camuflados na cor branco-ártico, porque obviamente havia demanda para esse tipo de coisa no Deserto de Mojave.

Pendurei a aljava e o arco no ombro. Amarrei os sapatos de Calígula no cinto. Pensei em pegar o ukulele de Clave, mas decidi que ele seria o responsável pelo instrumento a partir daquele momento, porque eu não queria levar uma mordida na mão.

Finalmente, subi a rampa da Cisterna, assolado pelo calor opressivo de Palm Springs.

De acordo com o ângulo do sol, era em torno de três da tarde. Eu me perguntei por que Meg me deixou dormir tanto. Olhei para a encosta e não vi ninguém. Cheguei a imaginar (com uma pontada de culpa) que Meg e Grover não conseguiram me acordar e decidiram ir sozinhos até o Labirinto.

Droga!, eu diria quando eles voltassem. *Foi mal, pessoal! Eu queria tanto ter ido com vocês!*

Mas não. As sandálias de Calígula estavam comigo. Eles não teriam partido sem elas. Nem sem Clave, porque ele era o único que conhecia a entrada supersecreta do labirinto.

Captei um vislumbre de movimento: duas sombras se movendo atrás da estufa mais próxima. Cheguei mais perto e ouvi vozes: Meg e Josué.

Eu não sabia se era melhor deixá-los a sós ou ir até lá e gritar: *Meg, agora não é hora de flertar com o namoradinho planta!*

Mas então percebi que eles conversavam sobre clima e épocas de cultivo. Nossa, muito interessante mesmo. Eu os encontrei observando uma fileira de sete plantinhas que tinham surgido no solo pedregoso... no exato lugar onde, no dia anterior, Meg tinha plantado suas sementes.

Josué me viu na mesma hora, um sinal claro de que minha camuflagem ártica estava funcionando.

— É. Ele está vivo — anunciou, não muito empolgado com a constatação. — Estávamos aqui examinando os recém-chegados.

Cada mudinha tinha uns noventa centímetros, com galhos brancos e folhas verdes bem clarinhas que pareciam delicadas demais para o calor do deserto.

— São freixos — falei, atordoado.

Freixos eram velhos conhecidos meus... Bom, mais do que a maioria das árvores, pelo menos. Muito tempo antes, eu já fora chamado de *Apollo Meliai*, Apolo dos Freixos, por causa de um bosque sagrado que eu tinha em... Ih, onde era mesmo? Na época eu tinha tantas propriedades que nunca conseguia me lembrar de todas.

Minha mente começou a rodopiar. A palavra *meliai* me lembrava alguma outra coisa além de *freixo*. Tinha um significado especial. Apesar de terem sido plantadas em condições hostis, aquelas jovens plantas irradiavam uma força e uma energia que até eu conseguia sentir. Elas germinaram durante a noite e cresceram, cheias de saúde. Eu me perguntei como estariam no dia seguinte.

Meliai... Eu busquei a palavra em minhas recordações. Lembrei-me das palavras de Calígula: *Nascidas do sangue. Esposas de prata.*

Meg franziu a testa. Sua aparência estava bem melhor — usava suas boas e velhas roupas coloridas de sinal de trânsito, que foram milagrosamente costuradas e lavadas. (Provavelmente obra das dríades, que eram ótimas com tecidos.) Os óculos de gatinho tinham sido remendados com fita isolante azul. As cicatrizes nos braços e no rosto tinham se tornado marcas brancas claras, como rastros de meteoro pelo céu.

— Não estou entendendo nada — disse ela. — Freixos não crescem no deserto. Por que meu pai estava fazendo experimentos com eles?

— As Melíades — falei.

Os olhos de Josué cintilaram.

— Pensei o mesmo.

— Quem? — perguntou Meg.

— Acho que seu pai estava fazendo mais do que apenas pesquisar uma variação nova e mais resistente de planta — expliquei. — Ele estava tentando recriar... ou melhor, *reencarnar* uma antiga espécie de dríade.

Eu estava imaginando coisas, ou as plantinhas tremeram quando falei aquilo? Minha vontade era me virar e sair correndo, mas me contive. Eram só mudas, eu lembrei a mim mesmo, lindas e inofensivas plantas bebês que não tinham intenção nenhuma de me assassinar.

Josué se ajoelhou. Com aquela roupa cáqui e o cabelo verde-acinzentado desgrenhado, ele parecia um especialista em vida selvagem prestes a mostrar uma espécie mortal de escorpião em um programa na televisão, mas ele só tocou nos galhos da muda mais próxima e afastou a mão na mesma hora.

— Será? — refletiu ele. — Elas ainda não estão conscientes, mas o poder que sinto...

Meg cruzou os braços e fez beicinho.

— Bom, eu não teria plantado essas sementes aqui se soubesse que eram freixos importantes, blá-blá-blá. Ninguém me *contou*.

Josué abriu um sorrisinho seco para ela.

— Meg McCaffrey, se elas *forem* as Melíades, vão sobreviver mesmo neste clima de deserto. Elas foram as primeiras dríades, sete irmãs nascidas quando Urano foi assassinado e seu sangue caiu no solo de Gaia. Surgiram junto com as Fúrias, a partir da mesma força gigantesca.

Estremeci. Eu não gostava das Fúrias. Elas eram feias, mal-humoradas e tinham um péssimo gosto musical.

— As nascidas do sangue — falei. — Foi assim que Calígula as chamou. De *esposas de prata*, também.

— Humm. — Josué assentiu. — De acordo com a lenda, as Melíades se casaram com humanos que viveram durante a Idade da Prata e geraram os homens da Idade do Bronze. Mas todos cometemos erros.

Observei as mudas. Elas não pareciam ser as mães da humanidade da Idade do Bronze. Também não se pareciam com as Fúrias.

— Reencarnar seres tão poderosos seria *possível*? — refleti. — Mesmo para um botânico talentoso como o dr. McCaffrey, com a benção de Deméter?

Josué deu de ombros, pensativo.

— E quem vai dizer que não? Parece que a família de Plemneu passou milênios trabalhando para isso. Ninguém seria mais adequado. O dr. McCaffrey aperfeiçoou as sementes. A filha dele as plantou.

Meg ficou vermelha.

— Não sei. Sei lá. Parece estranho.

Josué observou os jovens freixos.

— Vamos ter que esperar para ver. Mas imaginem sete dríades primordiais, seres de grande poder, dedicados à preservação da natureza e à destruição de qualquer um que a ameace. — A expressão dele ganhou ares inesperadamente belicosos para uma planta que gerava flores. — Para Calígula, isso certamente representaria um grande perigo.

Perigo grande o suficiente para que ele botasse fogo na casa de um botânico e o mandasse junto com a filha direto para os braços de Nero? Provavelmente.

Josué se levantou.

— Bem, eu preciso dormir. Mesmo para mim, as horas do dia são puxadas. Vamos ficar de olho nas nossas novas amigas. Boa sorte na sua missão! — disse ele, e então se transformou em uma nuvem de fibras vegetais.

Meg parecia desnorteada, talvez porque eu tivesse interrompido sua conversa/flerte com Josué sobre zonas climáticas.

— Freixos — resmungou ela. — E eu os plantei no deserto.

— Você os plantou onde eles precisavam estar — falei. — Se forem mesmo as Melíades — balancei a cabeça, ainda perplexo com aquela possibilidade —, elas vão responder a *você*, Meg. Você trouxe de volta uma força vital que está ausente há milênios. Isso é impressionante.

— Está debochando de mim? — perguntou ela.

— Não — garanti. — Você é filha da sua mãe, Meg McCaffrey. É uma menina impressionante.

— Humpf.

Eu entendia o ceticismo dela.

Deméter raramente era descrita como *impressionante*. Na maioria das vezes, ela era ridicularizada por não ser uma deusa muito interessante ou poderosa. Como as plantas, Deméter trabalhava lenta e silenciosamente. Suas ações se desenvolviam ao longo dos séculos e, quando davam frutos (péssimo trocadilho, me perdoem), eram extraordinárias. Como Meg McCaffrey.

— Vai lá acordar o Clave — ordenou ela. — Encontro você na estrada. Grover vai arrumar um carro para a gente.

O sátiro era quase tão bom quanto Piper McLean para obter veículos de luxo. Ele apareceu com um Mercedes XLS vermelho. Em outras circunstâncias, eu não teria reclamado, mas o carro era igual ao que Meg e eu usamos para ir de Indianápolis até a Caverna de Trofônio.

Eu adoraria dizer que não acreditava em maus presságios, mas, como eu era o deus dos presságios…

Pelo menos Grover aceitou dirigir. A direção dos ventos tinha mudado, agora eles rumavam ao sul, assolando o vale Morongo com fumaça de incêndios e com congestionamentos ainda mais intensos do que o habitual. No céu vespertino acima, o sol parecia mais um olho macabro.

Eu temia que o astro-rei mantivesse essa hostilidade pelo restante da eternidade se Calígula se tornasse o novo deus solar... mas não, aquela não era hora de pensar nisso.

Eu não gostava nem de pensar no tanto de modificações horríveis que ele faria na carruagem do Sol se passasse a conduzi-la: alto-falantes enormes, iluminação inferior de néon, película fosca, uma buzina que tocava o refrão de "Apettite for Destruction". Havia limite para tudo.

Eu me sentei no banco de trás com Clave e tentei ensinar a ele os acordes básicos do ukulele. Ele aprendia rápido, apesar do tamanho das mãos, mas ficou sem paciência para os acordes básicos e quis treinar combinações mais exóticas.

— Me mostre o fá suspenso de novo — disse ele. — Gostei dele.

É claro que ele ia gostar dos acordes mais imprevisíveis.

— Temos que comprar um violão maior para você — insisti mais uma vez. — Ou até um alaúde.

— Você toca ukulele — insistiu ele. — Eu vou tocar ukulele também.

Por que eu sempre atraía companhias teimosas? Era minha personalidade cativante e relaxada? Vai saber.

Quando Clave se concentrava para tocar o ukulele, por algum motivo sua expressão me lembrava a de Meg: um rosto tão jovem, mas tão atento e sério, como se o destino da humanidade dependesse daquele acorde específico sendo tocado com perfeição, daquele pacote de sementes específico sendo cultivado, daquele saco de frutas podres específico sendo jogado na cara de um trombadinha específico.

Eu não sabia bem por que essa semelhança me fazia gostar de Clave, mas fiquei pensando em tudo que ele tinha perdido desde o dia anterior — o trabalho, o tio, por pouco a vida — e em tudo que ele arriscara ao vir conosco.

— Acho que não cheguei a me desculpar... pelo que aconteceu com seu tio Acorde — falei.

Clave cheirou as cordas do ukulele.

— Se desculpar pelo quê?

— Hã... É só que, você sabe, a gente diz isso quando... mata os parentes de alguém.

— Eu nunca gostei dele, na verdade — confessou Clave. — Minha mãe que me mandou procurá-lo, disse que ele me tornaria um *verdadeiro* guerreiro *pandos*. — Ele dedilhou as cordas e tirou uma sétima diminuta sem querer. Pareceu satisfeito. — Só que eu não quero ser um guerreiro. O que você faz da vida?

— Eu... hã... sou o deus da música.

— Então é isso que eu vou ser. Um deus da música.

Meg olhou para trás e abriu um sorrisinho.

Dei um tapinha encorajador no ombro de Clave, torcendo para que ele não decidisse me esfolar vivo e consumir minha essência. Já tinha bastante gente na fila para fazer isso.

— Bom, vamos dominar esses acordes primeiro, que tal?

Nós seguimos para o norte, passando por San Bernardino e Pasadena. Observei a colina onde ficava a escola de Jason e me perguntei o que o corpo docente faria quando descobrisse que um de seus alunos tinha desaparecido e que a van da escola fora furtada e abandonada na costa de Santa Bárbara. Pensei na maquete da Colina dos Templos de Jason, nos desenhos em seu caderno. Achava muito improvável que eu sobrevivesse para cumprir minha promessa de levar os desenhos dos novos templos aos acampamentos. A ideia de fracassar mais uma vez machucou meu coração ainda mais do que a tentativa de Clave de tocar um sol bemol maior.

A certa altura, Clave indicou que deveríamos rumar ao sul pela Rodovia 5. Pegamos a estrada Crystal Springs e entramos no parque Griffith, com suas ruas sinuosas, campos de golfe e bosques de eucalipto.

— Mais à frente — disse Clave. — Segunda à direita. Subindo aquela colina.

Ele nos guiou até uma ruazinha de cascalho que não tinha sido feita para um Mercedes XLS.

— Fica lá em cima. — Clave apontou para o bosque. — Temos que ir andando.

Grover parou ao lado de um arbusto de yucca, que até onde eu sabia era amiga dele. Havia uma plaquinha em que se lia ANTIGO ZOOLÓGICO DE LOS ANGELES.

— Eu conheço este lugar. — O cavanhaque de Grover tremeu. — Eu odeio este lugar. Por que você nos trouxe até aqui?

— Já falei, ué — disse Clave. — Entrada do Labirinto.

— Mas... — Grover engoliu em seco, tentando conciliar sua aversão natural a lugares que enjaulavam animais e seu desejo de destruir o Labirinto de Fogo. — Ok. Vamos lá.

Meg parecia mais tranquila, na medida do possível. Ela inspirou o ar fresco (para os padrões de Los Angeles) e até deu algumas estrelas hesitantes enquanto subíamos pela trilha.

Chegamos ao topo da encosta e observamos as ruínas do zoológico que se estendiam abaixo de nós: caminhos cobertos de mato, muros de cimento caindo aos pedaços, jaulas enferrujadas e cavernas artificiais cheias de destroços.

Grover se encolheu, tremendo apesar do calor.

— Os humanos abandonaram este lugar décadas atrás, quando construíram o zoológico novo. Ainda dá para sentir a dor e a tristeza dos animais que ficavam presos aqui. É horrível.

— Aqui embaixo!

Clave abriu as orelhas e desceu pairando até as ruínas, pousando em uma gruta profunda.

Como não tínhamos orelhas que serviam de asas, tivemos que descer pelo caminho irregular. Alguns minutos depois, nos juntamos a Clave no fundo de um pequeno vale sujo de cimento e coberto de folhas secas e lixo.

— Uma jaula de urso? — Grover ficou pálido. — Ai. Que dó dos ursos.

Clave encostou as mãos de oito dedos na parede dos fundos da jaula. Ele fez uma careta.

— Isso não está certo. Devia estar aqui.

Meu ânimo foi parar no fundo do poço.

— Você está dizendo que sua entrada secreta sumiu?

Clave rosnou de frustração.

— Eu não devia ter falado deste lugar para o Pentagrama. Acorde deve ter ouvido nossa conversa e fechou a entrada.

Fiquei tentado a observar que *nunca* era boa ideia compartilhar seus segredos com alguém chamado Pentagrama, mas não queria deixar Clave mais irritado do que ele já estava.

— E agora? — perguntou Meg. — Usamos a entrada do centro?

— É muito perigoso — disse Clave. — *Tem que haver* um jeito de abrir isso!

Grover estava tão inquieto que me perguntei se um esquilo tinha entrado na calça dele. O sátiro parecia louco para sair daquele lugar o mais rápido possível, mas só suspirou e perguntou:

— O que a profecia dizia sobre seu guia com patas?

— Que só você sabia o caminho — respondi. — Mas você já nos levou até Palm Springs, então sua contribuição pode ter acabado por aí.

Com relutância, Grover pegou a flauta.

— Acho que ainda posso contribuir mais.

— Uma música de abertura? — perguntei. — Como Hedge fez na loja de Macro?

Grover assentiu.

— Eu não faço isso há um tempo. Na última vez, abri uma passagem do Central Park para o Mundo Inferior.

— Só nos leve para o Labirinto — pedi. — Nada de Mundo Inferior, por favor.

Ele pegou a flauta e tocou "Tom Sawyer", do Rush. Clave pareceu hipnotizado. Meg cobriu os ouvidos.

A parede de cimento tremeu, rachando ao meio e revelando uma escadaria rudimentar e íngreme em direção à escuridão.

— Perfeito — resmungou Grover. — Zoológicos e passagens subterrâneas: meus lugares preferidos no mundo.

Meg conjurou as espadas e entrou. Depois de respirar fundo, Grover foi atrás. Eu me virei para Clave.

— Você vem com a gente?

Ele fez que não.

— Já falei. Não sou guerreiro. Vou vigiar a saída e treinar alguns acordes.

— Mas eu posso precisar do uku…

— Vou treinar alguns acordes — insistiu ele, e começou a dedilhar um fá suspenso.

Segui meus amigos, a melodia do ukulele ainda soando atrás de mim — era exatamente o tipo de música de fundo que precedia um confronto dramático e arrepiante.

Às vezes eu odeio fás suspensos.

37

Vamos jogar? É bem fácil
Tente adivinhar
Senão vai morrer queimado

AQUELA PARTE DO LABIRINTO não tinha elevadores, nem servidores públicos, nem placas nos lembrando de buzinar antes de virar na próxima esquina.

Descemos a escada e encontramos um poço vertical. Grover, com suas patas de bode acostumadas a escalar montanhas, não teve dificuldade alguma para chegar lá embaixo. Depois que ele nos assegurou de que não havia monstros ou ursos à nossa espera, Meg fez com que uma glicínia densa crescesse na lateral do poço, o que nos forneceu alguns apoios bem cheirosos.

Nós então nos deparamos com uma pequena câmara quadrada de onde irradiavam quatro túneis, um de cada parede. O ar estava quente e seco, como se os incêndios de Hélio houvessem passado por ali recentemente. Eu estava encharcado de suor. Na minha aljava, os cabos das flechas estalavam, e as penas sibilavam.

Desolado, Grover espiou o pouquinho de luz do sol que passava pela entrada do poço.

— Nós vamos voltar lá para cima — prometi a ele.

— Eu só estava me perguntando se Piper recebeu minha mensagem.

— Que mensagem? — perguntou Meg.

— Eu esbarrei com uma ninfa das nuvens quando fui pegar o Mercedes — disse ele, como se fosse muito normal esbarrar com ninfas das nuvens ao pegar carros emprestados. — Pedi que ela entregasse uma mensagem a Mellie, para contar o que íamos fazer... Supondo, é claro, que a ninfa chegasse lá em segurança.

Não compreendi por que Grover só mencionara isso naquele momento.

— Você queria que a Piper encontrasse a gente aqui?

— Não exatamente... — A expressão dele dizia *sim, por favor, deuses, a gente precisa da ajuda dela.* — Eu só achei que ela devia saber o que estamos fazendo, para o caso de... — A expressão dele dizia *para o caso de entrarmos em combustão e nunca mais ouvirem falar da gente.*

Não gostei da expressão de Grover.

— Hora dos sapatos — disse Meg.

Notei que ela olhava para mim.

— Que foi?

— Os sapatos.

Ela apontou para as sandálias penduradas no meu cinto.

— Ah, é. — Eu as peguei. — Será que, hã, algum de vocês quer experimentar essas belezinhas?

— Tô fora — disse Meg.

Grover estremeceu.

— Eu já passei por maus bocados com calçados encantados.

Não me empolgava muito a perspectiva de usar as sandálias de um imperador do mal — temia que me transformassem em um psicopata sedento de poder. Além do mais, elas não combinavam com minha camuflagem ártica. Mesmo assim, me sentei no chão e amarrei as cáligas, vislumbrando a infinidade de coisas que o Império Romano poderia ter conquistado se tivesse conhecido as tiras de velcro.

Eu me levantei e tentei dar alguns passos. As sandálias machucaram meus tornozelos e beliscaram meus calcanhares, mas pelo menos não me senti mais sociopata do que o habitual. Com sorte eu não tinha sido infectado com Caligulite.

— Certo — falei. — Sapatos, nos levem até a Sibila Eritreia.

Os sapatos não fizeram nada. Mexi um dedão para um lado, depois para outro, porque vai que eles precisavam de uma forcinha? Verifiquei as solas para ver se havia botões ou algum compartimento para pilhas. Nada.

— O que a gente faz agora? — perguntei, para ninguém em particular.

A câmara se iluminou com uma luz dourada leve, como se alguém tivesse acendido um dimmer.

— Pessoal.

Grover apontou para os nossos pés. No piso áspero de cimento, surgiu um quadrado de um metro e meio com contorno dourado. Se fosse um alçapão, nós todos teríamos caído. Quadrados idênticos apareceram em cada um dos corredores, como em um jogo de tabuleiro. Cada caminho era de um tamanho diferente. Um continha apenas três quadrados. Outro, cinco. O terceiro, sete. E o último, seis.

Na parede à minha direita, uma inscrição dourada apareceu em grego antigo: *Matador de Píton, da lira dourada, armado com flechas de terror.*

— O que está acontecendo? — perguntou Meg. — O que tem escrito aí?

— Você não sabe ler grego antigo? — perguntei.

— E você não sabe a diferença entre um morango e um inhame — retrucou ela. — E aí? O que está escrito?

Traduzi a frase.

Grover coçou o cavanhaque.

— Esse não é o Apolo? Quer dizer, você. Quando você era... um deus.

Tentei não levar para o pessoal.

— Claro que é o Apolo. Quer dizer, sou eu.

— Então o Labirinto está... dando boas-vindas a você? — perguntou Meg.

Até que eu tinha gostado. Sempre quis uma assistente virtual ativada por voz no meu palácio no Olimpo, mas Hefesto teve uns probleminhas para desenvolver a tecnologia. Na única vez que tentou, deu à assistente o nome *Sirialexastrophona*. Ela só atendia quando seu nome era pronunciado com perfeição, e ainda por cima não acertava um pedido meu. Eu dizia: *Sirialexastrophona, envie uma flecha com uma peste para destruir Corinto, por favor.* E ela respondia: *Acho que você disse:* Não tem um homem que preste e você quer um lindo amor.

Eu achava bem improvável que houvessem instalado uma assistente virtual no Labirinto de Fogo, e, se fosse o caso, ela só serviria para me dizer a que temperatura eu gostaria de ser cozido.

— É um enigma de palavras — concluí. — Um acróstico ou uma cruzadinha. A Sibila está tentando nos guiar até ela.

Meg franziu a testa, observando os quatro corredores à nossa frente.

— Se ela está realmente tentando ajudar, por que não facilita as coisas para o nosso lado e nos diz logo a direção certa?

— É assim que Herófila opera — expliquei. — É a única forma que pode nos ajudar. Acredito que temos que, hã, preencher os quadradinhos com a resposta correta.

Grover coçou a cabeça, confuso.

— Alguém tem uma caneta dourada gigante? Bem que Percy podia estar aqui.

— Acho que não vamos precisar dele — falei. — Nós só precisamos andar na direção certa e escrever meu nome. *Apolo*, cinco letras. Só um desses corredores tem cinco espaços.

— Você está contando o espaço onde estamos? — perguntou Meg.

— Hã, não. Vamos supor que esse seja o *início* — falei, mas eu já não tinha mais tanta certeza da resposta.

— E se a resposta for *Lester*? — cogitou ela. — Aí vão ser seis espaços.

A ideia fez minha garganta coçar.

— Você pode parar de fazer perguntas boas? Eu já tinha solucionado tudo!

— Será que a resposta é em grego? — acrescentou Grover. — A pergunta está em grego. Quantos espaços seu nome teria, assim?

Outra observação irritantemente lógica. Meu nome em grego era Απολλων.

— Aí seriam sete espaços — concluí. — Mesmo se for transcrito, é Apollon.

— Que tal perguntar à Flecha de Dodona? — sugeriu Grover.

A cicatriz no meu peito formigou como uma tomada elétrica defeituosa.

— Isso deve ser contra as regras.

Meg fez um ruído debochado.

— Você só não quer falar com a flecha. Não custa nada tentar.

Se eu me recusasse, ela provavelmente ordenaria que eu pegasse a flecha, então fiz logo isso.

AFASTA-TE, PATIFE!, zumbiu ela, furiosa. *NUNCA MAIS TU VAIS ME ENFIAR NO TEU DESPREZÍVEL PEITO! NEM NOS OLHOS DOS TEUS INIMIGOS!*

— Relaxa, flecha — pedi. — Só preciso de um conselho.

É O QUE DIZES AGORA, PORÉM, AVISO-TE LOGO… A flecha ficou completamente imóvel. *ENTRETANTO, DE FATO. O QUE VEJO DIANTE DE MEUS OLHOS É UM ENIGMA COM PALAVRAS CRUZADAS? SOU VERDADEIRAMENTE ENCANTADA POR PALAVRAS CRUZADAS.*

— Ah, que alegria. Ah, que felicidade. — Eu me virei para os meus amigos. — A flecha ama palavras cruzadas.

Expliquei o problema para a flecha, que quis porque quis olhar melhor os quadrados no chão e a dica escrita na parede. Olhar melhor... Com que olhos, gente? É um mistério.

A flecha zumbiu, pensativa. *AVALIO QUE A RESPOSTA DEVE SER NA LÍNGUA COMUM. SERIA MELHOR TU USARES O NOME COM O QUAL ESTÁS MAIS FAMILIARIZADO NOS DIAS ATUAIS.*

— Ela diz... — Eu suspirei. — Ela diz que a resposta vai ser na nossa língua. Espero que esteja se referindo à língua moderna, e não essa versão estranha e shakespeariana que ela fala...

TAL DIALETO NÃO É ESTRANHO!, protestou a flecha.

— Porque não dá para escrever ali *Apolônio é a decifração incontestável.*

OH, HA-HA. UM GRACEJO TÃO FRACO QUANTO TEUS MÚSCULOS.

— Obrigado por jogar. — Guardei a flecha. — É isso, amigos: o túnel com cinco quadrados. *Apolo.* Vamos?

— E se a gente escolher errado? — perguntou Grover.

— Bom — falei —, talvez as sandálias mágicas ajudem. Ou talvez elas só nos permitam participar do jogo. Mas, se desviarmos do caminho certo, apesar dos esforços da Sibila para nos ajudar, talvez nos deparemos com a fúria do Labirinto...

— E aí a gente morre queimado — disse Meg.

— Amo jogos — disse Grover. — Vai na frente.

— A resposta é *Apolo*! — gritei, só para deixar registrado.

Assim que pisei no quadrado seguinte, uma letra *A* grande apareceu embaixo dos meus pés.

Interpretei isso como um bom sinal. Dei outro passo, e um *P* apareceu. Meus dois amigos me seguiram.

Finalmente, saímos do quinto quadrado em uma câmara idêntica à anterior. Olhamos para trás e vimos que a palavra *APOLO* cintilava atrás da gente. À nossa frente, mais três corredores com fileiras douradas de quadrados se abriam: esquerda, direita e adiante.

— Tem outra pista. — Meg apontou para a parede. — Por que essa está na nossa língua?

— Não sei — falei, e li em voz alta as palavras iluminadas. — *"Jano, arauto de novas entradas, primeiro do suave ano, e cada lado."*

— Ah, aquele cara. O deus romano das portas. — Grover estremeceu. — Já me encontrei com ele. — O sátiro olhou ao redor com desconfiança. — Espero que não apareça aqui. Ele adoraria este lugar.

Meg passou os dedos pelas linhas douradas.

— Meio fácil, não? O nome dele está bem na pista. Quatro letras, J-A-N-O, então só pode ser por ali. — Ela apontou para o corredor da esquerda, que era o único com quatro espaços.

Olhei para a pista e para os quadrados. Algo mais incômodo que o calor percorria meu corpo, mas eu ainda não sabia o que era.

— *Jano* não é a resposta — concluí. — Acho que temos que preencher as lacunas, não acham? *E cada lado* o quê?

— Encara — respondeu Grover. — Cada lado... Dois lados... Duas caras. Jano tinha duas caras, e não quero ver nenhuma delas de novo.

— A resposta correta é *encara*! — anunciei para o corredor vazio.

Não obtive resposta, mas, quando seguimos pelo corredor da direita, a palavra *ENCARA* apareceu. Felizmente, não fomos fritados vivos por fogo titã.

Na câmara seguinte, novos corredores se estendiam novamente em três direções. Daquela vez, a pista iluminada na parede estava novamente em grego antigo.

Senti um calafrio quando li a frase.

— Eu conheço isso! É de um poema de Baquílides — traduzi para meus amigos. — *Mas o deus mais alto, poderoso com seu raio, enviou Hipnos e seu gêmeo do nevado Olimpo para o guerreiro destemido Sarpedão.*

Meg e Grover me olharam, intrigados. Francamente: então só porque eu estava usando os sapatos de Calígula, eu tinha que fazer *tudo*?

— Tem alguma coisa diferente nesse verso — falei. — Eu me lembro da cena. Sarpedão morre. Zeus ordena que retirem o corpo dele do campo de batalhas. Mas as palavras...

— Hipnos é o deus do sono — disse Grover. — No chalé dele fazem um leite com biscoitos *excelente*. Mas quem é o gêmeo dele?

Meu coração deu um salto.

— É isso que está diferente. No verso atual, não diz *gêmeo*. Diz o nome do gêmeo: Tânatos. Ou seja, *Morte*.

Observei os três túneis. Nenhum com sete quadradinhos, para Tânatos. Um tinha dez, um tinha quatro e um tinha cinco, o espaço certinho para caber MORTE.

— Ah, não...

Eu me apoiei na parede mais próxima. Parecia que um dos espinhos de Aloe Vera estava escorregando lentamente pelas minhas costas.

— Por que a cara de pânico? — perguntou Meg. — Você está indo superbem.

— Porque, Meg — falei —, nós não estamos apenas resolvendo enigmas aleatórios. Estamos montando uma profecia que é um enigma de palavras. E até agora ela diz *APOLO ENCARA MORTE*.

38

Vou cantar para mim mesmo!
Esse Apolo é mesmo
Muito, muito genial

EU ODIAVA ESTAR CERTO.

Quando chegamos ao fim do túnel, a palavra *MORTE* cintilava nos ladrilhos do chão. Entramos em uma câmara circular maior, com cinco novos túneis se abrindo diante de nós, como dedos gigantes e autômatos.

Fiquei esperando uma nova pista aparecer na parede. Não importava o que fosse, eu só torcia desesperadamente para que a resposta fosse *SÓ QUE NÃO*. Ou *E GANHA FÁCIL!*

— Por que nada acontece? — perguntou Grover.

— Escutem — disse Meg.

Eu só ouvia meu próprio coração batendo acelerado, mas depois de um tempo consegui escutar o que Meg estava indicando: um grito distante de dor, um chamado grave e gutural, mais animalesco que humano. Estava acompanhado por um som de estalar de fogo, como se… *Ah, deuses*. Como se alguém ou algo tivesse se queimado com o calor de um titã e estivesse morrendo bem lentamente.

— Parece um monstro — concluiu Grover. — Será que a gente ajuda?

— Como? — perguntou Meg.

A pergunta fazia sentido. O barulho ecoou, tão difuso que não dava para saber de que corredor vinha — seria difícil chegar lá, mesmo se tivéssemos a liberdade de escolher o caminho sem precisar resolver enigmas.

— Temos que seguir em frente — decidi. — Medeia deve ter colocado alguns monstros de guarda por aqui. Deve ser um deles. Duvido que ela se incomode se alguns deles caírem no fogo de vez em quando.

Grover fez careta.

— Não parece certo deixar alguém sofrendo.

— E tem mais: e se um desses monstros disparar uma chama na gente? — acrescentou Meg.

Olhei para minha jovem mestra.

— Hoje você só quer saber de fazer perguntas sombrias. Precisamos ter fé.

— Na Sibila? Ou nesses sapatos do mal?

Eu não tinha resposta para isso. Mas fui salvo pelo gongo — ou melhor, pela aparição tardia da dica seguinte: três linhas douradas em latim.

Grover pareceu animado:

— Ah, latim! Esperem, essa eu consigo decifrar. — Ele estreitou os olhos para as palavras, mas depois de um tempo soltou um suspiro, desanimado. — Não consigo, não.

— Ora, francamente. Nem grego nem latim? — perguntei. — O que vocês aprendem na escola dos sátiros?

— Coisas importantes, sabe como é. Coisas sobre plantas, por exemplo.

— *Obrigada* — murmurou Meg.

Traduzi a dica para meus amigos menos esclarecidos:

Sobre a fuga do rei contarei.
Foi do povo romano o último rei
um homem injusto, mas pujante na guerra.

— Ah, acho que é uma citação de Ovídio — expliquei.

Nenhum dos meus companheiros pareceu impressionado.

— Então, qual é a resposta? — perguntou Meg. — O último imperador romano?

— Não, não era um imperador — respondi. — Nos primeiros dias de Roma, a cidade era governada por reis. Depois que o último deles, o sétimo, foi deposto, a república foi instaurada.

Tentei me lembrar do Reino de Roma. Foi um período meio confuso para mim. Naquela época, nós, os deuses, ainda ficávamos na Grécia, e Roma era só um fim de mundo distante. Mas o último rei... Ele trazia memórias ruins.

Meg interrompeu meus pensamentos.

— O que é *pujante*?

— Quer dizer poderoso — expliquei.

— Não parece. Se alguém me chamasse de *pujante*, eu ia acabar com a raça dele!

— Mas você é mesmo *pujante* na guerra.

Ela me bateu.

— Ai.

— Gente, e qual é o nome do último rei de Roma? — interveio Grover.

Pensei um pouco.

— Pera. É Ta.... Olha, está na ponta da língua, mas eu não consigo lembrar. Ta-alguma coisa.

— Taco? — sugeriu Grover, querendo ajudar.

— Por que um rei de Roma se chamaria Taco?

— Sei lá. — Ele passou a mão na barriga. — Estou com fome.

Ah, maldito sátiro! Depois disso eu só ia conseguir pensar em tacos. Passados alguns instantes, a resposta me ocorreu.

— Tarquínio! Ou Tarquinius, no latim original.

— Bem, e qual dos dois vamos usar? — indagou Meg.

Examinei os corredores. O túnel da extrema esquerda, o polegar da mão autômata, tinha dez espaços, o suficiente para *Tarquinius*. O túnel do meio tinha nove, o suficiente para *Tarquínio*.

— É aquele — decidi, apontando para o túnel do meio.

— Como você pode ter certeza? — perguntou Grover. — Só porque a flecha falou que as respostas estariam na nossa língua?

— Isso. E também porque esses túneis parecem os cinco dedos de uma mão. Acho que faz todo o sentido o Labirinto mostrar o dedo do meio para mim. — Ergui a voz. — Não é mesmo? A resposta é *Tarquínio*, o dedo do meio? Também te amo, Labirinto!

Seguimos pelo corredor do meio, e o nome *TARQUÍNIO* foi aparecendo em dourado no chão. O corredor nos levou até uma câmara quadrada, o maior espaço que tínhamos encontrado até o momento. As paredes e o piso eram cobertos de mosaicos romanos desbotados que pareciam originais — se bem que eu tinha quase certeza de que os romanos nunca colonizaram nenhuma parte da área metropolitana de Los Angeles.

O ar ali parecia mais seco e abafado, e o chão estava quente o bastante para que eu sentisse o calor através das solas das sandálias. Mas tinha um ponto positivo: só havia três novos túneis para escolher, em vez de cinco.

Grover farejou no ar.

— Não gostei dessa câmara. Tem cheiro de... alguma coisa monstruosa.

Meg pegou as espadas.

— E vem de que direção?

— Hã... todas?

— Olhem só! — chamei, tentando parecer animado. — Outra pista.

Fomos até a parede de mosaicos mais próxima, onde duas linhas douradas reluziam nos azulejos.

Folhas, folhas-corporais, crescendo acima de mim, acima da morte
Raízes perenes, longas folhas — Ah, o inverno não as congelará, folhas delicadas

Talvez meu cérebro ainda estivesse preso no modo latim-grego, porque aqueles versos não significaram nada para mim — mesmo estando na nossa língua.

— Gostei — comentou Meg. — É sobre folhas.

— É, um monte de folhas — concordei. — Mas não faz o menor sentido.

Grover engasgou, chocado.

— Como assim, *não faz sentido?* Você não reconheceu?

— Hã... deveria?

— Você é *o deus da poesia*!

Senti que estava corando.

— Eu *era* o deus da poesia, mas isso não quer dizer que eu seja uma enciclopédia ambulante de todo e qualquer verso obscuro já escrito...

— *Obscuro?* — exclamou Grover, numa voz aguda e irritante que ecoou pelos corredores. — É do Walt Whitman! De *Folhas de relva*! Não lembro qual o poema exatamente, mas... ·

— Então você lê poesia? — interrompeu Meg.

Grover umedeceu os lábios.

— Ah, sabe como é… Nesse caso é poesia sobre a natureza. Para um humano, Whitman sabia dizer umas coisas lindas sobre as árvores.

— E as folhas — acrescentou Meg. — E as raízes.

— Isso aí.

Tive vontade de explicar direitinho para eles como Walt Whitman era super-estimado. Ele ficava cantando sozinho, em vez de elogiar os outros — como *eu*, por exemplo. Acabei decidindo que a crítica podia esperar.

— Então você sabe a resposta? — perguntei a Grover. — É de preencher as lacunas? É questão de múltipla escolha? Ou de dizer se é verdadeiro ou falso?

Grover analisou os versos.

— Acho… É. Tem alguma coisa faltando no começo. Se não me engano começa com "Folhas-tumulares, folhas-corporais".

— Folhas de tumba? — perguntou Meg. — Isso não faz sentido. Se bem que "folhas de corpo" também não faz. A não ser que ele esteja falando de uma dríade.

— São metáforas — expliquei. — Ele claramente está usando recursos poéticos para descrever um lugar que foi assolado pela morte, intocado pelos humanos, e a vegetação acabou crescendo…

— Ah, então agora você é especialista em Walt Whitman? — provocou Grover.

— Ah, sátiro, não venha me provocar. Quando eu voltar a ser deus…

— Parem com isso, vocês dois — ordenou Meg. — Apolo, diga a resposta.

— Ok. — Soltei um suspiro. — Labirinto, a resposta é *tumba*.

Mais uma vez, conseguimos avançar tranquilamente pelo dedo do meio — quer dizer, pelo corredor central. A palavra *TUMBA* brilhava nos cinco quadrados atrás de nós.

Chegamos a uma câmara circular ainda maior e mais decorada que a anterior. O teto abobadado exibia um mosaico azul e prateado com os signos do zodíaco. Bem no meio ficava um chafariz antigo, mas, infelizmente, seco. (Seria ótimo beber alguma coisa. Interpretar poesia e resolver enigmas dava uma baita sede.)

— As câmaras estão cada vez maiores e mais elaboradas — comentou Grover.

— Talvez isso seja bom — respondi. — Talvez seja um sinal de que estamos chegando.

Meg examinou as imagens do zodíaco.

— Tem certeza de que não viramos no corredor errado? Essa profecia que estamos escrevendo não está mais fazendo sentido. *Apolo encara morte tumba Tarquínio.*

— Acho que temos que incluir as palavras menores e colocar as palavras numa ordem que faça mais sentido — expliquei. — A mensagem deve ser *Apolo encara a morte na tumba de Tarquínio*. — Engoli em seco. — Na verdade, não gostei nada dessa mensagem. Talvez as palavrinhas faltando sejam *Apolo NÃO encara a morte; a tumba de Tarquínio...* alguma coisa. Talvez as próximas palavras sejam *guarda um fabuloso prêmio*.

— Aham.

Meg apontou para a borda do chafariz, onde a pista seguinte tinha aparecido. Eram três versos:

Batizada em homenagem ao amor caído de Apolo, essa flor deve ser plantada no outono
Coloque o bulbo na terra com a ponta fina para cima. Cubra com terra
E regue bem... se estiver transplantando uma muda.

Tive que segurar um soluço.

Primeiro o labirinto me obriga a ler Walt Whitman, depois me provoca com meu passado? Ficam falando do meu falecido amor, Jacinto, reduzindo sua morte trágica a um trecho de enigma de oráculo... Não! Aquilo era demais para mim.

Eu me sentei na beirada do chafariz e enfiei o rosto nas mãos.

— O que foi? — perguntou Grover, nervoso.

Meg respondeu por mim:

— Esses versos falam sobre um antigo namorado dele, aquele com nome de planta... Narciso?

— *Jacinto* — corrigi.

Eu me levantei, a tristeza se transformando em raiva. Meus amigos se afastaram um pouco, talvez se perguntando se eu tinha enlouquecido de vez. Para ser bem sincero, eu estava mesmo louco de ódio.

— Herófila! — gritei, para o escuro. — Achei que fôssemos amigos!

— Hã, Apolo... — chamou Meg. — Acho que ela não está fazendo isso para provocar você. A resposta é sobre a flor *jacinto*, não seu ex. Tenho quase certeza de que esse trecho é do *Almanaque do fazendeiro*...

— Pode ser até da lista telefônica que eu não ligo! Chega! *JACINTO!* — gritei para os corredores. — A resposta é *JACINTO*! Pronto! Está feliz?

Meg gritou:

— NÃO!

Em retrospecto, ela deveria ter gritado *Apolo, pare!*, e eu não teria escolha além de obedecer à sua ordem. Considerando isso, tudo o que aconteceu depois é culpa de Meg.

Segui pelo corredor com sete quadrados.

Grover e Meg saíram correndo atrás de mim, mas, quando finalmente me alcançam, já era tarde demais.

Olhei para trás, esperando ver a palavra *JACINTO* escrita no chão. Mas só seis quadradinhos estavam iluminados, num tom vermelho de caneta de correção:

E
X
C
E
T
O

O piso do túnel desapareceu sob nossos pés, e caímos em um poço de fogo.

39

Vou protegê-lo das chamas
Nobre sacrifício
Uau, como eu sou legal!

EM OUTRAS CIRCUNSTÂNCIAS, EU teria ficado muito satisfeito ao ver a palavra *EXCETO*.

Apolo encara a morte na tumba de Tarquínio, exceto...

Ah, que preposição maravilhosa! Indicava que havia uma forma de evitar aquela morte em potencial, e eu era *completamente a favor* de evitar qualquer morte em potencial.

Só que, para minha infelicidade, cair em um poço de fogo sufocou minha esperança recém-adquirida.

Parei no meio da queda, antes mesmo de conseguir entender o que estava acontecendo. A tira da aljava apertava meu peito, e o pé esquerdo parecia prestes a se soltar do tornozelo.

Estava pendurado junto à parede e, uns seis metros abaixo, havia um rio de fogo. Meg estava agarrada ao meu pé, desesperada, e, logo acima, Grover me segurava pela aljava com uma das mãos enquanto se apoiava em uma pequena protuberância na pedra com a outra. Ele tirou os sapatos e tentou usar os cascos para se apoiar na parede.

— Muito bem, ó, bravo sátiro! — gritei. — Agora nos puxe pra cima!

Grover arregalou os olhos, com o rosto molhado de suor, e soltou um gemido meio mal-humorado, que parecia indicar que ele não tinha forças para puxar os três para fora do poço.

Se eu sobrevivesse e voltasse a ser deus, teria uma conversa muito séria com o Conselho dos Anciãos de Casco Fendido sobre as aulas de educação física na escola de sátiros.

Cravei as unhas na parede, torcendo para encontrar uma fresta ou um botão que liberasse a saída de emergência. Não achei nada.

Logo abaixo de mim, Meg gritou:

— É SÉRIO ISSO, Apolo? É para regar bem os jacintos, EXCETO se estiver transplantando uma muda!

— Como eu ia saber? — protestei.

— Você CRIOU os jacintos!

Argh, aquela lógica mortal. Criar uma coisa não significa compreendê-la. Se fosse o caso, Prometeu saberia tudo sobre os humanos — e eu garanto que não é o caso. Só porque eu criei os jacintos significa que tenho a obrigação de saber como plantá-los e regá-los?

— Me ajudem! — gritou Grover.

Seus cascos deslizaram pelas pequenas protuberâncias da parede. Seus dedos tremiam, assim como os braços, como se estivessem sustentando o peso de duas pessoas — o que não deixava de ser verdade.

O calor que vinha lá de baixo era tão intenso que estava difícil raciocinar. Quem já ficou muito perto de uma churrasqueira ou teve que abrir um forno bem quente para ver se a comida estava no ponto pode imaginar a sensação — só que multiplicada por cem. Meus olhos e minha boca se ressecaram. Se respirasse aquele ar escaldante mais um pouco, eu talvez desmaiasse.

O rio de fogo abaixo parecia serpentear por uma superfície de pedra. A queda em si não seria fatal, bastava dar um jeito de apagar aquele fogo…

Foi quando tive uma ideia — uma bem ruim; a culpa era do meu cérebro, já em ebulição. Aquelas chamas eram controladas pela essência de Hélio, então, se uma pequena parte da consciência dele ainda existisse… Bem, na teoria, eu poderia me comunicar com o titã. Talvez, se tocasse no fogo, eu poderia convencê-lo de que não éramos inimigos e de que ele deveria nos deixar viver. Provavelmente eu só teria três nanossegundos para isso, antes de morrer em agonia. Além do mais, se eu caísse, meus amigos talvez tivessem a chance de sair. Afinal, eu era o mais pesado do grupo, graças à crueldade de Zeus e à sua maldição dos pneuzinhos.

É. Péssima, péssima ideia. Eu nunca teria nem coragem de tentar se não fosse a memória de Jason Grace e do que ele tinha feito para me salvar.

— Meg, você consegue se segurar na parede? — perguntei.

— E eu lá tenho cara de Homem-Aranha?

Pouquíssimas pessoas ficam tão bem de roupa de lycra quanto o Homem-Aranha, e Meg não era uma delas.

— Use suas espadas! — gritei.

Meg usou apenas uma das mãos para se segurar ao meu tornozelo e conjurou uma espada com a outra, golpeando a parede uma, duas vezes. A lâmina curva não facilitava o trabalho. No terceiro golpe, a ponta afundou na pedra, e Meg se agarrou ao cabo, soltando meu tornozelo e se sustentando acima das chamas só com uma das espadas.

— Pronto! E agora?

— Fique aí!

— Ah, isso eu consigo!

— Grover! Pode me largar agora, mas não se preocupe. Eu tenho um…

Grover me largou.

Olha, francamente, que tipo de protetor joga uma pessoa no fogo só porque a pessoa disse que tudo bem ser jogada no fogo? Eu tinha imaginado que teríamos uma longa discussão, em que eu precisaria garantir que tinha mesmo um plano para sair ileso e salvar a todos nós. Esperava que, no mínimo, Grover e Meg fossem protestar (bem, talvez não Meg), pedindo para que eu não me sacrificasse por eles, alegando que eu não tinha como sobreviver às chamas, esse tipo de coisa. Mas não, nada disso: o sátiro me largou sem a menor cerimônia.

Pelo menos não tive tempo de reconsiderar minha decisão.

Eu não podia me dar ao luxo de sofrer com dúvidas tipo *E se não der certo? E se eu não conseguir sobreviver ao fogo solar, que já foi tão natural para mim? E se essa profecia tão fofa, que ainda estamos desvendando, sobre eu morrer na tumba de Tarquínio, NÃO for um indicativo de que não vou morrer antes, agora mesmo, neste Labirinto de Fogo horrível?*

Eu não me lembro do momento em que cheguei ao chão.

Minha alma pareceu sair do corpo, e eu me vi milhares de anos no passado, na primeira manhã em que me tornei deus do Sol.

Hélio tinha sumido da noite para o dia. Eu não sabia dizer qual das orações feitas a mim finalmente alterara o equilíbrio das divindades, banindo o velho titã para o esquecimento enquanto me promovia ao posto dele, mas ali estava eu, no Palácio do Sol.

Ansioso e apavorado, eu abri as portas da sala do trono. O ar queimava. As luzes me cegaram.

O enorme trono dourado de Hélio estava vazio, a capa dele ainda dobrada no apoio de braço. O elmo, o chicote e os sapatos dourados estavam na plataforma, prontos para serem usados. Mas o titã tinha simplesmente desaparecido.

Eu sou um deus, disse a mim mesmo. *Vou dar conta.*

Andei até o trono, me forçando a não entrar em combustão. Nunca iam me deixar em paz se eu saísse do palácio correndo e gritando com a toga em chamas logo no primeiro dia de trabalho.

O fogo à minha frente foi recuando aos poucos. Com pura força de vontade, eu aumentei de tamanho até conseguir vestir o elmo e a capa de meu predecessor.

Mas não quis me sentar no trono, não naquele primeiro momento. Eu ainda tinha um importante trabalho a fazer, e pouquíssimo tempo para resolver tudo.

Olhei para o chicote. Alguns treinadores dizem que não se pode ser amistoso com um novo grupo de cavalos, que os bichos acabam achando que você é fraco. Mesmo assim, decidi deixar o açoite de lado: não queria ganhar a fama de rigoroso.

Entrei no estábulo, e a beleza da carruagem do Sol me deixou com lágrimas nos olhos. Os quatro cavalos do Sol já estavam preparados, os cascos dourados polidos, as crinas de fogo ondulando, os olhos como lingotes derretidos.

Os cavalos me encararam, receosos. *Quem é você?*

— Eu sou Apolo — anunciei, tentando soar confiante. — E nós vamos ter um dia ótimo!

Pulei para a carruagem, e partimos.

Preciso admitir que o começo foi complicado — era muita coisa para aprender, mais do que eu conseguia absorver num dia só. Eu talvez tenha, sem querer, dado algumas piruetas pelo céu. Talvez tenha derretido algumas geleiras e criado novos desertos até descobrir a altitude ideal para o trajeto. Mas, já no fim do dia, eu me sentia completamente confortável naquela carruagem. Os cavalos tinham se submetido à minha vontade, à *minha* personalidade. E eu era Apolo, o deus do Sol.

Então, caindo, tentei me agarrar àquela confiança, ao júbilo do meu primeiro dia.

Voltei a mim no fundo do poço, agachado entre as chamas.

— Hélio. Sou eu.

As chamas giraram ao meu redor, tentando incinerar minha pele e dissolver minha alma. Eu sentia a presença amarga, difusa e furiosa do titã, que parecia querer me chicotear mil vezes por segundo.

— Eu não vou ser queimado. Eu sou Apolo, sou seu herdeiro por direito.

O fogo ficou mais quente. Hélio se ressentia de mim. Mas, espere... não era só isso. Ele também odiava *estar ali*. Odiava o Labirinto, aquela prisão que o mantinha em uma semivida.

— Vou libertar você — prometi.

O fogo estalou e sibilou em meus ouvidos. Talvez fosse só o barulho da minha cabeça pegando fogo, mas achei ter ouvido uma voz nas chamas. *MATE. ELA.*

Ela...

Medeia.

As emoções de Hélio queimaram e arderam, abrindo caminho pela minha mente. Senti o ódio dele pela neta feiticeira. O que Medeia dissera sobre conter a fúria de Hélio... Bem, talvez fosse verdade, mas o principal é que ela estava tentando conter a fúria de Hélio para que ele não *a matasse*. Medeia tinha acorrentado o avô, subjugado sua vontade à dela. E, para sobreviver, ela se cobrira de proteções poderosas contra o fogo divino do titã. Hélio não gostava de mim, não mesmo. Mas ele *odiava* a magia presunçosa de Medeia. E, para Hélio se ver livre daquele tormento, Medeia precisava morrer.

Fiquei me perguntando, não pela primeira vez, por que as divindades gregas nunca criaram o deus da terapia familiar. Teria sido muito útil. Bem, talvez houvesse alguém responsável por isso antes de eu nascer e o funcionário tenha pedido demissão. Ou quem sabe tenha sido engolido por Cronos.

Fosse qual fosse o caso, eu me virei para as chamas e repeti:

— Vou fazer isso. Vou libertar você. Mas antes você precisa deixar a gente passar.

O fogo se afastou imediatamente, abrindo caminho como um rasgo se alastrando pelo universo.

Respirei fundo, ofegante. Minha pele ardia, e minha roupa de camuflagem ártica estava com um tom de cinza meio tostado. Mas eu estava vivo. O lugar esfriou depressa, e logo percebi que as chamas tinham recuado por um túnel que saía da câmara.

— Meg! Grover! Podem descer...

Meg caiu em cima de mim, me esmagando um pouco.

— Ai! Não precisa ser assim!

Grover foi mais cortês, escalando tranquilamente até o fundo e pulando para o chão com uma destreza digna de suas patas de bode. Ele cheirava a cobertor de lã chamuscado, e seu rosto estava bem vermelho, como se queimado de sol. O gorro tinha caído no fogo, e os chifres despontavam dos cabelos, fumegantes, parecendo minivulcões prestes a entrar em erupção. Não sei como, mas Meg parecia ótima — até tinha conseguido soltar a espada da parede antes de cair. Ela pegou o cantil do cinto, bebeu quase toda a água e deu o restante para Grover.

— Nossa, obrigado — resmunguei.

— Você conseguiu derrotar o calor — comentou ela. — Bom trabalho. Finalmente usou um pouco de poder divino?

— Há... Acho que foi mais graças a Hélio, que decidiu nos deixar passar. Ele quer sair deste Labirinto tanto quanto nós queremos que ele saia. E quer que a gente mate Medeia.

Grover engoliu em seco.

— Então... quer dizer que ela está aqui embaixo? Ela não morreu naquele iate?

— Vai saber. — Meg estreitou os olhos para o corredor fumacento. — Então Hélio prometeu que não vai nos queimar se você errar mais alguma resposta?

— Eu... Não foi culpa minha!

— Foi, sim — acusou Meg.

— Meio que foi mesmo — concordou Grover.

Ora, francamente. Eu caio em um poço ardente, negocio uma trégua com um titã e afasto uma tempestade de fogo para salvar meus amigos, e eles só sabem falar de como eu não decorei as instruções do *Almanaque do Fazendeiro*.

— Olha, acho que não dá para afirmar que Hélio *nunca* vai nos queimar — expliquei. — Assim como não podemos esperar que Herófila pare de mandar mensagens em forma de palavras cruzadas. Isso é da natureza deles. Acho que ganhamos um passe livre, mas com prazo de validade.

Grover apagou as brasas nas pontas dos chifres.

— Bom, então não vamos desperdiçar a oportunidade.

— Certo. — Ajeitei a calça camuflada meio tostada e tentei recobrar a confiança que usei naquele primeiro encontro com meus cavalos do Sol. — Vamos, venham comigo. Tenho certeza de que vai ficar tudo bem!

40

Você desvendou esse enigma
Congratulações
Você ganhou... inimigos

TUDO BEM, **NESSE CASO,** queria dizer *tudo bem se vocês gostam de lava,*
correntes e magia negra.

O corredor nos levou direto à câmara do oráculo. Por um lado... Viva! Por
outro, ai. O salão era retangular, do tamanho de uma quadra de basquete. Nas paredes havia umas seis entradas, seis passagens simples de pedra com um pequeno
patamar acima do lago de lava das minhas visões. Só então percebi que a substância borbulhante e brilhante não era lava. Era o icor divino de Hélio, mais quente
do que lava, mais poderoso do que combustível de foguete, *impossível* de tirar se
pingasse nos sapatos (eu já havia tentado). Nós tínhamos chegado ao centro do
Labirinto, ao tanque do poder de Hélio.

Flutuando na superfície de icor havia ladrilhos grandes de pedra, cada um
com meio metro de lado, formando colunas e linhas que não pareciam seguir
qualquer lógica.

— É um jogo de palavras cruzadas — disse Grover.

É claro que era. Infelizmente, nenhuma das pontes de pedra ia até nossa
sacada, e nenhuma levava ao lado oposto do salão, onde a Sibila Eritreia jazia
abandonada em uma plataforma de pedra. O lugar lembrava uma solitária de
cadeia, com apenas um colchão, uma mesa e uma privada. (Sim, até Sibilas imortais tinham necessidades fisiológicas. Inclusive, algumas das melhores profecias
aconteceram... Deixem pra lá.)

Senti um aperto no peito ao ver Herófila naquelas condições. Ela estava como nas minhas lembranças: uma jovem de cabelo castanho trançado, pele clara e corpo atlético, fruto da mãe náiade forte e do pai corpulento. Sua veste branca estava toda chamuscada. Ela observava atentamente uma entrada na parede à esquerda, então não pareceu reparar que estávamos do outro lado.

— É ela? — sussurrou Meg.

— Você está vendo algum outro oráculo aqui? — falei.

— Então *fala* com ela, ué.

Eu me perguntei por que eu sempre que tinha que fazer tudo, mas limpei a garganta e gritei:

— Herófila!

A Sibila se levantou em um pulo. Só então reparei nas correntes, os mesmos elos em brasa de minhas visões, presos aos pulsos e aos tornozelos dela, prendendo-a à plataforma e limitando seus movimentos a quase nada. Quanta indignidade!

— Apolo!

Pensei que o rosto dela se iluminaria de alegria quando me visse, mas, em vez disso, a profetisa pareceu chocada.

— Achei que você viria pela outra… — A voz dela sumiu. Herófila estreitou os olhos, concentrada, e disse: — Oito letras, terminando em *M*.

— *Passagem?* — arriscou Grover.

As pedras no lago se moveram e mudaram de posição. Um bloco surgiu em frente à nossa pequena plataforma. Outros sete apareceram depois, formando uma ponte com oito pedras. Letras douradas surgiram, começando com o *M* aos nossos pés: *PASSAGEM*.

Herófila bateu palmas com empolgação, balançando as correntes.

— Muito bem! Andem logo!

Eu não estava muito animado para atravessar uma balsa de pedra flutuante em um lago de icor fervente, mas Meg deu um passo à frente, e Grover e eu fomos atrás.

— Sem querer ofender, dona moça — gritou Meg para a Sibila —, mas a gente já quase caiu em um negócio de lava. Você não pode só fazer logo uma ponte até aí, sem mais enigmas?

— Eu bem que queria! — disse Herófila. — Essa é minha maldição! Ou eu falo assim, ou fico completamente... — Ela engasgou. — Dez letras. A sexta é *C*.

— *Calada!* — gritou Grover.

Nossa pedra ribombou e balançou. Grover se desequilibrou, e se não fosse por Meg, que o segurou, o sátiro teria caído. Ainda bem que existem pessoas baixas, porque o centro de gravidade delas também é baixo.

— *Calada* não! — gritei. — Essa não é nossa resposta final! Até porque *calada* só tem seis letras. Não seríamos burros a esse ponto.

Fiz cara feia para o sátiro.

— Desculpa — murmurou ele. — Me empolguei.

Meg observou as pedras. Na armação dos óculos, as pedrinhas brilhavam em vermelho.

— *Contestada?* — sugeriu ela. — São dez letras.

— Primeiro de tudo — falei —, estou surpreso por você conhecer essa palavra. Em segundo lugar, contexto. "Fico completamente *contestada*" não faz sentido. Além disso, o *C* estaria no lugar errado.

— Qual é a resposta certa, então, deus sabichão? — perguntou ela. — E vê se não erra dessa vez.

Que injustiça! Tentei pensar em sinônimos para *calada*, mas não encontrei muitos. Eu gostava de música e poesia, ora. Silêncio não era minha praia.

— *Silenciosa* — falei, por fim. — Só pode ser isso.

As pedras nos recompensaram formando uma segunda ponte, *SILENCIOSA*, que cruzava a primeira ponte, no primeiro *A* de *passagem*. No entanto, como a nova ponte levava para outro lado, não chegamos mais perto da plataforma do oráculo.

— Herófila! — gritei. — Olha, entendo sua situação. Mas não teria como você manipular o tamanho das respostas? Será que a próxima pode ser uma palavra bem comprida e bem fácil que leve até a sua plataforma?

— Você sabe que não posso, Apolo. — Ela juntou as mãos. — Mas, por favor, vocês *têm* que correr se quiserem impedir que Calígula se torne um... — Ela engasgou. — Quatro letras, a primeira é *D*.

— *Deus* — constatei, frustrado.

Uma terceira ponte se formou: quatro pedras, tocando no *E* de *silenciosa*, o que nos deixou apenas uma pedra mais perto do nosso objetivo. Meg, Grover e eu nos espememos no *D*. O salão parecia ainda mais quente, como se o icor de Hélio ficasse cada vez mais furioso à medida que nos aproximávamos da Herófila. Suávamos sem parar, e minha roupa camuflada ártica estava encharcada. Um abraço em grupo não me deixava tão desconfortável desde o show dos Rolling Stones no Madison Square Garden, em 1969. (Dica: Por mais tentador que possa parecer, não abrace Mick Jagger e Keith Richards na hora do bis. Como eles *suam*.)

Herófila suspirou.

— Sinto muito, meus amigos. Vou tentar de novo. Às vezes eu desejo que a profecia fosse um presente que eu nunca... — Ela fez uma careta de dor. — Quatro letras. A última é *I*.

Grover se virou.

— Ué, como assim? O *I* está atrás da gente.

Tentei examinar as linhas e colunas que tínhamos até o momento, mas não foi uma tarefa muito fácil, porque o calor era tão grande que parecia que tinham espremido cebolas nos meus olhos.

— Talvez — falei — essa nova palavra seja na vertical e saia do *I* de *silenciosa*.

Os olhos de Herófila cintilaram, encorajadores.

Meg limpou o suor da testa.

— Bom, então por que a gente fez o *deus*? Não adiantou nada.

— Ah, não — gemeu Grover. — Nós ainda estamos formando a profecia, não é? *Passagem, silenciosa, deus*? O que isso quer dizer?

— Eu... não sei — admiti, meus neurônios fervendo no cérebro como macarrão em sopa de letrinhas. — Vamos descobrir mais algumas palavras. Herófila disse: às vezes desejo que a profecia fosse um presente que eu nunca... o quê?

— *Ganhei* não cabe — murmurou Meg.

— *Recebi?* — sugeriu Grover. — Não. Letras demais.

— Talvez seja uma metáfora — cogitei. — Um presente que eu nunca... *abri?*

Grover engoliu em seco.

— É nossa resposta final?

Ele e Meg olharam para o icor fervente e depois para mim, hesitantes. A fé deles nas minhas habilidades me comovia.

— Sim — decidi. — Herófila, a resposta é *abri*.

A Sibila suspirou de alívio quando uma nova ponte surgiu do primeiro *I* de *silenciosa*, nos levando pelo lago. Amontoados no *A* de *ABRI*, apenas um metro e meio nos separava da plataforma da Sibila.

— Será que não dá para a gente pular? — perguntou Meg.

Herófila sufocou um grito.

— Acho que um pulo não seria uma atitude muito inteligente — falei. — Temos que completar as palavras cruzadas. Herófila, uma palavrinha pequena para avançarmos?

Com muita cautela, a Sibila falou:

— Palavra de três letras, horizontal. Começa com *A*. Palavra pequena, vertical. *Sozinho, sem ninguém.*

— Uma jogada dupla! — Olhei para os meus amigos. — Acho que as palavras são *alô,* na horizontal, e *só*, na vertical. Deve ser suficiente para chegarmos à plataforma.

Grover espiou pela lateral da pedra, onde o lago de icor borbulhava.

— Não quero nadar tanto e morrer na lava. *Alô* é uma palavra aceitável?

— Não tenho o manual das palavras cruzadas aqui comigo, me desculpe, mas acho que sim — falei.

Fiquei feliz por não estarmos jogando Scrabble. Atena, com aquele seu vocabulário absurdo, sempre ganhava. Uma vez, ela formou a palavra *abaxial*, e Zeus ficou com tanta raiva que jogou um raio no topo do Monte Parnasso.

— Essa é nossa resposta, Sibila — falei. — *Alô* e *só*.

Mais três pedras surgiram, ligando a ponte à plataforma de Herófila. Corremos até ela, e Herófila bateu palmas e chorou de alegria. Ela estendeu os braços para me abraçar, mas se deu conta de que ainda estava presa às correntes.

Meg observou o caminho de respostas atrás de nós.

— Tá. Se esse é o final da profecia, o que significa? *Passagem silenciosa deus abri alô só*?

Herófila começou a dizer alguma coisa, mas então hesitou. Ela me encarou, esperançosa.

— Vamos pensar em palavras pequenas de novo — arrisquei. — Se juntarmos a primeira parte do labirinto, nós temos *Apolo encara a morte na tumba de Tarquínio exceto*... hã, *a passagem*... para? — Olhei para Herófila, que assentiu, me incentivando. — *A passagem para o deus silencioso só abri*... — Estranhei a frase e tentei reorganizá-la. — *A passagem para o deus silencioso só for aberta por...*

— Você esqueceu o *alô* — disse Grover.

— Acho que a gente pode pular o *alô*, considerando que foi jogada dupla.

Grover puxou o cavanhaque chamuscado.

— É por isso que não gosto de palavras cruzadas. Regras demais.

— Então Apolo, quer dizer, eu encaro a morte na tumba de Tarquínio, exceto se a passagem para o deus silencioso só for aberta por... pelo quê? Meg está certa. Tem que ter mais alguma parte na profecia.

Em algum lugar à minha esquerda, uma voz familiar disse:

— Não necessariamente.

Em um peitoril na parede, estava a feiticeira Medeia, parecendo bem viva e feliz em nos ver. Atrás dela, dois guardas *pandos* seguravam um prisioneiro acorrentado e machucado: nosso amigo Clave.

— Oi, meus queridos. — Medeia sorriu. — Então, a profecia não precisa de final, porque vocês todos vão morrer mesmo!

41

A Meg está cantando
É o fim dos tempos
Estamos muito ferrados

MEG ATACOU PRIMEIRO.

Com movimentos rápidos e precisos, ela quebrou as correntes que aprisionavam a Sibila e fuzilou Medeia com seu olhar obstinado, como quem diz: *A-rá! Eu tenho um oráculo, você não teeeem!*

As algemas se soltaram dos pulsos e tornozelos de Herófila, revelando queimaduras profundas. Herófila cambaleou para trás, levando as mãos ao peito. Parecia mais horrorizada do que agradecida.

— Meg McCaffrey, não! Você não devia…

Se a próxima pista seria horizontal ou vertical, grande ou pequena, fácil ou difícil, não importava mais. As correntes partidas se refizeram. Em seguida, como cobras, deram o bote… em mim, não em Herófila. Elas prenderam meus pulsos e tornozelos. A dor foi tão intensa que no começo a sensação foi fresca e agradável. De repente, eu gritei.

Meg bateu nas correntes novamente, mas elas passaram a repelir as lâminas. A cada golpe, as correntes ficavam mais apertadas, me puxando para baixo até que eu enfim me agachasse. Com minha força insignificante, lutei para me livrar, mas logo percebi que era má ideia. Era como pressionar os pulsos em grelhas fervilhantes. Quase desmaiei de dor, e o cheiro… Ah, deuses, eu *não* gostei do cheiro de Lester frito. Só quando me resignei, permitindo que as algemas me levassem aonde quisessem, consegui que a dor se mantivesse só excruciante, e não insuportável.

Medeia gargalhou, apreciando meus contorcionismos.

— Muito bem, Meg McCaffrey! Eu mesma ia acorrentar Apolo, mas você me poupou um feitiço.

Eu caí de joelhos.

— Meg, Grover... tirem a Sibila daqui. Vão!

Reparem: mais um gesto corajoso de autossacrifício. Espero que vocês estejam anotando.

Mas não adiantou nada. Medeia estalou os dedos, e todas as pedras deslizaram pela superfície de icor, se afastando da plataforma de Sibila e nos isolando de tudo. Não havia como escapar dali.

Atrás da feiticeira, os dois guardas jogaram Clave no chão. Ele se arrastou e se recostou na parede, as mãos algemadas se recusando a largar meu ukulele de combate. Seu olho esquerdo estava roxo, os lábios, cortados; dois dedos da mão direita estavam virados em um ângulo estranho. O *pandos* me encarou, o rosto tomado pela vergonha, e eu queria dizer que ele não tinha culpa de nada, que fomos nós que erramos ao deixá-lo sozinho montando guarda, que ele ainda conseguiria tocar ukulele maravilhosamente bem, mesmo com dois dedos quebrados!

Só que eu mal conseguia raciocinar, muito menos consolar meu jovem aluno.

Os dois guardas abriram as orelhas gigantescas e flutuaram pela câmara, deixando a brisa quente os carregar até duas pedras, uma em cada extremidade da plataforma. Os capangas puxaram suas khandas e esperaram, preparados para nos deter caso fôssemos idiotas o bastante para tentar pular.

— Você matou o Timbre — rosnou um.

— Você matou o Agudo — rosnou outro.

No peitoril, Medeia riu.

— Está vendo, Apolo? Escolhi voluntários muito motivados! Os outros estavam implorando para me acompanhar até aqui, mas...

— Tem mais lá fora? — perguntou Meg.

Não consegui entender se ela achava a ideia animadora (*Eba, menos para matar agora!*) ou desoladora (*Droga, mais para matar depois!*).

— É claro, minha querida — respondeu Medeia. — Mesmo que você tomasse a decisão erradíssima de fugir daqui, não importaria. Mas Arranjo e Decibel não vão deixar isso acontecer, vão?

— Eu sou o Arranjo — disse Arranjo.

— Eu sou o Decibel — disse Decibel. — Podemos matar eles agora?

— Ainda não — disse Medeia. — Apolo está exatamente onde preciso que esteja, pronto para ser dissolvido. Quanto aos outros, relaxem. Se fizerem qualquer coisa para me deter, mando Arranjo e Decibel matarem vocês *na mesma hora*, ok? Isso nem vai ser muito legal, porque aí o sangue de vocês pode espirrar no icor e estragar a pureza da mistura. — Ela abriu as mãos. — Então estamos combinados. Nada de sangue contaminando o icor. Só vou precisar da essência de Apolo para essa receita.

Não gostei da forma como ela se referiu a mim, como se eu já estivesse morto e fosse só mais um ingrediente qualquer, como olhos de sapo ou açafrão.

— Eu *não* vou ser dissolvido — rosnei.

— Ah, Lester — disse ela. — *Vai*, sim.

As correntes me apertaram ainda mais, me forçando a ficar de quatro. Como Herófila suportava tamanha dor há tanto tempo? Se bem que ela era imortal, e eu, não.

— Que comece o ritual! — gritou Medeia, e começou a cantarolar.

O branco puro do icor fervilhante alterou a cor da câmara. Cacos de vidro afiados pareciam se mover debaixo da minha pele, arrancando minha forma mortal, me transformando em palavras cruzadas em que *nenhuma* das respostas era *Apolo*. Eu gritei. Eu balbuciei. Talvez tenha implorado pela minha vida. Para a sorte da pouquíssima dignidade que ainda me restava, mal consegui formar frases inteiras.

Nas profundezas atordoadas da minha agonia, tive um vislumbre de meus amigos, que recuavam, apavorados diante do vapor e do fogo que jorravam das rachaduras em meu corpo.

O medo deles era compreensível. Quem poderia julgá-los? No momento, era mais provável que eu explodisse do que os pacotes tamanho família das granadas de Macro, e minha embalagem não era *tão* resistente.

— Meg — chamou Grover, tentando pegar a flauta —, vou fazer uma música da natureza para ver se consigo atrapalhar essa cantoria, ou talvez pedir ajuda.

Meg segurou as espadas.

— Nesse calor? Aqui embaixo?

— A natureza é nossa única chance de sair daqui! — disse ele. — Me dê cobertura!

Ele começou a tocar a flauta. Meg montou guarda, com as espadas erguidas. Até Herófila ajudou, fechando os punhos e fazendo cara de má, disposta a mostrar aos *pandai* como as Sibilas lidavam com rufiões na Eritreia.

Os mercenários pareceram meio desorientados, sem saber como reagir. A música os incomodava, e eles cobriram a cabeça com as grandes orelhas como se fossem turbantes, mas não atacaram. Medeia não tinha dado a ordem ainda, e por mais irritante que a música de Grover fosse, eles não sabiam ao certo se aquilo constituía ou não um ato de agressão.

Enquanto isso, eu lutava para não ser esfolado. Cada pedacinho da minha força de vontade estava dedicada a me manter inteiro. Eu era Apolo, não era? Eu... eu era lindo e as pessoas me amavam. O mundo precisava de mim!

O canto de Medeia minou minha confiança. A letra em cólquida antigo perfurou minha mente. Quem precisava desses deuses antigos, afinal? Quem ligava para Apolo? Calígula era muito mais interessante! Era mais adequado ao mundo moderno. Ele fazia sentido. Eu, não. Por que eu não deixava logo essa coisa de divindade pra lá? Assim eu poderia ficar em paz para sempre.

A dor é uma coisa interessante. Você acha que chegou ao seu limite e que não há como sofrer mais, mas então descobre que há outro nível de agonia. E depois mais outro. Os cacos de vidro debaixo da minha pele cortavam e se moviam e rasgavam e queimavam, como se erupções solares dominassem meu corpo mortal patético, atravessando a camuflagem ártica barata da loja de Macro. Eu perdi a noção de quem eu era, de por que estava lutando para ficar vivo. Meu único desejo era desistir, para dar fim ao sofrimento.

Mas então Grover encontrou seu ritmo. As notas ficaram mais confiantes e animadas, a cadência, mais regular. Ele se dedicou a uma melodia vigorosa e aflita, do tipo que os sátiros tocavam durante a primavera nas campinas da Grécia antiga, torcendo para que as belas músicas encorajassem as dríades a se aproximarem e dançarem com eles no meio das flores.

Aquele calabouço de palavras cruzadas em chamas era o pior contexto possível para uma música como aquela; nenhum espírito da natureza a ouviria. Nenhuma dríade dançaria conosco. Ainda assim, a melodia aliviava minha dor. Diminuía a intensidade do calor, como um pano frio e úmido na minha testa febril.

O canto de Medeia hesitou. Ela olhou para Grover com ódio.

— É sério, sátiro? Você vai parar de vez com essa bobagem ou vou ter que obrigá-lo?

Grover tocou ainda mais freneticamente, um pedido de socorro que ecoava pela câmara, fazendo os corredores reverberarem como os tubos de um órgão de igreja.

Meg se juntou a ele, entoando palavras sem sentido em um tom terrível.

— E aí, natureza? Nós amamos as plantas. Venham, lindas dríades, e, hã, cresçam e… matem essa feiticeira e tal.

Herófila, cuja voz já fora tão linda, que nascera cantando profecias, olhou para Meg bastante consternada. Aquela mulher era uma santa mesmo, porque qualquer outra naquela posição já teria dado um soco na garota.

Medeia suspirou.

— Tudo bem, já chega. Meg, sinto muito, mas você vai morrer. Tenho certeza de que Nero vai me perdoar por isso quando eu contar para ele como você cantou mal. Arranjo, Decibel: silenciem os dois.

Clave gorgolejou, nervoso, e tentou tocar o ukulele, apesar das mãos amarradas e dos dois dedos quebrados.

Enquanto isso, Arranjo e Decibel sorriram de prazer.

— É chegada a hora da vingança. MORRAM! MORRAM!

Eles desenrolaram as orelhas, levantaram as espadas e pularam na plataforma.

Meg poderia ter dizimado os dois com suas queridas espadas?

Não sei. Mas ela fez uma coisa quase tão surpreendente quanto sua vontade repentina de cantar. Talvez, ao olhar para o coitado do Clave, ela tenha decidido que sangue de *pandos* suficiente tinha sido derramado. Talvez ela ainda estivesse pensando na raiva mal direcionada e a quem deveria *realmente* dedicar todo aquele ódio. Fosse qual fosse o caso, as espadas voltaram ao formato de anéis. Ela pegou um pacote no cinto e o abriu, espalhando sementes no caminho dos *pandai*.

Arranjo e Decibel deram um grito quando as plantas surgiram, cobrindo-os de uma camada verde de erva-de-santiago. Arranjo cambaleou até a parede mais próxima e começou a espirrar sem parar, a planta o prendendo à pedra como uma mosca em uma teia de aranha. Decibel caiu na plataforma bem aos pés de Meg, tão coberto de plantas que ele mais parecia um arbusto com uma crise de espirros.

Medeia revirou os olhos.

— Que inferno… Eu falei para Calígula que guerreiros de dentes de dragão eram guardas *muito* melhores, mas *nããããão*, ele *insistiu* em contratar *pandai*. — Ela balançou a cabeça, impaciente. — Desculpem, rapazes. Vocês tiveram sua chance.

Ela estalou os dedos de novo. Um *ventus* ganhou vida, gerando um ciclone de cinzas. O espírito avançou em Arranjo, arrancou o *pandos* da parede e o despejou no lago de icor fervilhante. Simples assim. Em seguida, atravessou a plataforma, roçando nos pés dos meus amigos, e empurrou Decibel, que chorava e espirrava, em direção ao mesmo destino do companheiro.

— Agora — disse Medeia —, se eu puder dar um conselho a vocês, seria: FIQUEM QUIETOS.

O *ventus* atacou, envolvendo Meg e Grover e erguendo-os da plataforma.

Eu gritei, me debatendo nas correntes, certo de que Medeia jogaria meus amigos no fogo, mas eles só ficaram suspensos no ar. Grover ainda tocava a flauta, embora nenhum som atravessasse a barreira de vento. Meg estava furiosa e aos berros, provavelmente vociferando algo como: ISSO DE NOVO? VOCÊ ESTÁ DE BRINCADEIRA COM A MINHA CARA?

Herófila não foi capturada pelo *ventus*. Medeia não devia considerá-la uma ameaça. A profetisa parou ao meu lado, os punhos ainda fechados. Fiquei agradecido por aquilo, achei fofo e tal, mas não via o que uma Sibila boxeadora poderia fazer para deter Medeia.

— Tudo bem! — disse a feiticeira, com um brilho vitorioso nos olhos. — Vou começar de novo. Entoar esse canto ao mesmo tempo em que controlo um *ventus* não é muito fácil, então se comportem. Senão posso me desconcentrar e largar Meg e Grover no icor. E já temos impurezas demais lá dentro, com os *pandai* e as plantas. Agora, onde estávamos? Ah, sim! Esfolando sua forma mortal!

42

Quem quer uma profecia?
Então se preparem
Para todo o blá-blá-blá

— **RESISTA!** — **HERÓFILA** se ajoelhou ao meu lado. — Apolo, você tem que resistir!

Eu sentia muita dor para conseguir falar qualquer coisa, mas do contrário teria dito: *Resistir. Nossa, obrigado por essa pérola de sabedoria! Você deve ser um oráculo ou algo do tipo!*

Pelo menos ela não me fez participar de um jogo de palavras cruzadas inútil e andar sobre pedras com as letras de *RESISTIR*.

Suor escorria pelo meu rosto, e meu corpo fervia, e não do jeito bom de quando eu era deus.

A feiticeira prosseguiu com a cantiga. Ela devia estar reunindo todas as forças que tinha, mas daquela vez não vi como tirar vantagem da situação. Eu estava acorrentado, então não daria para repetir o truque da flecha no peito, e, mesmo que repetisse, Medeia provavelmente já estava quase no fim no ritual, então minha vida não valeria de nada. A minha essência escorreria para o lago de icor.

Eu não podia tocar flauta, como Grover. Não podia contar com as plantas, como Meg. Não era poderoso como Jason Grace, para romper a jaula de *ventus* e salvar meus amigos.

Resistir... Fazendo o quê?

Minha mente começou a cambalear. Tentei me agarrar ao dia do meu nascimento (sim, eu conseguia me lembrar de uma ocasião tão antiga), quando pulei do útero da minha mãe e comecei a cantar e dançar, espalhando pelo mundo minha voz gloriosa. Eu me lembrava da minha primeira ida ao abismo de Delfos, lutando contra minha arqui-inimiga Píton, sentindo-a se enrolar ao meu corpo imortal.

Outras lembranças eram mais traiçoeiras. Eu me recordava de cruzar o céu na carruagem do Sol... Mas eu não era eu... Era Hélio, titã do Sol, estalando meu chicote flamejante no lombo dos corcéis. Eu me vi pintado de dourado, com uma coroa de raios na cabeça, passando por uma multidão de adoradores mortais... mas eu era o imperador Calígula, o Novo Sol.

Quem eu era, afinal?

Tentei visualizar o rosto de minha mãe, Leto. Não consegui. Meu pai, Zeus, com sua carranca feia e apavorante, era só uma vaga lembrança. Minha irmã... Claro, eu jamais esqueceria minha irmã gêmea! Mas até as feições dela se desfaziam em minha mente. Ela tinha olhos prateados. E cheiro de madressilva. O que mais? Entrei em pânico. Não conseguia mais lembrar meu *próprio* nome.

Apoiei as mãos na pedra e abri os dedos — eles soltaram fumaça e estalaram, como galhos ao vento. Parecia que meu corpo estava se transformando em pixels, como aconteceu com os *pandai* quando eles se desintegraram.

Herófila sussurrou no meu ouvido:

— Aguente mais um pouco! A ajuda vai chegar!

Mesmo sendo um oráculo, não tinha como ela ter certeza disso. Quem apareceria para me salvar? Quem *poderia* me salvar?

— Você assumiu o meu lugar — disse ela. — Use isso!

Eu gemi de fúria e frustração. Por que ela estava falando coisas sem sentido? Por que não podia voltar a falar em enigmas? Como eu podia *usar* o fato de estar no lugar dela, acorrentado? Eu não era um oráculo. Não era nem mais um deus. Eu era... Lester? Ah, ótimo. *Esse* nome eu lembrava.

Olhei para as colunas de blocos de pedra, agora todos vazios, como se esperassem um novo desafio. A profecia não estava completa. Talvez, se eu conseguisse encontrar uma forma de terminá-la... Faria diferença?

Eu *tinha* que fazer aquilo. Jason deu a vida para podermos chegar até ali. Meus amigos arriscaram tudo. Eu não podia simplesmente desistir. Para libertar o oráculo, para libertar Hélio do Labirinto de Fogo... eu precisava terminar o que tínhamos começado.

O cântico de Medeia prosseguia, se alinhando a meus batimentos cardíacos, tomando o controle da minha mente. Eu precisava ignorá-lo, interrompê-lo, como Grover tinha feito quando começou a tocar sua flauta.

Você assumiu o meu lugar, dissera Herófila.

Eu era Apolo, o deus da profecia. Era hora de ser meu próprio oráculo.

Tentei me concentrar nos blocos de pedra. Veias saltaram na minha testa, tamanha era a força que eu fazia.

— A-*Amálgama bronze ouro* — balbuciei.

As pedras se deslocaram, formando uma fileira de três pedras no canto superior esquerdo, uma palavra por quadrado: *AMÁLGAMA BRONZE OURO*.

— Isso! — disse a Sibila. — Isso mesmo! Continue!

Eu não aguentaria muito tempo. As correntes me queimavam e me puxavam para baixo. Eu gemia de dor.

— *Nascente encontra poente.*

Uma segunda fileira de três pedras se formou embaixo da primeira, exibindo as três palavras que eu tinha acabado de falar.

Mais versos saíram de mim:

> *Alforriadas as legiões.*
> *Sobre profundezas, luz;*
> *Contra muitos, um,*
> *Isento de derrotas.*
> *Ditas palavras antigas,*
> *Abalando velhas fundações!*

O que tudo aquilo significava? Eu não tinha a menor ideia.

A câmara ribombou quando mais blocos se deslocaram, novas pedras surgindo do lago para acomodar as palavras. O lado esquerdo inteiro do lago estava agora coberto pelas oito fileiras de três palavras, cobrindo parte do lago de icor. O calor diminuiu. Minhas algemas esfriaram. O cântico de Medeia hesitou, afrouxando o controle dela sobre minha consciência.

— Que palhaçada é essa? — sibilou a feiticeira. — Estamos quase acabando! Não vou parar por nada! *Vou* matar seus amigos se você não...

Atrás dela, Clave dedilhou um fá suspenso no ukulele. Medeia, que aparentemente tinha se esquecido dele, deu um pulo de susto e quase caiu na lava.

— Você também? — gritou ela. — ME DEIXE TRABALHAR!

Herófila sussurrou no meu ouvido:

— Vai logo!

Eu entendi o que estava acontecendo. Clave estava tentando ganhar tempo para mim distraindo Medeia. Ele não se intimidou e continuou tocando seu (meu) ukulele, uma série dos acordes mais irritantes que eu havia ensinado a ele e alguns que ele devia estar inventando na hora. Enquanto isso, Meg e Grover giravam na jaula de ventus, tentando escapar, sem sucesso. Um movimento dos dedos de Medeia, e eles teriam o mesmo destino que Arranjo e Decibel.

Tentar continuar a profecia foi ainda mais difícil do que desatolar a carruagem do Sol da lama. (Não queiram nem saber. É uma longa história envolvendo belas náiades do pântano.)

De alguma forma, grunhi mais um verso.

— *Destruir o tirano*.

Mais três pedras se alinharam, daquela vez do lado superior direito do salão.

— *Encorajar o alado* — continuei.

Meus deuses, pensei, *eu estou falando coisas sem sentido!* Mas as pedras continuaram obedecendo à minha voz, bem melhor do que Sirialexastrophona, diga-se de passagem.

Beirando colinas douradas
Está o potro.

As pedras continuaram se rearranjando, formando uma segunda coluna de linhas de três pedras que só deixavam uma faixa estreita de lago ardente no meio do salão.

Medeia tentou ignorar o *pandos*. Voltou a cantarolar, mas Clave na mesma hora atrapalhou mais uma vez a concentração dela com um lá bemol menor.

— Chega disso, *pandos*! — berrou a feiticeira.

Ela puxou uma adaga das dobras do vestido.

— Apolo, não pare — avisou Herófila. — Você não deve...

Medeia enfiou com força a adaga na barriga de Clave, interrompendo a serenata desafinada.

Eu chorei de pavor, mas me forcei a entoar mais versos:

— *Liras e trompetes* — gemi, quase sem voz. — *Outra maré vermelha...*

— Pare com isso! — gritou Medeia. — *Ventus*, jogue os prisioneiros...

Clave dedilhou um acorde ainda mais horrível.

— AHHH!

A feiticeira se virou e deu outra punhalada em Clave.

— *Ninho do estranho* — solucei.

Outro fá suspenso do *pandos*, outro golpe da adaga de Medeia.

— *A glória recuperar!* — gritei.

As últimas pedras se acomodaram, completando a segunda coluna de linhas do outro lado da sala até a beirada da nossa plataforma.

Eu *senti* que a profecia tinha se completado, e era como se enfim eu conseguisse respirar depois de quase me afogar. As chamas de Hélio, que agora eram apenas uma fina linha no centro do salão, esfriaram e assumiram o tom vermelho do bom e velho fogo ao qual estamos acostumados.

— Isso! — disse Herófila.

Medeia se virou, rosnando. Suas mãos brilhavam com o sangue do *pandos*. Atrás dela, Clave caiu de lado, gemendo e apertando o ukulele na barriga ferida.

— Ah, muito bem, *Apolo* — disse Medeia, com desprezo. — Você fez esse *pandos* morrer por você, e por *nada*. Minha magia já está quase completa. Só me resta esfolar você do jeito tradicional. — Ela puxou a faca. — Quanto aos seus amigos... Ela estalou os dedos sujos de sangue. — *Ventus*, mate-os.

43

Aí vai o melhor capítulo
É horrível, mas
Só tem uma morte ruim

ENTÃO ELA MORREU.

Não vou mentir, meus caros leitores. Quase toda essa narrativa foi muito difícil de escrever, mas aquela frase ali em cima me deu puro prazer. Ah, vocês tinham que ver a cara de Medeia!

Mas primeiro preciso voltar um pouco.

Querem saber como se deu esse maravilhoso acaso do destino?

Medeia ficou paralisada. Arregalou os olhos. E caiu de joelhos, soltando a faca. Então bateu de cara no chão, revelando uma recém-chegada: Piper McLean, com a armadura de couro por cima das roupas comuns, pontos novos no ferimento do lábio e o rosto ainda todo machucado, mas cheio de determinação. As pontas do cabelo estavam chamuscadas, e uma fina camada de cinzas cobria seus braços. Sua adaga, Katoptris, estava fincada nas costas de Medeia.

Atrás de Piper vinham sete donzelas guerreiras. A princípio achei que fossem as Caçadoras de Ártemis vindo me salvar uma segunda vez, mas aquelas guerreiras estavam armadas com escudos e lanças feitos de madeira cor de mel.

O *ventus* atrás de mim parou e se desenrolou, e Meg e Grover desabaram no chão. As correntes derretidas em meus braços viraram pó de carvão, e Herófila me segurou quando ameacei desmoronar.

As mãos de Medeia estavam tremendo. Ela virou o rosto de lado e abriu a boca, mas nenhuma palavra saiu.

Piper se ajoelhou perto da feiticeira, tocando seu ombro num gesto quase carinhoso e delicado. Então, com a outra mão, puxou Katoptris, fincada nas costas de Medeia.

— Uma resposta à altura daquela sua bela facada nas costas. — Piper deu um beijo na bochecha de Medeia. — Eu lhe pediria para dar um "oi" a Jason por mim, mas ele vai para os Campos Elísios. Você… não.

Os olhos da feiticeira se fecharam, e ela parou de se mexer. Piper encarou as aliadas em suas armaduras de madeira.

— Que tal jogar essa bruxa no fogo?

— BOA IDEIA! — gritaram as sete donzelas, em uníssono.

Elas avançaram até Medeia, ergueram o corpo da feiticeira e, sem a menor cerimônia, o jogaram na poça ardente do avô.

Piper limpou o sangue da adaga na calça jeans. Com a boca inchada e cheia de pontos, seu sorriso era mais grotesco que simpático.

— Oi, pessoal.

Comecei a soluçar, um choro de partir o coração — provavelmente não era o que Piper esperava. Dei um jeito de me levantar, ignorando a dor lancinante nos tornozelos, e passei direto por ela, correndo para chegar até onde Clave estava caído, gorgolejando.

— Ah, meu bravo amigo…

Meus olhos ardiam com lágrimas. Eu não ligava para a dor excruciante que sentia, para minha pele queimada que gritava sempre que eu tentava me mexer.

O rosto peludo de Clave estava em choque. Sangue pontilhava seu pelo branco como a neve, e o abdome estava uma desgraça. Ele segurava o ukulele junto ao peito, como se fosse a única coisa que o ancorava ao mundo dos vivos.

— Você nos salvou — falei, com dificuldade. — Você… você conseguiu ganhar tempo para nós. Vou dar um jeito de curar esses ferimentos.

Ele me encarou, os olhos fixos, e conseguiu dizer:

— Música. Deus.

Ri, meio nervoso.

— Sim, meu jovem amigo. Você é um deus da música! Eu… eu vou lhe ensinar todos os acordes. Nós vamos fazer um concerto com as Nove Musas. Quando… Quando eu voltar para o Olimpo…

Minha voz falhou.

Clave não ouviu. Ele estava com os olhos vidrados, e a tensão nos músculos relaxou. Seu corpo murchou e foi se desfazendo em pó, desabando sobre si mesmo até restar apenas o ukulele, descansando em uma pilha de poeira — um pequeno monumento tristonho aos meus muitos fracassos.

Não sei quanto tempo passei ali, ajoelhado, atordoado e trêmulo. Chorar doía, mas eu chorei mesmo assim.

Depois de um tempo, Piper veio se ajoelhar ao meu lado. A garota parecia entender a minha dor, mas achei que, em algum lugar atrás daqueles lindos olhos multicoloridos, ela estava pensando: *Mais uma vida perdida por sua causa, Lester. Mais uma morte que você não pôde consertar.*

Mas ela não disse isso. Apenas guardou a adaga e falou:

— Depois a gente chora nossas perdas. Nosso trabalho ainda não acabou.

Nosso trabalho. Ela foi ajudar, mesmo depois de tudo, apesar de Jason... Eu não podia desmoronar naquele momento — pelo menos não mais do que já tinha desmoronado.

Peguei meu ukulele. Estava prestes a murmurar alguma promessa para os restos poeirentos de Clave, mas então me dei conta do resultado de minhas últimas promessas. Tinha prometido ensinar o jovem *pandos* a tocar qualquer instrumento que ele quisesse, e ele estava morto. Apesar do calor ardente daquela câmara, eu senti o olhar frio de Estige sobre mim.

Eu me apoiei em Piper, que me ajudou a chegar à plataforma onde Meg, Grover e Herófila esperavam.

As sete guerreiras estavam ali perto, parecendo aguardar ordens.

Assim como os escudos, as armaduras eram peças muito bem elaboradas de madeira. As mulheres eram imponentes, todas com quase dois metros de altura, os rostos tão lustrosos e belamente esculpidos quanto as armaduras. Os cabelos de vários tons de branco, louro, dourado e castanho-claro caíam pelas costas em cascatas de tranças. Seus olhos eram de um tom verde-clorofila, assim como as veias aparentes dos membros musculosos.

Eram dríades, mas diferentes de qualquer outra dríade que eu conhecesse. Nunca vi nada igual.

— Vocês são as Melíades — constatei.

As mulheres me olharam com um interesse perturbador, como se quisessem tanto dançar comigo quanto lutar contra mim e me jogar no fogo.

A da extrema esquerda falou:

— Nós somos as Melíades. Você é A Meg?

Pisquei, confuso. Elas pareciam esperar por um *sim*, mas, mesmo naquele meu estado deplorável, eu tinha certeza de que não era Meg.

— Ei, pessoal, a Meg McCaffrey é esta aqui — interveio Piper, apontando para a pessoa certa.

As Melíades saíram marchando, erguendo os joelhos mais alto do que era de fato necessário, e se agruparam em um semicírculo ao redor de Meg, como se estivessem fazendo uma manobra marcial. Então pararam, bateram as lanças nos escudos uma vez e baixaram a cabeça respeitosamente.

— VIVA A MEG MCCAFFREY! — gritaram. — FILHA DE QUEM NOS CRIOU!

Grover e Herófila chegaram para o canto, quase como se quisessem se esconder atrás da privada da Sibila.

Meg examinou as sete dríades. Minha jovem mestra estava com o cabelo desgrenhado pelo *ventus*. A fita isolante tinha se soltado dos óculos, e ela parecia estar usando dois monóculos encrustados de pedrinhas. As roupas tinham voltado a ser um conjunto de trapos queimados e rasgados — uma aparência que, na minha opinião, era exatamente a que *A Meg McCaffrey* deveria ter.

Ela usou de sua eloquência habitual:

— Oi.

Piper curvou os lábios num quase sorriso.

— Encontrei essas mulheres na entrada do Labirinto. Elas vieram atrás de você. Disseram que ouviram sua música.

— Minha música? — perguntou Meg.

— A música! — gritou Grover. — Funcionou?

— Nós atendemos ao chamado da natureza! — exclamou a dríade líder.

Isso tinha um significado diferente para os mortais, mas decidi não entrar nesse mérito.

— Ouvimos a flauta de um Senhor da Natureza! — prosseguiu outra dríade. — Deve ser você, sátiro. Saúdem o sátiro!

— VIVA O SÁTIRO! — ecoaram as outras.

— Hã, ok... — respondeu Grover, meio sem forças. — Saudações para vocês também.

— Mas, acima de tudo — explicou uma terceira dríade —, ouvimos o chamado de Meg, filha de quem nos criou. Viva!

— VIVA! — ecoaram as outras.

Aquilo já era "viva" demais para a minha vida.

Meg estreitou os olhos.

— Esse *quem nos criou* aí... Vocês estão falando do meu pai, o botânico, ou da minha mãe, Deméter?

As dríades se juntaram para cochichar.

Depois de um tempo, a líder se pronunciou:

— Excelente questão. Estávamos falando de McCaffrey, o grande criador de dríades. Só que agora percebemos que você também é filha de Deméter. Você é duplamente abençoada, filha de dois criadores! Estamos ao seu serviço!

Meg cutucou o nariz.

— Estão ao meu serviço, é? — Ela olhou para mim, como quem pergunta: *por que você não pode ser um servo incrível como elas?* — E como nos encontraram?

— Nós temos muitos poderes! — gritou uma. — Nós nascemos do sangue da Mãe Terra!

— A força primordial da vida corre em nós! — explicou outra.

— Nós amamentamos Zeus quando bebê! — acrescentou uma terceira. — Geramos uma raça inteira de homens, os guerreiros do Bronze!

— Nós somos as Melíades! — exclamou uma quarta.

— Somos os poderosos freixos! — gritou uma quinta.

Com isso, não restou muito para as duas últimas explicarem. Elas apenas murmuraram:

— Freixos. É, somos freixos.

Piper interveio, explicando o lado dela:

— O treinador Hedge recebeu a mensagem de Grover pela ninfa das nuvens, e eu vim atrás de vocês. Só que eu não sabia onde era a entrada secreta, então voltei lá no centro de Los Angeles.

— *Sozinha?* — perguntou Grover.

Os olhos de Piper assumiram um tom sombrio, e eu compreendi que, por mais que ela de fato quisesse nos ajudar, tinha ido até lá mais para se vingar de Medeia do que qualquer coisa. Sair viva... não era uma prioridade.

— Encontrei essas mulheres na cidade, e meio que forjamos uma aliança.

Grover engoliu em seco.

— Mas Clave disse que a entrada principal era uma armadilha mortal! Que o lugar era mantido sob extrema vigilância!

— É, era mesmo. Só que... — Piper apontou para as dríades. — Não é mais.

As Melíades pareciam satisfeitas.

— O freixo é poderoso — explicou uma.

As outras murmuraram, concordando.

Herófila saiu de seu esconderijo atrás da privada.

— Mas o fogo! Como vocês...?

— Ah! É necessário mais do que fogo de um titã do Sol para nos destruir! — gritou uma dríade, erguendo o escudo. Um dos cantos estava preto, mas a fuligem já estava sumindo, revelando madeira nova e intacta por baixo.

A julgar pelo tanto que Meg franziu a testa, sua mente devia estar disparada, o que me deixava meio aflito.

— Então... vocês agora servem a mim?

As dríades bateram outra vez nos escudos, todas ao mesmo tempo.

— Vamos obedecer às ordens de Meg McCaffrey! — exclamou a líder.

— Tipo, se eu pedisse para vocês buscarem umas enchiladas...?

— Nós apenas perguntaríamos quantas! — gritou outra dríade. — E se é para pedir com ou sem molho de pimenta!

Meg assentiu.

— Ótimo. Mas, primeiro, será que vocês podem nos tirar deste Labirinto em segurança?

— Assim será feito! — exclamou a líder.

— Esperem! — interveio Piper. — E aquilo?

Ela apontou para as pedras no chão, onde minhas palavras douradas e sem sentido ainda brilhavam.

Enfim pude apreciar o arranjo das frases, o que não pude fazer quando estava ajoelhado e acorrentado.

AMÁLGAMA BRONZE OURO	DESTRUIR O TIRANO
NASCENTE ENCONTRA POENTE	ENCORAJAR O ALADO
ALFORRIADAS AS LEGIÕES	BEIRANDO COLINAS DOURADAS
SOBRE PROFUNDEZAS, LUZ	ESTÁ O POTRO
CONTRA MUITOS, UM	LIRAS E TROMPETES
ISENTO DE DERROTAS	OUTRA MARÉ VERMELHA
DITAS PALAVRAS ANTIGAS	NINHO DO ESTRANHO
ABALANDO VELHAS FUNDAÇÕES	A GLÓRIA RECUPERAR

— O que isso quer dizer? — perguntou Grover, olhando para mim como se esperasse que eu entendesse alguma coisa daquilo.

Minha mente estava em frangalhos, latejando de exaustão e tristeza. Enquanto Clave distraía Medeia, ganhando tempo para Piper chegar e salvar a vida dos meus amigos, comecei a falar aquelas coisas sem sentido. Coisas que agora estavam arranjadas em duas colunas de texto separadas por uma linha vertical de fogo. Muito mal diagramado, e não era nem em uma fonte decente.

— Quer dizer que Apolo conseguiu! — anunciou Sibila, orgulhosa. — Ele concluiu a profecia!

Balancei a cabeça.

— Não concluí, não. *Apolo encara a morte na tumba de Tarquínio exceto se a passagem para o deus silencioso só for aberta por...*

Piper examinou o texto.

— É muita coisa. Não é melhor anotar?

O sorriso da Sibila fraquejou.

— Espera... vocês não veem? Está tão óbvio!

Grover estreitou os olhos, examinando as palavras douradas.

— Vendo o quê?

— Ah! — Meg assentiu. — Ah, agora sim.

As sete dríades se inclinaram para a frente, fascinadas.

— O que devemos ver, ó grande filha do criador? — perguntou a líder.

— É um acróstico. Só tem que ler a primeira letra de cada frase — explicou Meg.

Ela correu até o canto superior esquerdo do salão e foi andando junto da primeira letra de cada linha. Então subiu, pulou a linha de fogo do meio e desceu junto das primeiras letras das linhas da outra coluna, recitando cada letra em voz alta:

— *A-N-A-S-C-I-D-A-D-E-B-E-L-O-N-A*.

— Uau. — Piper balançou a cabeça, impressionada. — Ainda não sei bem o que quer dizer esse negócio de Tarquínio, deus silencioso e tudo o mais, mas parece que você precisa da ajuda da filha de Belona. É a pretora sênior do Acampamento Júpiter, Reyna Avila Ramírez-Arellano.

44

Ei, vocês são dríades?
Isso é bem sério
Adeus, cavalinho

— **VIVA A MEG MCCAFFREY!** — gritou a dríade líder. — Viva a solucionadora do enigma!

— VIVA! — concordaram as outras, erguendo bem os joelhos ao marchar, batendo as lanças nos escudos e se prontificando a buscar enchiladas.

Será que Meg merecia mesmo todos aqueles vivas? Fica aí o questionamento. Eu poderia tranquilamente ter resolvido o enigma, se não tivesse acabado de ser magicamente meio esfolado e preso a correntes ardentes. Também tinha certeza de que Meg só sabia que era um acróstico porque *eu* já tinha explicado o que era.

Mas tínhamos problemas maiores. Naquela hora, a câmara começou a tremer. Poeira caía do teto, e algumas pedras se soltaram e desabaram na poça ardente de icor.

— Temos que ir embora — anunciou Herófila. — A profecia está completa, e eu estou livre. Este salão não vai durar muito tempo.

— Gostei dessa ideia de ir embora! — concordou Grover.

Eu também tinha gostado, mas ainda tinha uma promessa — uma que eu pretendia cumprir, mesmo que Estige já me odiasse no momento.

Eu me ajoelhei na beirada da plataforma e olhei para o icor borbulhante.

— Hã, Apolo? — chamou Meg.

— Devemos puxá-lo? — perguntou uma dríade.

— Devemos empurrá-lo? — sugeriu outra.

Meg não respondeu. Talvez estivesse avaliando qual era a melhor opção. Tentei me concentrar no fogo abaixo, e murmurei:

— Hélio, sua prisão acabou. Medeia está morta.

O icor se agitou e brilhou. Senti a raiva daquela meia consciência do titã. Agora que estava livre, será que Hélio considerava atravessar os túneis com seu poder, transformando toda aquela área num deserto? Ele também não devia estar muito feliz de ter dois *pandai*, algumas plantas e sua neta maligna despejados em sua essência boa e efervescente.

— Olha, você tem todo o direito de estar irritado — argumentei. — Mas, sabe, eu me lembro de como você era. Do seu brilho, do seu calor. Eu me lembro de como você era amigo dos deuses e dos mortais da Terra. Nunca vou conseguir fazer um trabalho tão magnífico quanto o seu, nunca vou ser um deus do Sol tão bom, mas sempre tento honrar sua memória, lembrar suas *melhores* qualidades.

O icor borbulhou ainda mais intensamente.

Estou só conversando com um velho amigo, disse a mim mesmo. *Não é nem um pouco como convencer um míssil intercontinental a não disparar por conta própria.*

— Eu vou resistir. *Vou* recuperar a carruagem do Sol. E, enquanto eu for o condutor dela, você será lembrado. Manterei seus antigos caminhos pelo céu. Mas você sabe, mais do que ninguém, que o fogo do Sol não pertence à Terra, nem foi feito para *destruir* a Terra, apenas para aquecer a superfície! Calígula e Medeia transformaram você em uma arma, mas não permita que eles vençam! Você só precisa *descansar*. Volte para o éter do Caos, meu velho amigo. Fique em paz.

O icor ficou branco e incandescente. Meu rosto estava prestes a receber um peeling completo. De repente, a essência ardente tremeluziu e cintilou, como um lago de asas de mariposa. Então o icor sumiu. O calor se dissipou, as pedras nas plataformas flutuantes se desintegraram até virar pó e caíram no vão que aquele lago de lava tinha deixado. As terríveis queimaduras em meus braços sumiram, a pele rachada cicatrizou. A dor diminuiu para um nível tolerável de agonia, uma coisa só "fui torturado por seis horas", e eu desabei no chão de pedra, tremendo e com frio.

— Você conseguiu! — gritou Grover, rindo, olhando para Meg e para as dríades, impressionado. — Estão sentindo? A onda de calor, a seca, os incêndios... acabaram!

— De fato — concordou a líder das dríades. — O servo fracote da Meg McCaffrey salvou a natureza! Viva a Meg McCaffrey!

— VIVA! — gritaram as outras dríades.

Eu não tinha forças para protestar.

A câmara ribombou, num tremor ainda mais violento. Uma enorme rachadura em zigue-zague se abriu no meio do teto.

— Vamos sair daqui. — Meg se virou para as dríades. — Ajudem Apolo.

— A Meg McCaffrey mandou! — urrou a dríade líder.

Duas dríades me botaram de pé e me carregaram. Tentei me apoiar nos pés só para manter algum resquício de dignidade, mas era como tentar deslizar em patins com rodinhas de biscoitos molhados.

— Vocês sabem onde é a saída? — perguntou Grover.

— *Agora* sabemos — explicou uma das dríades. — É o caminho mais rápido até a natureza, coisa que sempre sabemos encontrar.

Em uma escala de zero a dez, em que dez é *Socorro, vou morrer!*, sair do labirinto era definitivamente um dez. Mas, como tudo que tinha acontecido naquela semana era um quinze, pareceu moleza. Os tetos dos túneis desabavam, o chão se abria. Monstros atacaram, mas foram prontamente assassinados por sete dríades ansiosas que não paravam de gritar "VIVA!".

Enfim chegamos a um vão estreito, uma ladeira bem íngreme que subia na direção de um quadradinho de luz.

— Não foi por aqui que entramos — comentou Grover, aflito.

— Mas é bem perto — retrucou a dríade líder. — Nós vamos em frente.

Ninguém se opôs. As sete dríades ergueram os escudos e subiram em fila única. Piper e Herófila foram atrás, seguidos por Meg e Grover. Eu fui o último, já bem o suficiente para engatinhar sozinho sem chorar nem gemer demais.

Quando finalmente saí e fiquei de pé, a batalha já estava prestes a começar.

Estávamos de volta à jaula do urso (como aquele poço conseguiu nos levar para lá, eu não sei). As Melíades tinham formado uma barreira protetora em volta da entrada do túnel, e meus amigos estavam logo atrás, empunhando suas armas. Logo acima, contornando a beirada do poço de cimento, doze *pandai* esperavam, as flechas já montadas nos arcos. Entre eles estava o grande corcel, Incitatus.

Quando me viu, o cavalo jogou a linda crina para o lado.

— Ah, então *aí* está Apolo. Parece que Medeia não conseguiu selar o trato, não foi?

— Medeia está morta — anunciei. — E você vai ser o próximo, se não fugir *agora*.

Incitatus relinchou.

— Nunca gostei daquela feiticeira. Você realmente espera que eu me renda? Lester, já se olhou no espelho? Você não está em condições de fazer nenhuma ameaça. Apesar de tudo, ainda estamos em vantagem aqui. Sem falar que você já viu a habilidade dos *pandai* com as flechas. Não sei quem são essas suas belas aliadas de armaduras de madeira, mas não importa. Aceite a derrota e se renda logo, sem reclamar. Cezão foi para o norte, para lidar com seus amigos lá na Baía de São Francisco, mas não vai ser difícil alcançar a frota. Meu garoto tem *várias* coisinhas especiais planejadas só para você.

Piper rosnou. Parecia que a mão de Herófila em seu ombro era a única coisa que a impedia de atacar nosso inimigo sozinha.

As espadas de Meg reluziram ao sol da tarde, e ela se virou para as dríades:

— Ei, moças dos freixos! Quão rápido vocês conseguem chegar lá em cima?

A líder deu uma olhada antes de responder:

— Bem rápido, ó Meg McCaffrey.

— Legal. — Então Meg se virou para o cavalo e os *pandai*: — Última chance de vocês se renderem!

Incitatus soltou um suspiro.

— Ai, tá bom.

— "Ai, tá bom", você se rende? — indagou a menina.

— Não. Ai, tá bom, vamos matar vocês logo. *Pandai...*

— Dríades, ATAQUEM!

— *Dríades?* — perguntou Incitatus, incrédulo.

Foi a última coisa que ele disse.

As Melíades avançaram, como se aqueles paredões de pedra só tivessem um degrau de altura. Os doze arqueiros *pandai*, os mais rápidos do Oeste, não conseguiram disparar uma única flecha antes de serem atravessados pelas lanças de freixo e virarem pó.

Incitatus relinchou, em pânico. Quando as Melíades o cercaram, ele empinou e coiceou com suas ferraduras de ouro, mas nem sua força lendária era páreo para aqueles espíritos das árvores, aquelas assassinas primordiais. O corcel hesitou e caiu, atravessado por várias lanças.

As dríades se viraram para Meg.

— A tarefa foi cumprida! — anunciou a líder. — A Meg McCaffrey vai querer as enchiladas agora?

Piper, ao meu lado, pareceu meio enjoada, como se, depois daquela carnificina, a vingança parecesse menos atraente.

— E eu achando que a *minha* voz era poderosa.

Grover concordou, perplexo:

— Eu nunca tive pesadelos com árvores, mas acho que, depois de hoje, isso vai mudar.

Até Meg parecia incomodada, como se só então compreendesse o poder que tinha recebido. Fiquei aliviado ao notar aquele incômodo; era sinal de que Meg continuava sendo uma boa pessoa. O poder deixa as pessoas boas incomodadas, em vez de satisfeitas e orgulhosas. É por isso que é raro ver pessoas boas no poder.

— Vamos sair daqui — decidiu ela.

— Para onde devemos ir, ó Meg McCaffrey? — perguntou a dríade líder.

— Para casa. Vamos para Palm Springs.

Não havia amargura em sua voz quando ela associou *casa* a *Palm Springs*. Assim como as dríades, ela precisava voltar às suas raízes.

45

Flores do deserto nascem
Ar açucarado
Quer criar um game show!

PIPER NÃO FOI COM a gente.

Ela disse que precisava voltar para Malibu, já que não queria preocupar o pai nem os Hedge. Iriam todos para Oklahoma juntos na noite seguinte, e ela tinha muitas providências a tomar. O tom sombrio com que ela disse aquilo deu a entender que essas providências tinham a ver com *o funeral* de Jason.

— Me encontre amanhã à tarde. — Ela me entregou uma folha amarela dobrada, um aviso de despejo da N. H. Financeira. Atrás estava anotado um endereço em Santa Mônica. — Vamos lhe indicar o caminho certo.

Eu não sabia bem o que ela queria dizer com aquilo, mas fiquei sem explicação. Piper seguiu para o estacionamento do campo de golfe mais próximo, sem dúvida para pegar emprestado algum veículo de qualidade.

Nós, que ficamos, voltamos para Palm Springs no Mercedes vermelho. Herófila foi dirigindo (Quem poderia imaginar que os antigos Oráculos sabiam dirigir?), Meg se sentou na frente, ao lado dela, e Grover e eu ficamos no banco de trás. Foi impossível não pensar em Clave, que estivera ali, naquele mesmo lugar, poucas horas antes, ansioso para aprender os acordes e se tornar um deus da música.

Talvez eu tenha chorado um pouquinho.

As sete Melíades marchavam ao lado do carro, parecendo agentes do serviço secreto escoltando algum oficial. Elas nos acompanharam sem dificuldade, mesmo quando pegamos a estrada, deixando o trânsito para trás.

Apesar da vitória, o humor do grupo estava bem soturno. Ninguém começou nenhuma conversa animada. Teve até um momento em que Herófila tentou quebrar o gelo, sugerindo um jogo:

— Adivinhem só o que estou vendo...

— Não — respondemos todos, em uníssono.

Depois disso, seguimos em silêncio.

A temperatura lá fora tinha caído pelo menos uns dez graus. Uma neblina marítima havia se instalado na orla de Los Angeles, uma camada úmida que encharcava o calor seco e a fumaça. Quando chegamos a San Bernardino, nuvens negras cobriam as colinas, volta e meia soltando jatos de chuva nos montes secos e chamuscados.

Quando Palm Springs se revelou à nossa frente, Grover começou a chorar de alegria. O deserto exibia um tapete de flores silvestres: calêndulas, papoulas, dentes-de-leão e prímulas, todas cintilando com gotículas da chuva que acabara de passar, deixando o ar fresco e doce.

Dezenas de dríades nos esperavam na colina da Cisterna. Aloe Vera tratou nossos ferimentos, e Figo-da-índia fez cara feia, perguntando como tínhamos conseguido estragar as roupas *mais uma vez*. Reba ficou tão feliz que tentou dançar tango comigo, mas aquelas sandálias de Calígula não tinham sido feitas para passos complexos. Todos se reuniram em volta das Melíades, perplexos.

Josué abraçou Meg com tanta força que ela soltou um gemidinho de dor.

— Você conseguiu! Os incêndios *acabaram*! — exclamou o dríade.

— Pois é, a gente percebeu... — resmungou ela.

— E essas... — Ele olhou para as Melíades. — Eu... Eu vi quando elas saíram das mudinhas, mais cedo. Elas disseram que ouviram uma música, um som que *precisavam* seguir. Foi você?

— Foi. — Meg não pareceu gostar do jeito como Josué encarava as dríades dos freixos, boquiaberto. — Elas são minhas novas minions.

— Nós somos as Melíades! — afirmou a líder, parecendo concordar. Ela se ajoelhou na frente de Meg. — Pedimos orientação, ó Meg McCaffrey! Onde devemos plantar nossas raízes?

— Plantar? Mas achei que...

— Podemos ficar na encosta onde você nos plantou, ó Grande Meg — explicou a líder. — Mas, se quiser que plantemos nossas raízes em outro lugar, precisa decidir rápido! Não demorará para crescermos, e ficaremos grandes e fortes demais para sermos transplantadas!

De repente visualizei como seria se comprássemos uma picape e enchêssemos a caçamba de terra, para ir até São Francisco levando sete freixos assassinos. Gostei da ideia, mas, infelizmente, sabia que não daria certo. Árvores não gostam muito de viagens de carro.

Meg coçou a cabeça.

— Mas se vocês ficarem aqui... vão ficar bem? Quer dizer, no deserto e tudo o mais?

— Nós vamos ficar ótimas — respondeu a líder.

— Se bem que um pouco mais de sombra e água fresca seria melhor — argumentou um segundo freixo.

Josué pigarreou, então ajeitou o cabelo desgrenhado, meio constrangido.

— Nós... Hum... Nós ficaríamos honrados de ter vocês conosco! A natureza já é bem forte aqui, mas, com as Melíades ao nosso lado ...

— É — concordou Fig. — Ninguém nunca mais nos incomodaria. Aí poderíamos crescer em paz!

Aloe Vera encarou as Melíades de cima a baixo, em dúvida. Parecia que ela não confiava em formas de vida que precisavam tão pouco de cura.

— Mas até onde vai o alcance de vocês? — perguntou Aloe. — Quanto conseguem proteger?

Uma terceira Melíade riu.

— Marchamos hoje até Los Angeles! E não tivemos nenhum problema. Se nossas raízes ficarem aqui, podemos proteger tudo num raio de cem léguas!

Reba mexeu no cabelo escuro.

— Isso é longe o bastante para chegar à Argentina?

— Não — respondeu Grover. — Mas cobriria quase todo o sul da Califórnia. O que você acha, Meg?

Minha mestra semideusa estava tão cansada que se balançava como uma mudinha. Fiquei esperando que ela fosse murmurar um *sei lá* digno de Meg e desmaiar, mas logo depois ela falou para as Melíades:

— Venham comigo.

Fomos todos atrás dela, até a beira da Cisterna. Meg apontou para o poço sombreado, com o lago azul no meio.

— Que tal em volta do lago? Tem sombra, água. Acho... acho que meu pai teria gostado disso.

— A filha do criador mandou! — gritou uma Melíade.

— Filha de dois criadores! — completou outra.

— Duplamente abençoada!

— Sábia solucionadora de enigmas!

— A Meg McCaffrey!

Isso deixou pouca coisa para as duas últimas, que apenas murmuraram:

— É. A Meg McCaffrey. Isso aí.

As outras dríades assentiram, murmurando em concordância. Os freixos ocupariam o lugar onde comíamos nossas enchiladas, mas ninguém reclamou.

— Um bosque sagrado de freixos — comentei. — Eu tinha um desses na Antiguidade. Ah, Meg, é perfeito.

Olhei para a Sibila, um pouco afastada da aglomeração, em silêncio. Devia estar atordoada por ver tanta gente junta, depois daquele longo cativeiro.

— Herófila, este bosque vai ser bem protegido. Ninguém, nem mesmo Calígula, seria uma ameaça. Não quero lhe dizer o que fazer, a escolha é sua. Mas o que acha de este ser seu novo lar?

Herófila suspirou, hesitante. O cabelo castanho era da mesma cor das colinas do deserto à luz da tarde. Será que ela estava pensando em como aquele lugar era diferente da colina onde nasceu, bem longe, na Eritreia, onde ficava sua caverna?

— Eu poderia ser feliz aqui — decidiu a profetisa. — Eu inicialmente tinha pensado em... Olha, é só uma ideia, mas é que fiquei sabendo que muitos game shows são gravados em Pasadena. Tenho várias ideias para alguns.

Figo-da-índia estremeceu.

— Por que não deixa para pensar nisso mais tarde, querida? Fique um pouco aqui com a gente!

Era um bom conselho, vindo de um cacto.

Aloe Vera assentiu.

— Ficaríamos honrados em ter um oráculo aqui conosco! Você pode me avisar sempre que alguém for ficar resfriado!

— Sim, receberíamos você de braços abertos — concordou Josué. — Quer dizer, menos os que têm espinhos. Acho que esses só dariam um tchauzinho.

Herófila abriu um sorriso.

— Muito bem. Seria uma...

Ela engasgou, como se fosse começar uma nova profecia que teríamos que quebrar a cabeça para resolver.

— Que beleza! — interrompi. — Não precisa agradecer! Está decidido!

Foi assim que Palm Springs ganhou um oráculo e o resto do mundo foi poupado de vários novos game shows questionáveis, como *Sibila da Fortuna* ou *Show do Oráculo*. Uma vitória para todos.

Passamos o restante da noite construindo um novo acampamento na encosta, jantando (optei por enchiladas de frango, obrigado por perguntar) e garantindo a Aloe Vera que nossas camadas de gosma medicinal estavam grossas o bastante. As Melíades removeram as mudinhas da encosta e as replantaram na Cisterna, o que acho que seria uma versão dríade de dizer que elas foram cuidar da própria vida.

No pôr do sol, a líder foi até Meg e fez uma reverência.

— Vamos dormir agora, ó Meg McCaffrey. Mas responderemos sempre que você chamar, se estivermos ao alcance! Vamos proteger esta terra em nome de Meg McCaffrey!

— Valeu — respondeu a garota, poética como sempre.

As Melíades sumiram dentro de seus sete freixos, que agora circundavam o lago, os galhos cintilando com uma luz suave e opaca. As outras dríades ficaram andando pela encosta, apreciando o ar fresco e as estrelas do céu noturno límpido enquanto mostravam a nova casa para a Sibila.

— E aqui tem mais algumas pedras — iam dizendo. — E, ali, mais pedras.

Grover se sentou junto de mim e de Meg, soltando um suspiro satisfeito.

O sátiro tinha mudado de roupa; agora usava gorro verde, camisa tie-dye, calça jeans limpa e um novo par de tênis adaptados para seus cascos. Senti um aperto no peito quando o vi com uma mochila no ombro e todo preparado para partir. Apenas perguntei:

— Vai a algum lugar?

Ele sorriu.

— Vou voltar para o Acampamento Meio-Sangue.

— *Agora?* — indagou Meg.

Ele abriu os braços, num gesto de *e por que não?*.

— Estou aqui *há anos*. Graças a vocês, meu trabalho aqui finalmente acabou! Sei que *vocês* ainda têm um longo caminho pela frente, que precisam libertar os Oráculos e tudo o mais, mas...

Ele era educado demais para concluir o pensamento: *mas, por favor, não me peçam para ir junto.*

— Você merece voltar para casa — respondi, melancólico, desejando poder fazer o mesmo. — Mas não vai descansar nem esta noite?

O olhar de Grover se perdeu no horizonte.

— Preciso voltar. Sátiros não são dríades, mas também temos raízes. O Acampamento Meio-Sangue é a minha casa, e estou longe há tempo demais. Espero que Juníper não tenha arrumado um bode novo...

Lembrei de como a dríade Juníper estava preocupada com o namorado quando visitei o acampamento.

— Duvido que ela conseguiria achar substituto para um sátiro tão maravilhoso — respondi. — Obrigado, Grover Underwood. Não teríamos conseguido sem você e Walt Whitman.

Ele riu, mas logo ficou sério.

— Só não queria que tivéssemos perdido Jason e...

Ele olhou para o ukulele que descansava em meu colo. Eu não o perdia de vista desde que voltamos, mas também não tinha conseguido juntar coragem para sequer afinar as cordas, quem dirá tocar alguma coisa.

— Sim — concordei. — E Jade. E todos os outros que pereceram na busca pelo Labirinto de Fogo. E também nos incêndios, nas secas...

Uau. Grover era mesmo muito bom em cortar o clima: antes de ele chegar, eu até estava me sentindo bem. Pelo menos por um segundo.

O cavanhaque dele tremeu.

— Sei que vocês vão conseguir chegar ao Acampamento Júpiter. Nunca fui lá e não conheço Reyna, mas soube que ela é gente boa. Meu amigo Ciclope, Tyson, também está lá. Diga que mandei um oi.

Fiquei pensando no que nos esperava no norte. Não tínhamos a menor ideia do que estava acontecendo no Acampamento Júpiter, não sabíamos se Leo Valdez ainda estava lá ou se já tinha voltado para Indianápolis. Nossas únicas informações eram o que descobrimos a bordo do iate de Calígula: o ataque durante a lua nova não tinha ido bem, e o imperador, agora sem seu cavalo e sua feiticeira, estava indo para lá resolver o problema pessoalmente. Precisávamos chegar primeiro.

— Nós vamos ficar bem — afirmei, tentando me convencer. — Já tiramos três Oráculos do Triunvirato. Fora o próprio Delfos, só resta uma fonte de profecia: os livros sibilinos... ou melhor, o que a harpia Ella está tentando reconstruir a partir do que se lembra deles.

Grover franziu a testa.

— É. Ella, a namorada de Tyson.

Ele parecia meio confuso, como se não fizesse sentido que um Ciclope namorasse uma harpia. Ainda mais uma harpia com memória fotográfica — memória essa que, aliás, era tudo que tínhamos para consultar os livros de profecias, queimados séculos antes.

Bem pouco do que estávamos vivendo fazia sentido, mas eu já tinha sido um olimpiano, estava acostumado com essas incoerências.

— Obrigado, Grover. — Meg abraçou o sátiro e deu um beijo na bochecha dele, um gesto de gratidão que ela nunca nem cogitou repetir comigo.

— Sem problema. E obrigado a você, Meg. Você... — Ele engoliu em seco. — Você é uma ótima amiga. Adoro nossas conversas sobre plantas.

— Sabe, eu também estava lá — comentei.

Grover abriu um sorriso tímido e se levantou, prendendo as tiras da mochila no peito.

— Durmam bem. E boa sorte. Tenho a sensação de que ainda vamos nos encontrar antes de... É.

Antes de eu voltar ao Olimpo e recuperar meu trono imortal?

Antes de todos encontrarmos uma morte trágica nas mãos do Triunvirato?

Eu não sabia.

Depois que Grover foi embora, fiquei com um vazio no peito, como se o buraco que fiz com a Flecha de Dodona estivesse ficando mais fundo e mais largo. Desatei as sandálias de Calígula e as joguei longe.

Dormi mal e tive um pesadelo horrível.

Estava deitado no fundo de um rio frio e escuro. Acima de mim flutuava uma mulher com roupa preta e sedosa. Era a deusa Estige, encarnação viva das águas do inferno.

— Mais promessas quebradas — sibilou ela.

Senti um soluço subir pela garganta. Eu não precisava ser relembrado disso.

— Jason Grace morreu — continuou ela. — Assim como o jovem *pandos.*

Ele tinha nome!, quis gritar. *Ele se chamava Clave!*

— Já começou a se arrepender da idiotice que foi aquela promessa precipitada que fez pelas minhas águas? — perguntou Estige. — Haverá mais mortes. Minha fúria não vai poupar ninguém próximo de você até que tudo esteja consertado. Aproveite seu tempo como mortal, Apolo!

A água foi enchendo meus pulmões, como se meu corpo só então tivesse lembrado que precisava de oxigênio.

Acordei ofegante.

Já estava amanhecendo no deserto. Eu abraçava o ukulele com tanta força que fiquei com marcas nos antebraços, e até meu peito ficou um pouco machucado. O saco de dormir de Meg estava vazio, mas nem precisei procurá-la: ela veio descendo a colina na minha direção, com um brilho estranho e muito animado nos olhos.

— Apolo, acorda. Você precisa ver isso!

46

Mas que bela viagem
Bon Jovi no rádio
Eu não mereço isso

A MANSÃO MCCAFFREY TINHA renascido.

Ou melhor, tinha *florescido*.

Ao longo da noite, as tábuas madeira de lei tinham crescido e se espalhado em uma velocidade incrível, formando as vigas e o piso de uma casa de vários andares muito parecida com a antiga. Enormes trepadeiras, muito densas, surgiram das ruínas de pedra, trançadas até criar paredes e tetos, deixando espaço para janelas e claraboias protegidas por toldos de glicínias.

A maior diferença da nova casa para a antiga era que o salão envolvia a Cisterna como uma ferradura, deixando o bosque de freixos a céu aberto.

— Espero que vocês gostem — comentou Aloe Vera, nos levando para visitar o lugar. — Nós nos reunimos e decidimos que era o mínimo que poderíamos fazer.

O interior era fresco e confortável, com chafarizes e água corrente em todos os aposentos, o encanamento todo feito de raízes vivas que puxavam a água de lagos subterrâneos. Cactos em flor e árvores de Josué decoravam o ambiente, e galhos enormes tinham assumido a forma de móveis. Até a antiga escrivaninha do dr. McCaffrey fora recriada.

Meg fungou e piscou várias vezes.

— Ah, querida! — exclamou Aloe Vera. — Será que você é alérgica à casa?!

— Não, não é isso. Este lugar é incrível!

Meg se jogou nos braços de Aloe, ignorando os muitos espinhos afiados da dríade.

— Uau...! — comentei. (Parece que a capacidade poética de Meg estava me contaminando.) — Quantos espíritos da natureza trabalharam para fazer isso?

Aloe deu de ombros, modesta.

— Todas as dríades do deserto do Mojave quiseram ajudar. Vocês nos salvaram! E, além de tudo, você *recuperou as Melíades*. — Ela deu um beijo na bochecha de Meg. — Seu pai ficaria tão orgulhoso! Você completou o trabalho dele.

Meg piscou para conter as lágrimas.

— Eu só queria que...

Ela não precisou terminar. Todos sabíamos quantas vidas *não* tinham sido salvas.

— Você vai ficar? — perguntou Aloe. — Aeithales é a sua casa.

Meg admirou a vista do deserto. Eu estava morrendo de medo de ela dizer que sim. Sua ordem final seria que eu continuasse a missão sozinho, e daquela vez ela estaria falando sério. Bem, e por que não? Ela havia encontrado seu lar, e tinha amigos ali. Tinha inclusive sete dríades muito poderosas que lhe dariam vivas e lhe serviriam enchiladas todas as manhãs. Ela poderia virar a protetora do sul da Califórnia, longe do alcance de Nero. Poderia ter paz.

Poucas semanas atrás, a ideia de ficar livre de Meg me deixaria eufórico, mas naquele momento só cogitar a possibilidade já me desesperava. Sim, eu queria que ela fosse feliz, mas sabia que Meg ainda tinha muitas coisas a fazer — e a primeira delas era enfrentar Nero outra vez, para fechar aquele capítulo horrível com um confronto e uma vitória sobre o Besta.

Ah, e eu também precisava da ajuda dela. Podem me chamar de egoísta, mas eu não conseguia me imaginar seguindo adiante sem minha amiga.

Meg apertou a mão de Aloe.

— Talvez um dia. Espero voltar logo. Mas agora... nós temos que ir a alguns lugares.

Grover fora muito generoso em deixar o Mercedes que tinha pegado emprestado em... algum lugar.

Depois de nos despedirmos de Herófila e das dríades, que discutiam planos para criar um gigantesco tabuleiro de palavras cruzadas no chão de um dos quartos de hóspedes de Aeithales, fomos até Santa Mônica atrás do endereço que Piper me dera. Eu não parava de olhar pelo retrovisor, me perguntando se a polícia nos pararia pelo roubo do carro. Seria uma conclusão ótima para aquele fim de semana.

Levamos um tempo para encontrar o lugar, um aeroporto particular perto da costa de Santa Mônica.

Um segurança nos deixou passar pelo portão sem fazer perguntas, como se já estivesse esperando dois adolescentes em um Mercedes vermelho possivelmente roubado. Avançamos pela pista principal.

Um Cessna branco reluzente estava parado perto do galpão de embarque, junto do Chevette amarelo do treinador Hedge. Cheguei a tremer, achando que estávamos presos em um episódio de *Show do Oráculo*. Primeiro prêmio: o Cessna. Segundo prêmio... Não, eu não suportava nem pensar.

O treinador Hedge estava trocando a fralda do bebê Chuck no capô do Chevette, distraindo o filho e deixando que ele mastigasse uma granada. (Devia ser só uma embalagem vazia. Provavelmente. Espero.) Mellie estava ao lado dele, monitorando tudo.

Quando nos viu, a dríade acenou e abriu um sorriso triste. Ela apontou para o avião, onde Piper estava parada na base da escada, falando com o piloto.

Ela segurava uma caixa grande e levava uns livros debaixo do braço. O compartimento de bagagem estava aberto, na parte direita da aeronave, perto da cauda, e funcionários prendiam lá dentro uma caixa grande de madeira com detalhes de metal, tomando muito cuidado. Era um caixão.

Quando Meg e eu nos aproximamos, o capitão apertou a mão de Piper, solidário à dor da menina.

— Está tudo em ordem, srta. McLean. Ficarei a bordo fazendo as verificações pré-voo até os passageiros estarem prontos.

Ele acenou e entrou no avião.

Piper usava uma calça jeans surrada e uma regata verde camuflada. Tinha cortado o cabelo mais curto e repicado — provavelmente porque boa parte tinha sido queimada —, o que a deixava bizarramente parecida com Thalia Grace. Seus olhos bicolores refletiam o asfalto cinza, e ela poderia se passar facilmente por uma filha de Atena.

O pacote que ela estava segurando era, claro, a maquete que Jason fez da Colina dos Templos, no Acampamento Júpiter. E debaixo do braço estavam os dois cadernos com os desenhos dos novos templos.

Senti um nó na garganta.

— Ah.

— É — respondeu a garota. — A escola me deixou pegar as coisas dele.

Peguei a maquete como quem seguraria a bandeira no funeral de um soldado. Meg guardou os cadernos na mochila.

— Você está indo para Oklahoma? — perguntei, apontando para o avião com o queixo.

Piper riu.

— Bom, sim. Mas vamos de carro, meu pai alugou um. Eu e os Hedge vamos encontrar com ele no Dunkin' Donuts. — Ela abriu um sorriso triste. — Foi o primeiro lugar aonde ele me levou para tomar café da manhã quando nos mudamos para cá.

— De carro? — perguntou Meg. — Mas...

— O avião é para vocês — explicou a menina. — E para... Jason. Meu pai tinha muitas milhas e crédito de combustível suficientes para uma última viagem. Falei com ele que queria mandar Jason para casa... Quer dizer, para a casa onde ele ficou mais tempo, na Baía, e que vocês dois poderiam levá-lo até lá... Papai concordou que seria um excelente uso do avião. Estamos felizes em ir de carro.

Olhei para a maquete da Colina dos Templos, com todas as casinhas do Banco Imobiliário marcadas com a letra de Jason. Li a etiqueta: APOLO. Me lembrei da voz dele dizendo meu nome, pedindo um favor: *Aconteça o que acontecer, quando você voltar ao Olimpo, quando for deus de novo*, lembre-se. *Lembre-se de como é ser humano.*

Aquilo era ser humano: ficar parado numa pista de pouso e decolagem, vendo mortais colocarem o corpo de um amigo e herói no compartimento de carga, sabendo que ele nunca mais voltaria. Dizer adeus a uma jovem que estava sofrendo e que tinha feito de tudo para nos ajudar, sabendo que nunca poderia retribuir, nunca poderia compensá-la por tudo que ela perdeu.

— Piper, eu... — Minha voz engasgou, como a da Sibila.

— Tudo bem — interrompeu ela. — Só chegue bem ao Acampamento Júpiter. Peça que deem a Jason o enterro romano que ele merece. E acabe com a raça de Calígula.

Ela não falou de um jeito amargo, como eu esperava. Suas palavras eram áridas e secas como o ar de Palm Springs. Sem nenhum julgamento, só com um calor natural.

Meg olhou para o caixão no compartimento de carga e pareceu incomodada de voar com um companheiro morto. Eu não conseguia culpá-la: havia um motivo para eu nunca ter convidado Hades para dar um passeio pelo Sol. Dava azar misturar o Mundo Inferior e o Superior.

Ainda assim, Meg murmurou:

— Obrigada.

Piper puxou a garota para um abraço e beijou sua testa.

— Não foi nada. E, se algum dia você for a Tahlequah, vá me visitar, está bem?

Pensei nos milhões de jovens que oravam para mim todos os anos, na esperança de deixar suas cidadezinhas espalhadas pelo mundo e ir para Los Angeles, para fazerem seus enormes sonhos se tornarem realidade. Piper McLean estava seguindo o caminho contrário, deixando o glamour e brilho da antiga vida do pai, voltando para a pequena Tahlequah, em Oklahoma. Ela parecia tranquila com a ideia, como se soubesse que sua própria Aeithales estava lhe esperando.

Mellie e o treinador Hedge se aproximaram. O bebê Chuck ainda mastigava alegremente a granada, nos braços do pai.

— Ei, Piper, está pronta? — perguntou o treinador. — Temos um longo caminho pela frente.

O sátiro parecia sério e determinado. Ele encarou o caixão no compartimento de carga e desviou os olhos depressa para o chão.

— Quase lá. Tem certeza de que o Chevette vai aguentar uma viagem tão longa?

— Claro! Só... hã... fiquem por perto, para o caso de o carro alugado quebrar e vocês precisarem de ajuda.

Mellie revirou os olhos.

— Chuck e eu vamos com vocês.

O treinador pigarreou.

— Tudo bem. Vou ter bastante tempo para ouvir minhas músicas. Tenho toda a discografia do Bon Jovi em fita cassete!

Tentei abrir um sorriso encorajador, mas, se visse Hades de novo, daria uma nova sugestão de tortura para os Campos da Punição: *Chevette. Viagem de carro. Discografia do Bon Jovi em fita cassete.*

Meg deu um leve peteleco na ponta do nariz do bebê Chuck, o que fez com que ele risse e cuspisse raspas de granada.

— O que vocês vão fazer em Oklahoma? — perguntou ela.

— Treinar, claro! — respondeu o treinador. — Tem times jovens muito bons por lá. E fiquei sabendo que a natureza é bem forte. É um bom lugar para criar um filho.

— E sempre tem trabalho para ninfas de nuvens — completou Mellie. — Todo mundo precisa de nuvens.

Meg olhou para o céu, talvez se perguntando quantas daquelas nuvens eram ninfas ganhando apenas o salário mínimo. Então, do nada, ficou boquiaberta.

— Hã... gente?

Ela apontou para o norte.

Uma enorme silhueta brilhante surgiu em meio às nuvens brancas. Por um instante, achei que fosse um avião pequeno. Mas então a silhueta bateu as asas.

Os funcionários do aeroporto particular já estavam trabalhando quando Festus, o dragão de bronze, se aproximou para pousar. Ele trazia Leo Valdez consigo.

Os funcionários balançaram os cones de luz laranja, guiando Festus para um espaço ao lado do Cessna. Nenhum dos mortais pareceu achar aquilo incomum. Um deles gritou para Leo, perguntando se ele precisava de combustível.

O semideus sorriu.

— Não, valeu. Mas se puderem lavar e encerar meu garoto... Talvez um pouco de molho de pimenta. Seria ótimo.

Festus rugiu em aprovação.

Leo Valdez desceu e correu na nossa direção. Fossem quais fossem as aventuras vividas no Acampamento Júpiter, ele parecia ter saído com o cabelo preto cacheado, o sorriso malicioso e o corpinho élfico intactos. Leo usava uma camiseta roxa com palavras douradas escritas em latim: MINHA GALERA FOI PARA NOVA ROMA E TUDO QUE EU GANHEI FOI ESSA CAMISETA RIDÍCULA.

— Agora a festa pode começar! — anunciou ele. — Aí estão os meus amigos!

Eu não sabia o que dizer. Ficamos parados, atordoados, enquanto Leo nos abraçava.

— Cara, o que está rolando? — perguntou ele. — Alguém jogou uma granada em vocês? Tenho boas e más notícias de Nova Roma, mas primeiro... — Ele nos encarou, notando a expressão em nossos rostos. E começou a ficar mais sério. — Cadê o Jason?

47

Nosso cardápio inclui
Lágrimas de deus
Não devolvemos seu dinheiro

PIPER DESMORONOU. AOS PRANTOS, contou o que havia acontecido. Perplexo e com os olhos cheios de lágrimas, o filho de Hefesto abraçou a amiga com força e chorou sem parar.

Os funcionários do aeroporto se afastaram. Os Hedge voltaram para o Chevette, e o treinador abraçou a esposa e o filho, buscando conforto na família, como sempre fazemos diante de tragédias que sabemos que podem afetar qualquer um, a qualquer momento.

Meg e eu ficamos mais ao lado, a maquete de Jason ainda nas minhas mãos.

Perto do Cessna, Festus ergueu a cabeça e soltou um lamento baixo e sofrido, cuspindo fogo no céu. Os funcionários do aeroporto que lavavam suas asas pareceram um pouco tensos, talvez porque jatinhos particulares normalmente não choravam nem expeliam fogo pelas narinas, muito menos... tinham narinas.

Era como se o ar à nossa volta tivesse se cristalizado, formando cacos de tristeza que nos cortariam se nos movêssemos.

Leo parecia ter sido espancado. (E, se tinha uma coisa que aquele menino fazia, era apanhar.) Ele enxugou as lágrimas, observando o compartimento de carga e a maquete que eu segurava.

— Eu não... Eu não pude nem me despedir — murmurou ele.

Piper balançou a cabeça.

— Nem eu. Aconteceu muito rápido. Ele só...

— Ele fez o que sempre fazia — disse Leo. — Salvou o dia.

Piper respirou fundo, ainda tremendo.

— E você? O que me conta?

— O que eu conto? — Leo segurou o choro. — Depois *disso*, quem liga para o que eu tenho para contar?

— Ei. — Piper deu um soco no braço dele. — Apolo me explicou o que você foi fazer lá. O que aconteceu no Acampamento Júpiter?

Leo bateu com os dedos nas coxas, como se tivesse duas conversas simultâneas em código Morse.

— Nós... nós impedimos o ataque. Mais ou menos. O estrago foi grande. Essa é a parte ruim. Muita gente boa... — Ele olhou para o compartimento de carga. — Bom, Frank, Reyna e Hazel estão bem. Essa é a boa notícia... — Ele estremeceu. — Deuses. Até pensar é difícil. É normal? Esquecer como se pensa?

Eu podia garantir que sim, ao menos na minha experiência.

O comandante desceu a escada do avião.

— Lamento, srta. McLean, mas já estamos na fila de decolagem. Se não quisermos perder nossa janela...

— Certo — disse Piper. — Claro. Apolo e Meg, vocês têm que ir agora. Vou ficar bem com o treinador e Mellie. Leo...

— Ah, não, a senhorita não vai se livrar de mim — disse Leo. — Você acabou de ganhar uma carona no dragão de bronze até Oklahoma.

— Leo...

— Você vai com a gente. Ponto final — insistiu ele. — Além do mais, Oklahoma fica mais ou menos no caminho para Indianápolis.

Piper abriu um sorriso triste e fraco.

— Você vai se estabelecer em Indianápolis. Eu, em Tahlequah. Estamos mesmo nos aventurando por aí, não é?

Leo se virou para nós.

— Vão, pessoal. Levem... Levem Jason pra casa. Façam o melhor para ele. Vocês vão encontrar o Acampamento Júpiter, está no mesmo lugar de sempre.

Na última vez que vi meus amigos, da janela do avião, eles estavam reunidos perto da pista, combinando a viagem para o leste a bordo do dragão de bronze e do Chevette amarelo.

Eu e Meg seguimos nosso caminho, deslizando pelo céu a caminho do Acampamento Júpiter, onde encontraríamos Reyna, a filha de Belona.

Eu não fazia ideia de como achar a tumba de Tarquínio, nem de quem era o tal deus silencioso. Não fazia ideia de como impedir Calígula de atacar o acampamento romano destruído. Mas nada disso me incomodava tanto quanto o que já tinha acontecido: tantas vidas destruídas, o caixão de um herói no compartimento de carga, três imperadores ainda vivos, prontos para arruinar pessoas de quem eu gostava.

Eu me vi chorando.

Era ridículo. Deuses não choram. Mas, quando olhei para a maquete de Jason no assento ao meu lado, só consegui pensar que ele nunca veria seus planos concluídos. Quando segurava o ukulele, só conseguia visualizar Clave tocando seu último acorde com os dedos quebrados.

— Ei. — Meg se virou no assento à minha frente. Apesar dos óculos de gatinha de sempre e das roupas que pareciam ter sido escolhidas por uma criança de três anos (de alguma forma remendadas novamente pela magia das sempre pacientes dríades), Meg parecia mais adulta naquele momento. — Nós vamos dar um jeito.

Eu balancei a cabeça, desolado.

— Como, Meg? Calígula está indo para o norte. Nero ainda está por aí. Nós enfrentamos três imperadores, mas não derrotamos nenhum. E Píton…

Ela deu um peteleco no meu nariz, com muito mais força do que tinha feito no bebê Chuck.

— Ai!

— Dá para ficar quieto um pouquinho?

— Eu… Tá bom.

— Cara, presta atenção: *ao Tibre vivo chegar, só então Apolo começa a dançar.* Era o que a profecia dizia em Indiana, não era? Vai fazer sentido quando chegarmos lá. Você vai vencer o Triunvirato.

— Isso é uma ordem? — perguntei.

— É uma promessa.

Eu queria que ela não tivesse usado aquela palavra. Eu quase ouvia as gargalhadas da deusa Estige ecoando do compartimento de carga, onde o filho de Júpiter agora descansava no caixão.

Aquele pensamento me encheu de raiva. Meg estava certa. Eu *derrotaria* os imperadores. Libertaria Delfos de Píton. Eu não permitiria que o sacrifício dos meus amigos fosse em vão.

Talvez aquela missão tivesse terminado em um amargo fá suspenso. Nós ainda tínhamos muito a fazer.

Mas, daquele momento em diante, eu seria mais do que Lester. Seria mais do que um observador.

Eu seria Apolo.

Eu lembraria.

GUIA PARA ENTENDER APOLO

Acampamento Júpiter — campo de treinamento para semideuses romanos localizado entre as Oakland Hills e as Berkeley Hills, na Califórnia

Acampamento Meio-Sangue — campo de treinamento para semideuses gregos localizado em Long Island, Nova York

Adriano — décimo quarto imperador de Roma; governou de 117 d.C. a 138 d.C.; conhecido por construir um muro que delimitou a fronteira norte da Britânia

aeithales — grego antigo para sempre-viva

Afrodite — deusa grega do amor e da beleza. Forma romana: Vênus

Alexandre, o Grande — rei do antigo reino grego da Macedônia de 336 a.C. a 323 a.C.; ele uniu as cidades-estados gregas e conquistou a Pérsia

ambrosia — alimento dos deuses; dá imortalidade a quem a ingere. Semideuses podem ingeri-la em pequenas quantidades para curar ferimentos

Ares — deus grego da guerra; filho de Zeus e Hera e meio-irmão de Atena. Forma romana: Marte

Argo II — trirreme voador construído pelo chalé de Hefesto no Acampamento Meio-Sangue para levar os semideuses da Profecia dos Sete até a Grécia

Ártemis — deusa grega da caça e da lua; filha de Zeus e Leto e irmã gêmea de Apolo

Atena — deusa grega da sabedoria

Belona — deusa romana da guerra; filha de Júpiter e Juno

blemmyae — criaturas sem cabeça e cujo rosto se localiza no peito

Britomártis — deusa grega das redes de caça e de pescaria. Seu animal sagrado é o grifo

bronze celestial — metal poderoso e mágico usado para criar armas portadas pelos deuses gregos e seus filhos semideuses

cáligas (em latim: *caligae*; *caliga*, sing.) — botas militares romanas

Calígula — apelido do terceiro dos imperadores de Roma, Caio Júlio César Augusto Germânico, famoso por sua crueldade e carnificina durante os quatro anos em que governou, de 37 d.C. a 41 d.C. Ele foi assassinado por um de seus guardas

Campos Elísios — paraíso para o qual os heróis gregos eram enviados quando os deuses lhes ofereciam imortalidade

Caverna de Trofônio — fenda profunda e lar do Oráculo de Trofônio

Ciclopes — raça primordial de gigantes que tem um único olho no meio da testa

Cimopoleia — deusa grega das ondas violentas de tempestade; filha de Poseidon

Cláudio — imperador romano de 41 d.C. a 54 d.C. Sucessor e tio de Calígula

Cômodo — Lúcio Aurélio Cômodo era filho do imperador romano Marco Aurélio. Tornou-se coimperador aos dezesseis anos e imperador aos dezoito, quando o pai morreu. Governou de 177 d.C. a 192 d.C. e era megalomaníaco e cruel; considerava-se o Novo Hércules e gostava de matar animais e de lutar com gladiadores no Coliseu

cura do médico — mistura criada por Esculápio, deus da medicina, para trazer uma pessoa de volta do mundo dos mortos

Dafne — linda náiade que chamou a atenção de Apolo. Ela foi transformada em loureiro para fugir do deus

Dédalo — hábil artesão que criou o Labirinto em Creta onde o Minotauro (parte homem, parte touro) era mantido

Delos — ilha grega no mar Egeu, perto de Míconos; local de nascimento de Apolo

Deméter — deusa grega da agricultura; filha dos titãs Reia e Cronos

denário — moeda romana

Dioniso — deus grego do vinho e da orgia; filho de Zeus

dríade — um espírito (normalmente feminino) associado com certa árvore

Edésia — deusa romana dos banquetes

empousa — monstro alado sugador de sangue, filha da deusa Hécate

Encélado — gigante filho de Gaia e Urano; principal adversário de Atena durante a Guerra dos Gigantes

Eneias — príncipe de Troia e considerado ancestral dos romanos; herói do épico de Virgílio, *Eneida*

Esculápio — deus da medicina; filho de Apolo. Seu templo era o centro médico da Grécia Antiga

espartano — pessoa ou objeto proveniente de Esparta, uma cidade-estado na antiga Grécia com grande poderio militar

Estação Intermediária — local de refúgio de semideuses, monstros pacíficos e Caçadoras de Ártemis, localizada acima da Union Station, em Indianápolis, Indiana

Estige — poderosa ninfa da água; filha mais velha do titã do mar, Oceano. Deusa do rio mais importante do Mundo Inferior. Deusa do ódio. O rio Estige foi batizado em homenagem a ela

estrige — ave similar a uma coruja, grande e bebedora de sangue, portadora de maus presságios

Euterpe — deusa grega da poesia lírica; uma das Nove Musas. Filha de Zeus e Mnemosine

falange — corpo de soldados fortemente armados em formação fechada

Felipe da Macedônia — rei do antigo reino grego da Macedônia de 359 a.C. até seu assassinato, em 336 a.C. Pai de Alexandre, o Grande

Ferônia — deusa romana da vida selvagem, também associada à fertilidade, saúde e abundância

ferro estígio — metal mágico raro capaz de matar monstros

Fúrias — deusas da vingança

Gaia — deusa grega da terra; esposa de Urano; mãe dos titãs, gigantes, ciclopes e outros monstros

Germânico — filho adotivo do imperador romano Tibério; tornou-se proeminente general do Império Romano, com campanhas de sucesso na Germânia. Pai de Calígula

gládio — espada; arma principal dos soldados rasos romanos

guarda pretoriana — unidade de elite do Exército do Império Romano

Guerra de Troia — de acordo com as lendas, a Guerra de Troia foi declarada contra a cidade de Troia pelos *achaeans* (gregos), quando Páris, príncipe de Troia, roubou Helena de seu marido, Menelau, rei de Esparta

Hades — deus grego da morte e das riquezas. Senhor do Mundo Inferior

harpia — criatura fêmea alada que rouba objetos

Hécate — deusa da magia e das encruzilhadas

Hécuba — rainha de Troia, esposa do rei Príamo, governante durante a guerra de Troia

Hefesto — deus grego do fogo (inclusive o vulcânico), do artesanato e dos ferreiros; filho de Zeus e Hera, casado com Afrodite. Forma romana: Vulcano

Helena de Troia — filha de Zeus e Leda, considerada a mulher mais bonita do mundo; ela deflagrou a Guerra de Troia quando deixou o marido Menelau por Páris, um príncipe de Troia

Hélio — titã deus do Sol; filho do titã Hiperíon e da titã Teia

Hera — deusa grega do casamento; esposa e irmã de Zeus. Madrasta de Apolo

Hércules — filho de Júpiter e Alcmena, que nasceu com grande força; conhecido como Héracles na mitologia romana

Hermes — deus grego dos viajantes; guia dos espíritos dos mortos; deus da comunicação

Herófila — filha de uma ninfa da água; tinha uma voz tão linda que Apolo a abençoou com o dom da profecia, e ela então se tornou a Sibila Eritreia

Héstia — deusa grega do lar

hidra — serpente marinha de muitas cabeças

Hipnos — deus grego do sono

Incitatus — cavalo favorito do imperador romano Calígula

Jacinto — herói grego e amante de Apolo. Morreu enquanto tentava impressionar o deus com suas habilidades de lançamento de disco

Jano — deus romano dos começos, aberturas, passagens, portões, portais, tempo e finais; representado com duas caras

Javali de Erimanto — javali gigante que aterrorizou o povo da ilha de Erimanto até Hércules derrotá-lo no terceiro de seus doze trabalhos

Júpiter — deus romano do céu e rei dos deuses. Forma grega: Zeus

Katoptris — grego para *espelho*; uma adaga que já pertenceu a Helena de Troia

khanda — espada reta com fio duplo; um símbolo importante do sikhismo

kusarigama — arma tradicional japonesa que consiste em uma foice presa a uma corrente

La Ventana — local de eventos de tango em Buenos Aires, Argentina

Labirinto — um labirinto subterrâneo construído originalmente na ilha de Creta pelo artesão Dédalo para aprisionar o Minotauro

Leto — mãe de Ártemis e Apolo com Zeus; deusa da maternidade

legionário — membro do exército romano

Lucrécia Bórgia — filha de um papa e sua amante; uma linda nobre que ficou conhecida por sua habilidade política na Itália do século XV

Marco Aurélio — imperador romano de 161 d.C. a 180 d.C. Pai de Cômodo. Considerado o último dos "Cinco Bons Imperadores"

Marte — deus romano da guerra. Forma grega: Ares

Medeia — feiticeira grega, filha do rei Eetes da Cólquida e neta do titã do Sol, Hélio. Esposa do herói Jasão, a quem ela ajudou a obter o Velocino de Ouro

medronheiro — qualquer arbusto ou árvore da família da urze com flores brancas ou rosa e frutinhas vermelhas ou laranja

Méfitis — deusa dos gases fedorentos, adorada especialmente em pântanos e áreas vulcânicas

Melíades — ninfas gregas dos freixos, nascidas de Gaia. Elas alimentaram e criaram Zeus em Creta

Michelangelo — escultor, pintor, arquiteto e poeta italiano da Alta Renascença; um grande gênio da história da arte ocidental. Entre suas muitas obras-primas está a pintura no teto da Capela Sistina, no Vaticano

Minotauro — filho de Minos de Creta, tinha cabeça de touro e corpo de homem. O Minotauro ficava no Labirinto e matava as pessoas que eram enviadas para lá. Foi finalmente derrotado por Teseu

Monte Olimpo — lar dos doze olimpianos

Monte Palatino — o mais famoso dos sete montes de Roma; considerado um dos bairros mais desejados da antiga Roma, era lar de aristocratas e imperadores

Monte Vesúvio — um vulcão perto da Baía de Nápoles, na Itália, que entrou em erupção no ano 79 d.C., soterrando a cidade romana de Pompeia com cinzas

Mundo Inferior — reino dos mortos, para onde as almas vão pela eternidade; governado por Hades

Neos Helios — grego para *novo sol*, um título adotado pelo imperador romano Calígula

Nero — imperador romano de 54 d.C a 68 d.C. Mandou matar a mãe e a primeira esposa. Muitos acreditam que foi o responsável por iniciar um incêndio que destruiu Roma, mas culpou os cristãos, a quem condenava à morte e queimava em cruzes. Ele construiu um palácio novo e extravagante na área destruída e perdeu apoio quando os gastos da construção o obrigaram a aumentar os impostos. Cometeu suicídio

Névio Sutório Macro — prefeito da guarda pretoriana de 31 d.C. a 38 d.C. Serviu aos imperadores Tibério e Calígula

ninfa — deidade feminina que dá vitalidade à natureza

Niobides — crianças mortas por Apolo e Ártemis quando a mãe delas, Níobe, se gabou de ter mais filhos do que Leto, a mãe dos gêmeos

Nove Musas — deusas que concedem inspiração para artistas e protegem as criações e expressões artísticas. Filhas de Zeus e Mnemosine. Quando crianças, foram alunas de Apolo. Seus nomes são Clio, Euterpe, Tália, Melpômene, Terpsícore, Erato, Polímnia, Urânia e Calíope

nunchaku — originalmente uma ferramenta utilizada no campo para colher arroz; uma arma de Okinawa que consiste em duas varas ligadas em uma das pontas por uma corrente ou corda curta

Oráculo de Delfos — porta-voz das profecias de Apolo

Oráculo de Trofônio — Trofônio foi um grego transformado em Oráculo após a morte; localizado na Caverna de Trofônio; famoso por aterrorizar todos que o procuravam

Ortópolis — único filho de Plemneu que sobreviveu ao nascimento. Disfarçada de velha, Deméter o amamentou, garantindo a sobrevivência do menino

ouro imperial — metal raro letal para monstros, consagrado no Panteão; sua existência era um segredo muito bem guardado dos imperadores

Pã — deus grego da natureza; filho de Hermes

pandai (pandos, sing.) — tribo de criaturas com orelhas gigantescas, oito dedos nas mãos e nos pés e corpos cobertos de pelos brancos que ficam pretos com a idade

parazônio — adaga de lâmina triangular usada por mulheres na Grécia antiga

Pequeno Tibre — barreira do Acampamento Júpiter

Petersburg — batalha da Guerra de Secessão na Virgínia na qual uma carga explosiva designada para ser usada contra os Confederados levou à morte quatro mil soldados da União

Píton — serpente monstruosa que Gaia designou para proteger o Oráculo de Delfos

Plemneu — pai de Ortópolis, que Deméter criou para garantir que sobrevivesse

Pompeia — cidade romana destruída em 79 d.C., quando o vulcão do Monte Vesúvio entrou em erupção e a cobriu de cinzas

Portas da Morte — portal para a Casa de Hades localizado no Tártaro. As portas têm dois lados: um no mundo mortal, o outro no Mundo Inferior

Poseidon — deus grego do mar; filho dos titãs Cronos e Reia, irmão de Zeus e Hades

pretor — pessoa eleita para magistrado e comandante do Exército romano

princeps — latim para *primeiro cidadão* ou *primeiro na linhagem*; os primeiros imperadores romanos adotaram esse título, que a partir de então passou a significar *príncipe de Roma*

rio Estige — rio que forma a fronteira entre a Terra e o Mundo Inferior

rio Tibre — o terceiro rio mais longo da Itália. Roma foi fundada às suas margens. Na Roma antiga, os criminosos executados eram jogados no rio

Sarpedão — um filho de Zeus que era príncipe da Lícia e foi herói na Guerra de Troia. Ele lutou com bravura ao lado dos troianos, mas foi morto pelo guerreiro grego Pátroclo.

sátiro — deus grego da floresta, parte bode e parte homem

Saturnália — antigo festival romano que acontecia em dezembro em homenagem a Saturno, o equivalente romano de Cronos

shuriken — estrela ninja de arremesso; arma plana com lâminas usada como adaga ou para distrair o adversário

Sibila — uma profetisa

Sibila Eritreia — profetisa que controlava o Oráculo de Apolo na Eritreia, na Jônia

Tarquínio — Lúcio Tarquínio Soberbo foi o sétimo e último rei de Roma, tendo reinado de 535 a.C. até 509 a.C., quando, depois de um levante popular, a República Romana foi estabelecida

Templo de Cástor e Pólux — antigo templo no Fórum Romano, em Roma, erguido em homenagem aos filhos gêmeos semideuses de Júpiter e Leda e dedicado ao general romano Aulo Postúmio, que teve uma grande vitória na batalha do lago Régilo

Termópilas — passagem na montanha perto do mar no norte da Grécia que foi o local de várias batalhas, a mais famosa sendo entre os persas e os gregos durante a invasão persa de 480 a.C a 479 a.C.

Terpsícore — deusa grega da dança; uma das Nove Musas

titãs — raça de deidades gregas poderosas, descendentes de Gaia e Urano, que governaram durante a Era de Ouro e foram derrubados por uma raça de deuses mais jovens, os olimpianos

trirreme — antigo navio de guerra grego ou romano com três fileiras de remo de cada lado

triunvirato — aliança política formada entre três indivíduos

Trofônio — semideus filho de Apolo, criador do templo de Apolo em Delfos e espírito do Oráculo das Sombras. Ele decapitou o meio-irmão Agamedes para que não o identificassem depois do roubo do tesouro do rei Hirieu

Troia — cidade romana situada na Turquia dos dias atuais; local da Guerra de Troia

Urano — personificação grega do céu; marido de Gaia e pai dos titãs

ventus (*venti*, pl.) — espíritos das tempestades

Vulcano — deus romano do fogo, inclusive o vulcânico, e dos ferreiros. Forma grega: Hefesto

Velocino de Ouro — cobiçada pele de um carneiro alado com lã de ouro. Ficou sob o domínio do rei Eetes, da Cólquida, e protegido por um dragão até Jasão e os Argonautas o recuperarem

Zeus — deus grego do céu e rei dos deuses. Forma romana: Júpiter

intrinseca.com.br

@intrinseca

editoraintrinseca

@intrinseca

1ª edição	MAIO DE 2018
reimpressão	AGOSTO DE 2022
impressão	LIS GRÁFICA
papel de miolo	PÓLEN NATURAL 70 G/M²
papel de capa	CARTÃO SUPREMO ALTA ALVURA 250G/M²
tipografia	ADOBE CASLON PRO